P9-ARR-529

LES BOUTS
DE BOIS
DE DIEU

BANTY MAM YALL

SEMBENE OUSMANE

LES BOUTS
DE BOIS
DE DIEU

BANTY MAM YALL

© 1960, Le Livre Contemporain.

LE LIVRE CONTEMPORAIN

© 1960, *by Le Livre Contemporain*

ISBN 2-266-10631-7

A VOUS, BANTY MAM YALL,

*A mes frères de syndicat et à tous les syndicalistes
et à leurs compagnes dans ce vaste monde,*

je dédie ce livre.

Les hommes et les femmes qui, du 10 octobre 1947 au 19 mars 1948, engagèrent cette lutte pour une vie meilleure ne doivent rien à personne ni à aucune « mission civilisatrice », ni à un notable, ni à un parlementaire. Leur exemple ne fut pas vain : depuis, l'Afrique progresse.

PERSONNAGES

de BAMAKO :

NIAKORO CISSÉ, mère de Ibrahima Bakayoko, belle-mère d'Assitan, grand-mère d'Ad'jibid'ji, cousine de Fa Keïta ;

IBRAHIMA BAKAYOKO, fils de Niakoro Cissé, mari d'Assitan, père adoptif d'Ad'jibid'ji, militant syndical, délégué des « roulants » ;

ASSITAN, épouse d'Ibrahima Bakayoko, mère d'Ad'jibid'ji ;

FA KEÏTA, doyen des poseurs de rails. Mari de Fatoumata et de deux autres femmes ;

KONATÉ, secrétaire syndical de la section de Bamako ;

DIARA, contrôleur au Dakar-Niger ;

SADIO, fils de Diara ;

TIÉMOKO, militant ;

BERNADINI, gardien-chef du camp des détenus.

de THIES :

DOUDOU, ajusteur, secrétaire de la fédération des cheminots ;

LAHBIB, comptable, deuxième secrétaire ;

BALLA, soudeur   militant ;

BOUBACAR, forgeron   —

SAMBA N'DOULOUGOU   —

BAKARY, dit « i'ancien »   —

SOUNKARÉ, gardien-chef au dépôt de Thiès ;
DIEYNABA, veuve, mère du petit Gorgui ;
MARIAME SONKO, épouse de Balla ;
AWA, femme du contremaître Séne Masséne ;
MAIMOUNA, l'aveugle ;
PENDA, femme de mauvaise vie ;
DEJEAN, directeur des bureaux de Thiès du Dakar-
   Niger ;
EDOUARD, inspecteur du travail ;
PIERROT, jeune employé du Dakar-Niger ;
AZIZ, commerçant syrien ;
LEBLANC, collaborateur de Dejean au Dakar-Niger ;
ISNARD　　　—
VICTOR
BÉATRICE, femme d'Isnard.

de DAKAR :

ALIOUNE, secrétaire syndical de la section de Dakar ;
DAOUDA, dit « Beaugosse » ;
ARONA　militant ;
IDRISSA　　　—
DEUNE　　　—
EL HADJI MABIGUÉ, frère de Ramatoulaye, notable
   musulman ;
RAMATOULAYE, tante de N'Deye Touti ;
HOUDIA M'BAYE, veuve, mère de la petite Anta et de
   « Grève »
BINETA,　　épouse de Deune ;
MAME SOFI　　　—
N'DEYE TOUTI, élève de l'école normale.

BAMAKO

AD'JIBID'JI

LES derniers rayons du soleil filtraient entre les dentelures des nuages. Au couchant, des vagues de vapeurs se délayaient lentement tandis qu'au centre même de la voûte céleste — vaste lac indigo cerné de mauve — une tache rousse grandissait. Les toits, les mosquées hérissées de leur minaret, les grands arbres — flamboyants, fromagers, calcédrats — les murs, le sol ocré, tout flambait. Brutalement lancé à travers le rideau de nuées, tel le trait lumineux d'un projecteur céleste, un rayon vint frapper de plein fouet la résidence du gouverneur dressée comme un pain de sucre blanc au sommet du Koulouba.

Au centre de la ceinture de collines, les concessions de torchis, les termitières semblables à des obélisques trapus, l'herbe encore sèche de la chaleur du midi, baignaient dans l'eau rouge du soleil couchant. Venu du nord-est, un petit vent sec léchait les visages. On transpirait encore un peu.

C'était un après-midi de mi-octobre, à la fin de la saison des pluies. Comme de coutume à pareille heure, les habitants de Bakayoko-so (1) s'étaient réunis dans la cour. Rien que des femmes. Tout en s'affairant à leurs travaux ménagers, elles jacassaient,

(1) Concession des Bakayoko.

chacune parfaitement indifférente à ce que disait
l'autre. Assise un peu à l'écart, le dos appuyé contre
le mur de terre argileuse, la vieille Niakoro.

Elle était très âgée, Niakoro. De chaque côté de
son petit nez à l'arête droite, les paupières tombantes
recouvraient à moitié les yeux. Elle avait, souvenir
d'une jeunesse coquette, les lèvres tatouées. Le
contour de sa bouche se rétrécissait en un perpétuel
mouvement de succion ; au rythme de son souffle, ses
joues se gonflaient et se dégonflaient. On aurait dit
qu'elle les avalait. Sa tête ne paraissait plus reliée au
tronc que par des filets de peau ; d'autres bandes
molles pendaient sous le menton. Mais ce vieux
visage avait gardé la sérénité de ceux qui arrivent au
terme d'une vie de sagesse et de labeur. De sous le
pagne usé et décoloré qui s'arrêtait à mi-mollet sortaient les jambes torses, les pieds aux orteils écartés
et recourbés.

Niakoro-la-vieille écoutait d'une oreille les épouses
des hommes absents. Tel un berger à quelques pas de
son troupeau, elle semblait les surveiller. Il était rare
qu'elle prît part à leur caquetage. Sauf, parfois, pour
leur raconter une histoire des temps où elles n'étaient
pas encore nées. Mais depuis quelques jours, elle
paraissait soucieuse, un événement grave la préoccupait. Il y avait plus grave encore : personne ne s'était
informé de son tourment. Cela l'inquiétait, l'obsédait.
De son temps, les jeunes n'entreprenaient rien sans le
conseil des aînés. Et voilà qu'aujourd'hui, ils allaient,
seuls, décider d'une grève. Savent-ils seulement ce
que c'est ? Elle, Niakoro le sait, elle en a vu une.
Une pluie, tout juste, avant la guerre, une grève
terrible, un cruel souvenir pour ceux qui l'ont vécu.
Et voici qu'elle, elle à qui cette grève a pris un époux
et un fils, personne n'est venu la consulter ! Les
usages d'autrefois sont-ils donc abolis ? Ibrahima
Bakayoko, son propre fils, ne lui a rien dit ! En

vérité, elle l'avait vécue, cette première grève, là-bas, au pays des *toubabous-dyions* (esclaves des Européens). Lui avait-on assez rebattu les oreilles avec ce Sénégal, le travail qu'on y trouvait, les fortunes qu'on pouvait y faire. Elle n'en avait rapporté que deuil et douleur. Depuis lors, elle appelait les Sénégalais « les esclaves » et lorsqu'elle parlait de son cadet, elle disait : « Il ressemble à un Oulofou (1), il en a la démarche et les manières polies. »

« Mais, pensait Niakoro-la-vieille en suçant ses joues, qu'on ne me parle plus de tous ces gens-là. Est-ce que les Bambaras ne comprendront jamais que ces esclaves, fils d'esclaves, ne sont que des menteurs ? Nous autres, Bambaras, n'avons jamais cédé devant un ennemi, nous n'avons qu'une parole, nous, et nous allons jusqu'au bout. Et voilà maintenant que ces cheminots sans cervelle veulent une autre grève et, comme la dernière fois, ce seront les Soudanais qui se feront tuer ! Tiens, comment s'appelle donc celui qui est venu il y a quinze jours ? Je connaissais bien son père, c'était un bon Oulofou. Il est venu pour voir Ibrahima. Ils connaissent les Bambaras, les hommes d'Ibrahima Bakayoko, même les toubabous connaissent les Bambaras. Ah, mon fils, tout le monde le connaît : Ibrahima par-ci, Ibrahima par-là. Depuis la mort de son père, il ne tient plus en place. C'est vrai qu'il remuait déjà quand il était dans mon ventre. Mais alors, ça me faisait plaisir. Et maintenant le voilà qui prêche la grève. Pourquoi ? C'est bien risqué et je serais plus tranquille si ces fils du Couchant n'étaient pas mêlés à l'histoire. Je n'ai aucune confiance en eux. Tous des trompeurs. »

Fatiguée de penser, fatiguée de tous ces souvenirs qui revenaient bourdonner dans son crâne, Niakoro releva la tête et regarda les femmes qui, pour fuir le

(1) Ouolof, prononciation en bambara : Oulofou.

soleil, s'étaient alignées le long du mur de clôture. Au
milieu de la cour se dressait le petit mirador qui
servait à faire sécher les graines. A chaque pieu
pendaient des grappes de piments rouges et des épis
de mil. Dans un coin, des enfants jouaient. Il y eut
soudain une sorte de hennissement. C'était Fatoumata qui riait : « Quelle vilaine voix, se dit Niakoro-
la-vieille, quel affreux ricanement. Est-ce qu'une
femme qui se respecte peut rire ainsi ? Les voisins
vont se demander ce qui se passe. Cette Fatoumata
n'a vraiment aucune pudeur ! »

Mais que représentait Niakoro-la-vieille pour ces
femmes occupées de la seule heure présente ? A peine
le souvenir d'un passé révolu qui s'effaçait lentement.

A quatre pattes, un nourrisson venait de ramper
jusqu'à elle. Niakoro cassa son vieux dos pour le
saisir, mais le bébé se mit à brailler.

— Tais-toi, tais-toi, dit-elle.

Et comme le petit hurlait de plus belle, elle entama
une très ancienne berceuse, mimant les paroles avec
force grimaces, ce qui irrita davantage le nourrisson.
Fatoumata, la femme au rire vulgaire, vint chercher
son enfant. La façon dont elle le saisit et l'emporta
déplut à Niakoro. « Elle aurait bien pu le bercer un
peu et ensuite me le donner », se dit la vieille femme.
Et de nouveau, elle sentit l'âge et les regrets.

Niakoro réagit :

— Ad'jibid'ji, Ad'jibid'ji, cria-t-elle.

N'obtenant pas de réponse, elle réitéra deux fois
encore son appel.

— Elle fait son *karan* (1), dit Assitan qui s'était
détachée du groupe des femmes. Que désires-tu,
m'ba (2) ?

_____

(1) Devoirs pour l'école.
(2) Grand-mère.

— Mets-moi le poinçon au feu, répondit Niakoro.

— Tout de suite, m'ba.

Niakoro-la-vieille ne pouvait pas passer un après-midi inactive. Tantôt elle ravaudait, tantôt elle réparait ou ornait des calebasses.

— Je n'arriverai jamais à comprendre votre manque de goût, disait-elle aux autres femmes. Pourquoi ne vous souciez-vous pas de décorer vos ustensiles ? Ne savez-vous donc pas que vos plats en fer affaiblissent la virilité des hommes ?

Assitan apporta le poinçon chauffé à blanc. Niakoro saisit une calebasse de taille moyenne qu'elle coinça entre ses cuisses et, d'une main sûre, commença à tracer des arabesques. On entendit un petit grésillement. Les yeux de Niakoro fixaient sa main agile. Puis elle s'arrêta, l'outil en l'air, et fit pivoter la calebasse. Satisfaite de son travail, elle suçota ses joues et reprit sur l'autre côté ses losanges piquetés de gros points.

A l'horizon, le soleil achevait sa course, mais la chaleur demeurait. A l'ombre, au pied du mirador, des poules et des coqs se tenaient sur une patte, bec ouvert, paupières rabattues.

— Ad'jibid'ji, viens ici.

La fillette s'arrêta pile et revint sur ses pas.

— D'abord, on ne sort pas d'une maison comme quelqu'un qui vient de subir un affront, dit Niakoro-la-vieille, et puis où allais-tu si vite ?

— A l'assemblée des hommes.

Ad'jibid'ji devait avoir huit ou neuf ans, mais elle était grande pour son âge. Elle avait les mêmes traits, le même nez fin que sa mère Assitan car elles avaient dans leur ascendance des Peulhs et des Berbères. L'abondante chevelure de la fillette était partagée en quatre touffes entremêlées de quatre gris-gris d'un pouce d'épaisseur.

— A l'assemblée des hommes ! répéta Niakoro.
— Pour aujourd'hui, elle en avait assez fait, son travail s'entassait à côté d'elle. Elle mastiqua ses joues : — Qu'as-tu donc à être toujours fourrée avec les hommes ? Ils préparent une grève. Ce n'est pas quelque chose pour toi. Tu ne peux donc pas rester ici, pour une fois ?

— Si, mais aujourd'hui je dois porter ce livre à Fa Keïta, répondit la fillette en montrant le « Mamadou et Bineta (1) » qu'elle tenait à la main.

— Ce n'est pas une place pour une femme, encore moins pour une fillette de ton âge. Qu'as-tu donc à passer tout ce temps avec les hommes ?

— C'est « petit père » qui avait l'habitude de m'y mener avec lui et, en plus, j'apprends.

— Apprendre, apprendre quoi ? répliqua Niakoro. — Dans sa voix, il y avait à la fois de la raillerie et de la tristesse : — Je t'appelle, bon, il ne faut pas te déranger. Pourquoi, parce que tu apprends le touba-bou. A quoi ça sert le toubabou pour une femme ? Une bonne mère n'en a que faire. Dans ma lignée qui est aussi celle de ton père, personne ne parle le toubabou et personne n'en est mort ! Depuis ma naissance — et Dieu sait qu'il y a longtemps — je n'ai jamais entendu dire qu'un toubabou ait appris le bambara ou une autre langue de ce pays. Mais vous autres, les déracinés, vous ne pensez qu'à ça. A croire que notre langue est tombée en décadence !

Niakoro se tut un instant pour reprendre son souffle. Ses joues remuaient comme une pâte molle qui se gonfle :

— De mon temps, on apprenait juste quelques versets du Coran, pour les prières.

Pendant ce discours, Ad'jibid'ji s'était tenue sur un pied, frottant son mollet droit de son orteil gauche,

---

(1) Livre scolaire à l'usage des écoliers africains.

son cou frêle penché de côté, les yeux fixés au sol.
Entre sa grand-mère et elle, il y avait deux générations, mais Ad'jibid'ji n'était ni irrespectueuse, ni
effrontée. Au contraire sa maturité, sa spontanéité, sa
lucidité stupéfiaient tout le monde et d'abord Niakoro elle-même. Elle fit passer le livre d'une main à
l'autre et demanda respectueusement :

— Je peux partir, *mama* (1) ?

— Mais tu ne sais donc pas qu'aujourd'hui ils
tiennent un grand palabre, sur la grève ?

— Si.

— Tu n'as jamais vu une grève, toi ! Ton petit
père en a vu une lui, et il était encore jeune. Des
soldats vont venir. Ils tireront. Et toi, au milieu des
hommes, tu seras comme une chèvre au milieu de
chameaux en débandade. Tu n'as donc pas peur ?

— De quoi, mama ?

— De quoi ? Tu demandes de quoi ? Mais qu'est-
ce que tu as dans la tête ?

— Du cerveau, mama, rien que du cerveau,
répliqua Ad'jibid'ji en se balançant d'un pied sur
l'autre, les mains derrière le dos, tandis que sa camisole de cotonnade trop grande pour elle flottait
autour de son corps frêle.

Un court instant, la vieille bouche aux lèvres ger-
cées resta ouverte en forme d'O sans qu'un son en
sortît. Puis Niakoro s'exclama sur le mode sarcasti-
que :

— Tu ne sais même préparer le *bassi* (1). Voilà
ce que c'est d'être fourrée plus souvent dans les
pantalons des hommes que sous le pagne de ta
mère !

Cette dernière phrase piqua la fillette au vif. Elle
bégaya presque :

(1) Grand-mère en bambara.
(2) Couscous.

— Ce matin j'ai été toute seule au fleuve pour laver, puis je suis allée au marché. Depuis trois jours nous pilons et j'ai toujours été là. Et ce soir, j'ai fait la vaisselle, *alors* ?

Ad'jibid'ji avait dit ce dernier mot en français.

— Aloss, Aloss ! hurla la grand-mère comme si elle voulait arracher ce mot des lèvres de sa petite-fille. Tu me parles à moi, la mère de ton père, et tu me dis « aloss... voulo ». Les toubabous quand ils s'adressent à leur chien disent « aloss... voulo », et toi, ma petite fille, tu me traites comme un chien !

Niakoro-la-vieille n'avait jamais adressé la parole à un Blanc, mais ce mot lui écorchait le tympan. Sans qu'elle sache pourquoi, elle le trouvait grossier sur-tout en l'entendant de la bouche d'une enfant qui, en s'adressant à elle, aurait dû baisser la voix.

— Aloss, aloss, répéta-t-elle. Je te parle en bam-bara et tu me réponds dans ce langage de sauvages, de voulos !

— Le mot m'a échappé, mama.

Ad'jibid'ji était sincèrement confuse. Elle n'avait pas voulu peiner la vieille femme. Elle lança un regard vers sa mère ; des larmes coulèrent de ses yeux en amandes. Le sentiment de sa faute la chagri-nait, mais en même temps qu'elle en prenait cons-cience, elle éprouvait qu'elle était libre, indépendante. Elle aurait aimé pouvoir expliquer ce mot : indépen-dance.

Quant à Niakoro, elle était plus étonnée que pei-née. Elle ne comprenait pas que la fillette n'ait pas été touchée par ce qu'elle lui avait dit. Comme Ad'jibid'-ji continuait de pleurer, les ménagères cessèrent leur bavardage.

— Ad'jibid'ji, s'écria Assitan, ton père t'avait pourtant défendu de dire ce mot !

— Oui, mère, oui, c'est vrai. Mais je ne l'ai pas fait exprès.

— Va me chercher le *nguégué*, dit Assitan en posant son van.

Un instant plus tard, la fillette revint portant une cravache. Assitan la lui prit des mains. Ad'jibid'ji regarda sa mère dans les yeux et demanda avant de présenter son derrière.

— Est-ce pour me faire mal ou pour me rendre meilleure, mère ?

Le bras levé resta en l'air.

L'éducation qu'elle avait reçu de son « petit père », comme elle appelait Ibrahima Bakayoko avait fait d'Ad'jibid'ji une enfant précoce. Très vite, elle avait su distinguer les corrections. L'objectivité dont elle faisait preuve en ces occasions désarmait tout le monde. C'est ainsi qu'elle supportait les punitions les plus dures lorsqu'elle se savait fautive ; mieux, elle dissertait sur la faute qu'elle venait de commettre.

Interdite, Assitan regardait le petit derrière nu, puis, ainsi que l'on fait pour un rideau, elle abaissa la cotonnade. Elle adorait Ad'jibid'ji, comme d'ailleurs le faisaient toutes ses voisines. Jamais elle n'avait à se plaindre d'elle, ni pour les travaux de la maison, ni pour les commissions. Mais à ce moment-là, Assitan aurait préféré avoir un garçon.

— Va-t'en là-bas, dans le coin, dit-elle.

Tête basse, la fillette gagna l'angle opposé de la cour. Le temps passa et les femmes semblaient avoir oublié l'incident. Ce fut Fatoumata, la femme à la voix d'homme, qui trouva le moyen de libérer Ad'jibid'ji.

— Va voir Fa Keïta et dis-lui de me donner des sous. Je lui ai déjà demandé.

— Je peux partir, mère ?

— Oui, répondit Assitan en hochant la tête.

A pas lents, Ad'jibid'ji quitta la maison. Dans son coin, Niakoro-la-vieille sommeillait ou faisait semblant.

La maison du syndicat était juste à côté de la prison. Basse, solide, construite en *banco* (1), elle était entourée à hauteur d'homme d'un mur de boue grasse. Depuis quelques jours, c'était un incessant va-et-vient, une vraie ruche. Des ouvriers de toutes les corporations entraient et sortaient sans cesse. Mais ce jour-là, l'affluence avait, dès l'aube, battu tous les records. De toute la contrée on venait aux nouvelles : les cheminots allaient voter une grève et chacun savait que cette décision allait engager son sort. D'heure en heure, la foule se faisait plus dense. Les uns étaient accroupis sur leurs talons, les autres debout dans la cour ou appuyés au mur. Il y en avait dans les branches des arbres ou à califourchon sur le faîte du mur. Ils attendaient l'orateur annoncé. Rapidement, la cour était devenue trop petite, le flot humain venait battre jusqu'à la porte de la prison et débordait sur les prés.

Dès qu'elle fut dans la rue, Ad'jibid'ji releva sa longue camisole et se mit à courir, soulevant la poussière à chaque pas. Elle traversa la route de Kati, passa devant le camp des gendarmes. Comme elle arrivait devant la prison, un milicien qui l'avait reconnue l'interpella, mais elle n'y fit aucune attention. Il y avait là, pour surveiller les ouvriers, des miliciens en shorts et chemises kaki, les jambes prises dans des molletières, la chicotte à la main, et des soldats qui, l'arme au pied, prenaient des airs de chiens de berger. Passée la prison, Ad'jibid'ji se heurta à la masse compacte qui entourait la maison du syndicat. Elle avait l'habitude de ce genre de réunion et sa technique était bien au point. A hauteur des reins de deux hommes elle glissait d'abord les mains, puis la tête, levait les yeux, demandait « pardon » et passait. On la connaissait, on l'appelait la

(1) Terre argileuse.

soungoutou (1) du syndicat. Telle une vrille, elle faisait son trou derrière lequel la masse se refermait aussitôt. Tout en poursuivant sa pénétration, elle entendait quelques bribes du discours de Fa Keïta qui parlait de vie chère et de salaires. Un assistant qu'elle dérangea cria « chut ! » auquel firent écho d'autres « chut, chut ! ». Ad'jibid'ji s'arrêta un instant puis reprit son manège : un regard timide, un sourire doucereux, un clin d'œil câlin, une glissade : elle était passée. Ainsi atteignit-elle la porte. Devant elle, coupée en deux par une allée centrale, la foule s'entassait jusqu'à l'estrade. Des corps et des têtes, des crânes rasés ou crépus, des haillons noircis de cambouis. Les visages avaient perdu toute personnalité ; comme si quelque gomme géante était venue effacer leurs traits particuliers, ils avaient pris un masque commun, le masque anonyme de la foule. La salle était aérée par quatre fenêtres, mais ce soir elles servaient de siège ou d'accoudoir aux manifestants. Une odeur lourde de sueur et de fumée refroidie montait comme une vapeur.

Au mur du fond, derrière l'estrade, pendait un calicot :

TRAITE EN AMI QUI TE TRAITE EN AMI
TRAITE TON PATRON EN ENNEMI

Ecartant des épaules, enjambant des cuisses d'hommes assis, Ad'jibid'ji se fraya un passage jusqu'au pied de l'estrade. Là, elle s'assit à même le sol de terre battue entre deux hommes. De temps à autre, elle reniflait et jetait un regard de dégoût à son voisin de droite dont les pieds sales et couverts de plaies dégageaient une odeur fétide. Mais il ignora la

(1) La jeune fille.

fillette tant il était occupé par les paroles du
« Vieux ».

Mamadou Keïta ou le Vieux, comme on l'appelait
avec respect, était debout à la gauche de l'estrade.
Son corps maigre aux longs bras décharnés qui jaillissaient d'une tunique sans manches était surmonté
d'une tête toute en hauteur, entièrement rasée à
l'exception d'une barbe blanche un peu hirsute mais
qu'il conservait jalousement. Il avait la parole lente
mais précise. D'abord, il évoqua la pose des premiers
rails. Il n'était pas encore de ce monde à l'époque,
mais, plus tard, il avait vu l'achèvement de la voie
ferrée à Koulikoro. Puis il parla des épidémies, des
famines, de l'annexion des terres tribales par l'administration du chemin de fer.

Mamadou Keïta fit une pause et de ses yeux
marrons cerclés de rouge fouilla le public. De son
front partaient trois balafres qui descendaient
jusqu'au menton et que venaient croiser de petites
entailles horizontales. Il vit Ad'jibid'ji et reprit son
discours :

— Nous avons notre métier, mais il ne nous rapporte pas ce qu'il devrait, on nous vole. Il n'y a plus
de différence entre les bêtes et nous tant nos salaires
sont bas. Voilà des années, ceux de Thiès ont
débrayé, ça s'est soldé par des morts, des morts de
notre côté. Et voici que cela recommence : en ce
moment même, de Koulikoro à Dakar, ont lieu des
réunions pareilles à celle-ci. Des hommes sont venus
avant moi sur cette tribune, d'autres vont suivre.
Etes-vous prêts à déclencher la grève, oui ou non ?
Mais avant, il faut réfléchir.

Tiémoko, de la salle, lui coupa la parole :

— C'est nous qui faisons le boulot, rugit-il, et c'est
le même que celui des Blancs. Alors, pourquoi ont-ils
le droit de gagner plus ? Parce qu'ils sont des
Blancs ? Et quand ils sont malades, pourquoi sont-ils

soignés et pourquoi nous et nos familles avons-nous le droit de crever ? Parce que nous sommes des Noirs ? En quoi un enfant blanc est-il supérieur à un enfant noir ? En quoi un ouvrier blanc est-il supérieur à un ouvrier noir ? On nous dit que nous avons les mêmes droits, mais ce sont des mensonges, rien que des mensonges ! La machine que nous faisons marcher, la machine, elle, dit la vérité : elle ne connaît ni homme blanc, ni homme noir. Il ne sert à rien de contempler nos feuilles de paie et de dire que nos salaires sont insuffisants. Si nous voulons vivre décemment, il faut lutter.

— Oui, la grève, la grève ! hurla la salle, poings levés.

De la salle à la courette, de la courette aux rues avoisinantes, il n'y avait plus qu'une seule voix : « la grève ! » Et cela, dans un désordre indescriptible, chacun voulant donner son avis, son témoignage.

Tiémoko, qui avait interrompu le Vieux, se leva, sa figure bestiale projetée en avant. C'était un hercule de trente ans au corps râblé, aux épaules larges, avec un cou de taureau où saillaient les veines. A son oreille gauche pendait un anneau de Galam en or torsadé. Son tricot jaune était trempé de sueur. Ad'jibid'ji n'aimait pas Tiémoko. Quant à Mamadou Keïta, un peu dérouté par le tumulte qu'il avait déchaîné, il demeurait silencieux. Mais le désordre allait croissant. Une sourde rumeur envahit la salle qui soudain parut plus petite. On n'écoutait plus personne, on criait tout simplement. Un garçon blême se redressa et pour répondre à son interlocuteur voulut monter sur un banc. Le banc tomba, raclant des tibias. Aussitôt six, huit, dix voix se mirent à invectiver ; les cris de colère, les injures se mêlèrent. Dehors aussi la foule s'échauffait et par la porte et les fenêtres déferlait un grondement confus. Un mot, toutefois, revenait sans cesse : « la grève ! »

Dans la rue, les miliciens ajustaient leurs nerfs de bœuf et les soldats manipulaient leurs armes. Les officiers, inquiets, surveillaient la masse en ébullition.

Ad'jibid'ji profita du désordre pour grimper sur l'estrade et arriver près du Vieux. Elle lui transmit la commission de Fatoumata. Le Vieux la fit adosser au mur, sous le panneau. Plus intéressée qu'amusée, elle enregistrait le spectacle et les bruits. Tout à coup, un léger sourire illumina son visage. Comme un éclair, un souvenir venait de traverser son esprit. C'était une histoire que lui avait racontée Ibrahima Bakayoko, son petit père : « Au temps où nous n'avions pas encore de syndicat, les gars, au beau milieu des discussions, restaient assis par terre et réclamaient des bancs. On leur donna des bancs et que se passa-t-il ? Pour s'engueuler ils se mettaient debout, comme si les bancs n'existaient pas ! » A ce souvenir, Ad'jibid'ji étouffa un petit rire.

A plusieurs reprises, Keïta demanda le silence. Sur l'estrade, les responsables chuchotaient entre eux. Peu à peu, le vacarme s'apaisa. Les hommes reprirent place sur les bancs. Quand quelqu'un ne voulait pas s'asseoir, on le tirait par son *boubou* (1) ou l'on appuyait sur son épaule. Diara, le contrôleur, essaya de resquiller quelques places. Adroitement, sur ses pieds, il manœuvrait, repoussant les jambes qui le gênaient ; puis il coulait une épaule ; risquait son ventre, retenait sa respiration. Rangée par rangée, il avançait. Finalement il reçut un coup de coude dans le ventre et alla s'effondrer au milieu des murmures. Mamadou Keïta put enfin reprendre le fil de son discours :

— Je n'ai pas dit que j'étais contre la grève. J'ai dit seulement qu'une décision de cette importance n'a

(1) Tunique.

pas encore été prise ici et qu'il fallait réfléchir. Moi,
votre doyen, je n'ai jamais vu ça chez nous. Votre
enthousiasme me fait peur. Ce qu'il faudrait aujour-
d'hui, c'est qu'Ibrahima Bakayoko soit parmi nous. Il
sait nous parler et nous l'écoutons tous. Souvenez-
vous, la dernière fois il nous a parlé des briseurs de
grève...

— On s'occupera des renégats !

C'était encore Tiémoko qui intervenait. Ses parti-
sans se levèrent de leur banc. Le Vieux se tut et
baissa la tête. Le cœur battant, Ad'jibid'ji regarda
Tiémoko qui ressemblait à une bête féroce prête à
charger. Dans son cœur, elle sentit naître une haine
contre cet homme.

Quelqu'un, pris de nausée, sortit précipitamment,
la main sur la bouche. La chaleur devenait insupportable.

Konaté, le secrétaire du syndicat, essaya d'intervenir :

— Tiémoko, laisse parler le Vieux afin qu'on
puisse passer au vote...

Mais une voix qui venait de la cour l'interrompit :

— Hé, là-bas ! Vous êtes en retard, nous sommes
déjà en grève, nous !

C'étaient trois ouvriers de la traction qui venaient
d'arriver, leurs hardes couvertes de graisse et de
poussière de charbon. Les applaudissements crépitèrent, frénétiques. Des bras se tendirent vers eux, on
les saisit, on les fit passer par la fenêtre, on les
regardait comme s'ils venaient d'accomplir un
miracle impossible au reste des humains. Ravis et
fiers, le visage fendu par un rire de satisfaction, ils se
laissèrent admirer.

Après cela, plus personne ne put parler. On passa
au vote : la grève fut décidée à l'unanimité pour le
lendemain à l'aube.

Telle un couvercle sur sa marmite, la nuit recouvrit la terre. Mais la chaleur demeura. Au lieu de venir brûler les crânes comme pendant le jour, elle montait du sol, elle sortait des fentes des murs, elle sourdait des terrasses.

La salle mit du temps à se vider. Longtemps encore, on discuta passionnément. On avait allumé les lampes à pétrole dont les flammes charbonneuses éclairaient mal les visages luisants de sueur. L'odeur du pétrole se mêlait à celle des corps trop chauds. Enfin la fatigue se fit sentir ; par petits groupes parlant et gesticulant, la foule se dispersa. Le Vieux s'en revint accompagné de Diara et de Konaté, avec Ad'jibid'ji trottinant sur leurs talons. Ils étaient silencieux, chacun gardant ses pensées pour lui. Parfois Mamadou Keïta se retournait et la fillette disait simplement :

— Je suis là, *moké* (grand-père).

Au ciel, quelques rares étoiles luisaient. Soudain, très lointain, le bruit du tam-tam creva la nuit, c'était le rythme d'un *bara* (1). Les trois hommes se séparèrent au carrefour. Ad'jibid'ji prit la main de Mamadou Keïta et le vieil homme et la fillette regagnèrent la maison. Pêle-mêle sur les nattes, les femmes chantonnaient, entourées de la marmaille.

— Dieu merci, Dieu merci, dit Niakoro, on n'a pas entendu de coups de feu.

— *Alhamdou Li lah*, fit le vieil homme remerciant à son tour le Tout-Puissant en arabe. On n'a pas tiré ni frappé personne. Cette grève ne durera pas. Deux ou trois jours au plus.

Et il s'assit auprès de Niakoro.

— Merci de ta peine, dit Fatoumata en apportant le souper.

(1) Danse bambara.

— A toi aussi, femme, merci de ta peine. Est-ce que tout le monde a soupé ?

— Oui, il ne reste plus que toi et Ad'jibid'ji.

Fatoumata s'installa derrière son mari et resta ainsi durant tout le repas en signe de politesse. Mamadou Keïta et la fillette se lavèrent les mains.

— Quand reviendra Ibrahima Bakayoko ? demanda Niakoro.

— Eh, Dieu sait que je n'en sais rien ! Et toi, fillette, sais-tu quand revient ton petit père ?

Ad'jibid'ji retira sa main du plat, termina sa bouchée et répondit :

— Je n'en sais rien, grand-père, il a promis d'écrire chaque semaine.

— Et il ne t'a pas dit combien de temps durerait la grève, d'après lui ?

— Non, moké, mais il avait l'air optimiste, et je crois qu'il reviendra pour la reprise.

Tout en mangeant, le Vieux était songeur. « Peut-être Tiémoko sait-il quelque chose », se demandait-il.

— *Hi Allah*, dit Niakoro-la-vieille qui, malgré l'obscurité, semblait lire dans les pensées de l'homme. Ne crois-tu pas que tous ces enfants se trompent ? Comment toi, un homme d'âge, peux-tu écouter les paroles de ces nouveau-nés ?

— Niakoro, répondit le Vieux, nous aussi les anciens nous devons apprendre et savoir que les connaissances actuelles ne sont pas innées en nous. Non, le savoir n'est pas une chose innée. Depuis des mois, j'apprends cela. Avec regret, crois-moi.

— Vaï ! des mensonges ! Tout ce que sait un enfant, une grande personne le sait mieux que lui.

— Tu ne travailles pas, toi. Tu ne sais pas qu'il y a de nouvelles machines. Moi non plus, je ne les connais pas. Mais demain, demain, Niakoro, que sais-tu de demain ? Si tout à l'heure, à la maison du syndicat, j'avais dit tes paroles que tu viens de prononcer, on m'aurait sorti !

— Et tes cheveux blancs, à quoi te servent-ils, alors ?

— Ne confonds plus respect et savoir. Te souviens-tu du dicton : « Avant d'avoir les cheveux blancs, il faut d'abord les avoir eus noirs. »

— Bah ! fit Niakoro-la-vieille.

Et elle se replongea dans son silence. Le repas se poursuivit. Lorsqu'il eut terminé, Mamadou Keïta se lava les mains et rendit grâce à Allah. Il partagea sa noix de cola avec Niakoro puis, s'adressant à Ad'jibid'ji :

— Petite fille, tu n'aimes pas Tiémoko ?

— Non, moké, je ne l'aime pas.

— Pourquoi ?

« Que lui dire, pensait la fillette en se lavant les mains elle aussi, que je ne le hais pas, mais que c'est une brute, que la façon dont il lui a parlé ne me plaît pas, et que même si ` c'est un ami de petit père... comment expliquer tout cela ? »

— Je n'en sais rien, moké.

— Pourtant, il s'entend bien avec ton petit père et tu aimes quand il chante.

— J'aime bien sa voix, dit la fillette pour couper court à ces questions et elle ajouta : — Je voudrais me coucher, moké. Grand-mère, je vais au lit.

— Va et passe la nuit en paix, et que tu sois plus âgée qu'elle.

— Passez tous la nuit en paix.

Et Ad'jibid'ji disparut dans le corridor.

Les anciens demeurèrent avec leurs pensées et leurs appréhensions. Le soir ne leur apportait plus le repos. Les yeux du corps cédèrent à ceux de l'esprit. Sur le seuil de chaque demeure, on écoutait craintive-

ment le bara. La nuit s'était enfoncée tout autour de
la cité soudanaise, mais le martèlement sonore semblait maintenant venir de partout à la fois ; il tournait, tournait et tournait aussi dans les têtes à qui le
sommeil se refusait.

THIES

LA CITE

DES taudis, des soupentes branlantes, des tombeaux renversés, des *tapates* (1) en tiges de mil ou de bambous, des piquets de fer, des palissades à moitié écroulées. Thiès : un immense terrain vague où s'amoncellent tous les résidus de la ville, des pieux, des traverses, des roues de locomotives, des fûts rouillés, des bidons défoncés, des ressorts de sommiers, des plaques de tôle cabossées et lacérées puis, un peu plus loin, sur le sentier de chèvres qui mène vers Bambara (2), des monceaux de vieilles boîtes de conserves, des amas d'ordure, des monticules de poteries cassées, d'ustensiles de ménage, des châssis de wagons démantibulés, des blocs-moteurs ensevelis sous la poussière, des carcasses de chats, de rats, de poulets dont les charognards se disputent les rares lambeaux. Thiès : au milieu de cette pourriture, quelques maigres arbustes, bantamarés, tomates sauvages, gombos, bisabes, dont les femmes récoltaient les fruits pour boucler le budget familial. Là des chèvres et des moutons aux côtes pelées, à la laine tressée d'immondices, venaient brouter — brouter quoi ? — L'air ? Des gosses nus, perpétuellement

(1) Clôtures.
(2) Nom du quartier résidentiel des Bambaras.

affamés, promenaient leurs omoplates saillantes et leurs ventres gonflés : ils disputaient aux vautours ce qui restait des charognes. Thiès : la zone où tous, hommes, femmes, enfants avaient des visages couleur de terre.

Un peu plus loin, à Dialav, il y avait des maisons de bois. Branlantes, certes, étayées de poutres ou de troncs d'arbres, prêtes à s'effondrer aux premières rafales, mais des maisons quand même, avec leurs appentis de toile goudronnée dont les trous étaient bouchés par des chiffons, du carton, des bouts de planches, des estagnons et dont les toitures étaient consolidées à l'aide de grosses pierres, de barres de fer ou de vieilles marmites remplies de terre.

Un peu plus loin encore, il y avait les privilégiés, ceux qui avaient pu acquérir à la Régie des Chemins de fer du matériel hors d'usage, wagons de marchandises ou de voyageurs montés sur des traverses.

De Randoulène à la caserne des gardes-cercle, du grand Thiès à Dialav, les habitations, les arbres et le sol disparaissaient sous une épaisse couche de poussière noire vomie par des locomotives.

Thiès était à la fois le centre de la Régie des Chemins de fer et celui de la direction du mouvement ouvrier. Tous les habitants, quels qu'ils fussent, vivaient de la ligne, du trafic entre Koulikoro et Dakar. C'est également à Thiès que se trouvaient les ateliers de réparations des machines et le service d'entretien.

Samba N'Doulougou

Une à une, la clarté grandissante du jour effaçait les étoiles, et le soleil levant rendait aux choses leurs véritables contours. Les ouvriers s'éveillèrent de bonne heure, ce matin-là. A vrai dire, ils n'avaient guère fermé l'œil. La veille, ils avaient pris une décision, aujourd'hui il s'agissait de l'appliquer et chacun d'eux éprouvait au fond de lui une sensation de gêne, un vide au creux du ventre.

Les premiers sortis franchissaient les haies, cognaient du doigt contre une paroi de bois ou de zinc, une voix encore lourde répondait et un autre homme quittait sa demeure. Tels des fourmis processionnaires, les hommes envahissaient les sentiers, les chemins. Au hasard des rencontres, ils se serraient la main, échangeaient quelques banales politesses. Peu à peu, les timbres des bicyclettes et les moteurs des motos les arrachaient à leur torpeur, mais ils parlaient peu. Même les jeunes, d'habitude exubérants et bavards, se taisaient et les rires étaient des rires forcés. Personne n'osait poser la question qui leur brûlait les lèvres : « Que penses-tu de la grève ? », car personne n'aurait osé répondre.

A la hauteur du passage à niveau, Boubacar, le forgeron, s'arrêta :

— Tiens, dit-il, voilà « le journal du dépôt » !

Samba N'Doulougou, ainsi nommé parce qu'il était une véritable gazette vivante, arrivait en effet à la tête d'une petite troupe. C'était un curieux bonhomme — rien qu'à le voir on ne pouvait s'empêcher de rire — il était vêtu de vieux kakis américains, la chemise pendant sur le pantalon et le pantalon, trop grand, tombant en accordéon sur ses *samaras* (1). Il tripotait sans cesse sa casquette à visière cassée.

— Je ne vois pas pourquoi vous hésitez, dit-il, vous avez eu hier soir l'occasion de donner votre opinion. Plus question maintenant de se rétracter

Il s'adressait à tous ces visages inquiets qu'il voyait devant lui. Bachirou, « le bureaucrate », un employé de la ligne, qui faisait partie des cadres, lui répondit :

(1) Sandales.

— Peut-être que la nuit nous a porté conseil Il faut voir les choses en face · notre syndicat n'est pas encore très solide pour se lancer dans une grève dont nous n'avons peut-être pas mesuré toutes les conséquences.

— Comment ça ? Tout a été vu, étudié, discuté, hier soir ! Regarder les choses en face, comme tu dis ? Eh bien, en face il y a le dépôt ! Celui qui a peur du sang n'est pas capable d'égorger et si on veut de la viande, il faut égorger.

— Tout ça, c'est du boniment !

— Et toi, alors, qu'est-ce que tu fais sinon du boniment !

Samba s'échauffait. Autour des deux hommes un attroupement se formait, les ouvriers savaient que cette discussion entre deux des leurs exprimait leur propre trouble.

— Et toi, alors, ce ne sont pas des boniments ! C'est hier soir qu'il fallait dire ça et pas ce matin ! Seulement, hier soir, tu n'étais pas là. Et pourquoi ? Eh bien je vais te le dire : parce que toi, tu es dans les cadres, tu te considères comme un métropolitain. Tu vas partout répétant : « Moi, je suis dans les cadres métropolitains. » Voilà pourquoi tu voudrais que cette grève échoue.

— Ah ! Tu m'espionnes ! Si je ne suis pas venu hier, c'est parce que...

— Ecoute, Bachirou, au fond, tu n'es pas content de toi, tu te demandes où est ta place : avec les ouvriers ? Alors la direction te déclasse. Avec la direction ? Alors tu te sens étranger chez nous. Etranger, tu es plus étranger à cette grève que M. le Directeur lui-même !

La discussion se poursuivit ainsi jusqu'à ce que le groupe fût parvenu au marché-restaurant. L'air s'était adouci. Au levant, le soleil grimpait les pentes du ciel.

Le marché-restaurant couvrait la place de la gare, le carrefour du passage à niveau, la place Ali N'Guerd. On y était accueilli par un bourdonnement de ruche et des nuages de poussière calcinée. On y trouvait de tout : des miches de pain entières ou débitées, des cigarettes de toutes marques, en paquets ou au détail, du tabac non traité et du tabac à priser, des pierres à briquet et des briquets fabriqués par les tourneurs du dépôt, du sucre en grain ou en poudre, des pâtisseries locales. Sur la place Ali N'Guerd se dressaient les abris des vendeuses de nourriture. Proprement mises, elles appelaient les clients devant leurs comptoirs chargés des mets les plus variés : on y trouvait des beignets, des boulettes de poisson ou de viande, des patates douces frites ou crues, des bouillies de maïs et de mil, encore fumantes et que l'on consommait toutes chaudes. Il y avait aussi des tubercules de manioc rôtis sous la cendre ou préparés en sauce et servis dans des bols comme des haricots blancs, des arachides, des papayes. Et tout pouvait s'acheter à crédit, « sur le dos du mois », selon l'expression coutumière. Et puis, il y avait les principaux habitués du marché, les mendiants et les mouches. Les uns et les autres pullulaient. Des mendiants, il y en avait de tous les âges qui clamaient leur misère ; quant aux mouches, de grosses mouches d'un vert bleuté, elles allaient des plaies que les mendiants portaient sur leur visage ou sur leurs membres, au rebord des récipients des marchands de nourriture. Si on les chassait d'un geste, elles allaient simplement ailleurs, par essaims entiers.

Un peu à l'écart du marché, à l'angle du dépôt, Dieynaba avait installé son étal. Assise sur son petit banc, les jambes écartées, elle fumait une longue pipe de terre tout en surveillant la foule sous ses paupières plissées. A sa droite s'entassaient des piles de calebasses, devant elle, la grande calebasse-mère pleine de bouillie, à sa gauche un bol où trempaient des cuillères dans une eau noirâtre où flottaient des bulles. Dieynaba ne vendait pas à la criée ; placidement, elle attendait les clients tout en tirant sur sa pipe qui l'enveloppait d'un nuage de fumée. Quand un ouvrier se présentait, elle se levait — ou ne se levait pas — pour le servir ; l'homme se restaurait, Dieynaba biffait son nom sur son carnet et reprenait son attente.

La voisine de Dieynaba était Maïmouna, l'aveugle, et les deux femmes s'entendaient bien. Maïmouna était aveugle, mais non pas une misérable, au contraire. Telle une déesse de la nuit, elle promenait son corps majestueux à la peau d'un noir sombre, sa tête altière, son regard vide qui semblait contempler par-dessus les gens, par-delà le monde. Pour le moment, elle était assise, les jambes croisées ; par l'entrebâillement de sa camisole de caraco toute rapiécée, elle allaitait un de ses jumeaux ; l'autre, au creux de ses cuisses, semblait ramer vers elle. Sauf qu'elle était aveugle, personne ne savait rien d'elle, mais on aimait sa voix. A longueur de journée, elle psalmodiait et souvent on s'arrêtait pour l'écouter. En ce moment, elle chantait la légende de « Goumba N'Diaye », la femme qui, avant de perdre la vue, s'était mesurée aux hommes. Et le chant de Maïmouna, déchirant, dominait le tapage.

Samba N'Doulougou arriva, suivi de son escorte d'ouvriers.

— Ah ! te voilà, Samba, dit Dieynaba, tu es en retard, j'ai déjà servi les forgerons et les fondeurs. Tiens, voilà le carnet, regarde ceux que j'ai cochés.

Samba prit le carnet et au fur et à mesure que la marchande emplissait les calebasses, il inscrivait les noms.

— Il me semble que tu ratures plus que tu n'écris,

dit Bachirou, l'employé, qui savourait sa bouillie dont
les graines lui dégoulinaient sur le menton.

— Aussi, ils ont des noms à faire dérailler un
train.

— Tu veux que je te remplace, dit Boubacar le
gros forgeron, en faisant mine de saisir le crayon.

— Toi ? Personne ne pourrait te relire, répliqua
Samba qui savait fort bien que Boubacar était complètement illettré. Tiens, voilà Magatte ! Viens rempla-
cer ton père, mon fils (1).

Samba regarda un instant la main agile de l'ado-
lescent dont le poignet bougeait à peine tandis qu'il
écrivait les noms, puis, comme les autres reprenaient
leurs discussions sur la grève, il s'approcha de Maïmouna.

Tout le corps de l'aveugle se contracta, son visage
d'ordinaire tout lisse se crispa et dans ses yeux aux
cavités vides on vit sourdre des larmes chaudes.

— Touche pas aux enfants, dit-elle simplement.

Samba, qui n'avait pas ouvert la bouche, recula.
D'un regard étonné, Dieynaba avait suivi ce petit
drame rapide. Mais elle ne dit rien. Comme tout le
monde, elle ignorait qui était le père des jumeaux.

Le repas terminé, c'était maintenant devant la
grille du dépôt que les hommes s'étaient rassemblés.
Contre la murette, c'était un véritable enchevêtrement
de bicyclettes et de vélomoteurs. D'habitude les
ouvriers gagnaient rapidement leurs ateliers respec-
tifs, mais ce jour-là, ils demeurèrent devant le grand
portail d'entrée. Ils étaient tous là, les cheminots, les
« roulants », les manœuvres, les aiguilleurs, les
employés, ceux qui étaient de service et ceux qui ne
l'étaient pas.

(1) En réalité, Magatte n'est pas le fils de Samba, mais un
apprenti tourneur.

Le grand portail était ouvert, mais dans la cour centrale, il n'y avait qu'un homme, tout seul. Sounkaré, le gardien-chef, fixa un regard étonné sur cette foule. Appuyé sur sa canne, il avança vers le portail et de sa démarche de crabe s'approcha du groupe des anciens qui faisaient un peu bande à part.

— Ceci est étrange, dit-il après les avoir salués.

— Bien étrange, en effet, répondit Bakary entre deux quintes de toux, mais dans quelques minutes, nous saurons à quoi nous en tenir.

Bakary était tuberculeux et, à le voir, nul ne pouvait l'ignorer. De ses années de chaufferie la peau de son visage avait viré au gris et était recouverte d'une sorte de cal.

— Comme ça, reprit le gardien, ils ne veulent pas travailler ? Ils ont la mémoire courte, ces enfants ! Au moins vous — il se tourna vers le groupe des vieux — vous, vous ne les suivez pas ?

— C'est justement de ça qu'on discute. Il y en a qui sont venus nous voir ce matin pour savoir si on était d'accord sur les revendications.

— Quelles revendications, dit Sounkaré ; je n'ai rien demandé ; je n'ai plus bien longtemps à vivre, moi, ajouta-t-il en ricanant.

— Je suis plus malade que toi, Sounkaré, répondit Bakary, la maladie est toujours là, dans ma poitrine. J'ai assisté à leurs palabres, je croyais qu'ils parlaient seulement de la question des auxiliaires, mais ils parlent aussi de la retraite, une retraite qui ne commencerait pas seulement avec eux, mais qui serait bonne aussi pour les vieux. Regarde — il toussa, détourna la tête pour cracher et sur le sol son crachat devint une petite boule noire — regarde, nous ne sommes plus bien nombreux, les vieux ! Où sont les Fouseynou, les David de Gorée, les Aliou Samba et Abdoulaye et Coulibaly ; ils n'ont pas eu de retraite eux et ils sont morts. Ce sera bientôt notre tour ; et

où sont nos économies ? Quant aux aînés des toubabs, ceux qui nous ont appris le métier, les Henri,
les Delacolline, les Edouard, où sont-ils ? Ils sont
chez eux avec leur retraite. Pourquoi ne pouvons-
nous pas l'avoir, cette retraite ? Voilà ce que disent
les jeunes.

— Hé ! ils t'ont manœuvré, ces enfants. Que Dieu
t'assiste dans sa grandeur, Bakary, mais les toubabs
peuvent refuser. D'ici jusqu'à Koulikoro, tout ce qui
roule est à eux. Ils peuvent même disposer de nos
vies.

— Ne mêle pas la religion à ça. Peut-être bien que
c'est la volonté de Dieu, mais nous devons vivre.
N'est-il pas écrit : « Aide-toi, je t'aiderai » ?...

Bakary dut s'arrêter, une nouvelle quinte l'avait
repris. Il s'accroupit, les mains aux tempes. On aurait
dit un vieux crapaud assis.

A ce moment, arrivait Boubacar, le forgeron, qui
venait saluer les anciens.

— Est-ce vrai, Boubacar, que vous ne voulez pas
travailler aujourd'hui ? demanda le gardien.

— Tu ne vois donc pas, père Sounkaré, que personne n'a franchi ton portail ?

— Alors, si vous ne voulez pas travailler, pourquoi venez-vous ici ?

Cette question inattendue laissa perplexe Boubacar
aussi bien que les anciens.

Et l'attente commença, une longue attente, frac-
tionnée en minutes, en secondes. Chacun remâchait
les paroles qu'il avait dites, chacun tournait et retournait les paroles qu'il avait entendues. Peu à peu,
l'angoisse venait, une peur sourde qui les tenait au
fond du ventre. A la peur se mêlait un espoir, mal
défini, comme une sorte d'espérance en une intervention divine pour un qui ne croit pas en Dieu. Au fur
et à mesure que s'écoulait le temps, ils étaient à la
merci des minutes et des secondes et, devant eux, le

grand portail était ouvert, comme une bouche qui appelle.

Ce silence insoutenable fut interrompu par Bachirou, « le bureaucrate ». Il portait un complet de lin blanc dans lequel son épaule gauche difforme était à l'étroit, et dont les poches bâillaient tant il y avait fourré ses mains.

— Nous avons réfléchi, dit-il, la partie est mal engagée : on ne déclenche pas une grève au beau milieu du mois.

— C'est vrai, dit Sow qui relevait de maladie, moi je ne peux même pas payer mes dettes. Je viens d'être malade et je dois quatre mois de salaire, ce n'est pas le moment de faire une grève.

— Ça, c'est un cas particulier, mais pour nous tous, où cela va-t-il nous mener ?

— Et encore, enchérit un homme assis sur le cadre de son vélo, on a eu de la veine que les soldats n'interviennent pas hier soir, mais maintenant, tout le secteur va être encerclé et il y aura du grabuge.

Au milieu de cette agitation, de ces doutes, de ces questions qui s'entrecroisaient, Samba N'Doulougou allait de groupe en groupe, secouant les hésitants, rabrouant les défaillants. Il méritait décidément bien son sobriquet de « journal du dépôt », car il était au courant de tout et connaissait tout le monde. Il rejoignit Boubacar devant le portail. Le gros forgeron et le petit menuisier étaient grands amis.

— Ah ! mon vieux, moi, à cent mètres, je renifle les défaitistes. Notre Bakayoko est loin ; s'il était là, ceux-là ne parleraient pas comme ça ! Mais moi, je leur foutrais bien ma main sur la gueule, dit-il en dressant son petit poing, ce qui fit rire le géant Boubacar.

Tous deux se trouvèrent devant Bachirou qui continuait à pérorer :

— Et si la direction refuse tout : augmentation de

salaires, retraites, les auxiliaires, etc., etc. Que ferons-
nous ? C'est de la folie de nous obstiner. c'est de la
foutaise !

Samba rajusta son pantalon et tripota sa casquette.

— Pourquoi les décourages-tu, Bachirou ? Parce
que tu es dans les cadres ? Parce que ça te ferait
chier que d'autres aussi soient dans les cadres ? Parce
que tu es un jaloux, un égoïste ! Tiens, toi Sow, tu
as été malade, hein ? Et qui t'a donné des sous ?
Bachirou, ton chef ? Tu sais ce qu'il faisait Bachirou
quand Gaye et Lahbib veillaient ? Il leur retenait des
heures ! Il donne des sous, lui, quand il y a une
assemblée pour un mort, parce que là, on le voit !
Cette grève est notre première, et nous la ferons !
Bachirou, il a les foies

— Moi, un lâche ? Non ! Seulement il ne faut pas
oublier 1938. Attendons les délégués...

— Nous aussi nous pensons à 1938 — c'était cette
fois Boubacar qui intervenait — c'était avant la
guerre, ça ! Si tu venais au syndicat, tu saurais que
nous en avons parlé, et pas une loco n'est sortie.

La voix du forgeron s'était faite plus âpre. Sans
savoir pourquoi, il haïssait Bachirou du fond du
cœur, sa pose, ses manières de plumitif arrivé.

Samba s'approcha davantage :

— Il faut tenir, il faut savoir pourquoi on veut
vivre, il faut se serrer les coudes.

— Il faut remonter ses pantalons ! dit Bachirou
avec un grand rire.

Samba ne se laissa pas démonter par la plaisanterie :

— Bakayoko a dit : « Ce ne sont pas ceux qui
sont pris par force, enchaînés et vendus comme
esclaves qui sont les vrais esclaves, ce sont ceux qui
acceptent moralement et physiquement de l'être. »

— Ouais, ouais, « le Bambara » est très fort en

théorie, mais il faut aussi être pratique. Lui, il se
contente de vous exhorter. Et où est-il en ce moment ? D'ailleurs, au fond, ça ne me regarde pas, je
ne suis pas de caste inférieure, moi, conclut Bachirou
en regardant Boubacar.

— Tu crois donc que j'en suis, moi ? Je suis
forgeron de naissance et de métier et si, par la force
des choses, mes parents ont dû accepter d'être de
basse condition, moi je ne serai jamais l'esclave de
personne.

— Laisse-le, dit Samba, tu ne vois pas qu'il a
peur, ce lèche-papier !

— Vous me cherchez, vous deux, dit Bachirou.

Boubacar s'approcha, son gros ventre en avant :

— Si jamais tu bouges, je t'écrase !

Mais, à cet instant, un bruit que l'on entendait
depuis un moment et qui soudain s'amplifia, fit taire
leur querelle. Toutes les têtes se tournèrent. Dans un
roulement de pas, un heurt de métal, la troupe arrivait par la grand-route. Au-dessus des rangs serrés on
voyait luire, telle une herse renversée, l'acier des
baïonnettes qui reflétaient les rayons du soleil. Les
ouvriers n'avaient d'yeux que pour ce scintillement
en marche. Au marché-restaurant, devant le dépôt,
sur la route, tout bruit avait cessé. Vendeurs et vendeuses avaient ramassé leurs marchandises sans demander leur reste, jusqu'aux mendiants qui avaient
détalé. Bakary se retira et Magatte, l'apprenti,
entraîna les jeunes vers le passage à niveau. Seule
Maïmouna, prisonnière de son infirmité, reine de son
royaume de ténèbres, n'avait pas bougé. Elle poursuivait sa complainte et entama un nouveau couplet :

Je suis venu prendre une épouse, dit l'étranger.
Mon époux doit être plus fort que moi,
Voilà les champs de mon père,

Et voilà les gops (1) *abandonnés, répondit Goumba
N'Diaye.*
Et l'étranger prit un gop.
*Deux fois par semaine, ils ne purent en venir à
bout,*
L'homme ne put l'emporter sur la jeune fille.

Au milieu de cette foule soudain silencieuse, seule
la voix de Maïmouna semblait vivante. Elle couvrait
le bruit des souliers cloutés et le piétinement des
pieds nus. Les hommes tournaient en rond, se rassemblaient comme les bêtes d'un troupeau apeuré
que l'on mène vers un piège. les soldats se
déployèrent en tirailleurs, s'intercalant, l'arme à la
main, entre les grilles du dépôt et la masse des
ouvriers.

— Voilà les délégués ! cria soudain Bachirou,
comme si lui aussi avait espéré l'arrivée d'un sauveur.

A la vue des responsables, la foule parut oublier
son angoisse, les visages se détendirent, les poings
fermés s'ouvrirent. D'un même élan, les ouvriers se
portèrent à la rencontre des sept hommes ; des mains
se tendirent, frénétiques.

Doudou, le secrétaire général, se prépara à annoncer quelque chose, mais sa voix fut soudain couverte
par le hurlement de la sirène et d'un seul coup
l'angoisse fut là : la sueur coula sur les visages et au
creux des paumes, les regards s'éteignirent, les
bouches aux grosses lèvres restèrent ouvertes. Le premier coup de sirène parut plus long que d'habitude.
Puis ce fut le silence qui les saisit. un silence tel qu'il
rendait impossible tout geste, toute pensée.

Le portail d'entrée était toujours grand ouvert,

(1) Instrument de culture en usage au Sénégal. Longue per-
che armée à son extrémité d'une lame en forme de croissant
qui sert à racler la terre.

mais personne ne fit un pas. Lorsque la sirène hurla
de nouveau, un frisson saisit la foule. le son semblait
vous pénétrer le corps, se mêler au sang. De tout
temps, ce son avait signifié obéissance. Enfants, ils
avaient vu leurs pères et même leurs grands-pères se
mettre à galoper en entendant son appel. Eux-mêmes,
il les faisait sortir de leurs maisons, les mettait en
marche, leur faisait passer le portail, rythmait leur
journée de travail.

Sounkaré, le gardien boiteux, recula dans la cour et
disparut. Bakary ne toussait même plus, comme si la
maladie l'avait soudain quitté. Bachirou l'indécis,
Boubacar le forgeron, Doudou lui-même restaient
muets. Magatte et les autres apprentis regardaient les
cailloux qu'ils avaient rassemblés entre les rails. Mais
Maïmouna, la mère des enfants sans père, continuait
à chanter :

Le défrichage dura deux lunes,
Ni Goumba N'Diaye, ni l'étranger
Ne s'avouèrent vaincus.
Battez tous les tams-tams.
Goumba N'Diaye demanda :
Etranger, de quel pays viens-tu ?
L'étranger répondit : moi je suis de tous les pays.
Je suis homme comme tous les hommes.
Ce n'est pas vrai, dit Goumba N'Diaye.
Voilà des saisons que je fais fuir les hommes
Et les hommes ne sont pas tous pareils.

Ainsi chantait Maïmouna pour glorifier la vie
tandis qu'un des jumeaux qui avait quitté son giron
rampait vers les bicyclettes.

Ce fut Samba N'Doulougou — un nom difficile à
retenir, plus difficile encore à oublier — qui se reprit
le premier. D'un bond, il sauta aux épaules de Boubacar :

— Vive la grève ! cria-t-il, perché sur le dos de
son compère et il commença à haranguer la foule en
bambara.

Alors les soldats chargèrent.

La mêlée fut immédiate : coups de crosses, coups
de pointes, coups de godasses dans les tibias, bombes
lacrymogènes. Les cris de rage, de colère, de douleur,
faisaient une seule clameur qui montait dans le ciel
du matin. La foule reculait, se scindait en tronçons
terrifiés, se regroupait, oscillait, vacillait, reculait
encore. Dieynaba la marchande avait ameuté les
femmes du marché. Telles des amazones, elles arrivèrent à la rescousse armées de bâtons, de barres de
fer, de bouteilles. Du passage à niveau, Magatte et les
apprentis avaient ouvert un véritable barrage de cailloux. Tout ce qui pouvait être ramassé volait en l'air.
L'officier qui commandait le détachement n'avait
plus son casque et son front saignait. Un soldat tut
pris par un groupe d'ouvriers : on l'entendit hurler.
La mêlée était partout à la fois. Sur le marché-
restaurant, pas un abri ne restait debout.

Maïmouna ne chantait plus. Le jumeau qui lui
avait échappé s'amusait avec les rayons d'une roue
de bicyclette. Un homme qui fuyait prit le guidon et
tira violemment, l'enfant hurla, l'homme abandonna
la bicyclette qui tomba sur le bébé. A ce moment
arriva Bachirou que poursuivaient les miliciens.
Bachirou d'un bond souple sauta par-dessus l'engin,
mais les lourds brodequins des soldats passèrent sur
le cadre et la roue arrière dont l'axe reposait sur le
crâne de l'enfant. Les gémissements s'arrêtèrent sur
une petite plainte d'animal blessé. Serrant le
deuxième bébé dans un bras, Maïmouna, l'autre
main tendue en avant, entendit la plainte, mais au
même instant quelqu'un, en courant, la bouscula. Elle
tomba en avant, serrant l'enfant contre son ventre, et
resta sur les genoux et les mains, le bébé sous elle.

De son dos arqué, elle faisait un bouclier et sa tête
allait de droite et de gauche comme celle d'un animal
pris de panique. Plus loin, contre la grille, deux
autres soldats avaient acculé Demba le fondeur ; à
coups de crosses, à coups de pointes sur la tête et au
bas-ventre ils s'acharnèrent un moment sur lui. Dans
sa course, Bachirou se heurta à Dieynaba la marchande.

— Où vas-tu, poltron ? dit-elle en lui tendant un
caillou.

Il bégaya quelque chose et poursuivit sa course
éperdue.

Du haut du ballast, Magatte et les apprentis continuaient à lancer leurs pierres, par salves régulières.
La bagarre s'était maintenant étendue à tout Thiès.
Du marché, étaient venus d'autres hommes pour
aider les cheminots, mais, du camp d'aviation et du
camp des gardes-cercle, des hommes en armes arrivaient eux aussi. Enfin, vers le milieu de la matinée,
les combats cessèrent, mais non l'agitation. Les grévistes occupaient la place du marché, le passage à
niveau, la place de la gare et les bords du dépôt,
mais le dépôt lui-même et la gare étaient gardés par
des tirailleurs, l'arme prête. La foule, d'où montait
une rumeur de foire, était si dense que les charrettes
et les autos étaient obligées de contourner le centre
de la ville pour rejoindre un peu plus loin la grand-
route.

MAIMOUNA

LES dirigeants syndicaux avaient installé leur quartier général dans le local de l'inspection du travail, une pièce unique où régnait un tohu-bohu qui effrayait un peu les responsables. Ils étaient tous là, du moins ceux qui n'avaient pas été trop abîmés lors de la rencontre avec les soldats. Samba N'Doulougou racontait à sa manière l'assaut des tirailleurs et mimait la façon dont il avait arraché à un soldat une grenade lacrymogène pour la réexpédier à son propriétaire un instant plus tard. Le gros Boubacar suivait d'un œil ravi la mimique de son copain, tandis qu'un filet de sang qui contournait son oreille droite et descendait le long du cou achevait de sécher. Le vieux Bakary, l'aîné, était là, lui aussi, mais cette fois complètement épuisé. Il avait les paupières tuméfiées et ne cessait plus de tousser. Un véritable rideau de sueur descendait sur son visage, auquel, à chaque quinte, se mêlaient des larmes.

Doudou, le secrétaire général, conversait par bribes avec Lahbib son adjoint. Mais Doudou n'était pas à son aise. Ses yeux marron largement écartés erraient sur les visages qu'il avait devant lui, puis son regard franchissait la fenêtre pour aller se poser sur les groupes d'ouvriers qui discutaient à l'ombre des arbres, sur la clôture et les toits du dépôt, sur les hautes cheminées, les rails brillants comme des barres d'argent, les pauvres cabanes. Doudou savait qu'il devait parler, mais rien, ni les hommes, ni le paysage ne l'inspiraient. Tel un animal lové sur lui-même, une peur somnolait dans sa poitrine. Il craignait qu'elle ne s'éveillât. Sa pensée quitta la petite pièce qu'emplissait le brouhaha des voix. Il se retrouva plusieurs années en arrière, juste après la guerre, à l'époque où sévissait la disette, où tout était rationné. C'est à ce moment que les employés de la Compagnie amorcèrent leurs premières revendications et qu'on parla de former un syndicat. Doudou, Lahbib et Bakayoko, le plus populaire des « roulants », en furent les promoteurs et Doudou dut à son métier sédentaire de tourneur-ajusteur d'être nommé secrétaire général. Dès l'abord, la direction de la Régie s'opposa à la formation du syndicat, puis, lorsque sur une poussée unanime des ouvriers, il eut été créé, elle refusa de le reconnaître. De tout cela, Doudou avait gardé un souvenir très précis. Il se souvenait aussi de ce qu'il n'y avait jamais un sou en caisse, parce que personne ne cotisait... Enfin, tout le travail théorique avait été mené à bien, les rouages avaient été mis en place. Il n'y avait plus qu'à voir comment, maintenant, tout cela allait fonctionner. Et c'est justement ce que redoutait Doudou.

Il sortit de sa torpeur, regarda à côté de lui et vit Lahbib qui suçait ses moustaches, regarda devant lui et vit au premier rang l'énorme forgeron immobile comme un bloc d'anthracite et Samba qui continuait à pérorer :

— Oui, mes amis, ce jour du 9 octobre 1947 restera célèbre dans l'histoire du mouvement...

— 10 octobre, interrompit Bachirou.

Samba N'Doulougou regarda le front bandé de l'employé aux écritures.

— Tu t'es rencontré avec M. Dejean (1), Bachirou, ou bien tu reviens de La Mecque ?

— Nous avons autre chose à faire qu'à écouter tes sornettes, dit Bachirou.

— Oui, et finis de t'agiter comme un haricot tout seul dans une marmite bouillante, ajouta Gaye qui avait le bras droit en écharpe.

— Les hommes attendent, dit Lahbib en poussant Doudou du coude.

Celui-ci se leva enfin :

— Je crois qu'il serait préférable de tenir un meeting demain matin, comme d'ailleurs cela avait été prévu, dit-il. Je pense que, aujourd'hui du moins, la direction de la Régie n'est pas près de céder... — il réfléchit un instant — mais, pour ce soir, il faut que les hommes rentrent chez eux tranquillement. D'ici je vois les soldats et les gardes-cercle, il y en a d'autres. Evitez-les. A propos, combien de blessés et de morts ?

Ce fut Gaye qui répondit tout en dépliant une feuille de papier :

— Les morts ? Il y a Badara, le fondeur et...

— Non, Gaye, pas de noms, interrompit Doudou le sourcil froncé.

— Bon, alors il y a huit morts et des quantités de blessés, hommes, femmes, apprentis.

— Demain après l'enterrement, reprit Doudou, nous tiendrons une assemblée. Ce soir, toi, Lahbib, tu viendras avec moi et les anciens pour voir les veuves. Et les autres gares, quelles nouvelles ?

— Rien, si ce n'est qu'il y a aussi des échauffourées à Dakar.

— Et toi, papa Bakary, as-tu des nouvelles de ton neveu ?

— Avant de partir de Bamako, il m'avait écrit

(1) Dejean : directeur de la Régie.

qu'il viendrait ici, mais l'autre jour un parent qui arrivait de là-bas m'a dit qu'il n'y était déjà plus. Et comme maintenant il n'y a plus de trains. Dieu seul sait quand nous reverrons Ibrahima Bakayoko !

— Nous l'attendrons, dit Doudou. Mais, d'ici là, il faut organiser une permanence, et dès ce soir. Samba et toi, Boubacar, vous serez de garde avec Lahbib. Le comité de grève désigné se réunira ici demain matin à six heures. Et maintenant, laissez-moi passer pour aller l'annoncer aux hommes.

Quelques instants plus tard, les ouvriers se dispersaient, chacun emportant en lui un petit écho de l'immense clameur qui s'était levée de la poussière noire de Thiès.

Au moment de l'accalmie, Maïmouna l'aveugle errait en tâtonnant à la recherche de son enfant. Elle ne savait pas que lorsqu'on avait ramassé les morts et les blessés, on avait aussi emporté le petit corps. Maïmouna avait été battue, bousculée, piétinée, elle était tout ankylosée. Ses vêtements étaient en lambeaux, sa camisole, fendue en deux, ne tenait plus que par le cou, de sa poitrine nue de minces larmes rouges dégoulinaient jusqu'au nœud du pagne, le pagne lui-même était ouvert par-devant jusqu'à la naissance des cuisses. Elle avait perdu son mouchoir de tête et sa chevelure courte était emmêlée comme un champ de *fonio* (1) après un ouragan. Elle serrait contre elle le deuxième jumeau et, de temps en temps, approchait son visage du sien pour écouter la respiration irrégulière. En avançant, elle se heurtait aux décombres des éventaires du marché-restaurant. Elle entendit parler des soldats et, à leur idiome, sut qu'ils n'étaient pas du pays. Titubant comme une ivrognesse, elle sortit enfin des limites du marché,

_____

(1) Sorte de millet.

prit la route de Thivaouane et soudain sentit que
quelqu'un la regardait.

— Eh, les gosses, venez par ici, fit une voix jeune
et forte — c'était Magatte, l'apprenti qui venait
d'apercevoir l'aveugle — c'est pas un tirailleur !

Les apprentis jouaient aux soldats des deux côtés
du ravin. Magatte était le chef.

— Où vas-tu comme ça, Maïmouna ? demanda-
t-il d'un ton commandeur.

— Toi, je reconnais ta voix ! Tu es du dépôt.

— Ahan, je suis l'apprenti de Doudou, le secrétaire général de la grève, répondit Magatte en regardant fièrement ses camarades.

— Je voudrais aller chez Dieynaba... Tu connais
Dieynaba ?

— Si je connais Dieynaba !... Yaye Dieynaba...
Caporal Gorgui ! appela Magatte.

— Un gamin s'avança :

— Mon sénéral ?

— On ne dit pas sénéral ! Général, qu'on dit !

— Mon général, reprit Gorgui en détachant les
syllabes et en redressant une tête dont le crâne était
peint en bleu à cause des teignes.

— En mission ! Tu vas conduire Maïmouna chez
ta mère. Et ne tombe pas aux mains de l'ennemi !
Compris ! Dans deux heures nous allons attaquer,
conclut Magatte en auscultant son poignet comme s'il
y avait eu une montre.

— Bien, sénéral, dit Gorgui au garde-à-vous.

— Général ! répéta Magatte.

— Faites vite mes enfants ! demanda Maïmouna
d'une voix éplorée — et, en elle-même, « je ne sais
plus où je suis. »

— Attendez-moi avant d'attaquer, dit encore Gorgui en tirant l'aveugle par le lambeau de camisole qui
pendait.

Dieynaba demeurait un peu en dehors de la ville,

dans une cabane cachée à la lisière des bois. De loin on ne la voyait pas, entourée qu'elle était d'une haie en tiges de mil. Dès son retour du marché, Dieynaba avait transformé sa maison en infirmerie. Elle avait déchiré toutes les étoffes qui lui étaient tombées sous la main et pansait les blessés avec de l'eau salée. Mariame Sonko l'aidait.

— Va vider cette eau dans le trou, rapportes-en de la fraîche, rapporte aussi des feuilles de bantamaré et mets beaucoup de sel dans l'eau avant d'y tremper les feuilles.

C'est à ce moment que Gorgui, conduisant l'aveugle, apparut au sommet de la petite butte qui protégeait la maison.

— Qu'est-ce que je vois ? s'écria Dieynaba, venez, venez toutes ! Dieu me pardonne, j'avais oublié Maï-mouna ! — Tout en parlant, elle courut au-devant de l'aveugle : — Comment ai-je pu faire pour t'abandonner là-bas ! Toi, Gorgui, retourne avec tes camarades.

Presque cérémonieusement et avec beaucoup de douceur, elle aida l'aveugle à entrer dans la maison. Maïmouna marmonnait des phrases sans suite et Dieynaba apprit ainsi que le deuxième jumeau était resté là-bas. Les autres femmes, ébahies, regardaient l'aveugle comme si elle avait été la seule blessée de la bataille. Dieynaba la fit asseoir sur le cul noir du vieux mortier :

— Donne-moi cet enfant.

— Deêded, deêded, répondit l'aveugle en sanglotant.

Mariame Sonko apparut portant un bol où flottaient des feuilles vertes.

— Pose ça ici, va dans ma chambre, et apporte-moi ma vieille camisole jaune et rouge et le pagne en damiers — puis, à Maïmouna : — donne-moi cet enfant !

— Deêded, je ne veux pas !

— Eh, je sais bien que tu ne veux pas, mais donne-lé quand même, tu vois bien que tu saignes, ah, tiens, je ne sais plus ce que je dis ! Tu saignes, tu entends ? Il faut que je te lave. Et cet enfant, on ne sait pas ce qu'il a ! Gorgui ! Gorgui ! Où est-il ce petit diable ? C'est la grève, personne ne travaille, il devrait être à la maison !

— Mais c'est toi qui lui as dit de rejoindre ses camarades, dit Mariame en entrant, les vêtements sur le bras.

— C'est toujours comme ça quand on a besoin des hommes, ils ne sont pas à la maison !

— Ne t'énerve pas, Dieynaba, si tu ne t'énervais pas, tout serait déjà fini.

— Moi, énervée ? Tu ne sais pas ce que tu dis, Mariame ! Allons, les femmes, venez m'aider, et toi, Maïmouna, donne cet enfant ou sinon on te le prend de force.

Maïmouna comprit que cette fois Dieynaba ne plaisantait pas, elle se laissa faire. Dieynaba passa le bébé à l'une des femmes et entreprit de laver les blessures de l'aveugle.

Le bureau de M. Dejean était situé au deuxième étage de l'immeuble de la Direction de la Régie du Chemin de fer. C'était une pièce spacieuse aux murs de couleur crème auxquels étaient accrochées des photos sous verre. Six fenêtres s'ouvraient sur la perspective du dépôt et des ateliers. Au plafond, un ventilateur aux larges palmes ronronnait doucement, dans un angle, sur une table, une maquette du réseau avec un petit train miniature.

Dejean, l'agent général, tournait en rond dans son bureau, les mains tantôt derrière le dos, tantôt dans les poches. C'était un bonhomme court sur pattes, chauve, le crâne en dos d'âne. Des verres concaves enfourchaient son nez en pied de marmite. Sa boutonnière s'ornait d'un mince ruban rouge.

Vingt ans auparavant, Dejean avait été un employé
zélé. Il était arrivé à la colonie avec l'intention de
faire fortune rapidement. Il rêvait même à sa propre
compagnie. Il avait très vite franchi les premiers
échelons. A cette époque, il y avait peu d'Européens
qui restaient longtemps à la colonie, Dejean, lui,
n'était retourné que deux fois en Europe, et son plus
long séjour n'avait pas excédé deux mois — encore
était-ce pour son mariage. De plus, il était sobre. En
1938, alors qu'il était sous-chef de bureau, les métallos du dépôt avaient fait leur première tentative de
grève. Dejean avait rapidement étouffé le mouvement
et, pour le récompenser, la Direction l'avait nommé
chef de bureau. Puis la Seconde Guerre mondiale était
venue. La colonie, comme la France, s'était trouvée
divisée en deux camps. Lorsque les hommes de
Vichy prirent les affaires en main, le directeur général, qui n'était pas pétainiste, disparut. Dejean le
remplaça. Depuis, il avait gardé le poste.

Dejean continuait ses allers et retours d'ours en
cage. Une sourde colère le travaillait. Le matin
même, il avait refusé de recevoir les représentants des
ouvriers parmi lesquels se trouvaient des fils de ceux
qu'il avait matés neuf ans auparavant. Il était décidé
à ne pas céder. Il n'était pas question de comprendre
ou de ne pas comprendre. Ils devaient d'abord
reprendre le travail, un point c'est tout.

A ce moment, la sonnerie du téléphone se fit entendre, Dejean se précipita à son bureau, saisit le
récepteur et s'assit dans son fauteuil de cuir.

« Allô, allô !... Oui, lui-même... Non, ils n'ont pas
encore repris... Non, je ne les recevrai pas aujourd'hui... demain non plus... Ce qu'ils demandent ? Une
augmentation de salaires, quatre mille auxiliaires,
allocations familiales et retraite... Pardon, je vous

entends mal... Donner des allocations familiales à ces polygames ? Dès qu'ils ont de l'argent c'est pour s'acheter d'autres épouses, et les enfants pullulent comme des fourmis... je vous assure... — la voix de Dejean était déférente, son interlocuteur devait être un personnage important. — Les soldats ?... Oui, ils sont là... Des blessés ? Oui, il y en a quelques-uns, je ne sais pas le nombre exact... Des morts ? Non, pas de morts, d'ailleurs les soldats avaient pour consignes de les effrayer seulement... Renforcer la troupe ? Oui, c'est une bonne idée... merci de votre intervention... les Noirs, j'en fais mon affaire... merci de votre confiance. N'ayez crainte, ce sera comme la dernière fois... S'ils persistent ?... Nous avons un bon allié, c'est la faim ! J'attends mes collaborateurs que j'ai envoyés aux nouvelles, nous allons dresser un plan... Pardon... Mais je les connais, je vous assure, ce sont des enfants... Vingt ans de colonie, ça donne de l'expérience... Oui, vous avez raison, derrière tout ça il doit y avoir quelques énergumènes qui les excitent et les manœuvrent. Des types plus avides de titres que d'argent. Je connais mes Africains, pourris d'orgueil... D'accord, d'accord, je vous rappelle demain à la même heure. Soyez sans crainte, cela ne sortira pas du territoire... Entendu, et merci encore de votre confiance. Mes hommages à Madame... C'est ça, quand cette histoire sera terminée, nous irons à la pêche au thon... Merci encore... »

Dejean raccrocha et se renversa dans son fauteuil. Son regard se perdit dans le carré de ciel que lui livrait une fenêtre. Le bruit des pas des sentinelles qui montaient la garde lui arrivait, assourdi. Dans le jardin, un garde-cercle arrosait le gazon. Un arc-en-ciel miniature couronnait le jet d'eau. A l'horizon, le soleil descendait lentement, comme s'il regrettait d'avoir à abandonner le calme spectacle que lui offrait le quartier résidentiel avec ses villas blanches au milieu des fleurs et les enfants aux joues roses qui jouaient sur les marches des vérandas.

Dejean essuya ses lunettes et se pencha sur son bureau pour prendre un dossier, lorsqu'on frappa à la porte.

— Entrez, dit-il, en retrouvant sa voix un peu coupante d'homme sûr de lui.

Trois hommes apparurent, l'un derrière l'autre : Victor, l'adjoint direct de Dejean, Isnard, le chef d'atelier d'ajustage, un » ancien » de la coloniale, et Leblanc.

— Asseyez-vous, Messieurs, dit Dejean en jouant avec un porte-plume. Quoi de neuf ?

— Rien de bien nouveau, dit Victor, si ce n'est que nous sommes sûrs maintenant que c'est Doudou le principal responsable. Mais il n'est pas payé.

— Que les ouvriers le paient ou non, ça les regarde, moi je m'en fous ! dit Dejean d'un ton brusque.

Comme s'il n'avait pas entendu, Victor poursuivit :

— Ils ont installé leur permanence à l'Inspection du Travail. Il y a un deuxième meneur, le plus important peut-être, Bakayoko, le conducteur. C'est un tribun. Il parcourt la ligne en haranguant les hommes. En ce moment, il est à Kayes...

— Messieurs, j'ai eu Dakar au fil tout à l'heure. Nous serons soutenus. Mais nous devons veiller à ce que cette histoire ne se prolonge pas. J'ai besoin de tous les renseignements possibles. Je connais les Noirs d'ici. Dans quelques jours, il y en aura déjà qui voudront reprendre. Peut-être même avant. Mais si ça dure, il faut prévoir dès maintenant les mesures qui seront appliquées. C'est simple . bloquage des marchandises de première nécessité, riz, mil, maïs. Les boutiquiers seront prévenus. Quant à vous, Messieurs, je veux des renseignements, le plus possible de renseignements.

Ce fut Leblanc, le plus jeune, qui répondit ·

— J'ai entendu dire que bon nombre de Noirs n'approuvaient pas cette grève, mais Doudou, Lahbib et Bakayoko sont des hommes intègres.

A ces mots Dejean fut pris d'une de ces colères subites qui lui empourpraient le visage :

— Intègres ? Vous me faites rire, mon petit Leblanc ! Vous êtes jeune à la colonie ! On peut tous les acheter, les nègres, vous m'entendez, tous !

Leblanc se rencoigna sur sa chaise comme un gosse pris en faute et qui laisse passer l'orage.

— Et vous, Isnard ? demanda Dejean d'une voix farouche, vous qui les connaissez, qu'est-ce que vous en pensez ?

Isnard se carra dans son fauteuil. Sa veste saharienne largement échancrée laissait à nu son cou brûlé de soleil ; sur sa poitrine et ses avant-bras à la peau couleur de brique, moutonnait une toison rousse. Isnard vivait sur une légende qu'il entretenait soigneusement. D'abord, c'était un « ancien » de la coloniale et puis autrefois il lui était arrivé une aventure que chaque nouvel arrivant apprenait à peine débarqué. Un soir, on avait frappé à sa porte. C'était une négresse sur le point d'accoucher. Il n'y avait pas de docteur accoucheur à l'époque et la femme n'avait pas le temps de rentrer chez elle. Isnard l'avait aidée : il avait coupé le cordon ombilical avec ses dents, avait lavé le bébé, réconforté la femme. Il terminait invariablement son histoire par la formule : « ... et la mère et l'enfant se portent bien ! »

Isnard décroisa les jambes :

— A mon avis, dit-il, nous ne pouvons plus raisonner comme en 38. il y a du solide dans ce qu'ils disent. Et puis la ligne est longue et ils ont de l'avance sur nous. Il faut agir avec prudence...

— Et leur donner satisfaction ? demanda Dejean d'une voix sèche.

— Non, bien sûr, mais éviter les coups durs. On pourrait, soit acheter les principaux dirigeants, en y mettant le prix, soit en travailler quelques-uns et essayer de créer un syndicat concurrent.

— Acheter les dirigeants poserait moins de questions ! dit Victor.

— Je ne crois pas. La deuxième formule est meilleure, dit Dejean, et elle a l'avantage de prévoir l'avenir. Isnard, connaissez-vous des types que vous pourriez contacter pour ce deuxième syndicat ?

— J'en ai déjà travaillé deux. Je ne serais pas étonné qu'ils marchent.

— Bon, autre chose : combien de blessés du côté du service d'ordre ?

— Six, dont deux officiers, deux gradés indigènes. Un troisième officier est mort.

— Les sauvages ! Victor, vous téléphonerez aux autres stations de ne pas bouger en attendant de nouvelles instructions. Quant à vous, Isnard, revoyez au plus tôt vos deux énergumènes, et qu'ils se mettent à l'ouvrage tout de suite ! Et maintenant, Messieurs, vous allez m'excuser, mais j'ai encore pas mal à faire.

Dès que la porte matelassée se fut refermée sur les trois hommes, Dejean décrocha le téléphone :

— Passez-moi Dakar.

Lentement, le soleil se couchait. Sur les locomotives et les wagons immobiles, sur les ateliers et les hangars silencieux, sur les villas blanches et les maisons de torchis, sur les cabanes et les taudis, une ombre bleutée venait se poser, discrète. Du côté des baraquements des gardes-cercle on entendit une sonnerie de clairon.

Ainsi la grève s'installa à Thiès. Une grève illimitée

qui, pour beaucoup, tout au long de la ligne, fut une occasion de souffrir, mais, pour beaucoup aussi, une occasion de réfléchir. Lorsque la fumée s'arrêta de flotter sur la savane, ils comprirent qu'un temps était révolu, le temps dont leur parlaient les anciens, le temps où l'Afrique était un potager. C'était la machine qui maintenant régnait sur leur pays. En arrêtant sa marche sur plus de quinze cents kilomètres, ils prirent conscience de leur force, mais aussi conscience de leur dépendance. En vérité, la machine était en train de faire d'eux des hommes nouveaux. Elle ne leur appartenait pas, c'était eux qui lui appartenaient. En s'arrêtant, elle leur donna cette leçon.

Des jours passèrent et des nuits passèrent. Il n'y avait pas de nouvelles, sinon celles qu'apportait chaque heure dans chaque foyer et c'étaient toujours les mêmes : les provisions étaient épuisées, les économies mangées, il n'y avait plus d'argent sous le toit. On allait demander crédit, mais que disait le commerçant ? Il disait : « Vous me devez déjà tant et moi je n'aurai même pas de quoi faire ma prochaine échéance. Pourquoi ne suivez-vous pas les conseils qu'on vous donne ? Pourquoi ne reprenez-vous pas ? »

Alors on utilisa encore un peu la machine : on apporta chez le prêteur les vélomoteurs et les vélos, les montres ; puis ce fut le tour des boubous de valeur, ceux qu'on ne mettait qu'aux grandes occasions, et des bijoux. La faim s'installa ; hommes, femmes, enfants, commencèrent à maigrir. Mais on tenait bon. On multipliait les meetings, les dirigeants redoublaient d'activité et chacun jurait de ne pas céder.

Des jours passèrent et des nuits passèrent. Et voici qu'à la surprise générale, on vit circuler des trains. Les locomotives étaient conduites par des mécaniciens venus d'Europe, des soldats et des marins se transformaient en chefs de gare et en hommes d'équipe. Devant les gares, les esplanades devinrent des places fortes, entourées de barbelés derrière lesquels des sentinelles montaient la garde nuit et jour. Ce fut alors au tour de la peur de s'installer. Chez les grévistes, une peur informulée, un étonnement craintif devant cette force qu'ils avaient mise en branle et dont ils ne savaient encore s'il fallait la nourrir d'espoir ou de résignation. Chez les Blancs, la hantise du nombre. Comment, petite minorité, se sentir en sûreté au milieu de cette masse sombre ? Ceux des deux races qui avaient entretenu de bonnes relations d'amitié évitaient de se rencontrer. Les femmes blanches n'allaient plus au marché sans se faire accompagner d'un policier : on vit même des femmes noires refuser de leur vendre leurs marchandises.

Des jours passèrent et des nuits passèrent. Dans ce pays, les hommes ont plusieurs épouses et c'est sans doute pour cela qu'au début il ne songèrent guère à l'aide qu'elles apportaient. Mais bientôt, là encore, ils découvrirent un aspect nouveau des temps à venir. Lorsqu'un homme rentrait d'un meeting, la tête basse, les poches vides, ce qu'il voyait d'abord c'était la cuisine éteinte, les mortiers culbutés, les bols et les calebasses empilés, vides. Alors il allait dans les bras d'une épouse, que ce fût la première ou la troisième ! Et les épouses, devant ces épaules cassées, ces pas traînants, prenaient conscience que quelque chose était en train de changer aussi pour elles.

Mais si elles se sentaient plus près de la vie des hommes, que dire alors des enfants. Dans ce pays, ils sont nombreux et on n'a guère l'habitude de les compter. Mais maintenant, ils étaient là, errant dans les cours ou accrochés aux pagnes avec leurs os qui saillaient, leurs yeux creux et toujours cette question qui vous broyait le cœur : « Mère, est-ce qu'on va manger aujourd'hui ? » Alors, on se réunissait, à quatre, à dix, les bébés accrochés au dos, la marmaille suivant ou précédant : on disait : « Allons chez Une Telle, peut-être qu'elle a encore un peu de mil », et l'errance commençait, de demeure en demeure. Souvent Une Telle disait : « Eh, je n'ai plus rien, je vais avec vous » ; elle prenait un bébé sur son sein flasque et s'en venait augmenter le cortège. Parfois on arrivait chez une qui avait de l'eau ; elle tenait une calebasse à la ronde, mais elle disait : « Ne buvez pas tout ! »

Les jours étaient tristes et les nuits étaient tristes. Le miaulement du chat vous faisait frémir.

Un matin, une femme se leva, elle serra fortement son pagne autour de sa taille et dit :

— Aujourd'hui, je vous apporterai à manger.

Et les hommes comprirent que ce temps, s'il enfantait d'autres hommes, enfantait aussi d'autres femmes.

DAKAR

DAOUDA-BEAUGOSSE

LES battants de la fenêtre claquèrent brutalement et l'homme qui venait de les ouvrir livra au jour son visage encore lourd de sommeil. Il bâilla. Il pencha son torse nu par-dessus la balustrade, regarda à droite et à gauche. Le matin était encore jeune, seuls quelques employés municipaux vaquaient à leurs occupations. Des cars arrivaient, bondés, des quartiers indigènes et remontaient à vide. Dakar s'éveillait.

L'homme resta un bon moment ainsi penché, le regard perdu dans l'enfilade de la rue Blanchot. Un petit frisson le saisit et il fit quelques mouvements du torse pour se réchauffer.

— Beaugosse, Beaugosse ! Ferme cette fenêtre, vaï, dit derrière lui une voix d'homme ensommeillée.

Le glissement des babouches, le claquement des talons de bois, le ronronnement des moteurs, l'aboiement d'un chien qui venait sans doute de recevoir un coup de pied, tous ces bruits familiers qui venaient de l'avenue William-Ponty, emplissaient maintenant la pièce du bureau syndical où venaient de dormir trois hommes. Celui qu'on appelait Beaugosse tourna le dos à la fenêtre, les deux autres étaient encore roulés

en boule sur des lits de camp, emmitouflés dans des
couvertures militaires

— Il est l'heure, dit Beaugosse, allez, levez-vous !
Il est six heures cinq, le temps de tout balayer, il sera
sept heures. Et puis dis donc, Deune, ce soir tu
laisseras tes espadrilles dehors ! Tu nous as-
phyxies !

— C'est vrai, tu laisseras tes espadrilles à la
porte ! — C'était le deuxième lit qui parlait maintenant, d'une voix douce, presque onctueuse — Mais
toi, Beaugosse, ferme la fenêtre.

Celui qui occupait le lit de gauche se retourna et
arrondit le dos, comme si cette position d'embryon lui
permettait de garder sa chaleur. Il ne dormait plus,
mais voulait profiter des dernières minutes.

Sur le carrelage jaune et blanc traînaient un bout
de journal plein de mégots, des brindilles, des allumettes consumées, une paire d'espadrilles, des boulettes de papier. Sur des chaises, des vêtements et des
bonnets.

— Vous avez joué jusqu'à deux heures cette nuit,
au lieu de vous coucher de bonne heure, dit Beaugosse en défaisant son lit.

— Si c'est comme ça, je ne prendrai plus la garde,
dit la grosse voix tandis qu'un bras noir sortait de
sous la couverture et tâtonnait sur le sol à la
recherche des mégots.

Puis la couverture fut repoussée et une figure se
montra, du moins jusqu'au menton   des arcades
sourcilières saillantes, des orbites profondes où
nageaient des yeux rouges, une bouche épaisse.

— Passe-moi mes allumettes, dit Deune.

Beaugosse, toujours en slip, continua de secouer sa
couverture. Il méritait bien son surnom — son vrai
nom était Daouda — car, au milieu de ce monde de
misère, il était agréable de le regarder. Quatre mois
plus tôt il était sorti du centre professionnel en qua-

lité de tourneur. Ses premiers contacts avec les ouvriers avaient été très durs, car en tous lieux et en toutes circonstances il aimait à être élégant et sa paie entière était consacrée à satisfaire son perpétuel désir de paraître. Toutefois, comme il avait reçu une instruction élémentaire, il était devenu l'adjoint d'Alioune, le responsable local du comité de grève.

— Beaugosse, donne-moi ma boîte d'allumettes, répéta Deune.

— Elle est vide, dit Beaugosse en lançant la boîte qui alla heurter le mur de plâtre.

Deune allongea les jambes, ses pieds dépassèrent la couverture, avec leurs orteils épais, leurs ongles ocre, cassés et sales. Beaugosse qui venait d'enfiler son pantalon, un pantalon de drap bouffant, coupé à la turque, contemplait tristement ses chaussettes percées, tout en grommelant, en français.

— Merde alors, quelle guigne ! La dernière paire qui me restait !

Dessous la troisième couverture, la voix douce s'éleva

— S'occuper de saussures et de saussettes, c'est bon pour ceux qui mangent tous les jours.

— Tu dis ça, Arona, parce que tu n'en as jamais eu des comme ça !

— *Wa lahi*, par la ceinture de mon père, tu as dit vrai !

Toujours étendu sur le dos, Deune observait Beaugosse en réprimant un sourire.

— Lève-toi, Arona, vaï ! C'est ton tour de faire les W.-C. Il est sept heures moins vingt et, tel que je connais Alioune, il sera là à sept heures tapant. Je n'ai pas envie de me faire engueuler pour toi ! dit Beaugosse tout en enfilant d'un air navré ses chaussettes trouées.

Arona s'étira et commença de marmonner quelques versets du Coran. Deune s'était assis, d'une main il se grattait les mollets et de l'autre nettoyait ses paupières de leur crasse nocturne. Il se leva enfin, rejetant sa couverture Arona détourna son regard

— La nudité porte malheur le matin, dit-il. Cache ton derrière, vaï, il est aussi noir qu'un cul de marmite !

Mais Deune, sans aucune pudeur, traversa la pièce et se dirigea vers la fenêtre. Beaugosse lui jeta sa couverture

— Tu es fou ? Tu veux qu'on nous colle une contravention ? Ce n'est pas le moment !

— Hé, me voilà bien, dit Deune, entre un croyant qui n'aime pas le nu et un toubab noir ! D'abord les gens n'ont qu'à ne pas me regarder !

— Si tu agis ainsi, dit Arona en posant les pieds par terre, tes héritiers seront des simples d'esprit !

— Quelle bêtise ! Et toi, comment fais-tu avec tes femmes, alors ?

— Ça suffit tes vacheries ! dit Beaugosse.

Deune changea de sujet :

— Dis donc, Beaugosse, fit-il, mi-figue, mi-raisin, j'ai vu la petite Portugaise hier soir. Elle t'a préparé du café !

— Quoi ? demanda Beaugosse surpris, mais je ne me rappelle pas le lui avoir demandé.

— Je sais, je sais. Mais tu aimes le café, moi aussi et Arona aussi. Si cette fille est d'accord pour nous entretenir, surtout pendant la grève, pourquoi l'en empêcher ?

— Ecoute, Deune, dit Beaugosse, tu es plus âgé que moi et je te respecte. Mais ce que tu as fait là ; je ne l'aime pas !

Arona qui avait fini de s'habiller et cherchait ses babouches, s'approcha ·

— Vois-tu, petit, dit-il de sa voix amicale, par les temps qui courent cette fille est bonne... je veux dire, brave. Elle nous donne de l'eau. Peut-être à cause de notre situation actuelle, mais aussi à cause de toi. Cela me fait mal, moi aussi, de l'exploiter, mais, je te le demande, avons-nous le droit de lui refuser son eau ?

— Savez-vous ce que vous faites de moi, en ce moment ? Un prostitué, oui, un prostitué, dit Beaugosse, en français cette fois — Beaugosse était un garçon qui avait des principes. — Je vous comprends, continua-t-il, je comprends les repas qu'on nous apporte.

Deune ouvrit la bouche pour dire quelque chose, mais Arona lui marcha sur le pied.

— Je sors, maintenant, dit Beaugosse, je ferai les W.-C. moi-même, Arona, mais, à mon retour, que tout soit propre ici !

— Bien, caporal, dit Deune, en lançant un coup de coude dans le flanc d'Arona.

Lorsque le garçon fut sorti, tous deux se prirent à rire. Puis il firent leur toilette, balayèrent le bureau et remirent tout en ordre.

Beaugosse revint, apportant une cafetière en aluminium, trois tasses, un morceau de pain et du sucre. Deune siffla joyeusement et passa la langue sur ses lèvres.

— On va se régaler ! C'est une bénédiction du ciel d'avoir... un... tu comprends ?

— Je ne comprends rien du tout ! dit Arona en s'emparant d'une tasse et de trois morceaux de sucre.

— Trois morceaux pour une tasse, dit Deune, ce n'est plus du café, c'est du sirop !

Ils se partagèrent le pain et Beaugosse étala un journal sur le bureau pour qu'ils puissent déjeuner plus confortablement.

Deune mastiquait, le regard perdu dans le rectangle de ciel bleu que découpait la fenêtre.

— C'est drôle, dit-il, soudain, c'est drôle et je n'arrive pas à comprendre...

— Qu'est-ce qui est drôle ? demanda Arona.

Deune, le menton dans ses paumes, fixa sa tasse vide

— Cette histoire de secours... je ne comprends pas... cette aide de la C.G.T. Il y a des Européens qui sont venus de là-bas pour briser la grève, et voilà que d'autres nous envoient de l'argent pour continuer. Tu ne trouves pas ça drôle, toi ?

— Il y a encore plus drôle . c'est les gars du Dahomey qui nous ont envoyé des sous. Ça, je ne m'y attendais pas !

— Moi non plus, jamais je n'aurais pensé à eux, mais, maintenant, rien que pour eux je voudrais que ce salaud de Dejean cède.

La cafetière était vide. Arona s'appuya contre le mur. Beaugosse les avait écoutés sans rien dire mais de temps en temps il hochait la tête comme s'il pensait · « Qu'ils sont bêtes, ces deux-là ! » Deune éventra des mégots pour rouler une cigarette et poursuivit .

— Avant, les Dahoméens, je les chinais, et tu sais pourquoi ?

— Non, répondit Arona en ouvrant de grands yeux où ne se reflétait qu'un esprit simple et sans malice.

— Parce que je les considérais comme mes inférieurs. Tu te souviens de la causerie de Bakayoko sur « les méfaits de la citoyenneté » ? Et bien maintenant, j'ai compris et j'ai honte. Oui, Bakayoko a raison, cette grève nous apprend beaucoup de choses.

— Bakayoko, Bakayoko ! s'exclama Beaugosse, je n'entends plus que ce nom à longueur de journée, comme si c'était un prophète !

— Hé, demande à N'Deye Touti...

— Assez d'insinuations, Deune ! Ma parole, on dirait qu'il est seul à faire cette grève. D'abord, c'est Doudou qui est secrétaire général !

— Ça va, ça va, Beaugosse, tu n'as pas besoin de crier, tout le monde le sait !

Tous trois se retournèrent vers la porte d'où était venue cette interruption. C'était Alioune, le responsable local, qui entrait, suivi de plusieurs ouvriers. Alioune était à peu près du même âge que Beaugosse et portait un *sabador* (1) vert et un casque qu'il posa sur le bureau :

— Quoi de neuf, cette nuit ?

— Rien.

— Eh, dites-moi, la permanence est gâtée ! A propos, Beaugosse, la petite Portugaise m'a dit hier que ses parents ont tué un porc, je ne sais plus à quelle occasion, et qu'elle préparait de la *catioupa* (2).

Deune et Arona se regardèrent et le premier, ne pouvant plus se contenir, éclata de rire.

— Qu'est-ce qui vous fait rigoler ? demanda Alioune.

Beaugosse se mordait les lèvres.

— Enfin, reprit Alioune en s'asseyant sur le bord du bureau, je sais que tu manges du cochon, moi aussi remarque, et Deune aussi, en cachette !

Deune n'arrivait pas à calmer son hilarité, chaque fois qu'il regardait Beaugosse, le fou rire le reprenait. Alioune attendit que la crise fût passée et continua :

— Idrissa aussi en mange. Donc le repas de midi est assuré. Les autres rentreront chez eux. Autre chose, Beaugosse : N'Deye Touti est en ville avec Bineta et Mame Sofi. Elles rentreront à midi. Quant

(1) Tunique.
(2) Mets créole, mélange de haricots et de porc.

à toi, Deune, ta femme te fait savoir que tout va
bien.

— Savez-vous ce qu'elle m'a dit, avant-hier ?...
« Si tu reprends le travail sans les autres, je te coupe
le machin ! »

— Telle que je connais ma cousine, elle en est
capable, dit Alioune.

— Je ne déjeunerai pas ici, dit Beaugosse, je vais
jusqu'à la maison. Deune, qu'est-ce que tu mar-
monnes encore ?

— Je ne marmonne pas, je chante ! Tiens, écoute,
c'est le chant de la grève !

— J'en ai assez écouté... à ce soir !

Et Beaugosse sortit.

— Ne le chahutez pas trop, vous autres, dit
Alioune. Il n'y a que quelques mois qu'il est au dépôt
et de plus ses amours avec N'Deye Touti ne vont pas
trop bien.

— Ah, c'est pour ça qu'il n'aime pas entendre le
nom de Bakayoko, dit Idrissa.

Mais bientôt, la conversation changea de sujet, car,
un à un, des ouvriers entraient, qui venaient aux
nouvelles.

La femme longeait les palissades. Chez Ramatoulaye, c'était une habitude, elle ne marchait qu'en
rasant les tapates. Ainsi pouvait-elle s'arrêter devant
chaque entrée pour saluer les habitants de la maison ;
hommes et femmes répondaient à ses politesses et
c'étaient alors d'interminables salamalecs. Elle
connaissait tout le monde, les noms et les prénoms, et
aussi ceux des parents, tous les liens de consangui-
nité : une véritable encyclopédie familiale ambulante.
Mais aujourd'hui, Ramatoulaye ne s'arrêtait pas, elle
faisait aller ses jambes robustes sous la longue camisole dont le devant était gonflé par la masse d'amulettes qu'elle portait autour du cou et dont les cor-

dons allaient se croiser entre les omoplates. A hauteur des coudes, ses bras étaient cerclés d'anneaux
fétiches rouges, jaunes et noirs.

Depuis le début de la grève, Ramatoulaye était
devenue plus réservée, plus dure aussi peut-être. Ses
responsabilités s'étaient accrues car la maison dont
elle était l'aînée était grande : vingt *Bouts-de-bois-de-
Dieu* (1). Il n'y avait plus de temps pour bavarder ou
gémir.

Bien qu'il ne fût que neuf heures du matin, le
soleil était déjà accablant. Ramatoulaye passa à hauteur d'un groupe d'enfants qui se chamaillaient mais
elle ne s'arrêta pas. Elle tourna à gauche et se dirigea
vers la place de Djouma (2), une grande étendue
sablonneuse au centre de laquelle se dressait la mosquée — cathédrale avec ses deux minarets dont les
croissants pointaient vers le ciel.

Tout autour de la place, il y avait des baraques
couvertes de tuiles, des constructions inachevées, cou-
pées de rues et de venelles au sol de sable. Ramatoulaye s'essuya le visage avec le pan de sa camisole.
Son mouchoir de tête était trempé et ses pieds pleins
de sable. Elle vit les fidèles qui, assis sur le banc de
ciment le long du mur de la mosquée, égrenaient leur
chapelet du matin. Par politesse, elle fit une génu-
flexion et les fidèles lui rendirent son salut, qui en agi-
tant son chapelet, qui en baissant la tête. Puis ils
se replongèrent dans leur entretien avec le Tout-
Puissant. Ramatoulaye traversa une rue et entra dans
le *n'gounou* (3).

La boutique d'Hadramé le Maure, que les
ménagères avaient ainsi surnommée à cause de la

---

(1) Une superstition veut que l'on compte des « bouts de
bois » à la place des êtres vivants pour ne pas abréger le cours
de leur vie.

(2) Mosquée pour les prières du vendredi.

(3) Poulailler.

saleté qui y régnait, était la plus importante du quartier. Elle ouvrait sur la rue par trois portes. Un immense comptoir de bois gorgé d'huile mêlée de poussière en occupait toute la longueur. Deux balances de tailles différentes encadraient une vitrine de mercerie. D'un côté du comptoir, il y avait des bocaux de confiserie, salis de chiures de mouches, de l'autre une sorte de cage en gaze métallique qui contenait des miches de pain rassis. Un cancrelat en gravissait allègrement la paroi. Tout le fond de la boutique était garni d'étagères branlantes, maintenues par des fils de fer et où s'entassaient pêle-mêle des tissus — vichy, cotonnades, percales, soieries — des caisses de bougies, de briques de suif. Entre le comptoir et les rayonnages il y avait une étroite allée encombrée par les sacs de riz et de sel, les caisses de sardines et de conserves de tomates, le fût à huile tout autour duquel le plancher était couvert de taches grasses. Enfin, comme si les marchandises ne suffisaient pas, Hadramé avait réussi à caser dans le n'gounou, trois hommes qui, à longueur de journée, taillaient, façonnaient et cousaient des vêtements.

Ramatoulaye entra par la porte du milieu :

— Avez-vous passé la nuit en paix ?

Comme les tailleurs penchés sur leurs ouvrages ne répondaient pas, elle appela :

— Hadramé, Hadramé ?

L'un des hommes cessa de pédaler, la regarda et l'ayant reconnue, lui dit .

— Hadrame est derrière, Rama, il va venir, puis il continua de faire ronronner sa machine.

Le soleil entrait par les portes et dessinait sur le sol cimenté des figures géométriques, mais le fond de la boutique baignait dans une lumière d'aquarium. Ramatoulaye s'impatientait. Du regard, elle fouinait parmi les marchandises accumulées. Soudain ses yeux se posèrent sur les balances. Telle l'étincelle d'un silex dans l'obscurité, une pensée jaillit en elle — vieille pensée, d'ailleurs, longtemps tenue en réserve. Elle s'approcha, mais au moment où elle allait poser la main sur une balance pour en vérifier la justesse, le rideau rouge qui masquait une porte au fond de la boutique s'ouvrit et Hadramé parut.

Le boutiquier avait vu le geste et son visage se durcit.

— Hadramé, dit Ramatoulaye sans autre préambule, je veux cinq kilos de riz. Pas d'huile, ni de sucre, du riz seulement.

— Seulement ! répéta le boutiquier en hochant la tête, ce qui fit tressauter sa tignasse en jachère, je t'ai pourtant dit hier que je ne pouvais plus rien faire pour vous autres, les familles des grévistes. Je ne peux même plus vous faire crédit, on me l'interdit sous peine de ne plus avoir de marchandises, on veut même me fermer le n'gounou. Il faut que je vive, moi !

— Hadramé, tu sais que je t'ai toujours payé mon dû. Et puis, c'est toi qui nous as acheté nos bijoux. Tu peux me donner deux kilos au moins.

Tandis qu'elle parlait, le Maure s'était éloigné, on voyait sur ses bras et sur sa nuque les traces bleues laissées par l'indigo dont était teinte sa tunique. A l'autre bout du comptoir, il tira à lui un tabouret, s'assit et se gratta le mollet d'un air indifférent. Ramatoulaye, elle, était accoudée au comptoir, les yeux fixés sur les sacs de riz. Relevant la tête, elle rencontra le regard d'Hadramé. « Si je reste, se dit-elle, je le fléchirai. Il faut que je tienne », et elle donna à son visage une expression plus douce.

Le temps passait, les taches de soleil arrivaient maintenant jusqu'au comptoir. Quelques clients étaient entrés puis ressortis. Infatigable, Ramatoulaye n'avait pas changé de position. Cette présence silencieuse commençait à agir sur les nerfs du commer-

çant, il se leva et passa dans l'arrière-boutique ;
caché derrière le portant, il regardait la femme par
une fente du rideau rouge. Il lui semblait maintenant
que Ramatoulaye et son silence emplissaient la boutique. Il n'y put plus tenir et passa la tête hors du
rideau :

— Je ne peux pas, Rama, dit-il d'un ton plaintif,
je ne peux pas. Ici, je ne peux rien faire sans qu'on le
sache.

Ramatoulaye ne répondit pas.

— Dites à vos hommes de reprendre le travail,
poursuivit Hadramé, qui paraissait au supplice, vous
allez crever de faim, cette grève, c'est la guerre des
œufs contre les cailloux !

Ramatoulaye gardait le silence. Hadramé reprit de
nouveau :

— Je ne peux pas, je ne peux pas, on me fermera
le n'gounou. Dites aux hommes de reprendre !

— *Bilahi*, Hadramé, dit alors Ramatoulaye, tu
n'as pas de cœur et tu as la mémoire courte ! Donne-
moi un kilo, juste pour tromper la faim.

— *Valahi*, je ne peux pas, dit encore le commerçant en jetant vers les tailleurs un regard suppliant.

A ce moment, deux adolescents tout essoufflés
entrèrent dans la boutique. Le plus grand salua poliment Ramatoulaye et s'adressant au boutiquier :

— Mon père m'envoie chercher le riz, dit-il.

Hadramé pesa le riz sur la balance et vida le
plateau dans un carré d'étoffe que le garçon avait
étalé sur le comptoir. Lorsqu'ils furent partis, Ramatoulaye reprit sa plainte :

— Hadramé, pour la gloire de Dieu, donne-moi ce
kilo de riz. N'écoute pas les toubabs ! C'est vrai que
les hommes sont en grève, mais qu'y pouvons-nous,
nous les mères, et les petits qu'y peuvent-ils ?

— Je ne peux rien faire, répéta Hadramé, fuyant
le regard de la femme.

Ramatoulaye était à bout, sans qu'elle s'en rendît compte, sa voix s'éleva :

— Pour nous il n'y a rien, pour nous il n'y a rien, mais pour Mabigué, oui !

Hadramé fit une grimace comme s'il avait mal au ventre :

— Eh, va le voir, c'est ton frère et il est chef de quartier.

— Lui et toi, vous êtes avec les toubabs, mais la grève finira, Hadramé, il n'y a rien d'éternel ! Je reviendrai, Hadramé, je reviendrai si on n'a rien apporté de la ville, et alors ferme bien ton n'gounou, sinon j'aurai du riz !

Après un salut aux tailleurs qui la regardaient, les yeux écarquillés, Ramatoulaye sortit de la boutique.

La place de Djouma était une fournaise ; le soleil y coulait comme du plomb fondu. Ramatoulaye bifurqua à droite et, au bout de la rue, aperçut son frère Mabigué que suivait son bélier. Elle s'abrita à l'ombre d'une palissade et attendit.

Habillé comme pour une cérémonie de deux grands boubous enfilés l'un sur l'autre, le fez rouge enturbanné à la manière des Mecquois, El Hadji Mabigué s'avançait sur ses babouches couleur citron en se protégeant du soleil sous une ombrelle d'un rose gorge-de-pigeon. Il ne peut éviter sa sœur et s'informa poliment de :

— Comment se portent ceux de ta maison ?

— Nous n'avons pas mangé hier et, pour aujourd'hui, je ne peux encore rien dire.

— Les desseins de la Providence sont immenses, dit El Hadji Mabigué en levant sa main gauche, une main potelée et molle comme celle d'une femme avec sa paume rose clair aux lignes bien dessinées. A ses côtés se tenait « Vendredi », le bélier terreur des

ménagères. Sa toison, blanche à la naissance, jaunie
par le soleil aux extrémités, était soigneusement
entretenue. Il avait de magnifiques cornes en spirales
et promenait partout sa masse imposante. Pour le
rendre plus gras, on l'avait châtré.

Mabigué fit un pas pour s'éloigner, mais Ramatoulaye enchaîna aussitôt :

— Je n'aime pas demander, dit-elle, surtout à toi !
Mais je viens de ce pas de chez Hadramé. Il ne veut
pas nous faire crédit. Toi qui sais dans quelle situation nous sommes, veux-tu te porter garant pour
cinquante kilos de riz ? Je sais que tu le peux !

— Moi ? Le visage de Mabigué qui semblait
pétri dans une cire molle et noire s'arrondit en une
grimace d'étonnement. — Moi ? *Lah ilala ilaha*, il ne
me fait pas crédit à moi ! Hadramé est un mauvais
voisin, je verrai les notabilités pour qu'il change de
quartier.

Ramatoulaye le regarda, sa lèvre inférieure tatouée
remonta imperceptiblement :

— Mabigué, Dieu n'aime que la vérité ! Tu
m'aurais dit : « Je ne veux pas », je t'aurais cru,
mais si tu dis : « Je ne peux pas », tu mens. Je viens
du n'gounou, ton fils cadet s'y trouvait et, en ton
nom, Hadramé lui a donné du riz.

Surpris, Mabigué bafouilla. D'un geste théâtral il
fit glisser les larges manches de ses boubous, passa
son ombrelle d'une main à l'autre, puis tel un pélican
qui s'envole, agita les bras et dit :

— Dieu m'est témoin, j'avais payé ce riz ! — Et il
ajouta en jouant du poignet : — Peut-être que si les
hommes reprenaient, tout cela pourrait s'arranger...

— Les hommes n'ont pas consulté leurs femmes et
leurs femmes n'ont pas à les pousser à reprendre. Ce
sont des hommes, ils savent ce qu'ils font, mais nous,
nous voulons manger et nos enfants aussi.

— Je sais, je sais ! Mais si vous, les femmes,

cessiez de les soutenir, ils reprendraient le chemin des ateliers. Crois-tu réellement que les toubabs céderont ? Moi, non. Je suis sûr qu'ils auront le dernier mot. Tout ici leur appartient : l'eau que nous buvons, les boutiques et les marchandises. Cette grève, c'est comme si une bande de singes désertaient un champ fertile ; qui est-ce qui en bénéficie ? Le propriétaire du champ ! Et puis nous n'avons pas à lutter contre la volonté divine... Je sais que la vie est dure, mais cela ne doit pas nous pousser à désespérer de Dieu... Il a assigné à chacun son rang, sa place et son rôle ; il est impie d'intervenir. Les toubabs sont là : c'est la volonté de Dieu. Nous n'avons pas à nous mesurer à eux car la force est un don de Dieu et Allah leur en a fait cadeau. Vois, ils ont même fermé les robinets...

Fatiguée, énervée par cette tirade, Ramatoulaye l'interrompit brutalement :

— Tu es de mèche avec eux, Mabigué, et de plus tu n'es qu'un fornicateur !

— *Asta-Fourlah !* Que Dieu te pardonne. Je suis un El Hadji et, malgré que je sois ton frère, je te prierai, par politesse et aussi dans ton intérêt, de me donner mon titre de pèlerin avant de prononcer mon nom !

— Et tu es aussi un voleur, Mabigué ! Depuis que tu as volé le lotissement en disant que j'étais une fille illégitime, nous n'avons plus de lien de parenté ! Sais-tu ce que je veux ?...

Mabigué haussa les sourcils.

— Je veux que tu ne viennes pas à mon enterrement et que si l'incendie dévore ma maison, tu attises les flammes plutôt que d'y jeter des seaux d'eau ! Quant à celui-là — elle se tourna vers le bélier — s'il entre chez moi, je le tuerai de mes propres mains. Et maintenant, que Dieu me soit témoin, je ne t'adresserai plus la parole.

Ayant dit, elle le quitta et continua sa tournée.

Elle visita toutes les boutiques et s'arrêta à toutes les bornes-fontaines. Chemin faisant elle repassait dans sa tête les événements de la matinée en se parlant à elle-même : « Ah, je ne sais plus où j'en suis. Comment ai-je pu dire à Hadramé que je reviendrai ? Et si je revenais, que pourrais-je faire ? Je ne suis pas capable d'incendier son n'gounou, j'ai dû dire ça dans un moment de colère. Pourquoi ai-je proféré des menaces ? Tout ça, c'est à cause de cette grève... ou alors, c'est peut-être que je suis méchante ? Non, je ne suis pas méchante, c'est parce que nous avons faim. Et Mabigué, cette vieille bique ! A lui, je n'ai pas menti : je ne veux pas qu'il vienne à mon enterrement, je le dirai à tout le monde ! C'est l'être le plus vil que je connaisse... Ah, c'est à devenir folle, une situation pareille : plus d'eau, plus de *malo* (1) ! Je ne peux pourtant pas rentrer les mains vides, avec toute une famille sur les bras ? Autrefois, j'aurais pu me débrouiller, vendre des bougies ou n'importe quoi, mais maintenant... Cette grève est trop dure, et elle nous donne trop à penser... »

Ainsi monologuant et sans s'en rendre compte, Ramatoulaye était arrivée à la borne-fontaine de son quartier. Le soleil était au plus haut et elle marchait sur son ombre.

Confortablement assise sur le sommet de la borne, un panier renversé sur la tête en guise de chapeau, une fillette attendait. C'était la « veilleuse » ainsi que l'appelaient les femmes. Elle était chargée de prévenir lorsque l'eau arriverait. De sous la gueule du robinet, partait la « queue », une série d'objets hétéroclites, vieux paniers, grosses pierres, bassines, brocs, chaque objet représentait une famille. La queue avait plus de trente mètres de long. Tout autour de la borne il y avait une sorte de plate-forme argileuse dans laquelle

(1) Malo : riz.

étaient restées gravées des traces de pas et d'où partait un réseau de rigoles qui se dirigeaient vers les concessions et dans les cours des maisons. Toutes les rigoles étaient desséchées et remplie de détritus, de vieux chiffons, de charognes de rats qui achevaient de se décomposer au soleil.

— Il n'y a toujours rien, Anta ? demanda Ramatoulaye.

— Rien, dit l'enfant en soulevant le panier et en montrant un visage zébré par les rayons du soleil qui filtraient à travers son étrange coiffure.

— Tu n'as pas entendu ronfler le tuyau ?

— Non, je suis assise dessus, comme ça, même si je sommeille, je l'entendrai.

— Et si le bruit est dans ton derrière ?

L'enfant, gênée, baissa le panier, puis sourit.

— Ce n'est pas la même chose, quand ça fait glouglou dans les tuyaux on l'entend jusque dans la tête.

Anta descendit de son perchoir, tourna la manivelle de la pompe et colla son oreille contre la borne. Ramatoulaye en fit autant. Il n'y eut aucun bruit.

— Il est midi passé, dit Ramatoulaye en se redressant, et je ne me souviens pas avoir vu une distribution d'eau après midi. Rentre avec moi, nous passerons par-là et peut-être que nous rencontrerons les Mame Sofi.

Docilement la fillette suivit la femme le long des palissades.

Les coups pleuvaient sur le dos osseux du cheval. Le charretier faisait claquer en même temps sa langue et son fouet pour exciter l'animal. A la troisième tentative, les roues bringuebalantes mordirent sur le trottoir. L'animal hennit et tendit le cou. Une bave gluante tombait de sa bouche, ses naseaux étaient grands ouverts. La charrette ne valait guère mieux que lui : les essieux n'étaient pas graissés, les roues dansaient autour de leur axe. A chaque cahot, les occupants, le conducteur et trois femmes, étaient projetés les uns sur les autres, épaule contre épaule. Le cheval tirait avec toute l'ardeur dont il était capable, les harnais se tendaient et mordaient d'anciennes places enduites de bleu, mais les sabots comme les roues s'enlisaient dans le sable à chaque pas.

Impitoyable, le soleil s'acharnait sur tous les endroits où la peau était nue · les visages, les nuques, les bras, les jambes. La réverbération qui montait du sable blanc rendait la vue trouble et sur le terrain vague voisin où l'on allait se soulager le soir, des tessons de bouteilles, des morceaux de verre, des boîtes de conserve, des culs de bols émaillés reflétaient les rayons sans merci. On respirait comme dans une cuve hermétiquement close et chauffée de tous côtés.

Pressé de sortir de cet enfer, l'homme lança de nouveau sa lanière sous le ventre de l'animal qui se cabra. Depuis leur entrée dans ce four les trois femmes n'échangeaient plus une parole, elles s'appliquaient à décoller de leur peau leurs vêtements trempés.

Mame Sofi était assise à côté du charretier, les deux autres, Bineta, la rivale (1) de Mame Sofi, et N'Deye Touti, sur le siège arrière, lui tournaient le dos. La sueur coulait en nappes du visage noir et luisant de Mame Sofi si bien qu'avec ses gros yeux protubérants on eût dit un phoque sortant de l'eau. Par l'encolure de son boubou on voyait les corde-lettes en cuir de ses gris-gris et de ses amulettes.

— *Ouvaï, ouvaï,* fit-elle en passant son avant-bras sur son front, ce qui dérangea la belle ordon-

(1) La deuxième femme de son mari.

nance de son mouchoir de tête amidonné qu'elle
nouait à la « gifle tes beaux-parents » avec des
cornes qui pointaient effrontément.

Elle se retourna vers N'Deye Touti :

— Tu dois avoir une idée sur la grève, toi qui vas
à l'école ?

— Tu sais bien que non, tante, c'est trop dur pour
moi.

— Qu'est-ce qu'on vous apprend à l'école,
alors ?

— Tout, tout de la vie...

— Eh bien, la grève, ça ne fait pas partie de la
vie ? Fermer les boutiques et l'eau, ce n'est pas la
vie ?

Accablée de chaleur, N'Deye Touti ne répondit
pas. Mame Sofi changea de sujet :

— Et Bakayoko, quand reviendra-t-il ? Veut-il
toujours t'épouser ? Moi je trouve que Beaugosse est
un meilleur parti. Avec Beaugosse, on aura un grand
festin, tandis que l'autre... je ne dis pas qu'il n'est pas
gentil, mais il est un peu dur de la main. Et puis il
est déjà marié, non ?

— Oui, il est marié.

— Pour une jeune fille, un homme marié, c'est
comme un plat réchauffé ! — Puis s'adressant au
conducteur : — Fais avancer ton cheval avant qu'il
ne fonde dans sa sueur ! — Elle se retourna vers la
jeune fille : — Tu verras qu'à la prochaine grève, les
hommes nous consulteront. Avant ils étaient tout
fiers de nous nourrir, maintenant c'est nous, les
femmes, qui les nourrissons ! Le nôtre — Mame Sofi
disait « le nôtre » car elle partageait, avec Bineta,
Deune, celui-là même qui, ce jour-là, était de garde
au siège du syndicat — le nôtre, je lui ai dit l'autre
soir : « Si tu reprends le travail avant les autres, je te
coupe ce qui fait de toi un homme », et tu sais ce
qu'il m'a répondu ?

— Non, dit N'Deye Touti.

— Il m'a dit : « Comment t'y prendras-tu ?
— C'est facile, que je lui ai dit, comme tu dors
comme un pilon, je n'ai qu'à attendre, et avec un bon
couteau de cordonnier, vlan ! d'un seul coup, plus
rien ! » Et le voilà qui me demande : « Et qu'est-ce
que tu en fais après ? »

N'Deye Touti sourit, mais Bineta hocha la tête
d'un air désapprobateur :

— Tu n'as pas de vergogne, Mame Sofi !

A ce moment le véhicule qui, non sans secousses,
avait contourné le remblai aux ordures et s'était
engagé dans une rue latérale, arriva à hauteur de
Ramatoulaye et d'Anta qui venaient à sa rencontre.

— Vous êtes revenues en paix ? demanda Ramatoulaye.

— En paix seulement, répondit Mame Sofi tout en
entreprenant d'extirper sa lourde masse de la charrette branlante. Un pan de son boubou de bazin
blanc s'accrocha à un clou. Le conducteur se précipita pour décrocher l'étoffe.

— Ça va bien, dit Mame Sofi, si jamais ton maudit corbillard avait déchiré ma guenille, la seule qui
me reste, j'aurais tué ce poisson sec que tu appelles
un cheval ! — Puis se tournant vers Ramatoulaye : — Y a-t-il de l'eau ?

— Rien, pas une goutte. J'ai fait rentrer la petite.
Et vous, la Providence vous a-t-elle été favorable ?

— Dieu merci, nous avons quatre kilos de riz, une
boîte de lait pour « Grève » et du *rakal* (1), et le tout
grâce à notre *mad'miselle* N'Deye Touti.

Celle-ci descendait à son tour de la carriole. C'était
une jolie fille d'à peine vingt ans. Avec sa peau lisse,
d'un noir presque bleuté, elle respirait force et santé.

_____

(1) Tourteau d'arachides.

On remarquait surtout ses yeux ombragés de longs cils et ses lèvres pleines, bien ourlées ; la lèvre inférieure légèrement tombante était noircie à l'antimoine. Sa coiffure, qui avait dû demander une bonne journée de travail, était composée de deux tresses enroulées sur le sommet du crâne et dégageait bien son front bombé et ses beaux yeux. Elle portait une camisole d'une seule pièce, serrée à la taille et largement décolletée aux épaules ; la poitrine, relevée par un soutien-gorge un peu trop ajusté, pointait sous l'étoffe.

Bineta, à son tour, mit pied à terre. Mame Sofi interpella les trois femmes :

— Ce bébé, nous le baptiserons et l'appellerons « Grève » ; les hommes en mourront de honte !

— Et où trouverons-nous le bois pour faire du feu, demanda Bineta, et de la farine, et de l'huile, et du sucre ? Mame Sofi, il ne faut pas demander à un aveugle de sauter par-dessus un puits. Nous avons autre chose à faire qu'à penser à des réjouissances. Il faut d'abord vivre !

Sur ces paroles de sagesse, les quatre femmes se dirigèrent vers les concessions, suivies d'Anta, la petite veilleuse.

HOUDIA-M'BAYE

DERRIERE la palissade qui la clôturait, on apercevait une grande baraque peinte en ocre qui reposait sur une élévation de briques. C'était la concession de N'Diayène où habitait Ramatoulaye, la maison mère de toute sa lignée. Le toit était de tuiles, prolongé par une véranda en zinc. La maison principale comportait trois pièces flanquées de deux soupentes. Il y avait encore deux paillotes dont le torchis croulant était maintenu par de vieux filets de pêche et cinq autres cabanes faites de planches et de papier goudronné. Devant la porte de la concession, un écran de lattes entrecroisées, le *m'bague gathïé* (le protège-du-déshonneur) empêchait les passants de voir ce qui se passait dans la cour centrale. Enfin, derrière la maison, il y avait la courette réservée aux femmes avec l'appentis qui servait de cuisine, ombragée par trois filaos et un papayer mâle stérile entre lesquels s'étendaient les cordes destinées au séchage du linge.

Dans l'une des chambres, Houdia M'Baye, la mère d'Anta, nouait son pagne tandis que sur le lit de fer, « Grève », son dernier-né, pédalait dans le vide des mains et des pieds. A part le lit qui servait aux enfants et que recouvrait une couverture faite d'autant de tissus que de couleurs, le mobilier était sommaire : deux malles de bois, des calebasses, une armoire. Au-dessus de la porte, suspendus à des clous, pendaient des ceintures, des bracelets, des cornes où restaient accrochés des touffes de poil, des papiers découpés, en forme d'arabesques, fétiches destinés à intercepter au passage le malheur et le mauvais œil.

Houdia M'Baye prit « Grève » dans ses bras et gagna la pièce centrale, le salon-salle à manger qui était en même temps la pièce de N'Deye Touti. On y retrouvait la coquetterie de la jeune fille. Aux murs, éclairés par les deux portes dont l'une donnait sur la grande cour et l'autre sur la courette, étaient accrochées des photos agrandies ; le lit était recouvert d'un tissu gai à larges rayures, la table était encombrée de livres.

Houdia M'Baye traversa la pièce, passa devant la tenture qui menait à la chambre de Ramatoulaye et s'installa sur la véranda. Ses grossesses successives l'avaient alourdie. N'avait-elle pas, à elle seule, mis au monde neuf Bouts-de-bois-de-Dieu ? Et maintenant, elle était veuve : Badiane, son mari, avait été tué lors des toutes premières échauffourées de la grève. Ses autres femmes étaient rentrées dans leurs familles, mais elle qui pourtant aurait tant aimé retourner à son village, n'avait pu entreprendre le voyage à cause de l'imminence de l'accouchement. Ainsi était né « Badiane-le-petit » que Mame Sofi avait surnommé « Grève » et à qui ce surnom de circonstance était resté.

Une chatte à tête blanche vint se frotter en faisant le dos rond contre les jambes de Houdia M'Baye. Celle-ci la repoussa. La chatte s'étira et de ses yeux jaunes regarda nonchalamment la marmaille qui entrait dans la cour. Une fois de plus les enfants avaient échappé à la toilette, leur peau sèche était sillonnée de gerçures, leurs cils collaient aux paupières. A son tour, Houdia M'Baye regarda les

enfants et plus spécialement son avant-dernier,
N'Dole. Le petit garçon trottinait sur ses jambes
torses ; son gros ventre tout luisant semblait le précé-
der. On avait l'impression que, sous peu, la peau de
ce ventre allait éclater comme celle d'une vessie
pleine.

— Tu as encore mangé de la terre ! dit Houdia
M'Baye.

D'un doigt, N'Dole fourragea dans une narine, puis
suça pensivement le doigt morveux, tout en se tenant
à bonne distance de sa mère.

— Cesse de manger ça ! dit celle-ci.

— J'ai faim ! cria l'enfant d'une voix aiguë.

— Attendez Ramatoulaye, vous aurez tous à manger !... Et pourquoi ne vous êtes-vous pas lavé la
figure ?

— Il n'y a pas d'eau, mère, dit Abdou, l'aîné, tout
en attrapant la chatte par la queue.

— Laisse cet animal tranquille, Abdou, il va te
griffer. Et Ramatoulaye n'aime pas qu'on fasse mal à
sa chatte.

Abdou obéit et rejoignit ses frères et sœurs qui, un
peu à l'écart, avaient formé un petit cercle. Le bébé
dans les bras, Houdia M'Baye demeura pensive.
Cette faim qui faisait grossir le ventre des enfants,
maigrir leurs membres et voûtait leurs épaules, faisait
revenir dans son esprit des images d'autrefois, des
images des temps heureux. En huit années de vie
commune, Badiane, son mari, ne l'avait déçue qu'une
fois, une fois seulement en huit années, c'était bien
peu. Pourtant, Badiane avait deux autres épouses et
cependant la concorde avait toujours béni la maison.
L'histoire remontait aux premiers temps de son
mariage, quelque dix ou douze lunes qu'elle fut
entrée dans la famille de N'Diaye. Ce jour-là, c'était
son tour de cuisine, et c'était aussi jour de paie.
Toute la nuit, elle avait combiné la confection d'un

plat bien relevé et lorsque, au matin, elle revint du marché, les autres ménagères s'émerveillèrent de la quantité incroyable de condiments et d'épices de toutes sortes qu'elle rapportait, et la journée se passa à préparer et à faire cuire le succulent bassi. De temps en temps les voisines envoyaient par-dessus les palissades des bols ou des *m'batous* (1) en demandant à goûter la sauce, et les enfants se rassemblaient attendant avec impatience le moment où on leur livrerait le chaudron à racler. Enfin, le soir vint et avec lui le retour des hommes. Dès la porte franchie, leur odorat avait décelé un parfum inhabituel. Avec des cris et des rires, ils s'assemblèrent autour du grand récipient et du large bol où avait mijoté la sauce.

— Ceci, dit Deune, célèbre pour son appétit, ceci, femme, n'est pas digne du palais d'un mendiant. Ce soir, je me fais ton mendiant.

Les hommes silencieux comme si le bassi leur avait ravi la parole, plongèrent leurs mains dans le *n'dappe* (2) et, ainsi récompensée, Houdia M'Baye suivait des yeux les doigts agiles qui confectionnaient des boulettes, bouchées après bouchées. Entre deux boulettes, les appréciations et les compliments fusaient vers la cuisinière ravie songeant en elle-même que ce soir-là elle serait l'épouse comblée. Soudain, on entendit la voix de Badiane :

— Femme, dit-il, c'est très bon. — Il rota et reprit, s'adressant cette fois à son voisin : — Mais, dis-moi, Deune, n'as-tu pas remarqué qu'il manquait quelque chose ?

Au comble de la déception et de l'humiliation, Houdia M'Baye n'avait pas attendu la discussion. Elle s'était enfuie dans sa chambre et pendant toute

(1) M'batous : écuelle.
(2) N'dappe : récipient commun.

la nuit avait échafaudé des plans pour retourner à
Kaolack, son village. « Jamais plus, je n'essaierai de
contenter un homme, jamais plus. » Houdia M'Baye
avait mis longtemps à comprendre qu'il s'agissait là
d'une taquinerie qui devait d'ailleurs devenir dans la
famille une sorte de scie : « Oh, il manque quelque
chose ! » Cette boutade appartenait maintenant aux
temps heureux. Mais aujourd'hui elle prenait un ton
sinistre. Le « quelque chose » qui manquait, c'était
tout simplement le pain quotidien. Houdia M'Baye se
souvint de la voix dure de Ramatoulaye lorsqu'elle
lui avait dit le matin même : « Nous sommes bien
misérables, car le malheur, ce n'est pas seulement
d'avoir faim et soif, le malheur, c'est de savoir qu'il y
a des gens qui veulent que tu meures de faim. »

A ce moment « Grève » se mit à vagir. Houdia
M'Baye interrompit son voyage dans le passé et, par
la manche de sa camisole, passa son sein — morceau
de chair flasque et plat. Le bébé s'en saisit avidement
de ses menottes crispées. Paupières closes, il tétait
férocement, par brusques secousses, et cela faisait
mal ; le sein était parcouru de picotements, de brû-
lures, comme si on y enfonçait des épingles. Houdia
M'Baye changea de mamelle, sans plus de résultat.
Son lait était tari, elle le savait bien. La pensée de la
grève la rongeait comme un mal. Elle déplaça ses
jambes ankylosées et regarda les enfants.

— Ne mangez plus de terre, cria-t-elle.

Seuls lui répondirent les regards des yeux creux
dans les pauvres visages amaigris. La chaleur devenait intenable, la chatte s'était rendormie. « Grève »
gémissait doucement. On entendit au loin le moteur
d'un camion qui s'emballait dans le sable, puis, plus
proches, les bêlements de Vendredi, le bélier d'El
Hadji Mabigué, enfin, devant la palissade, le cri d'un
porteur d'eau   *Kiô dieu n'da n'do ?* « Qui veut
m'acheter de l'eau ? »

— Abdou, dit Houdia M'Baye, appelle ce Toucouleur.

Abdou s'élança et faillit renverser N'Deye Touti et
la petite Anta qui entraient à ce moment.

— Mince alors, quel fou ! dit N'Deye Touti en
s'avançant.

Elle prit dans ses mains les petits poings de
« Grève », les porta à ses lèvres puis, faisant entendre
un léger sifflement, pour lui arracher un sourire :

— J'ai du lait pour toi, dit-elle, et elle tendit à
Houdia M'Baye une boîte de lait condensé, puis
comme le bébé continuait à brailler :

— Bon, bon, je te laisse, mauvais caractère !

— La Providence a-t-elle été plus favorable
aujourd'hui ? demanda Houdia M'Baye.

— Oui, nous avons du riz, du rakal et cette boîte
de lait.

— Et Ramatoulaye revient-elle ?

— Yaye Ramatoulaye arrive avec Yaye Bineta,
dit la petite Anta.

A la vue de la boîte de lait, les enfants s'étaient
rapprochés de leur mère.

— Ceci est pour votre frère, dit Houdia M'Baye,
mais vous aurez bientôt à manger, vous aussi.

A ce moment parut Abdou précédant le porteur
d'eau. Le Toucouleur était un homme de grande
taille que grandissait encore l'estagnon qu'il portait
sur sa tête. Il était vêtu d'un tricot taché de sueur et
ses pantalons bouffants étaient effrangés aux
genoux.

— Combien vends-tu l'estagnon ? demanda Houdia M'Baye.

— Cinq pièces de cinq francs, femme.

— Cinq pièces ? Ah ! les prix ont encore augmenté.

— Femme, il faut maintenant aller jusqu'à Pikine
pour chercher de l'eau, et c'est loin, Pikine.

— Cela fait deux fois en un mois que vous augmentez l'estagnon ! Où allons-nous ? C'est trop cher. Donne-m'en seulement la moitié pour deux pièces.

— Mais je ne peux pas vendre l'eau au détail, femme.

Pendant cette discussion, les autres femmes étaient arrivées. Ramatoulaye essoufflée, fatiguée, posa son panier près d'un des pieux de la véranda, s'assit les jambes écartées et se mit à caresser son chat. Bineta entra dans sa cabane. Houda M'Baye les mit au courant de la situation pour l'eau. Après un long coup d'œil au vendeur d'eau, Mame Sofi lui dit :

— Suis-moi.

Le Toucouleur plia les genoux, s'accroupit presque pour franchir la véranda. A droite, dans la salle à manger-salon, se trouvait la grande jarre, le cul enfoncé dans une cuvette pleine de sable. Mame Sofi souleva le couvercle de raphia :

— Verse là.

Sans effort apparent, l'homme souleva le lourd estagnon, une nappe claire comme du cristal se déversa dans la jarre. Les enfants qui s'étaient rassemblés autour de la jarre ne quittaient pas des yeux cette eau fraîche qui coulait. La bouche ouverte d'où sortait un bout de langue, ils attendaient en se bousculant pour mieux voir.

— Doucement, doucement, vous allez boire !

Le marchand se redressa.

— Attends-moi une minute... non, pas ici, dehors, dit Mame Sofi, j'arrive. Et vous, les enfants, approchez.

A tour de rôle, Mame Sofi fit boire les enfants. Le vieux bol ébréché allait de la jarre aux jeunes bouches avides. Puis elle sortit sur la véranda et apporta de l'eau aux femmes stupéfaites. Quand tout le monde eut sa ration, elle se tourna vers le Toucouleur et, sans que son regard trahît la moindre intention de supercherie, elle lui demanda soudain :

— Tu crois en Dieu, toi ?

— Qui, moi ? demanda l'homme déconcerté par cette question inattendue.

— Toi, *kaye* (1).

— *Ouaï*, je crois en Dieu, dit le Toucouleur complètement éberlué.

— *Al Hamdou lilah*, dit Mame Sofi, comme si elle éprouvait un profond soulagement, et elle ajouta :
— Je te dois cinq pièces de cinq francs.

— *Ouaï*, *Koni* (2). — Ce « ouaï » avait échappé à l'homme qui se mit à balbutier . — Mais, femme, je n'ai pas dit que je te faisais crédit de mon eau !

— C'est vrai, tu ne l'as pas dit, mais je te dois cette eau. J'habite ici, donc tu me trouveras. Et puis, si je ne te paye pas dans ce monde, je te paierai dans l'autre avant d'entrer au paradis.

Le marchand d'eau était complètement désemparé.

— Si c'est une plaisanterie, elle n'est pas de mon goût. Ne me fais pas perdre mon temps, femme, donne-moi mon argent et n'en parlons plus.

La peau du visage de Mame Sofi était naturellement grasse et luisante, mais, sous l'emprise de la colère, elle avait pris les teintes d'un jambon que l'on cuit à plein feu. Ramatoulaye, une main au menton, l'autre caressant distraitement le dos de la chatte, regardait la scène en se demandant comment tout cela allait finir. Elle n'approuvait certes pas la conduite de Mame Sofi, cependant, elle ne pouvait s'empêcher de penser qu'aujourd'hui au moins il y aurait à manger. N'Deye Touti, qui était allée se changer et avait passé sa blouse de travail, assistait à

(1) Kaye : oui en ouolof.
(2) Interjection.

la bagarre, indifférente : cette histoire d'eau ne l'intéressait guère. Houdia M'Baye, elle, avait peur, ses regards ne quittaient pas la forte main du Toucouleur, il lui semblait que d'un instant à l'autre cette main allait s'abattre sur le visage de Mame Sofi. Ses bras se serrèrent autour du bébé. Bineta, enfin, sortit de chez elle, une chique calée sous sa lèvre inférieure et vint se ranger aux côtés de sa rivale. Celle-ci continuait de se déchaîner :

— Sur la tombe de ma mère et celle de mes ancêtres, je jure que je te paierai. Mais pas aujourd'hui, je n'ai plus un sou. Et par la ceinture de mon père qui était le meilleur des hommes, cette eau ne sortira pas d'ici. Tu dis être croyant et tu laisserais ces enfants mourir de soif ? acheva-t-elle, avec un grand geste de bras vers la marmaille qui se tenait à distance respectueuse.

L'homme semblait mâchonner des mots comme un bouc qui rumine. Des tics nerveux plissaient son visage. Sentant son avantage, Mame Sofi avança d'un pas ; ses grosses mains plaquées sur ses fesses, son pagne relevé laissant voir ses genoux semblables à deux boules de pain de seigle mal cuit, elle poursuivit :

— Je te dis que tu seras payé, mais, je te le répète, pas aujourd'hui !

— Femme, paye-moi au lieu de m'insulter ! Oh, tu n'es pas comme les autres femmes, toi ! Il n'y a pas de paix en toi. Au moins, laisse-moi reprendre le reste de mon eau. Cette femme-là — il désigna Houdia M'Baye — a deux pièces de cinq francs. Qu'elle me les donne pour me dédommager de ce que vous avez bu.

— Ton eau ? Deux pièces de cinq francs ? Et ce soir tu viendras réclamer encore !

Mame Sofi avança encore d'un pas et fit claquer

ses mains l'une contre l'autre juste devant le visage de l'homme qui recula.

— Je demande à Dieu, maugréa-t-il, que cette eau soit la dernière que vous buviez ! Puisse-t-elle empoisonner toute votre lignée jusqu'à cent générations et que vos descendants en deviennent lépreux, aveugles ou bancals !

— Bâtard, fils de chienne, enfant trouvé ! Si j'étais un toubab, je t'attellerais tous les matins ! répliquait Mame Sofi.

Les enfants et les autres femmes se ruèrent sur le marchand d'eau. Bineta agrippa le tricot qui se déchira du haut en bas. Mame Sofi qui en brûlait d'envie depuis un moment, lui appliqua une gifle retentissante tout en hurlant :

— Venez, venez tous, il y a un homme qui nous bat !

Aussitôt voisins et voisines accoururent et le Toucouleur battit précipitamment en retraite, abandonna la place, laissant aux furies son tricot et son estagnon.

Puis la paix revint dans un N'Diayène en liesse. Il y avait de l'eau pour tous et le pot reprit son va-et-vient de la jarre aux lèvres avides.

N'Deye Touti, après avoir, sur l'ordre de Ramatoulaye, préparé le lait de « Grève », retroussa les manches de sa blouse dont elle n'avait pas mis les boutons supérieurs et posa sur sa tête un foulard à fond vert semé de grains de café noirs dont elle noua les deux extrémités sous son menton. Par-dessus la blouse, elle enfila un pagne et, considérant d'un œil rêveur ses espadrilles, les trouva trop larges pour ses pieds qu'elle avait longs et bien cambrés. N'Deye, comme on l'appelait, était jolie et savait qu'elle était la coqueluche des garçons des environs. Avant la

grève, elle fréquentait l'école normale de jeunes filles,
ce qui lui donnait une nette supériorité sur les garçons mais en même temps faisait d'elle l'écrivain
public du quartier. En écrivant leurs lettres d'amour
ou leurs requêtes, en remplissant leurs feuilles
d'impôts, elle se sentait de plus en plus éloignée de
tous ceux qui formaient son entourage. Elle vivait
comme en marge d'eux ; ses lectures, les films qu'elle
voyait, la maintenaient dans un univers où les siens
n'avaient plus de place, de même qu'elle n'avait plus
de place dans le leur. Elle traversait l'existence quoti-
dienne comme en rêve, un rêve où se trouvait le
Prince Charmant des livres. N'Deye ne savait pas
exactement qui serait ce Prince Charmant, ni quelle
serait la couleur de sa peau, mais elle savait qu'il
viendrait un jour et qu'il lui apporterait l'amour. Les
gens parmi lesquels elle vivait étaient polygames et
N'Deye n'avait pas tardé à comprendre que ce genre
d'union exclut l'amour, du moins l'amour tel qu'elle
le concevait. Et cela lui avait permis de mesurer ce
qu'elle appelait leur « absence de civilisation ». Dans
les livres qu'elle avait lus, l'amour s'accompagnait de
fêtes, de bals, de week-ends, de promenades en voiture, de somptueux cadeaux d'anniversaire, de
vacances sur des yachts, de présentations de coutu-
riers ; là était la vraie vie et non dans ce quartier
pouilleux, où à chaque pas, on rencontrait un
lépreux, un éclopé, un avorton. Lorsque N'Deye sortait d'un cinéma où elle avait vu des chalets faîtés de
neige, des plages où se bronzaient des gens célèbres,
des villes aux nuits éclaboussées de néon, et qu'elle
rentrait dans son quartier, elle avait comme des nausées, la honte et la rage se partageaient son cœur. Un
jour, s'étant trompée de programme, elle était entrée
dans un cinéma où l'on projetait un film sur une
tribu de Négrilles. Elle s'était sentie rabaissée au
niveau de ces nains et avait eu une envie folle de

sortir de la salle en hurlant : « Non, non ! ce ne sont pas de vrais Africains ! » Un autre jour alors qu'étaient apparues sur l'écran les ruines du Parthénon, deux hommes derrière elle s'étaient mis à parler à haute voix. N'Deye s'était dressée comme une furie et leur avait crié en français « Taisez-vous donc ignorants ! Si vous ne comprenez pas, sortez ! » En fait, N'Deye Touti connaissait mieux l'Europe que l'Afrique, ce qui, lorsqu'elle allait à l'école, lui avait valu plusieurs fois le prix de géographie. Mais elle n'avait jamais lu un livre d'un écrivain africain, elle était sûre d'avance qu'une telle lecture ne lui aurait rien apporté.

N'Deye, tout en s'approchant de la porte de la palissade, se souvenait du jour où pour la première fois elle avait senti s'opérer en elle ce qu'elle nommait son « évolution vers la civilisation ». C'était durant ses premières années d'école, à l'époque où elle tenait un journal intime, qu'elle avait déchiré depuis parce que dans le milieu où elle vivait « il ne se passait rien de sensationnel », à l'époque aussi où ses jeunes seins avaient commencé à pointer. Un jour, au cours de la leçon de couture, elle s'était confectionné un soutien-gorge. Tant qu'elle avait été au milieu de ses camarades de classe, elle avait fièrement arboré son œuvre, sans gêne et sans complexe, mais, rentrée chez elle pour les vacances, elle avait caché l'objet. Le soir, sous la couverture, elle mesurait du doigt la croissance de ses seins et se torturait à la pensée qu'un jour ils tomberaient comme ceux des autres femmes dont elle regardait à la dérobée les poitrines plates ballotter sous les pagnes. A cette idée, elle éprouvait un véritable malaise. Un soir, par négligence, elle rentra à la maison avec le soutien-gorge. Ce fut Mame Sofi à la langue pointue qui l'aperçut :

— Hé, venez voir, venez voir ! Il y a une vache

pleine qui se promène tout habillée dans la maison sur deux pattes !

N'Deye Toutı avait pleuré de honte malgré les consolations de Ramatoulaye. sa *petite mère* (1) qui lui avait ordonné de conserver le soutien-gorge puisqu'il lui plaisait. Mais depuis ce jour-là. elle s'était considérée comme enfermée dans un enclos.

Elle en était encore à ce souvenir. lorsqu'elle s'entendit appeler par une voix féminine. Elle se retourna et vit Arame qui se hâtait pour la rejoindre. Arame avait le même âge qu'elle, mais la maternité avait durci ses traits, et son mouchoir de tête pas plus que le reste de ses vêtements n'avaıent plus rien qui puisse inspirer le désir à un homme ; un bébé à califourchon sur sa hanche l'entourait de ses bras maigriots.

— Je suis venue à N'Diayène pour te voir. Houdia M'Baye m'a dit que tu allais en ville. Tiens, porte-moi ça, Anta, ajouta-t-elle en s'adressant à la fillette qui la suivait, puis. tout en cheminant aux côtes de N'Deye Toutı. elle raconta son histoire :

— Il faut que tu répondes à une lettre que j'ai reçue. Mon mari dit m'avoir envoyé un mandat il y a un mois...

— Où est-il ?

— A *Madame Caspar* (2). Il a été nommé « sersent-sef », et je dois le rejoindre avec les enfants.

— Et pourquoi n'y vas-tu pas ? demanda N'Deye Toutı non sans une pointe d'envie dans la voix.

— Vaï, vaï, si tu crois que c'est simple ! Je suis allée au bureau de la garnison pour les papiers et ils m'ont dit que devant la loi des toubabs, je ne suis pas mariée. Le mariage du « chemin de Dieu (3) » ne

(1) Sœur de sa mère.
(2) Madagascar.
(3) Mariage religieux.

compte pas. C'est comme si je vivais en concubinage avec mon mari. Si tu m'avais vue ! J'étais toute trempée de honte devant les toubabs ! Il paraît que je dois aller à la mairie et au bureau de l'Etat-Major. On m'a donné des papiers à remplir. C'est pour ça que je voulais te voir. Je voudrais que tu lui écrives tout cela et aussi que les enfants n'ont rien à se mettre, qu'ils ne vont pas bien. Moi-même, je suis malade. Et n'oublie pas de lui dire qu'ici il y a cette grève, une terrible grève, que nous restons pendant trois jours avec le même repas dans le ventre et que...

— Attends un peu, Arame, je ne suis pas en train d'écrire la lettre ! Tout à l'heure, je viendrai chez toi.

— Non, non, c'est moi qui viendrai te voir. Un militaire m'a donné du papier et je n'ai pas de timbre à payer, heureusement. Mais si tu viens, mes beaux-parents voudront écrire la lettre, eux aussi, chaque fois que quelqu'un vient pour écrire une lettre, ils veulent s'en charger, et moi, ça ne me plaît pas !

N'Deye Touti commençait à s'ennuyer, les bavardages d'Arame l'agaçaient. Celle-ci continua

— As-tu vu Beaugosse ? Il était chez toi. J'aimerais bien être à votre mariage. Oh, ce sera sûrement un grand mariage, dit-elle en roulant ses gros yeux globuleux. Il est très élégant, tu sais.

— D'où tiens-tu que nous allons nous marier ?

— Tout le monde sait qu'il te courtise. Et puis, il est bien, toujours propre, et il est riche.

— Tu radotes, ma vieille.

— Que dis-tu ?

— *Dara* (rien), répondit N'Deye Touti, cette fois en ouolof. Pour se marier, il faudrait que je sois consentante.

— Moi, à ta place, je l'épouserais. Tu sais lire et écrire, tu travailleras, lui aussi. Quel dommage que je

ne sois pas allée à l'école. Dis, cette grève, quand
finira-t-elle ? On ne parle pas de la reprise ? Tu
connais ce type-là... ce Bambara ? J'ai son nom au
bout de la langue. On dit que s'il voulait, il pourrait
mettre fin à la grève. C'est vrai, ça ?

— Je ne le crois pas. Il s'appelle Bakayoko.

— On dit qu'il te fréquente aussi ? Moi, je n'aimerais pas me marier avec un homme d'un autre peuple
— et Arame haussa les épaules. — Tiens ! regarde
qui arrive là-bas. Mais c'est Beaugosse ! Oh, il est
magnifique ! Tu ne trouves pas, toi ?

— Tu veux que je lui dise ?

Daouda dit Beaugosse avait revêtu un nouveau
sabadord, un prince de galles tout neuf avec des
carreaux à fils blancs, noirs et rouges, larges comme
la main. Il tenait son casque sous le bras.

— Salut, Beaugosse, dit Arame avec un sourire
qui voulait dire « Tiens, voilà ta dulcinée », puis
s'adressant à N'Deye Touti :

— Je garderai ta place à la fontaine.

Elle pressa le pas et les deux jeunes gens restèrent
seuls. Machinalement, ils ralentirent leur allure. Dans
le ciel, des nuages s'effilochaient en direction de
l'océan, l'air était doux, le long du caniveau des
gosses jouaient sans bruit.

N'Deye Touti et Daouda dépassèrent la borne-
fontaine autour de laquelle étaient rassemblées des
femmes de tous âges, les unes assises sur leurs récipients, les autres sur la maçonnerie, d'autres debout.
Tout en échangeant quelques phrases anodines, les
jeunes gens avaient hâté le pas. Ils arrivèrent ainsi au
milieu de la clôture du champ de course, à l'endroit
où se trouvait un petit pont en dalles de pierre. Le
parapet semblait s'offrir. N'Deye Touti s'assit. Beaugosse resta debout.

— Il paraît que tu es passé à la maison ? dit la
jeune fille.

— Oui. J'ai quitté la permanence depuis ce matin.

La voix de Daouda était mal assurée, et il parlait avec sérieux, puis il se tut, les yeux fixés sur le revêtement délabré du parapet.

N'Deye Touti lissa ses genoux en rabattant son pagne.

— Quoi de neuf au bureau syndical ? demandat-elle pour dire quelque chose.

— Rien ! Cette grève, c'est de la foutaise ! Voilà deux mois que ça dure et on en est toujours à zéro. Ah, si j'avais su... Je l'avais bien dit à Alioune... Tiens, j'ai vu dans le journal qu'on cherchait des Africains sachant lire pour un poste de magasinier.

— Tu voudrais lâcher maintenant ? Que dirait Alioune ?

— Ils s'accrochent, mais je ne sais plus à quelle station on en a encore emprisonné plusieurs. Et puis, on crève de faim !

— Avez-vous des nouvelles de Doudou, à Thiès, et de Bakayoko ?

— Bakayoko, Bakayoko ! répéta durement Daouda, celui-là il commence à me taper sur les nerfs !

— Tu ne le connais pas, comment peut-il te taper sur les nerfs ? Hein ?

Ce « hein ? » moqueur acheva de faire perdre son calme au jeune homme.

— Tu ne m'as jamais dit ce qu'il y a entre toi et lui.

N'Deye Touti posa ses deux pieds à plat sur le parapet ; les bras autour des genoux, son foulard de tête noué maintenant lâchement autour du cou, elle regardait droit devant elle : l'avenue El-Hadj-Malick-Sy puis, plus loin, le ciel qui descendait en pente et semblait venir s'étayer sur les toits. Au-dessus d'elle des nuages s'étaient rassemblés en une sorte de long étang cendreux ; d'autres, petites îles poussées par le vent, dérivaient vers l'étang, ils étaient gris, bordés de pourpre. Sur la route, passèrent deux vaches que suivait un homme qui faisait des moulinets avec son bâton ; ce fut ensuite le tour de l'autocar et N'Deye Touti revint à la réalité :

— Qu'est-ce que tu disais ?

— Je te demandais ce qu'il y a entre toi et Bakayoko ?

La jeune fille sourit, une lueur claire passa dans ses yeux. Douada sentit la jalousie qui le mordait.

— Oh, tu sais, c'est difficile à expliquer. Toi, tu voudrais m'épouser, tu me l'as déjà dit. Lui, il ne m'a rien dit. Je ne peux guère te donner de détails, je sais seulement deux choses : je l'admire et je le crains. Est-ce que c'est l'amour ou une sorte de maladie, je n'en sais rien.

— Mais tu sais qu'il est déjà marié, et tu m'as dit souvent que tu avais horreur de la polygamie.

Sur la route, l'homme et ses vaches avaient disparu. Ils avaient été remplacés par un cycliste qui, son grand boubou blanc gonflé par le vent, pédalait avec ses talons. Quant aux nuages, ils s'étaient maintenant rassemblés en une vaste mer grisâtre qui semblait vouloir engloutir la ville.

— Je ne suis pas sûre de mes sentiments pour lui, dit N'Deye Touti, mais il y a une chose dont je suis sûre, c'est que je ne partagerai mon mari avec aucune autre femme !

Daouda faisait tourner son casque entre ses mains. Il s'était assis à son tour sur le parapet et la pointe des espadrilles de la jeune fille touchait ses cuisses.

— Je ne t'ai pas demandé en mariage, moi, poursuivit N'Deye Touti. Vous, les hommes, à peine vous connaissez une fille, c'est le mariage ! Peut-être que si tu avais couché avec moi, tu n'en voudrais plus du mariage !

— Tu as lu trop de livres, ce n'est pas bon.

N'Deye Touti éclata de rire et montra ses jeunes dents solides et blanches :

—Tu dis que je lis trop de livres ! Bakayoko, lui, dit que je n'en lis pas assez ou que je lis de mauvais livres !

— Je te parle sérieusement, et toi, toi... tu te paies ma tête !

— Non, je veux même que tu saches... que tu me plais.

— Moi, je t'aime. Je vais aller voir pour cette annonce et dans deux mois, nous nous marions. Tu as été renvoyée de l'école, donc...

— Doucement, doucement ! Tu me plais parce que tu es un beau gars. Mais attendons un peu.

— Attendre quoi ? Son retour ?

— Tu es stupide... mais il faut que je le revoie.

— Pour savoir s'il veut t'épouser ?

— Lui aussi est contre la polygamie.

— Alors, il va quitter sa femme ?

— Tel que je le connais, ça m'étonnerait.

— Mais s'il ne veut pas quitter sa femme, s'il ne veut pas être polygame, ni toi non plus, alors ?... Vous êtes vraiment compliqués !

Beaugosse souffrait réellement ; l'angoisse d'être éconduit se mêlait à la jalousie. « Il y a quelque chose qu'elle ne veut pas me dire », pensa-t-il.

Quant à N'Deye Touti, elle était prise entre l'attirance qu'exerçait sur elle Bakayoko et le désir, malgré tout, de ne pas peiner Daouda.

— J'ai connu Bakayoko avant de te connaître, reprit-elle. C'était pendant les fêtes de Pâques, à Saint-Louis. J'y étais allée pour un mariage avec des copines de classe. Je ne sais pas qui l'avait invité, lui, mais il était là. C'est un type original et qui ne passe pas inaperçu ! Le soir, quand on se réunissait pour parler d'un tas de choses, lui défendait les travailleurs. Il abordait un tas de questions : le chômage,

l'enseignement, la guerre en Indochine ; il parlait de
la France, de l'Espagne ou de pays plus éloignés
comme l'Amérique ou la Russie. Nous nous deman-
dions tous d'où il sortait. C'est même ça que je lui ai
dit la première fois que je lui ai parlé : « D'où sortez-
vous ? » Et il m'a répondu : « Je suis sorti de la gare
pour venir ici. » Un après-midi, deux jours après le
mariage, nous avons décidé d'aller nous baigner tous
ensemble, filles et garçons. On avait emporté des
quartiers de viande rôtis. Au bout d'un moment, j'ai
voulu être un peu seule et je me suis éloignée de la
bande. Au milieu du chemin, je l'ai aperçu : couché
sur le sable, il jouait avec des fourmis. Machinalement, j'effeuillais une marguerite. Il me regarda, d'un
regard un peu insolent — du moins, c'est ce que je
crus — et il me dit brutalement :

« — Eh, la sœur, savez-vous qu'on n'effeuille pas
la marguerite dans ce pays ?

« — Que doivent faire les jeunes filles, alors ? lui
demandai-je.

« — Dire : « Je couche ou je ne couche pas. »
C'est plus poétique, n'est-ce pas ?

« Tout en me parlant, il était resté allongé sur le
ventre sans même se tourner vers moi.

« Quarante-huit heures plus tard, au moment du
départ, il me dit :

« — Il y a tant de belles choses chez nous, qu'il
n'est pas nécessaire d'en introduire d'étrangères. Surtout que de là où viennent ces gestes, nous pouvons
en apprendre bien d'autres, beaucoup plus fructueux
pour notre pays.

« Avais-je compris ce qu'il avait voulu dire, je ne
crois pas, mais à l'école, chaque fois que je voyais
une marguerite, une vraie fleur ou une image dans un
livre, je pensais à lui. Puis les grandes vacances
arrivèrent et il vint à la maison accompagné de Tiémoko, une grande brute que je n'aime pas. Ce n'était

pas pour moi qu'il venait, mais pour voir Alioune.
Mais il m'a reconnue et il a dit : « Tiens, voilà ma
fille à la marguerite ! » et Tiémoko a ajouté : « C'est
vrai qu'elle a des yeux pareils à deux lunes dans un
même ciel. » Maintenant, quand il vient à Dakar, je
le vois souvent... Je ne sais pas ce qui se passe, mais
quand il est là, je ne peux pas ouvrir la bouche ! »

— C'est peut-être l'effet d'un gris-gris ?

— Non, Beaugosse, tu es sot ! Enfin, je suis sortie
avec lui plusieurs fois, mais il m'a fallu du temps
pour m'habituer à ses silences et aussi à ses paroles
qui coupent comme des couteaux, mais j'ai beaucoup
appris sur sa vie et il m'a même expliqué les circonstances de son mariage.

— Donc, il ne peut pas t'épouser, c'est ce que je
disais... Pourquoi ris-tu ? Ça n'a rien de gai.

— Le rire n'est pas seulement une manifestation
de gaieté. Tu n'as pas remarqué que, depuis que nous
parlons, nous n'avons pas dit un seul mot en ouolof ?

— Et alors ?

Le rire de N'Deye se déchaîna.

— Il a une fille, Ad'jibid'ji, qui dit tout le temps
« Alors » et la grand-mère, sa mère à lui, a horreur
de ça. D'ailleurs lui-même n'aime pas qu'on parle
tout le temps français. Ah, il n'est pas commode, tu
sais...

— Dis-moi, N'Deye... — Daouda hésita — dis-
moi..

— Quoi ?

— Tu as couché avec lui ?

— Tu veux savoir si je suis vierge ? Cette question
a-t-elle de l'importance pour toi ?

Daouda regretta sa question. Gêné, il demeura un
instant silencieux puis il se leva et, détournant son
regard de celui de la jeune fille :

— Je m'en vais, dit-il, il faut que je prévienne
Alioune que je quitte le D.N.

Et le jeune homme, le cœur serré, s'en alla à
grandes enjambées. « Quel était donc ce Bakayoko,
on aurait dit que son ombre était sur chaque chose,
dans chaque maison ; dans les phrases des autres, on
retrouvait ses phrases, dans leurs idées ses idées à lui,
et mon nom même se répétait partout comme un
écho ? »

RAMATOULAYE

N'DEYE TOUTI s'en revint vers la borne. Arame qui l'avait vue arriver s'avança vers elle :

— Toujours pas d'eau, dit-elle, et elle ajouta : il faut que tu dises « oui ».

— Que je dise « oui », et pourquoi ?

— Pour ton mariage.

— Tu radotes, ma vieille.

— Qu'est-ce que ça veut dire ça ?

— Oh rien, c'est comme si je te disais qu'il te manque quelque chose là !

Et N'Deye toucha son front d'un doigt.

Les deux jeunes femmes étaient parvenues à la fontaine autour de laquelle étaient groupées des femmes lassées par l'attente. Autrefois, avant la grève, les distributions d'eau étaient cause de mille bavardages, de commérages, voire de disputes, mais maintenant il ne demeurait plus qu'un morne silence, l'immobilité de l'impatience vaincue par la fatigue, une sourde crainte mêlée de haine contre cette machine que les Blancs pouvaient arrêter comme ils voulaient. Car tout dépendait d'eux, depuis l'usine de purification jusqu'au moulinet de la pompe en passant par le labyrinthe des conduits. Soudain, on entendit quelques glouglous puis une sorte de jappement sonore. Il y eut une bousculade et la petite Anta fit tourner le disque de la pompe. En vain.

— Ils nous tuent peu à peu, ces toubabs, dit une femme qui mâchonnait un cure-dents. Encore une fausse alerte. Il n'y a plus une goutte d'eau jusqu'à Pikine.

Toutes les femmes étaient maintenant pressées autour de la fontaine. On tenait à bout de bras quelque récipient, on renouait un pagne, on redressait sur son dos un bébé qui avait glissé ; tout cela la bouche ouverte, les lèvres pendantes et les yeux fixés sur une goutte d'eau qui venait d'apparaître à la pointe du robinet, comme une perle au bec d'un oiseau. A l'intérieur de la fontaine on entendait comme un va-et-vient — d'air ou d'eau ?... un bruit de succion, puis le silence.

— Faites monter la petite Anta, dit la femme au cure-dents.

On installa la fillette sur le tambour.

— Qu'est-ce que tu ressens ?

— Ouai, ça bouge dans mon ventre, on dirait que ça tourne. Mais c'est dans mon ventre.

De nouveau les femmes reprirent leur immobilité. L'espoir avait quitté les visages. Soudain on vit apparaître Houdia M'Baye, suant et soufflant, ses seins taris battant au rythme d'un mauvais cœur.

— Qu'est-ce qui te prend de courir comme ça ? Tu es folle ?

— *Kaye, kaye*, bégaya Houdia M'Baye, viens avec moi, viens voir.

— Voir quoi ? demanda Ramatoulaye.

— Viens voir seulement.

— J'arrive.

Ramatoulaye prit son temps. Au passage, elle admonesta N'Deye Touti et Oulymata, l'une des femmes d'El Hadji Mabigué qui se disputaient une place dans la queue :

— Toi, N'Deye, cesse de discuter, et toi, Oulymata, reste à ta place, si ton mari ne disait pas du

mal de nous aux toubabs, les robinets ne seraient pas
fermés. Alors, reste tranquille !

Ramatoulaye fit le trajet de retour d'un pas tranquille, mais en arrivant à la maison elle manqua
d'étouffer de colère au spectacle qui se présenta à
elle : dans la courette, des morceaux de calebasses
étaient dispersés çà et là, quelques grains de riz
souillés, quelques restes de tourteaux parsemaient le
sol. Dans la cuisine, la marmite était renversée sur un
feu éteint. Les larges narines de Ramatoulaye fré-
mirent et ses paroles sortirent difficilement de sa
gorge serrée :

— Qui a fait ça ?
— C'est Vendredi, dit Houdia M'Baye.
— Vendredi, Vendredi. Où est-il ?
— Il était encore là quand j'ai couru te cher-
cher.

A ce moment, un bêlement se fit entendre tout
proche. Il venait sans aucun doute de la grande cour.
Ramatoulaye qui courait rarement, se précipita
comme une furie. Sur la véranda, elle aperçut le
bélier qui sortait paisiblement de chez Bineta en
mâchonnant un bout d'étoffe rouge rayée de blanc.
Ramatoulaye serra son pagne autour de ses hanches
et assujettit son foulard de tête :

— Ne bougez pas, vous autres ! dit-elle aux
femmes et aux enfants qui s'étaient rassemblés.
Abdou, apporte-moi le grand couteau ! Fais vite ! Ou
vous mangerez de la viande du bélier ou ce sera la
mienne, mais ce soir personne ne couchera avec la
faim !

Le garçon apporta un vieux coutelas tout rouillé et
ébréché. Ramatoulaye descendit du perron, le regard
fixé sur l'animal. Celui-ci mâchait toujours son bout
de tissu, mais, à la vue de la femme, il fit quelques
pas en arrière et rentra la tête dans les épaules, le
menton à ras du sol, les cornes pointées. Il cessa de

faire aller et venir ses mâchoires, ses prunelles d'un blanc bleuté luisaient méchamment. Le cou ainsi tassé, les pattes de derrière fléchies, on eût dit un ressort prêt à se détendre. Le couteau à la main, Ramatoulaye regardait ce cou massif. Une sueur épaisse coulait tout le long de son corps et il lui sembla que son sang s'était refroidi. Elle avait les reins tendus, le bas-ventre creusé et ses nerfs paraissaient jouer directement sous la peau.

Houdia M'Baye et les enfants étaient complètement hébétés. Bouches et yeux grands ouverts, ils regardaient tantôt la femme, tantôt le bélier. La chatte avait passé sa tête entre les jambes torses du petit N'Dole.

Vendredi gratta le sol de ses sabots, puis, tête baissée, il fonça et l'on eût dit qu'il rentrait dans Ramatoulaye. La folle course les mena jusqu'à la deuxième petite case dont ils défoncèrent un panneau. Ramatoulaye, à moitié à cheval sur le bélier, les genoux traînant par terre, lui avait noué les deux bras autour du cou ; l'animal décrivait des cercles tout en secouant énergiquement la tête pour se débarrasser de cette cravate de chair qui l'étouffait, sa langue pendait, ses babines étaient retroussées sur ses dents jaunes. Dans la lutte, le couteau était tombé et Ramatoulaye avait perdu presque tous ses vêtements.

A la vue de cette nudité, Houdia M'Baye se hâta d'enfermer les enfants. La chatte, le dos rond, surveillait la scène sous ses paupières plissées. A ce moment, survint Bineta qui en voyant en quelle posture se trouvait l'aînée de la famille et ses jambes couvertes de poussière et de sang, ne put que porter sa main à sa bouche en articulant à peine quelques « Lah ilaha ilaha ». Elle eut pourtant la présence d'esprit de recouvrir d'un pagne la nudité de Ramatoulaye mais celle-ci, tout en haletant, lui cria :

— Ramasse plutôt le couteau, Bineta !... le couteau ! On ne meurt pas d'être tout nu !

Bineta trouva l'arme et s'approcha, les yeux écarquillés.

— Qu'est-ce que tu attends ? Ouvre-lui la gorge !

A la vue du jet de liquide qui jaillit aussitôt son geste accompli, Bineta fit un pas en arrière et demeura comme pétrifiée, le couteau toujours à la main.

Le bélier eut un sursaut.

— Passe-moi ce couteau, Bineta, puis elle appela : Abdou, Abdou !

On vit Houdia M'Baye ouvrir la porte de la grande case et le garçon se précipiter.

— Tiens-lui les pattes, dit Ramatoulaye à cheval sur le bélier, et par trois fois elle enfonça la lame dans le cou de l'animal ; le sang gicla à nouveau et la grosse figure de Bineta qui tremblait de tous ses membres, en fut aspergée. Ramatoulaye essuya son arme en la passant sur l'épaisse toison, puis elle se redressa. Il n'y avait dans son regard ni fierté ni orgueil, simplement une sorte de satisfaction comme si son acte n'avait été qu'un devoir dicté par la fatalité. A ce moment, elle s'aperçut qu'elle saignait et rentra dans la maison principale.

Si vite que se fût déroulée la scène, les voisins s'étaient rapidement rassemblés, le bruit avait même couru que Vendredi venait de tuer Ramatoulaye. En arrivant dans la cour, hommes et femmes, voyant le cadavre du bélier, s'avançaient, trempaient leur index dans le sang et se marquait le front d'une petite tache rouge, puis commérages et bavardages allèrent leur train. El Hadji Mabigué n'était pas plus aimé de ses proches que des gens du quartier. Il y a longtemps, disait-on, que l'on aurait dû tuer Vendredi que son maître engraissait aux frais des voisins. Soudain, une voix s'éleva :

— Que l'on dépèce le mouton, chacun aura sa part.

Ce furent les deux frères Sow qui se présentèrent pour dépouiller l'animal.

— La bonté de Dieu est infinie, dit la femme au cure-dents. Ce matin, nous n'espérions plus rien... même pas une poignée de riz, et voilà que nous avons de la viande fraîche ! Hé, Mame Sofi, vous pourrez en garder pour vos enfants !

— La Providence est grande, mais chacun doit prendre sa part. Envoyez vos enfants aussi et apportez de l'eau car nous n'en avons plus. Et vous, les femmes, allez vider le fond de vos canaris. Il faut beaucoup d'eau. Nous allons faire bouillir Vendredi, comme ça il y aura à boire et à manger !

En rentrant dans la grande baraque, Mame Sofi trouva Bineta, sa « rivale », qui s'essuyait le visage avec un chiffon.

— Je t'avais bien dit, ce matin, que nous baptiserions « Grève » aujourd'hui. Et, tu vois, nous avons un mouton ! dit-elle avec un sourire malicieux, puis elle s'approcha de Ramatoulaye.

Celle-ci était allongée sur le matelas. Elle n'avait pas grand mal. Des douleurs aux reins — à cause du choc, disait-elle — mais la blessure au sein n'avait rien d'alarmant. A ses côtés, Houdia M'Baye pleurnichait en reniflant ; quant à la chatte, elle était tapie contre le flanc de sa maîtresse et on ne voyait d'elle que sa grosse tête aux poils blancs.

— Pourquoi as-tu fait ça ! dit Mame Sofi. Tu aurais pu te faire tuer ! Vaï, si on n'avait rien eu à manger aujourd'hui, on aurait mangé demain. Les voisines ne nous ont encore jamais laissés mourir de faim.

— Je savais que Dieu était de mon côté, dit Ramatoulaye. Je sais aussi que l'on peut mourir de faim, et je sais encore que Houdia M'Baye n'a plus de lait ! Dieu sait tout cela, lui aussi... Ce matin, j'avais dit à mon frère Mabigué que je tuerais Vendredi, Dieu m'est témoin que ce n'est pas à cause de cela que je l'ai fait. C'est parce que nous avons faim, trop faim. Les hommes le savent bien, mais eux, ils partent tôt le matin et ne rentrent que le soir venu. Et nous, les femmes, nous avons besoin d'un appui. Le rôle de chef de famille est lourd, trop lourd pour une femme.

Ramatoulaye s'était tue un instant. Les autres l'écoutaient comme si elles assistaient à une confession :

— Quand on sait que la vie et le courage des autres dépendent de votre vie et de votre courage, on n'a plus le droit d'avoir peur... Même si on a très peur ! Ah ! nous vivons des instants cruels, nous sommes obligés de nous forger une dureté, de nous raidir. Plus ça va, plus les temps deviennent durs. Si Vendredi n'avait pas anéanti notre espoir de la journée, il serait encore vivant ! Et s'il m'avait encornée, vous auriez versé des larmes, vous auriez même oublié votre faim... pour la journée ! Ah oui, Dieu sait que les temps sont durs !

Dans la pièce on entendit quelques sanglots.

— Je vais jusqu'à la poste essayer de téléphoner à Alioune, dit N'Deye Touti. As-tu dix francs, Houdia M'Baye ? Prête-les-moi.

Houdia M'Baye releva sa camisole et de son *naffa* (1) sortit une piécette.

— Ne lui en dis pas trop et ajoute que ce soir nous leur enverrons du mouton bouilli, ils en ont

_____

(1) Amulette pendue au cou des femmes, servant de porte-monnaie.

besoin, les pauvres, dit Ramatoulaye d'une voix que la fatigue affaiblissait.

— D'accord, dit N'Deye qui, en sortant, croisa une autre femme qui arrivait tout excité. Elle venait annoncer que Mabigué était allé chercher la police.

— Eh bien ! préparons-nous à la recevoir, dit Mame Sofi, et elle se mit à remplir de sable une bouteille vide. D'autres l'imitèrent tandis que dans la courette où chacun s'affairait, on achevait de découper Vendredi.

A la permanence du syndicat, Deune plaisantait avec Arona tout en décachetant des lettres. Ils n'avaient pas grand-chose à faire. Arona avait déjà tourné vingt fois les pages du journal. Alioune rédigeait un rapport et de ses lèvres serrées s'échappait de temps en temps un léger sifflement ; à l'autre bout de la table, Idrissa comptait en louchant les pièces qu'avaient rapportées les quêteurs du jour.

— Ça commence à compter, dit-il gaiement. Les gens sont fatigués de donner, mais ils continuent pourtant. Il y a même un toubab... je n'osais pas lui demander... il m'a donné cent francs.

— Ça fait onze mille francs aujourd'hui. De quoi acheter des sacs de riz.

— Trois sacs de riz, précisa Deune. Il faudra bien ça, ajouta-t-il en riant, car Arona a parié qu'à lui tout seul il en mangerait dix kilos !

Idrissa jeta un regard de ses yeux bigles vers le ventre d'Arona :

— C'est dommage que je n'aie pas un sou, dit-il, car j'aurais tenu le pari et tu aurais perdu !

A ce moment, la porte s'ouvrit. Daouda, dit Beaugosse, entra et alla accrocher son casque au portemanteau.

— Salut, les gars, dit-il.

— J'ai eu peur que tu n'aies été pris dans une

rafle. Il y a des camarades qui ont été raflés à M'Bott, dit Alioune.

— Non, j'étais chez moi.

— Tu as mangé, au moins ?

— Oui, et j'ai vu Houdia M'Baye et N'Deye Touti. Tout va bien, là-bas.

— Tout va bien, tout va bien, sauf la distribution d'eau. Il faut que nous trouvions quelque chose contre ça. J'ai écrit à Doudou, à Lahbib et à Bakayoko pour leur expliquer la situation.

En entendant le nom de Bakayoko, une ombre passa sur le visage de Beaugosse. Mais il se reprit.

— Je voulais te dire quelque chose, Alioune. J'ai bien réfléchi, ces jours-ci. Tu as été très chic avec moi quand je suis sorti du centre d'apprentissage, mes premiers contacts avec les ouvriers n'ont pas été faciles. Eux, ils connaissent bien la pratique et le pourquoi de cette grève, moi je...

— Quoi, cette grève ?

Abdoulaye, le responsable de la direction départementale de la C.G.T., venait d'entrer à son tour et interrompit Beaugosse.

— Vous êtes toujours en train de rouspéter. Je ne peux pas entrer ici sans entendre parler de « cette grève ». Vous n'êtes pas contents de l'aide de la C.G.T de France ?

— Si, dit Alioune, nous leur sommes reconnaissants. Nous avons aussi reçu quelque chose du Dahomey et une lettre de Guinée annonçant de l'aide.

— Donc, ça marche !

— Mais, d'ici, nous n'avons encore rien eu, et cela, c'est important.

— J'y pense, j'y pense... mais cela demande une rencontre intersyndicale... Ah, pendant que j'y pense, Dejean et ses collaborateurs vont probablement vous recevoir bientôt. Tu es au courant ?

— Je suis au courant.

A cette nouvelle, Arona et Deune sautèrent sur leurs pieds. Idrissa regarda Abdoulaye de son œil gauche.

— Je ne crois pas que ma présence vous soit indispensable là-bas, poursuivit celui-ci, dans l'espoir de se faire inviter à faire partie de la délégation.

— Thiès ne m'a rien dit dans ce sens, répondit Alioune.

Puis, tirant de sa poche une lettre froissée :

— A mon tour de te faire une commission de la part de ton copain Bakayoko. Tiens, voilà ce qu'il écrit : « Dis à Abdoulaye que rien n'est plus nuisible qu'un ouvrier qui joue à l'intellectuel et au protecteur des camarades... »

Bien qu'il fût d'un noir presque absolu, le visage d'Abdoulaye sembla changer de couleur et Daouda se mordit les lèvres comme si les paroles de Bakayoko avaient été aussi dites à son intention. Les autres ne comprenaient que confusément le sens de cette querelle.

Soudain, on entendit la sonnerie de l'appareil téléphonique accroché au mur du couloir. Abdoulaye sortit et presque aussitôt passa la tête à la porte :

— Tu as N'Deye Touti au bout du fil... Elle parle de Ramatoulaye mais je n'ai pas bien saisi. Veux-tu venir ?

Alioune, à son tour, quitta la pièce. Arona laissa éclater sa joie :

— Tu as entendu, Deune ? Dejean va recevoir le syndicat !

— *Eskaï Allah* (1) ! dit Idrissa, nous aurons la retraite, un rappel de solde, de l'augmentation, les allocations familiales et les quatre mille auxiliaires.

Et il ponctuait son énumération de grands gestes désordonnés.

_____

(1) Exclamation d'étonnement adressée à Dieu.

— J'aimerais bien faire partie des camarades qui vont discuter, dit Deune. Peut-être que toi, tu iras, Beaugosse, oui, tu vas sûrement aller à Thiès. Tu rencontreras Bakayoko, mon Bambara. Ah, ça a été dur, mais, maintenant, nous avons gagné.

Il envoya une tape amicale dans le dos de Beaugosse. Celui-ci s'était avancé jusqu'à la fenêtre et semblait observer la rue.

— Fous-moi la paix ! dit-il sans se retourner, même si vous avez vos revendications, je vous quitte !

Alioune rentra en coup de vent dans la pièce :

— Idrissa, Daouda, allez vite à N'Diayène ! Ramatoulaye a tué Vendredi, le bélier de Mabigué !

— Comment a-t-elle fait ça, demanda Deune, effaré.

— Je n'ai pas de détails. Daouda, prenez quatre ou cinq types avec vous. Passe par le marché Sandaga, tu verras peut-être Dème, le chauffeur de taxi, dis-lui que vous venez de ma part et il vous emmènera là-bas. Fais vite !

Comme à regret, Beaugosse décrocha son casque, le bigle sur ses talons.

***

La journée s'achevait et, venue des quatre coins du ciel, l'ombre peu à peu envahissait la ville. Dans la courette de N'Diayène, les femmes jetaient les morceaux de viande de mouton dans la grande marmite, celle des jours de réjouissance. Les flammes dansantes d'un feu bien nourri éclairaient les visages affamés des enfants. Parfois, quelqu'un de plus pressé activait le feu en enfonçant dans les braises une bûche qui faisait jaillir une explosion d'étincelles. Depuis un moment, la faim semblait avoir cessé de

torturer les ventres car on savait que, dans quelques
instants, la viande serait cuite.

C'est alors que les policiers firent irruption dans la
grande cour. Cette soudaine apparition des hommes
en armes jeta le trouble parmi les femmes. Dans leur
affairement, elles n'avaient plus pensé, ou mieux
pas cru, à la menace de l'intervention policière.
Quelques-unes désorientées, effrayées, se précipitèrent
dans la rue, mais, là aussi, il y avait des uniformes.
Mame Sofi remonta son pagne et saisit les deux
bouteilles pleines de sable bien tassé qu'elle avait
préparées ; Bineta, sa « rivale », Houdia M'Baye et
plusieurs autres l'imitèrent.

L'agent auxiliaire qui servait d'interprète, s'avança
et amorça sur un ton d'homme habitué à être
obéi :

— Nous voulons voir Ramatoulaye et reprendre le
mouton !

— Le mouton, le mouton... répétèrent les femmes
comme si elles ne comprenaient pas.

Celles qui étaient les plus proches de la chaudière
éteignirent le feu, prirent des morceaux de viande
qu'elles enveloppèrent dans des feuilles et les jetèrent
par-dessus la palissade, dans la courette des frères
Sow. Des gosses les imitèrent avec force piaillements.

— *Macou !* (Silence !) reprit l'auxiliaire. Nous
voulons voir Ramatoulaye.

— Pas habiter ici, Missié blanc, dit l'une des
femmes en français, en s'adressant à l'Européen qui
commandait le détachement.

— Elle ment, répliqua l'auxiliaire.

Mais, au même instant, l'on vit apparaître Ramatoulaye sur le perron. Visiblement encore éprouvée
par son combat avec le bélier, elle descendit les
marches à pas lents.

— C'est elle, chef, dit l'auxiliaire, et six policiers

s'avancèrent à la rencontre de Ramatoulaye tandis que les yeux de l'assistance étaient fixés sur elle.

— Tu vas nous donner le mouton et nous suivre au poste de police, dit l'auxiliaire.

— Où est N'Deye Touti ? demanda Ramatoulaye à ses voisines.

— Elle est partie téléphoner au syndicat, répondit Houdia M'Baye.

L'interprète avait entendu et compris ces paroles ; il s'approcha de son supérieur et lui dit quelques mots en français. Celui-ci appela un agent, lui donna un ordre et l'on vit l'homme partir en courant.

— Nous voulons le mouton, répéta l'interprète.

— Dis à ton chef que le mouton ne sortira pas d'ici. Vous me vouliez, moi, me voici, mais le mouton a dévoré notre riz...

— Il dit qu'il faut venir avec le mouton !

— Dis-lui que ce soir nous souperons avec le mouton !

— L'interprète ne rapportait à son supérieur qu'une partie des paroles de Ramatoulaye, encore ne le faisait-il qu'à sa manière. Il essaya de la persuasion :

— Viens avec le mouton. On ne te gardera pas ; tu n'auras qu'à signer un papier. Je connais le chef, il est juste. Il n'est pas comme les autres toubabs...

— Moi, je ne connais aucun toubab ! Ils sont tous pareils. Le seul qui était bon est mort en naissant. Le mouton ne sortira pas d'ici !

— Que dit-elle ? demanda le Blanc qui s'était approché.

— C'est une mauvaise femme. Elle ne veut pas nous suivre. Faut-il appeler du renfort ?

— Dis-lui que nous ne prendrons que le mouton et qu'elle pourra venir demain. Dis-lui que je ne suis pas méchant...

— Méçant, pas méçant ? moi connaître pas, interrompit Ramatoulaye. Vendredi pas pâti... lui manzer riz,, moi couper cou ! Enfants beaucoup faim, Vendredi manzer riz enfants. Moi venir avec toi, Vendredi pas venir, Vendredi pour manzer.

Puis, se tournant vers les femmes qui se massaient derrière elle :

— Taisez-vous. Qu'est-ce que tu as à pleurer, Houdia M'Baye, comme s'il y avait un mort dans la maison ?

Le silence se rétablit. Seule, venant de la rue, une rumeur sourde. Chacun se demandait où Ramatoulaye avait bien pu puiser cette volonté nouvelle. L'officier de police voyant briller devant lui ces gros yeux blancs où flambait la colère, se sentant bravé, commençait, lui aussi, à s'échauffer. Les autres femmes étaient proches de la panique. Elles ne reconnaissaient plus leur compagne, habituées qu'elles étaient à la voir simple, sociable, douce avec les enfants. Jamais à la borne-fontaine elle ne prenait part aux discussions, jamais elle ne médisait comme les autres. D'où lui était donc venue cette force neuve, où était la source de cette force qui se déchaînait soudain ? Ce n'était pas à la guerre, Ramatoulaye n'était pas un homme, n'avait pas été soldat, elle n'avait pas connu les longues marches sac au dos au cours desquelles on amasse les rancœurs. Ce n'était pas à l'usine, Ramatoulaye n'avait jamais été soumise aux inhumaines cadences du travail ouvrier. Ce n'était pas dans de multiples étreintes d'hommes. Ramatoulaye n'était pas de celles qui dilapident leur tendresse. Où donc alors ? La réponse était simple comme elle l'était elle-même : dans les cuisines aux foyers éteints.

Ramatoulaye avança encore d'un pas :

— Missé, toi pâti ! Ici, maison pour nous, pas maison pour Blancs ! Vendredi manzé riz enfants,

moi coupé cou Vendredi, enfants gagné manzé, c'est
quitte !...

Autour d'elle on commençait à brandir des bouteilles, des *taparquats* (1), des pilons, des morceaux
de bois ramassés çà et là. Les policiers se virent
rapidement encerclés.

L'auxiliaire voulut dire quelque chose. Ramatoulaye lui coupa la parole :

— Toi, je n'ai plus rien à te dire. Si tu es encore
debout, c'est grâce à ce toubâb !

Cependant, dans la rue, des renforts étaient arrivés,
gendarmes et soldats, et c'est dans la rue que, sans
que l'on sût trop comment, la bagarre commença
entre les femmes et les forces de police.

— Pour un mouton ! dit la femme au cure-dents,
nous vendrons cher sa peau !

Mame Sofi qui avait repéré près de la cabane un
policier de petite taille l'assomma d'un seul coup de
ses bouteilles de sable, puis, comme une furie, elle se
rua sur l'auxiliaire et lui envoya la seconde bouteille
en plein visage. Bineta se servait d'un pilon avec
lequel elle faisait de grands moulinets au-dessus des
têtes. Houdia M'Baye, elle, telle un petit fauve, s'était
accrochée des bras et des jambes à un agent qui lui
martelait le crâne avec une satisfaction visible.

La chatte elle-même avait sorti ses griffes et crachait des injures.

*
* *

Au long des quelque quinze cents kilomètres de
voies du Dakar-Niger qui desservaient plus de deux
millions de kilomètres carrés à l'est du continent
africain, les hommes commençaient à avoir assez de
palabrer sur la grève. Ils étaient fermement décidés à

(1) Sorte de massue dont les ménagères se servent pour repasser les vêtements.

ne pas reprendre le travail, mais il fallait tuer le temps, tromper la faim, remplir tous ces dimanches qui se succédaient semaine après semaine, cette oisiveté que l'on avait d'abord dégustée avec délice et dont maintenant on se saoulait jusqu'à la lie. Vêtus de ce qui restait de leurs meilleurs hardes — celles qu'avaient refusées les prêteurs sur gage — les hommes jouaient aux vacances. Dès le matin, on les voyait partout, ils envahissaient les marchés, les grandes places comme les plus petites placettes ; en bandes joyeuses ils allaient butinant de boutique en boutique. Dieu lui-même s'était mis de la partie, il avait balayé ses parterres, son ciel n'avait plus un nuage ; au-dessus des toits, des arbres, des montagnes, il n'y avait plus qu'un immense vide bleu, on ne voyait même plus onduler les minces fumées qui d'habitude encrassaient l'air.

On avait ressuscité des fastes des jours anciens, oubliés depuis des temps immémoriaux. Les femmes se teignaient les mains et les pieds au henné rehaussé de noir de caoutchouc brûlé, elles passaient leurs lèvres à la pierre de *djenné* (1) ; elles arboraient, surtout les jeunes filles, les coiffures les plus compliquées, faites de tresses enchevêtrées ou curieusement séparées. Elles déambulaient dans les rues, s'abandonnant gracieusement au rythme des baras que l'on entendait à chaque carrefour. Des hommes armés de bâtons mimaient des combats au sabre dont les règles remontaient au temps du règne de El Mami Samori Touré.

Mais ces réjouissances ne durèrent pas très longtemps. L'ombre d'une absence pesait sur tous, l'absence de la machine. Au début, les hommes avaient proclamé avec orgueil qu'ils avaient tué la « Fumée de la savane ». Maintenant, ils se souve-

(1) Antimoine.

naient du temps où pas un jour ne se passait sans
voir cette fumée rouler au-dessus des champs, des
toits, des arbres de la brousse, où pas une nuit ne
s'écoulait sans le bruit de ferraille, le heurt des tam-
pons des wagons, le sifflet des locomotives, sans les
lueurs rouges, vertes ou blanches des falots des
équipes de manœuvre. Tout cela avait été leur vie.
Ils y pensaient sans cesse, mais gardaient jalousement
ces pensées comme un secret, tout en s'épiant l'un
l'autre comme s'ils avaient peur de voir le secret
échapper à quelqu'un d'entre eux. Pourtant, ils sentaient confusément que la machine était leur bien
commun et que la frustration qu'ils éprouvaient tous
en ces jours sombres leur était également commune.

Tels des amoureux éconduits, ils revenaient sans
cesse aux alentours des gares. Ils restaient là, les yeux
fixés sur l'horizon, immobiles, échangeant à peine
quelques phrases banales. Parfois, un îlot de cinq ou
six hommes se détachait du groupe compact et partait à la dérive en direction de la voie. Pendant
quelques instants, ils longeaient les rails puis soudain,
comme pris de panique, ils se hâtaient de revenir
s'agglomérer à la masse. Alors ils restaient là, accroupis ou debout au pied d'une dune, les yeux fixés sur
les deux parallèles qui s'allongeaient sans fin pour
aller se fondre au loin dans la brousse. Quelque
chose de nouveau germait en eux, comme si le passé
et l'avenir étaient en train de s'étreindre pour fécon-
der un nouveau type d'homme, et il leur semblait que
le vent leur chuchotait une phrase de Bakayoko souvent entendue : « L'homme que nous étions est mort
et notre seul salut pour une nouvelle vie est dans la
machine, la machine qui, elle, n'a ni langage, ni
race. » Mais eux restaient muets. Seule se voyait dans
leurs yeux une lueur de mauvaise extase qui contenait à la fois l'horreur grandissante de la famine et la

douloureuse attente du retour de la machine. Parfois,
la tempête s'élevait. On voyait au loin les cimes des
grands arbres s'agiter furieusement. Dans les gares
dont les toitures de plaques de ciment s'étaient fen-
dues sous l'action du soleil, des ruisselets d'eau se
glissaient partout et les portes des vérandas, les por-
tières de wagons de voyageurs ou de marchandises
s'ouvraient soudain sous la poussée du vent comme
des gueules béantes, puis se mettaient à battre et à
grincer sur leurs gonds sans huile. Cette intrusion des
forces de la nature contre la machine était un spectacle déchirant qui humiliait le cœur des hommes.

Une fois par semaine seulement la « Fumée de la
savane » courait à travers la brousse, conduite par
des Européens. Alors les grévistes tendaient leurs
oreilles, tels des lièvres surpris par un bruit insolite.
Pendant un instant, le passage de la locomotive apai-
sait le drame qui se jouait dans leur cœur, car leur
communion avec la machine était profonde et forte,
plus forte que les barrières qui les séparaient de leurs
employeurs, plus forte que cet obstacle jusqu'alors
infranchissable : la couleur de leur peau. Puis, la
fumée disparue, le silence ou le vent s'installait de
nouveau.

BAMAKO

TIEMOKO

CEPENDANT, il en était parmi les grévistes quelques-uns qui reprenaient le travail en cachette. Ils se levaient tôt et rentraient tard, après la tombée de la nuit. Contre eux, Tiémoko avait recruté des commandos, et on ne se gênait pas pour rosser sérieusement les déserteurs, les « renégats » comme les appelait Tiémoko lors des réunions publiques. Cette action collective rendit plus circonspects les briseurs de grève ; il y eut toutefois un cas qui mérite d'être rapporté car il fut cause d'une grande émotion et provoqua des réactions fort diverses suivant l'âge, le sexe ou la situation de ceux qui furent les protagonistes de ce vrai drame : ce fut celui de Diara, le contrôleur.

Lorqu'on jugea Diara au siège du syndicat, la salle de réunion était archicomble et avait perdu son apparence coutumière. On remarquait des présences féminines, ce qui était une nouveauté. Diara, lui, était assis au milieu de l'estrade, seul, sans table devant lui. La tête baissée, il ne montrait au public que son front. On aurait dit une tranche de viande mise là à sécher. Il semblait se rapetisser, se racornir. Sous le poids de l'humiliation, son dos s'était voûté et ses bras pendaient, flasques, greffés à ses épaules comme des tiges sans nervures. A sa droite, assis à une table, il y avait Konaté le secrétaire local, puis le responsable régional de Koulikoro, enfin Sadio, le propre fils de Diara. Face à eux, assis bien en rang sur un banc, les huit jurés. La salle était si pleine que, comme aux grandes occasions, ceux qui n'avaient pu trouver de place se pressaient à la porte et aux fenêtres. L'ambiance était glaciale, pas un·bruit ne troublait le silence.

Diara, le contrôleur, était accusé de *dynfa* (1). Or pour tous ceux qui étaient présents, dans la salle ou sur l'estrade, c'était la première fois qu'ils participaient à un jugement. Inconsciemment, ils éprouvaient une curieuse sensation de dépaysement due au mélange qui se faisait en eux des sentiments fraternels qu'ils éprouvaient les uns pour les autres, le « coupable » compris, et les vagues souvenirs de lois ou de bribes de lois qui leur avaient été apportés par d'autres. Tout se brouillait en eux, seule la nouveauté d'avoir à prendre eux-mêmes une décision de ce genre aiguisait leur curiosité. Pour beaucoup, cela signifiait aussi la première possibilité de jouer un rôle « d'homme », leur rôle d'homme. Enfin, il y avait le fait que ce procès avait été voulu par Tiémoko qui était rapporteur au conseil local et l'on avait su, de plus, que l'idée même du procès et son ordonnancement avaient été trouvés dans un livre qui venait de la bibliothèque d'Ibrahima Bakayoko.

La séance était présidée par Konaté. Il adjura tous ceux qui devaient parler de le faire sans haine ni rancune à l'égard de Diara. Debout, une main accrochée à la table, il prononça des paroles de pitié.

— Je vous le répète, cette histoire est déplaisante pour nous tous.

Par-dessus son épaule, il jeta un regard à Sadio, le

(1) Trahison en bambara.

fils de l'inculpé, aussi voûté, aussi tassé que son père, et poursuivit :

— Jusqu'ici lorsque nous prenions des briseurs de grève, nous les bâtonnions et vous savez que deux d'entre eux sont encore alités. Je suis passé les voir avant de venir ici. Cela est triste, car nous avons tous des femmes, des mères, des pères et des enfants Et maintenant voici le cas de Diara. Diara a voté la grève ; comme nous, il a reçu sa part d'aide, puis il s'est rangé du côté de nos ennemis. C'est à vous maintenant de parler. Tout ce que vous direz sera noté, puis ce que vous aurez décidé sera exécuté par ceux qui seront désignés pour le faire.

Konaté en avait terminé. D'habitude, il était toujours fort applaudi, mais cette fois, pas plus dans la salle qu'à la porte ou aux fenêtres, personne ne bougea tant chacun était pénétré de la gravité du moment. On aurait entendu tomber une aiguille. Soudain, on entendit une voix s'élever :

— Tiémoko ne pourrait-il pas commencer ?

— Si Tiémoko veut bien, je suis d'accord, dit Konaté.

Tiémoko était au troisième rang, sa place habituelle. Il se leva lourdement, son cou de taureau sembait plus massif encore qu'à l'ordinaire. Ses paumes moites le gênaient ; il croisa les bras. Avant de parler, il passa sa langue sur ses lèvres, comme font les reptiles, et les mordit de ses dents très blanches. Il savait bien ce qu'il avait à faire, mais sa langue se rebellait : « Ah, si Bakayoko était là, lui, ils comprendraient vite ! » pensa-t-il.

Les regards de l'assistance allaient de Tiémoko à Diara et de Diara à Tiémoko. Diara faisait peine à tous. Où était sa majesté, son beau maintien ? Des rides partant du haut du nez venaient encercler les coins de sa bouche, ses yeux ternes, sa peau grise, les

narines pincées rappelaient le visage d'un agonisant
et chacun avait le cœur serré. Sadio, lui aussi, regardait son père. Il se sentait mourir à petit feu. Il n'y
avait en lui ni haine ni amertume pour personne,
mais il se sentait perdu, plongé dans une hébétude
qui lui était elle-même incompréhensible. Ainsi qu'on
le dit de certains danseurs sacrés de l'Afrique Centrale, il « cachait sa face dans son âme ». Il aurait
volontiers pris la place de son père et l'avait même
déjà demandé. Dans le lourd silence qui avait suivi le
moment où Tiémoko s'était levé, la même voix se fit
entendre :

— Hé, Tié, on t'écoute !

— Parle, nom de Dieu, dit une autre voix.

Et Tiémoko put enfin ouvrir la bouche :

— Je vous avais promis, dit-il, que nous nous
chargerions des renégats, et nous l'avons fait ! Mais
est-ce que frapper les gens est la bonne façon de les
convaincre ?

C'était bien une question qu'il avait posée là, mais
comme personne ne répondait, il poursuivit :

— Non, frapper n'est pas une solution ! Je sais
bien que certains hommes sont comme des mulets, il
faut leur taper dessus ! Mais nous sommes tous au
même point, nous partageons le même supplice.
Pourquoi, oui, pourquoi devons-nous juger Diara qui,
comme vous le savez, est mon oncle ? Ce pourquoi
appelle le pourquoi de la grève et le pourquoi des
toubabous et celui des machines.

Tiémoko, en parlant, avait l'air de gémir, tant les
mots lui venaient difficilement.

— Ce que j'ai à dire est très difficile pour moi. Si
Bakayoko était là, il m'aurait compris et m'aurait
aidé à vous faire comprendre. Il faut donc que je
reprenne à ses débuts cette histoire des renégats...

Et voici quel fut le récit de Tiémoko.

**

Un matin, vers dix heures, il y avait alors plusieurs
semaines que durait la grève, les grévistes se présentèrent à la maison du syndicat. Chacun d'eux était
porteur d'un ordre de réquisition. Ils se sentaient
perdus, cela ressemblait à une mobilisation. Konaté
apaisa leurs craintes et leur demanda de lui laisser
leurs feuilles de réquisition. Deux jours plus tard,
Tiémoko qui comptait les ordres, s'aperçut qu'il en
manquait cinq. Ce qui signifiait que les cinq titulaires
avaient bel et bien lâché leurs camarades. C'est alors
que l'idée d'une expédition punitive avait été accueil-
lie facilement, d'autant plus qu'à ce moment, il y
avait une bonne vingtaine de grévistes incarcérés. Les
deux premiers briseurs de grève furent attrapés sur la
place Maginot juste en face du commissariat. Il y eut
une bagarre rapide puis les hommes du commando
de Tiémoko les entraînèrent chez eux et là rendirent
leur justice. Deux autres coupables furent également
repérés. Mais Tiémoko ne voulut pas que la correction leur fût infligée à domicile ; il voulait un
exemple public. Ce fut donc dans un petit cul-de-sac
entre la statue de Borgnies-Desbordes et l'église que
les deux hommes reçurent leur dû et furent ensuite
obligés de garder le lit plusieurs jours. Mais la lutte
était désormais ouverte entre le commando de Tiémoko et les autorités. Depuis ce jour, Diara fut sans
cesse escorté de cinq gendarmes. Quand il se rendait
chez l'une de ses deux épouses qui habitaient loin
l'une de l'autre, le commando et l'escorte montaient
une double garde. Tiémoko avait placé des hommes
tout autour de la gare ; lui-même ne dormait presque
plus, mais il assistait, impuissant, à l'aller et au
retour de Diara et rentrait bredouille au syndicat,
bredouille et enragé car il avait appris que Diara se
conduisait en maître et faisait descendre du train les

femmes des grévistes lorsqu'elles voulaient se rendre dans les villages voisins.

Tiémoko renforça sa troupe de volontaires, Konaté qui avait d'autres soucis en tête, ne lui était d'aucune utilité ; par contre, il enrôla son jeune cousin Sadio, le propre fils de Diara, qui se joignit à l'équipe par simple goût de l'aventure et sans trop savoir ce qu'il faisait.

Les jours passèrent. On avait fini par interdire l'unique train quotidien aux femmes des grévistes, mais les employés européens et les hommes de troupe qui faisaient fonction de mécaniciens ou de chef de gare s'appliquaient à ne molester ni ne vexer personne. Quant à Diara, il demeurait le seul Soudanais à travailler sur la ligne, ce qui mettait Tiémoko dans des états de rage folle. A ces moments, s'il s'était trouvé face à face avec son oncle, il aurait été capable de le tuer. Sadio, lui, suivait toujours les allées et venues du commando, mais sans trop de conviction. Il savait bien que son père se conduisait mal à l'égard de ses camarades, mais il pensait que ceux-ci n'iraient pas jusqu'à le frapper et qu'en tout cas lui-même pourrait s'esquiver au moment de la punition, si elle avait lieu.

Enfin, n'y tenant plus, Tiémoko se décida à oser un grand coup : pénétrer dans l'enceinte de la gare. Il dit à son cousin de l'attendre devant la Chambre de Commerce et plongea dans le grouillement des rues menant à la station. En passant devant la boutique du Libanais, il vit des femmes qui faisaient la queue, à chaque carrefour, des autos et des charrettes étaient parquées ; sous un grand flamboyant des enfants jouaient, bien protégés du soleil, tandis que des chiens étiques se poursuivaient avec des grognements rageurs.

Pour accéder à la gare, il fallait franchir une barrière de fils barbelés que gardaient des tirailleurs et

des marins. Il n'y avait qu'une ouverture par laquelle
deux personnes pouvaient à peine passer de front ,
derrière la barrière déambulaient des légionnaires
blasés et rigolards. Tiémoko, au moment de passer la
chicane, porta sa main à son visage, comme si
quelque chose lui était entré dans l'œil, afin de ne
pas être reconnu par les miliciens. Tout en sueur, il
parvint dans le hall de la gare où une véritable cohue
aux odeurs fortes attendait l'arrivée d'un problémati-
que convoi. Pêle-mêle, hommes, femmes et enfants
étaient assis à même le ciment, appuyés sur des
ballots de hardes, des mortiers, des peaux roulées,
des nattes, des récipients de toutes tailles, des sacs
remplis d'herbe sèche. Cela s'étendait de la salle
d'attente aux auvents et même sur le quai. Sur les
murs s'étalaient ou dégoulinaient des crachats, rouges
pour les mâchures de noix de cola, noirs pour le jus
des chiques de tabac. Des nuages de mouches se
précipitaient sur les calebasses où restaient quelques
reliefs de nourriture ou sur des sandales éparses qui
semblaient parties à la recherche de leurs propriétaires. La gare ressemblait au camp d'une armée
vaincue emportant avec elle le fruit de ses rapines,
ses blessés, ses morts, sa vermine innombrable.

Tiémoko, tout à sa colère, ne prêtait guère attention à ce spectacle. Il jeta un coup d'œil aux portes
des services fermées et aux guichets clos. Puis il
s'approcha d'une femme assise qui faisait sauter un
bébé sur ses jambes étendues.

— Femme, sais-tu si le train de Kati est arrivé ?

— Oui, homme, il y a même un moment qu'il est
parti.

A ce moment, il s'entendit héler :

— Heï, Tié !

Et il vit un homme accoudé à l'un des guichets
fermés. L'homme se redressa et ajouta à l'intention
de ceux qui l'entouraient :

— Celui-ci est un gréviste.

A ces mots, un petit cercle se forma aussitôt autour de Tiémoko :

— Frère, quand cette grève prendra-t-elle fin ? poursuivit l'homme en souriant.

— Je ne sais pas, peut-être ce soir, peut-être demain, répondit Tiémoko qui savait fort bien que la reprise n'était ni pour le soir ni pour le lendemain, mais qui commençait à éprouver une certaine gêne à se voir ainsi entouré.

Il chercha à se faufiler hors de cette foule. Ce fut peine perdue.

— Tu travailles ici ? demanda un grand gaillard, sec comme un tronc mort.

— *Owo* (oui), répondit Tiémoko.

— Alors, dis-nous pourquoi cette grève ? Vous n'avez pas pensé à nous tous qui sommes ici depuis plus de huit jours à attendre. Tiens, regarde, voilà ma fille — il poussa devant lui une mignonne jeune fille de seize ou dix-sept ans — elle devait rejoindre son mari à Tamba-Counda et maintenant, elle attend, comme nous tous — son bras fit un grand geste circulaire. Tout le monde dit que vous ne voulez pas reprendre. Est-ce que les trains seraient à vous, par hasard ? Pas plus qu'à vos pères ! Et vous abandonnez le travail, comme ça, sans penser aux autres gens. Pourtant vous, les ouvriers, vous devriez être satisfaits de votre sort. Vous ne connaissez ni les mauvaises saisons, ni les charges, ni les taxes. Pourquoi empêcher les cultivateurs d'aller là où ils veulent ?

L'homme se tut. Il se tenait droit, comme quelqu'un habitué à commander ; sa calotte de cotonnade plantée sur l'occiput dégageait un vaste front. Tout en parlant, il avait agrippé Tiémoko par l'épaule, comme l'on fait pour un enfant que l'on réprimande. Il ajouta :

— Regarde tous ces pauvres bougres ! Un train

par semaine, et encore, c'est un vrai tombereau ! De
plus, ils n'ont plus rien à manger depuis des jours !

— Nous non plus, nous n'avons plus rien... dit
Tiémoko.

— Si vous n'avez rien, c'est de votre faute, et c'est
bien fait ! Il y en a des vôtres qui sont en prison, et
ça aussi c'est bien fait — l'homme baissa la voix —
tu dois dire à tes camarades de reprendre le travail.

— Je le leur dirai ! Mais, je t'en prie, libère-moi
car les « soldats » n'aiment pas nous voir ici — Tiémoko voulait dire les miliciens car il avait compris
que l'homme était un ancien garde-cercle en retraite.
Il commençait à se sentir très mal à l'aise et avait
même oublié pourquoi il s'était aventuré dans la gare.

— Si la milice me trouve là, je suis bon pour les
« cent mètres carrés » (c'est ainsi qu'on appelait la
maison d'arrêt).

A ce moment, la femme qui s'était levée avec son
enfant sur les bras, intervint :

— Laissez partir ce garçon, il y en a d'autres qui
ont arrêté le travail et à lui tout seul, il ne peut pas
faire marcher la « Fumée de la savane ».

— Tu ne connais pas ces petits voyous. Du temps
où j'étais en service, on les foutait en prison, ces
énergumènes ! Je me demande si je ne ferais pas
mieux d'appeler le garde-cercle.

— Ne faites pas cela, mon oncle, implora la
femme.

Soudain, la main dure lâcha l'épaule de Tiémoko.
Celui-ci n'attendit pas d'autres explications et se faufila à travers la foule. Ce ne fut qu'une fois hors de
portée des militaires qu'il commença à respirer.

Perdu dans ses pensées, il dépassa Sadio lorsqu'il
le rejoignit à l'endroit où ils s'étaient séparés.

— Tié, dit le fils de Diara, je commençais à
m'inquiéter.

Sans répondre, Tiémoko fit signe au jeune homme

de le suivre. Il marchait, tête baissée, en proie à une sarabande d'idées confuses et de sentiments contradictoires. Il avait beaucoup lu, sur le conseil de Bakayoko, et pas toujours assimilé ses lectures ; soudain, une phrase lui revint en mémoire, qu'il murmura à mi-voix, comme on marmonne une prière :

« Pour raisonner, il ne s'agit pas d'avoir raison, mais pour vaincre, il faut avoir raison et ne pas trahir. »

Etonné, Sadio demanda :

— Tu récites le Coran ?

Comme s'il n'avait pas entendu, Tiémoko poursuivit sa marche, répétant la phrase comme une litanie. Il ne se souvenait pas très bien dans quel livre il l'avait trouvée, mais il avait maintenant en mémoire les commentaires qu'en avait faits Bakayoko.

En silence, ils traversèrent le parc, puis longèrent la chaussée.

— Allons chez les Bakayoko, dit soudain Tiémoko.

— Pour quoi faire ? demanda Sadio, les autres nous attendent.

— Tu ne veux pas qu'on batte ton père ?

— En voilà une question !

— Alors, viens, avant qu'il soit trop tard.

Tiémoko avait retrouvé où il avait lu la phrase qui avait été pour lui comme un rayon de lumière ; il hâta le pas et, tout en marchant, expliqua en quelques mots rapides ce qui l'avait retardé à la gare.

— Je ne vois pas le rapport, dit Sadio qui avait du mal à le suivre.

— Tu vois, cette grève est une école. Nous avons frappé des types. Etait-ce un bien ?

— Je ne sais pas. En tout cas, ils n'ont pas repris le travail.

— D'accord, ils n'ont pas repris. Mais est-ce un résultat d'avenir ?

— C'est toi qui demandes cela ? dit Sadio complètement dérouté.

Quant à Tiémoko, une honte secrète le rongeait. Cette phrase qui lui semblait si bonne à dire, si vraie à penser, comment l'expliquer ?

— Ecoute, Sadio, ton père est le frère de mon père, tu es mon cousin. Ton honneur est mon honneur ; la honte de ta famille, c'est la honte de ma famille et la honte de notre pays, c'est le déshonneur de toutes les familles réunies. Voilà pourquoi nous ne battrons pas ton père.

— Je savais bien que tu étais plus qu'un parent, un ami.

— Ne parlons pas trop vite. Nous ne corrigerons pas mon oncle, mais, imagine que nous décidions de le juger devant les ouvriers.

— Quoi, tu as perdu la tête ou tu ne penses pas ce que tu dis ! Mon père, là, devant tout le monde et chacun l'insultant, le couvrant d'opprobre ! J'aimerais mieux mourir que d'assister à...

— Il ne s'agit pas de mourir, cousin. Il s'agit de gagner. Il s'agit de faire quelque chose de propre et de le faire en hommes.

Tout en discutant, ils étaient arrivés à la concession Bakayoko. Après les salutations d'usage, Tiémoko s'adressa poliment à Keïta l'ancien qui bavardait paisiblement avec la vieille Niakoro.

— Je suis venu chercher un livre. Ibrahima m'a dit qu'à l'occasion, je pourrais me servir.

— Le bien de mon fils est aussi le vôtre, dit Niakoro.

— Je vais demander à sa fille, ajouta Keïta l'ancien et il appela

— Ad'jibid'ji ! Ad'jibid'ji !

Puis, s'adressant à Sadio :

— Et ton père, comment se porte-t-il ?

— Dieu merci, répondit Sadio dont le visage se renfrogna, Dieu merci, Fa Keïta.

— Hé, fit la vieille Niakoro, c'est toi le fils de Diara ? Hé, les enfants grandissent ! Dire que je connais tes grands-parents. Des Diara, des gens de bonne lignée. Approche un peu que je te regarde.

Sadio s'inclina et la vieille femme lui tapota les joues et le crâne. Cet attouchement lui fit ressentir une fois de plus combien elle était vieille.

A ce moment, Ad'jibid'ji se montra et Fa Keïta lui dit :

— Voici Tiémoko qui vient chercher des livres.

— Un seul, Fa Keïta, je n'ai besoin que d'un seul.

La fillette ne manifesta aucune joie à la vue de Tiémoko. Depuis le déclenchement de la grève, elle ne l'avait aperçu que trois fois, mais, à chaque occasion, elle avait eu des bouffées de colère dont d'ailleurs elle ne s'expliquait pas la raison :

— Moké, petit père m'avait prévenue, avoua-t-elle comme à regret. Tiémoko, tu peux me suivre.

Sadio demeura avec les deux vieillards. Dans la pièce centrale, sous la surveillance de la fillette, Tiémoko fureta dans les rayons pendant une bonne dizaine de minutes. Enfin, il dégagea un volume recouvert de papier bleu.

— Fais voir ce que tu as pris ?

Il lui montra le titre.

— *La condition humaine*, lut Ad'jibid'ji.

Elle avait lu ce livre sans le comprendre et se demandait si Tiémoko, lui, comprendrait. D'une petite boîte de carton, elle tira un fichier et le parcourut attentivement :

— Chaque fois que tu prends un livre, tu ne le ramènes que cinq ou six mois plus tard. J'espère qu'avec celui-ci, tu ne t'éterniseras pas.

— Comment ? fit Tiémoko ahuri, ton père inscrit le nom des gens qui lui empruntent des livres ?

— Les livres sont rares et petit père dépense tout son argent à en acheter. Mais si ça peut te consoler, Konaté a six livres et il a pris le premier voici douze mois !

— Justement, c'est lui que je vais trouver avec ce livre.

— Alors, tâchez de lire à deux, ça ira plus vite, dit ironiquement la fillette.

Comme Tiémoko sortait sur la véranda, Assitan l'aborda :

— Tiémoko, tu te fais rare. Depuis le départ d'Ibrahima nous ne voyons plus personne.

— Hé, femme, nous avons à faire...

— A faire quoi ? dit Keïta l'ancien, à courir derrière ton oncle ?

— Nous le faisons pour le bien de tous, Fa Keïta, et nous aurons besoin de toi dans les jours à venir.

— De moi, de moi vraiment ? Après la dernière sortie que vous m'avez faite à la maison du syndicat, vous les jeunes... et surtout toi ! Et pour quoi faire ?

— C'est au sujet de mon oncle. Lorsqu'il sera pris, nous le jugerons, et cela ne va pas tarder.

Keïta l'ancien écarquilla les yeux. Sur son visage les anciennes scarifications se plissèrent. La vieille Niakoro, elle, semblait terrifiée. Elle demeura un instant la bouche ouverte, puis :

— Tu n'apportes pas de bonnes nouvelles, Tiémoko, dit-elle. Et toi, Sadio, qu'en penses-tu ?

— Je ne suis pas d'accord, répondit le jeune homme qui était au bord des larmes.

— Tiémoko, continua la vieille femme, réfléchissez ? Vous n'êtes pas des toubabous. Comment voulez-vous juger cet homme respectable et respecté !

— Tout ce qu'il faut est dans ce livre, dit Tié-moko.

— Ce livre a été écrit par des toubabous, dit l'ancien.

— Les machines aussi sont aux toubabous ! Ce livre est la propriété d'Ibrahima Bakayoko et lui-même a dit un jour devant toi que ni les lois ni les machines n'appartiennent à une seule race !

— Les toubabous font des choses qui nous humilient et maintenant, vous voulez faire comme eux.

— Il n'y a dans ce livre aucune des lois que vous refusez. Ce n'est pas un code, c'est un livre... scientifique.

Tiémoko ne parvenait pas à expliquer ce qu'il voulait dire. Son visage se crispa, ses yeux s'injectèrent de rouge.

— En tout cas, ne comptez pas sur moi, dit Keïta l'ancien. Si c'était vraiment ton oncle, tu ne ferais pas cela !

— Si c'était mon père, je le ferais, Fa Keïta, par la tombe de mes aïeux ! Et s'il s'agissait de toi, Ibrahima Bakayoko agirait pareillement !

Tiémoko réussit à se maîtriser. Dans sa tête il y avait encore comme un bourdonnement de machine, toutes ces choses qui tournaient, tournaient comme s'il ne pouvait plus les arrêter. Il rompit l'entretien :

— Je vous souhaite de passer une bonne fin de journée, dit-il. Viens, cousin.

Il sortit, suivi de Sadio, complètement hébété.

— Je vais mettre au feu tous ces *kitabous* (1), dit la vieille Niakoro lorsque les deux jeunes gens furent hors de portée de voix.

— Non, Mam, cria Ad'jibid'ji, petit père ne sera pas content !

(1) Livres en bambara.

— Pour quoi faire ? dit Keïta l'ancien, cela ne changera rien.

— Comment ! Laisser l'honorabilité d'un si brave homme traînée dans la boue, un homme d'une si bonne lignée ! Ils n'ont qu'à s'en prendre aux touba-bous ! Jamais ces jeunes n'auront de cheveux blancs, notre monde se défait !

— Non, femme, ton fils, lui, dit que « notre univers s'élargit ».

— Attends un peu qu'il revienne celui-là... Je suis vieille, mais je saurai encore lui donner une correction ! Où a-t-on vu des choses pareilles ?

Niakoro, les mains tremblantes, se cramponna au bras du vieil homme, puis, soudain, elle se redressa, tourna le dos et entra dans le vestibule. Derrière la porte, il y avait un escalier en banco qui menait à la terrasse. Déjà, de son pas léger, Ad'jibid'ji en grimpait les marches deux à deux.

Tiémoko, enfermé dans sa résolution comme dans une armure et toujours suivi de Sadio qui ressemblait de plus en plus à une ombre, se rendit chez Konaté. De toute l'équipe, ce dernier était le plus instruit, il avait son certificat d'études, mais il ne comprit pas tout de suite ce que voulait dire Tiémoko et parla de susceptibilités à ménager.

— Non, dit Tiémoko, qui s'était assis sur la natte, il ne faut pas s'attacher à cela, les gens comprendront après le jugement qu'ils ne doivent pas reprendre.

Konaté demeurait perplexe. Il craignait que cette histoire n'amenât le groupe jusqu'alors assez bien soudé des grévistes, à se disloquer. Pour gagner du temps, il demanda :

— Veux-tu me laisser le livre et demain je te dirai ce que nous devons faire.

— Non, Konaté, non ! Tu ne trouveras pas dans ce livre ce que tu penses y trouver. C'est à moi de te convaincre, si je n'y parviens pas...

Le secrétaire syndical était de plus en plus mal à son aise. Il essaya un autre argument :

— Je ne suis pas seul, je sais ; il faut réunir le comité local. Il y a une réunion après-demain.

— Non ! Tiémoko risqua le tout pour le tout et se leva. C'est ce soir même que la réunion doit avoir lieu, à sept heures.

Et la réunion eut lieu le soir même, avec un comité au grand complet et une seule question à l'ordre du jour : le cas Diara. Mais Tiémoko se trouvait seul en face de onze hommes hésitants et troublés. Juger un homme n'était pas dans leurs attributions et la nouveauté du cas les plongeait dans une inconfortable incertitude. Tiémoko se dépensait sans compter pour les convaincre. Il n'avait rien mangé depuis le matin, mais la passion avait endormi sa faim :

— Ce n'est pas parce que je le veux que vous devez vous décider, c'est parce que le cas de Diara doit servir d'exemple.

— Il se peut que tu aies raison, dit Konaté, mais suppose que les autres nous lâchent, que ferons-nous alors ? Toute notre grève va se trouver suspendue à cette décision. Le risque est grand. Je vous demande à tous de bien réfléchir.

Pendant un court instant, il y eut chez les douze hommes quelques apartés ; les uns chuchotaient, d'autres parlaient avec des éclats dans la voix. La peur de ne pas être soutenus par l'ensemble des grévistes était le principal obstacle à leur décision ; Tiémoko allait de l'un à l'autre, reprenant un à un ses arguments, essayant de leur communiquer sa passion, en phrases hachées, souvent confuses, mais dans lesquelles passait une résolution farouche. Enfin, l'un d'eux demanda :

— Dis-moi, Tié, pourquoi es-tu si attaché à ce jugement ? Est-ce pour prouver que tu es le plus fort ou simplement parce que tu as dit qu'il aurait lieu ?

— Ni l'un ni l'autre, répliqua Tiémoko dont le visage ruisselait de sueur et dont les nerfs étaient tendus comme des cordes, ni l'un ni l'autre. Je ne cherche pas une raison pour une raison. Je veux que nous franchissions une étape qui nous permettra de ne plus avoir à frapper.

— Tout cela est très bien, dit Konaté, mais Diara n'est pas encore entre nos mains, il est sous la garde des miliciens.

— Je sais, Konaté, il est protégé comme le gouverneur dans sa *koulouba* (1). Mais, laissez-moi faire, et bientôt, vous l'aurez là devant vous.

Tiémoko avait gagné la partie, à force d'obstination, à la fatigue, à l'usure. L'un des assistants prit la parole au nom de tous :

— Tu nous as convaincus, Tié, nous suivrons ton idée.

Quelques instants plus tard, Tiémoko regagnait sa demeure. La terre du sentier sur lequel il marchait était encore chaude bien qu'il fût trois heures du matin.

Tout en marchant, il mettait son plan au point tandis qu'une puissante exaltation s'emparait de lui. Pour la première fois de sa vie, une idée de lui allait mettre en jeu le destin de centaines de milliers d'êtres humains. Ce n'était pas l'orgueil qui était en lui, simplement, il venait de découvrir sa valeur d'homme. Tout ragaillardi, il entonna à pleine voix *Soundiata* (1).

De toute la journée du lendemain, il ne mit pas les

(1) Demeure du gouverneur du Soudan.
(2) Hymne dédié au fondateur de l'empire du Mali.

pieds hors de chez lui. Son épouse, une drôle de
petite bonne femme aux joues maigres, répondait à
ceux qui venaient le demander :

— Il a passé la nuit avec un kitabou.

Vers le soir, Konaté vint le voir :

— Tu es malade, frère ?

— Non, je m'instruisais. Sais-tu qu'après cette
grève il faudra que nous organisions des cours. Et
puis ce livre est compliqué et je ne suis pas trop
d'accord avec son auteur.

— Mais, Tiémoko, tu deviens fou ?

— Fou ? Non, ne t'inquiète pas. A propos, peux-
tu me procurer pour demain trois tenues de gendarmes ?

— Des tenues de gendarmes ? Pour quoi faire ?

— Pour avoir mon oncle !

— Hé, Tiémoko, tu es étonnant ! fit Konaté.

Lorsque Tiémoko eut les tenues, il en donna deux
à deux de ses hommes bien choisis et essaya la
troisième.

Le lendemain, ils se rendirent de bonne heure chez
Diara où ils arrivèrent avant les véritables gendarmes.

répliqua Tiémoko. Elle...

— Moi Diara, dit le vieux...

— Moi Diara...

LE JUGEMENT

LE récit de Tiémoko avait été écouté dans un silence parfait et celui-ci avait retrouvé son aplomb. Il acheva avant de s'asseoir :

— Diara est un ouvrier comme nous, de plus, c'est mon oncle. Mais, je le redis ici, s'il était mon père, dans de semblables circonstances, je n'aurais pas demandé qu'il fût jugé...

— Ah ! fit quelqu'un derrière lui, c'est parce que c'est le père d'un autre !

— Avant de dire que quelqu'un chante mal, répliqua Tiémoko, attends de l'avoir entendu. J'ai dit que si c'était mon père je ne l'aurais pas amené ici, parce que je l'aurais tué avant ! Et maintenant, je vais résumer le cas de Diara. D'abord, il a voté pour la grève, une grève illimitée, comme nous tous, mais il n'a pas tenu parole. Ensuite, comme nous tous, il a reçu de quoi subsister. Il a mangé tout et n'a rien remboursé. Enfin, de service dans le train, il s'est permis de faire descendre nos épouses, ces vaillantes femmes qui nous aident. C'est pourquoi, contre l'avis de quelques-uns, j'ai demandé que plusieurs femmes soient présentes aujourd'hui. Et maintenant, je m'arrête pour que d'autres puissent aussi dire ce qu'ils pensent. Mais qu'ils n'oublient pas que plusieurs de nos camarades sont en prison.

Tiémoko s'assit au sein d'un profond silence,
comme si la salle s'était subitement vidée. Diara avait
ramené ses jambes sous sa chaise et paraissaiit complètement ankylosé ; son regard sombre croisa celui de
son fils, un regard vidé de toute expression, lointain,
perdu dans un passé où il n'y avait plus ni tribunal, ni
grévistes, ni accusé. Soudain, une voix féminine s'éleva :

— Je voudrais dire...

Il y eut quelques « chut ! » impérieux.

— Qui a parlé là au fond ? demanda Konaté.

— C'est une de ces écervelées de femmes ! dit
quelqu'un.

— Mais c'est moi qui ai dit aux femmes de venir,
répliqua Tiémoko. Elles ont des déclarations à faire !
Approche, Hadi Dia.

On vit s'avancer une femme au visage couturé de
cicatrices, aux lèvres tatouées. Elle avait cru bon de
mettre ses plus beaux habits pour la circonstance.
Tiémoko lui fit place à côté de lui sur le banc.

— Hadi Dia, dit-il, raconte ici ce que tu as déjà
raconté ailleurs. Tu peux parler sans avoir peur et
sans avoir honte.

Lorsque la femme ouvrit la bouche, on vit que ses
dents étaient mal plantées et qu'elle avait un bec de
lièvre.

— C'était, l'autre jour... il y a deux semaines,
j'étais avec Coumba, sa sœur Dienka et la troisième
femme de heu... heu...

— Les noms n'ont pas d'importance. Continue.

— Nous avions pris la « Fumée de la savane »
pour aller à Kati. En arrivant à Kati, Diara, qui nous
avait demandé de lui montrer nos billets, est revenu
avec un toubabou militaire. Il lui a dit quelques mots
en langue toubabou, le militaire nous a fait descendre
et on ne nous a pas rendu notre argent. J'ai tout
raconté à mon mari.

— Hadi Dia, tout ce que tu dis est-il vrai ? demanda Konaté.

— Demande à Diara.

— Va t'asseoir, Hadi Dia ; et toi, Diara, n'as-tu rien à dire ?

L'accusé demeura prostré tandis que la femme tout heureuse, regagnait sa place. C'était la première fois qu'elle prenait la parole dans une assemblée d'hommes. Une autre femme, plus âgée celle-là, monta à son tour sur l'estrade, elle parlait vite et d'un ton assuré. On l'appelait la Sira.

— Nous, c'était sur la route de Koulikoro, vous savez, à la petite montée qu'il y entre Koulikoro et ici, il a arrêté le train, puis il nous a fait descendre, huit femmes au plein milieu de la savane. Je le dis, c'est un esclave des toubabous, et Tiémoko a raison, il faut le crucifier sur la place du marché !

— Merci, Sira, dit le président. Tu dois dire seulement ce que tu as vu. Reviens t'asseoir.

Il y eut encore deux femmes qui vinrent raconter des histoires assez semblables à celles des premières, après quoi il se fit un long silence, chacun était troublé en lui-même de cette nouveauté : des femmes qui venaient de prendre la parole au milieu des hommes. Les regards allaient du président à Diara puis à Sadio toujours prostrés.

— J'aimerais parler, dit soudain quelqu'un d'une voix forte, et l'on vit se lever un grand gaillard, un peu gêné par ses vêtements du dimanche et le crâne curieusement tondu en rond, puis il y eut un murmure d'approbation car tous avaient reconnu en cet homme le premier qui, après le vote de la grève, avait abandonné son travail.

Il commença par raconter ses propres actions et celles de ses camarades d'équipe. En sa qualité de « premier » gréviste, il avait des raisons de parler et il devait les dire :

— Diara a mal agi, oui, Dieu m'est témoin, il a mal agi. J'en suis sûr comme je suis sûr qu'un jour je serai seul dans ma tombe. Lorsque j'ai dit à mes coéquipiers d'abandonner le travail, ils l'ont fait comme un seul homme et, ici, nous sommes tous d'accord pour poursuivre la grève. Mais toi, Diara, toi qui es notre aîné, toi qui aurais dû nous guider, tu t'es rangé du côté de nos ennemis et, non content de nous trahir, tu mouchardes nos femmes, celles qui, nous le disons sans honte, nous nourrissent. Pour ma part, je dis que nous devons mettre Diara en prison, oui, en prison.

— Frère, tu sais bien que la prison appartient aux toubabous, dit quelqu'un dans la salle.

— Je sais, je sais, mais nous pouvons en construire une !

— Et avec quel argent ? Et nous n'avons même pas de bassi pour nourrir un prisonnier. Sans compter que les toubabous ne nous laisseront pas faire !

— Homme, tu as la langue bien pendue, je sais aussi que les toubabous nous ont volé jusqu'au droit d'avoir une prison, mais ne défends pas un traître ! Si nous ne pouvons emprisonner Diara, nous pouvons faire ce que nous enseigne le Coran. Nous pouvons le flageller, parfaitement, le flageller !

L'homme s'était mis à crier et les muscles de son visage se contractaient :

— Nous pouvons décider ici combien de coups et qui sera chargé de les lui donner !

Puis il revint à sa place sans cesser de grommeler : « Oui, Diara, tu es un traître, un traître, un traître ! »

Il y avait maintenant des remous dans la salle et nombreux étaient ceux qui voulaient parler ; les uns étaient pour la bastonnade ; d'autres pour l'emprisonnement ; quelqu'un proposa que Diara fût contraint de remettre au comité de grève l'argent qu'il avait gagné.

On se parlait de banc à banc, on apostrophait les membres du jury. Seul, au milieu de ce hourvari, l'accusé demeurait immobile, absent. Une ou deux fois, comme une lueur, une pensée était venue le visiter : « Pourquoi avoir fait cela ? » Cette question le gênait car il distinguait mal quelle réponse faire. Avait-il voulu les vêtements brodés et bien amidonnés, de l'argent, des bijoux ? Avait-il désiré pour son orgueil cette bonne nourriture que donnent l'autorité et la puissance sur les autres ? Et il se revit donnant des ordres aux côtés des gendarmes. Etait-ce sa cuisine éteinte qui l'avait séparé des autres, ou l'odeur de l'encens ou le bien-être que donne un ventre plein ? Puis ces pensées elles-mêmes s'estompaient, disparaissaient, et Diara, seul devant la foule, retombait dans sa torpeur, les yeux grands ouverts, la lèvre pendante.

Keïta le Vieux avait assisté à toute la séance, Ad'jibid'ji sagement assise à côté de lui. Il avait refusé l'offre qui lui avait été faite d'être membre du jury car jusqu'à la dernière minute, il n'avait pas cru que les jeunes seraient capables d'une telle action, c'est pourquoi il était venu, c'est pourquoi il n'avait pas perdu un mot de tout ce qui s'était dit. Il se leva avec lenteur :

— J'ai quelques pincées de sel à jeter dans la marmite, dit-il, et il ajouta avec un regard en direction de Tiémoko, si toutefois vous voulez bien de mon sel.

— Nous t'écoutons, Vieux, dit Konaté, avec nos deux oreilles.

— Il y a bien longtemps, dit Keïta, bien avant votre naissance, les choses se passaient dans un ordre qui était le nôtre, et cet ordre avait une grande importance pour la vie de chacun. Aujourd'hui, tout est mélangé. Il n'y a plus de castes, plus de griots, plus de forgerons, plus de cordonniers, plus de tisse-

rands. Je pense que c'est l'œuvre de la machine qui
brasse tout ainsi. Il y a quelque temps Ibrahima
Bakayoko me disait : « Non seulement nous ferons le
grand brassage dans ce pays, mais encore nous le
ferons avec ceux de l'autre bord du grand fleuve (1). » Comment cela se fera-t-il, je n'en sais rien,
mais déjà nous le voyons s'accomplir sous nos yeux.
Et voici que maintenant Tiémoko a eu cette idée
qu'il a tirée d'un livre écrit en toubabou. C'est la
première fois de ma vie — et pourtant j'ai vu plus de
soleils se lever que vous — que je vois un... un...,
comment dit-on, petite fille ? demanda-t-il en se courbant vers Ad'jibid'ji :

— Tribunal, grand-père.

— Tribunal, reprit Keïta le Vieux du même ton.
Et je pense que Tiémoko a bien agi. Nous avons tous
voulu la grève, nous l'avons faite et Diara avec nous.
Puis Diara a repris le travail. Vous dites qu'il est un
traître et vous avez peut-être raison. Nous voulons
tous gagner, donc personne ne doit reprendre le
travail sans les autres. C'est cela, vivre en frères.
J'en ai entendu qui demandaient des châtiments.
mais vous ne tuerez pas Diara. Ce n'est pas que
quelques-uns n'en auraient pas le courage, c'est qu'on
ne les laisserait pas faire, moi le premier. Si vous
voulez imiter les sbires de vos maîtres, vous devien-
drez comme eux, des barbares. C'est un sacrilège de
tuer, oui, pour des saints hommes, c'est un sacrilège,
et je prie Dieu qu'il ne fasse pas naître une telle
pensée dans votre cœur. Donc, il reste la bastonnade.
Certains d'entre vous ont parlé de battre Diara. La
petite fille qui est assise à côté de moi n'est corrigée
que rarement, moi, mon père me frappait souvent, et
sans doute beaucoup parmi vous l'ont été aussi. Mais
les coups ne corrigent rien. Quant à Diara, vous

(1) La mer.

l'avez déjà frappé, vous l'avez frappé là où tout être humain digne de ce nom est le plus vulnérable. Vous l'avez couvert d'opprobre devant tout le monde. Vous lui avez ainsi fait plus de mal que par une punition corporelle. Je ne sais pas ce que sera demain, mais en voyant cet homme devant moi, je ne pense pas que l'un d'entre nous soit maintenant tenté de l'imiter.

On entendit dans la salle quelques femmes renifler leurs larmes.

— Et maintenant, je m'excuse d'avoir abusé de votre bonté. Toi, Diara, redresse la tête ; tu as été l'instrument du destin, ce n'était pas toi qui étais jugé, c'étaient les propriétaires des machines. Grâce à toi, nous n'abandonnerons plus la lutte.

Le Vieux se tut et sortit en silence. Ad'jibid'ji resta assise sur le banc.

Tandis qu'il parlait, Tiémoko avait bu les paroles de Mamadou Keïta. « Voilà ce que j'aurais dû dire », pensait-il, mais en même temps qu'il enviait le Vieux, il s'irritait contre lui. Celui-ci avec ses paroles pathétiques, son ton mesuré, avait ému la foule, lui, Tiémoko avait dû être plus brutal, rétorquer par une remarque dure. « C'est un échec pour moi, pensait-il, tout cela vient de mon manque de savoir, mais la prochaine fois, ce sera plus sérieux. Dès ce soir, j'écrirai à Bakayoko. »

Dans la salle, cependant, la chaleur de la discussion était tombée. Les gens se lançaient des regards furtifs et un à un se dirigeaient en silence vers la porte.

Les huit membres du jury n'avaient pas ouvert la bouche. Soudain, l'un d'eux se leva, enfonçant sur son crâne son bonnet carré ; deux autres le suivirent. Konaté prit par le bras le responsable du comité de Koulikoro et tous deux s'éloignèrent en parlant à voix basse. Tiémoko lui-même se dirigea vers la

sortie ; en passant à la hauteur d'Ad'jibid'ji qui le
regardait d'un air mi-mangue mi-goyave, il baissa les
yeux et pensa : « Il y a plus de choses dans la tête de
cette enfant que dans toute cette assemblée. » Tiémoko était encore furieux contre lui-même : « Il ne
s'agit pas d'avoir raison, répétait-il les mâchoires
serrées, il s'agit de vaincre ! »

Bientôt il ne resta plus dans la salle que trois
personnes : Diara, son fils Sadio et Ad'jibid'ji toujours assise sur son banc. Diara mâchait et remâchait
l'insulte qui lui avait été faite, une insulte proférée
par une femme, cette Hadi Dia dont il avait lui-même
tenu le mouton de baptême ! Une telle plaie ne se
refermerait jamais. Sadio, lui, était demeuré effondré
sur sa chaise. Machinalement il froissait du bout
des doigts les feuilles de papier éparses sur la table tandis que des larmes coulaient le long de ses
joues. Il savait maintenant que n'importe qui pouvait
insulter son père, lui cracher au visage, le battre peut-
être. Il savait que n'importe où il irait n'importe qui
pouvait lui lancer : « Ton père est un traître. »
Aucun de ceux qui étaient sortis ne lui avait adressé
la parole. Il était seul, désespérément seul. Il jeta un
coup d'œil furtif vers la porte et aperçut Ad'jibid'ji
qui semblait suivre ce drame silencieux avec une
sorte de plaisir sadique. Tour à tour son regard se
fixait sur Sadio puis sur Diara, et tout cela se gravait
dans son esprit avec une acuité dont elle ne voulait
rien perdre. Voyant le visage de Diara qui, à son
tour, se couvrait de larmes, elle tendit l'oreille comme
si elle voulait recueillir le bruit des sanglots. Enfin,
Sadio se leva et s'avança vers son père comme s'il
glissait sur les planches de l'estrade. Un tremblement
fiévreux agitait sa haute et mince silhouette qui
dominait la forme paternelle toujours tassée sur sa
chaise. Sadio écarta les lèvres pour prendre une inspiration comme s'il eût voulu parler, puis il se laissa

tomber aux pieds de son père. Alors Diara se pencha
sur son fils accroupi et soudain éclata en sanglots
comme un enfant que l'on vient de corriger.

En rentrant chez lui, Mamadou Keïta le Vieux
résolut de faire retraite et de s'adresser au Tout-
Puissant. Il s'en voulait d'avoir manqué de fermeté. Il
avait bien décidé de ne pas se joindre à ceux qui se
rendaient au syndicat pour juger Diara, mais l'habile
et douce insistance d'Ad'jibid'ji avait eu raison de
son intransigeance. Il revoyait la scène : lui, assis
dans sa chambre et à ses pieds la petite fille accroupie sur une peau de mouton qui, avec ses longs doigts
déliés, imitait sur la laine rêche la marche dansante
des chameaux.

— Moké, allons-y, avait dit l'enfant. Je te promets
d'être sage et après jamais plus je n'y retournerai.

— Jamais plus ?

— Jusqu'au retour de petit père.

— Tu as peur d'y aller toute seule ?

— Non, mais quand j'y vais, grand-mère me
gronde et je n'aime pas ça.

— Pourquoi veux-tu tellement assister à ces réunions ?

— Il faut bien apprendre son métier d'homme.

Le Vieux avait ri de bon cœur :

— Mais tu n'es pas un homme !

— Petit père dit que demain femmes et hommes
seront tous pareils.

— Et quel métier veux-tu faire ?

— Conduire l'express comme petit père, il dit que
c'est le plus beau des métiers et je le crois.

Mamadou Keïta vit les yeux en amande qui le
regardaient intensément :

— C'est bon, nous irons, mais après, fini jusqu'au
retour de ton père.

— Je te le promets, grand-père.

C'est ainsi que le Vieux avait assisté au déroulement du procès et maintenant il le regrettait. Dès son retour il se fit apporter de l'eau pour se purifier.

— J'entre en retraite, dit-il à la vieille Niakoro.

— Qu'est devenu Diara ? demanda-t-elle.

— Dieu seul le sait. Je l'ai laissé avec les autres. Ad'jibid'ji arrive derrière moi.

Il entra dans sa chambre et bientôt toute la maison sut qu'il s'était retiré des vivants pour une semaine.

Niakoro reprit, dans la petite cour, sa songerie interrompue. Elle regarda le mortier vide.

Aux temps anciens, avant même que l'étoile du matin eût disparu dans les premières lueurs de l'aube, commençait le chant des pilons. De cour en cour, les pileuses se renvoyaient le bruit léger du martèlement incessant de leurs pilons et ces bruits semblaient cascader dans l'air bleuté comme le fait le chant des ruisseaux qui folâtrent entre les grosses racines, le long des murs des maisons ou au bord des chemins. Au coup sec d'un pilon heurtant le rebord du mortier répondait un autre coup. Ainsi se saluaient les travailleuses du matin en un dialogue qu'elles seules comprenaient. Ces échos répétés qui annonçaient la naissance du jour présageaient une heureuse journée. Ils avaient à la fois un sens et une fonction.

Le vieux mortier de la cour avait été un arbre ; ses racines plongeaient encore dans la terre. L'arbre abattu, on avait creusé, évidé la souche, et de ses branches on avait fait des pilons. Les moulins ont leur langage qu'ils soient à vent ou à eau ; le mortier aussi a le sien. Sous·les coups de la pileuse, il vibre et fait vibrer la terre tout autour de lui. Les voisins assis ou couchés sur leurs nattes sentaient cette trépidation qui se communiquait à leur corps. Mais maintenant le mortier est silencieux et les arbres tristes n'annoncent plus que de sombres journées. Privés de la pulpe grasse des graines pilées, le mortier et les

pilons arrimés côte à côte cuisaient au soleil et se
fendillaient en produisant de temps en temps un petit
bruit sec. Anxieuses, les ménagères surveillaient les
fissures qui, parties du bas de la souche, montaient
en zigzaguant vers le rebord.

Niakoro ruminait sa solitude. De bonne heure, les
femmes étaient parties, conduites par Assitan, vers
Goumé où se tenait un marché. Niakoro n'avait pu
leur cacher son appréhension d'avoir à demeurer
ainsi seule à la concession.

— Mais, mère, avait expliqué Assitan, il ne reste
rien à manger ici ; il nous faut aller au marché de
Goumé.

— C'est loin, tu sais.

— Je sais que c'est loin, surtout à pied. En partant
à l'aube, nous reviendrons dans trois jours, ou
quatre. Il reste un peu de bassi, Ad'jibid'ji vous le
préparera.

— As-tu prévenu Fa Keïta ?

— Non, il fait sa retraite. Mais nous serons de
retour avant qu'il en sorte.

— Si Dieu conduit vos pas jusque là-bas, n'oubliez
pas d'aller voir les Soumaré, lui a épousé une cousine
à nous et ce sont des gens de bonne lignée. Ils vous
seront utiles. Je vous confie à la garde du Tout-
Puissant.

— Nous lui faisons confiance, avait dit Assitan, et
les femmes étaient parties.

Puis, ç'avait été le tour des enfants. Sous la conduite du plus âgé, ils étaient venus entourer la vieille
qui râpait une noix de kola sur son pagne.

— Grand-mère, on va au *ba* (1) !

— Faites bien attention.

La bande turbulente avait disparu avec son charge-

_____

(1) Ba : fleuve.

ment de vieux pots, de morceaux de bois et de bouts
de ficelles.

Il ne restait plus qu'Ad'jibid'ji à la maison mais,
sitôt de retour du tribunal, la fillette était montée sur
la terrasse. Niakoro appela :

— Ad'jibid'ji, que fais-tu là-haut ?

— Je nettoie les pipes de petit père.

— Apporte-les ici, je pourrai t'aider, bien que je
n'aime pas l'odeur du tabac.

— J'ai fini, grand-mère, il ne me reste plus que le
briquet.

Mais Niakoro n'en pouvait plus de solitude.
Péniblement elle se leva et entreprit de monter l'escalier. D'une main elle s'appuyait au mur de banco, de
l'autre elle aidait tour à tour ses genoux à plier pour
gravir les marches, avec un temps d'arrêt à chacune
d'elles. A la dernière elle s'arrêta, redressa son dos
lentement comme si elle avait craint qu'un mouvement brusque ne fît effondrer le fragile échafaudage
de son squelette. Elle respira profondément, les mains
aux reins.

— Je suis là, grand-mère, je m'apprêtais à descendre, dit Ad'jibid'ji qui avait compris à quel point
la vieille femme avait besoin de compagnie.

Niakoro n'était plus montée sur la terrasse depuis
bien longtemps. Son regard affaibli apercevait à peine
les toits plats, les pointes effilées des minarets, le
clocher de l'église, les flamboyants, les calcédrats. Un
fin duvet venu des kapokiers flottait dans l'air.

— Où sont les pipes ?

— Les voici, grand-mère.

Et la fillette apporta une coupe de bois où s'entassaient une bonne douzaine de pipes de formes et de
matières diverses. Il y en avait en ébène, en ivoire, en
bois rouge, en terre cuite.

— Ton père les fume toutes ?

— Oui, répondit Ad'jibid'ji en s'installant à califourchon sur la murette qui entourait la terrasse.

— Il doit avoir le gosier noir comme un fond de marmite !

— Il les nettoie souvent et, en lui écrivant, je lui ai demandé la permission de les nettoyer pour lui.

— Il t'a permis ?

— Non. Il n'a pas encore répondu. C'était dans ma lettre d'avant-hier, mais je suis sûre qu'il dira oui.

— Ad'jibid'ji, pourquoi ton petit père ne m'adresse-t-il pas ses lettres ?

La fillette cessa de balancer les jambes et regarda sa grand-mère qui, assise sur la dernière marche de l'escalier, suçotait ses joues.

— Je ne sais pas, dit-elle tout haut, et, en elle-même : « Parce que tu ne sais pas lire. Personne ne sait lire dans cette maison, à part l'arabe. Il n'y a que moi ! »

— Dans son autre lettre, ton père t'écrivait de t'occuper de moi et tu ne le fais pas. Mais cela, tu ne le lui as pas dit !

— Si, grand-mère, je lui ai écrit que tu dis que je ne m'occupe pas de toi.

— Je ne te crois pas.

— Tu lui demanderas quand il reviendra.

— S'il plaît à Dieu...

— S'il plaît à Dieu, répéta Ad'jibid'ji sans conviction.

— Hé ! Tu es née d'hier et tu veux t'occuper de moi, moi qui me suis occupée de ton grand-père, de ton père et de ton petit père !

Ad'jibid'ji vit où allait mener cette discussion. Elle sauta à bas de son perchoir et, s'approchant de la vieille femme, se mit à enlever les duvets de kapok qui s'étaient posés sur son mouchoir de tête et sur ses épaules, puis elle s'installa à côté d'elle sur la marche.

— Grand-mère, pourquoi dit-on en bambara *M'bé sira ming*, « je bois du tabac » ? *Ming* veut dire absorber tandis qu'en oulofou « avaler de l'eau » se dit *nane* et « aspirer la fumée » *touhe*. Il y a donc deux mots, comme en français. Pourquoi nous, les Bambaras, nous n'avons pas aussi deux mots ?

La vieille Niakoro trouva d'abord la question dépourvue de sens, puis elle la jugea impertinente et le dit sévèrement. Cette enfant la déconcertait. Ce n'est pas à l'enfance que doit appartenir le savoir, mais à la vieillesse.

— As-tu demandé cela à ton petit père ?

— Non, c'est seulement hier que l'idée m'est venue. Je l'ai demandé à ma mère, mais elle ne comprend ni le oulofou ni le français. Elle parle le bambara et le foulah.

— Et toi, tu parles le oulofou ? demanda la vieille en employant cette langue.

— Un petit peu. Petit père et toi le parlez mieux, mais moi je suis une Bambara, pas une Oulof.

Niakoro demeura bouche bée :

— Où as-tu appris le oulofou ?

— Petit père me l'a enseigné.

— Ça, c'est la fin du monde ! Alors, tu comprenais tout ce que je disais à ton père ?

— A-han ! répondit Ad'jibid'ji avec un rire joyeux.

— Eh bien, puisque tu es une soungoutou je-sais-tout, dis-moi qui est-ce qui lave l'eau ?

— C'est l'eau, hé !

— Non, mon enfant, il est vrai que l'eau lave tout, mais à son tour l'eau doit être lavée.

— Grand-mère, l'eau ne se lave pas.

— Si, si, petite fille, l'eau se lave.

— Alors, grand-mère, c'est l'eau qui lave l'eau.

— *N'té, n'té,* fit la grand-mère, en secouant la tête.

— Je le saurai, dit la fillette, et elle s'en fut ranger les pipes de Bakayoko.

Ainsi, devisant et se disputant, Niakoro et Ad'jibid'ji passèrent-elles les trois premiers jours tandis que Mamadou Keïta demeurait invisible, perdu dans ses méditations.

Au matin du quatrième jour, Ad'jibid'ji qui venait à peine de se réveiller et s'étirait, nue, sur son lit, entendit des coups furieux qui semblaient ébranler toute la maison. Elle se leva d'un bond et, en passant devant la porte de sa grand-mère, s'arrêta un instant.

— Il y a un moment que l'on frappe, dit Niakoro. Ce doit être la mère et les autres qui reviennent. La Providence leur a été clémente. Je me lève.

Cependant, les coups avaient redoublé. Ad'jibid'ji enleva la barre qui tenait fermé le panneau de tôle de la porte et se trouva face à face avec un gendarme et trois miliciens qui la bousculèrent pour entrer. Surprise, elle recula de quelques pas, abritant de la main ses yeux que la lumière blessait.

— Où est Mamadou Keïta ? demanda l'un des miliciens d'un ton rageur.

— Demande-le-lui calmement, dit le gendarme.

Ad'jibid'ji avait repris ses esprits :

— Je ne sais pas où il est, dit-elle en français avant même que l'interprète ait ouvert la bouche.

— Tiens, tu parles français ! Alors, dis-nous où est le Vieux.

A ce moment, Ad'jibid'ji prit conscience de sa nudité et baissa les yeux, mais elle les releva vivement et regarda le gendarme :

— Je ne sais pas où est grand-père, répéta-t-elle, tandis qu'une lueur de haine faisait briller ses yeux.

— Tu veux des bonbons ?

— Il est trop tôt pour ça et puis les policiers ne se promènent pas avec des friandises, d'ailleurs je ne les aime pas !

Au même instant, on entendit la voix de Niakoro qui criait :

— Ad'jibid'ji, avec qui parles-tu ?

— Avec des miliciens, grand-mère, ils viennent chercher Fa Keïta.

Niakoro apparut à la porte de sa chambre :

— Les fils de chiens ! dit-elle.

Mais le gendarme venait de donner à ses hommes l'ordre de perquisitionner. Se ruant dans le couloir, les trois miliciens bousculèrent la vieille femme qui tomba de tout son long.

— Chiens maudits, vous n'avez donc pas de honte ! tempêta-t-elle, tandis qu'Ad'jibid'ji qui s'était précipitée l'aidait à se relever.

Le gendarme, la main sur son étui à revolver, les jambes écartées, barrait la porte. L'attente ne fut pas longue, les miliciens réapparurent bientôt traînant le Vieux qui, les bras tordus en arrière, ne se débattait même pas. Il n'était vêtu que de son pagne et son épaule devait lui faire mal car il geignait. Il ouvrit la bouche pour dire quelque chose, mais l'un des miliciens le frappa rudement sur la nuque :

— Silence ! ordonna-t-il.

Niakoro-la-vieille se rua sur les policiers, mais un violent coup de coude en pleine poitrine la laissa sans souffle. Elle s'adossa au mur, les yeux grands ouverts, haletante. A son tour, Ad'jibid'ji se jeta sur le gendarme, les ongles en avant. Un lourd brodequin vint la frapper au creux des reins. Elle pivota sur elle-même, la douleur la plia en deux et elle vint s'affaler aux pieds de sa grand-mère. Mamadou Keïta essaya lui aussi de se libérer, mais il fut rapidement entraîné et bientôt il ne resta plus dans le

sombre couloir qu'Ad'jibid'ji inanimée et Niakoro
dont le vieux corps glissait peu à peu vers le sol
comme un sac qui se vide. Enfin, elle tomba à son
tour et la lumière qui venait de la porte éclaira en
plein le visage ridé dont la peau tournait au gris. Elle
gémit :

— Ad'jibid'ji... Ad'jibid'ji...

Ce n'était plus qu'un souffle, un léger murmure de
vent passant sur les feuilles.

La fillette gisait sur le sol, les jambes repliées.
Niakoro essaya d'allonger un bras vers la petite
forme immobile, mais déjà elle n'en avait plus la
force.

— Ad'jibid'ji... Ad'jibid'ji...

Enfin, cette voix parvint aux oreilles de la fillette.
Malgré les courbatures, malgré la ceinture de feu qui
entourait ses flancs et ses reins, elle tenta de se
redresser.

— Es-tu morte, grand-mère ?

— Non, non, je ne suis pas morte, mais essaye de
trouver quelqu'un.

Niakoro sentait que la fin approchait. L'angoisse
dernière la saisit.

— Ad'jibid'ji, Ad'jibid'ji, va chercher quelqu'un...

— Je ne peux pas me lever, grand-mère, je ne
peux pas marcher...

Ad'jibid'ji se souleva sur un coude et tourna vers
sa grand-mère son visage menu, ses yeux de biche
blessée... « Ah, les *wolos* (1), ils l'ont tuée... »

—Ad'jibid'ji, Ad'jibid'ji, dit encore une fois Niakoro, et cette fois c'était un cri, le dernier.

Sous la camisole aux couleurs délavées, ses jambes
se tendirent et son front se posa sur le sol de terre
battue.

(1) Chiens.

Tiémoko revenait du fleuve où il s'était baigné. Avant de partir, il avait écrit à Bakayoko pour le tenir au courant des derniers événements. Après le procès, on l'avait peu vu, il restait la plupart du temps enfermé chez lui en proie à une inquiétude désagréable, une sorte de gêne, presque d'angoisse, qui ne lui laissait pas de répit. Certes, il avait gagné la partie qu'il avait engagée et depuis que Diara avait été mis en accusation, aucun ouvrier n'avait repris le chemin de la gare, mais il se rendait compte que si sa force physique, ses façons brutales, sa voix sonore l'avaient servi, tout cela était bien insuffisant. Il lui fallait lire, apprendre, s'instruire. Chez lui, il se livrait à de véritables orgies de lectures tandis que sa femme, comme toutes les femmes de grévistes, était partie à la recherche de quelque nourriture.

Il entra au siège du syndicat où il trouva Konaté et une dizaine d'hommes.

— Tié, dit Konaté, tu fais comme les serpents, tu te tapis quelque part pour mieux t'élancer et mordre ! En tout cas, ton histoire de Diara a bien réussi, on ne m'a plus signalé aucun lâcheur.

Tiémoko serra des mains sans répondre.

— Diara est malade, poursuivit Konaté, j'ai été le voir hier soir.

— J'irai chez lui en sortant de la maison de Bakayoko.

— Tu sais qu'il y a du neuf !

— Non ?

— Tu pourras dire à Fa Keïta que la direction a donné son accord pour une négociation et que nous devons nous préparer pour la reprise.

Sans s'en rendre compte, Tiémoko se mit à élaborer tout haut un plan d'action

— La moitié des ouvriers a gagné la campagne, il va falloir les regrouper rapidement et pour ça, commencer dès maintenant. Faites le tour de Bamako, vous autres, et envoyez les enfants à la cueillette de leurs pères. Moi, je vais chez le Vieux.

Tout en marchant, Tiémoko préparait son entretien avec Fa Keïta. Devant les autres il pouvait crâner mais le vieil homme l'impressionnait et l'intimidait ; dès le début de la grève, il l'avait considéré comme un adversaire personnel et, durant le procès de Diara, il n'avait cessé de ressentir très profondément tout ce qui les séparait.

La porte de la concession Bakayoko était ouverte. Il entra et vit tout de suite les deux corps allongés.

Il appela

— Assitan ! Assitan !

Nul ne répondit. Il cria cette fois :

— Fa Keïta ! Fa Keïta !

Deux ou trois enfants apeurés venus de la cour se faufilèrent à ses côtés et, voyant les corps, se mirent à pleurer. Enjambant Ad'jibid'ji, Tiémoko ouvrit la porte au fond du couloir et entreprit de fouiller la maison sans cesser d'appeler : « Fa Keïta ! » Il revint rapidement sur ses pas et, s'adressant aux enfants :

— Allez à la maison du syndicat le plus vite que vous pourrez et dites à Konaté de venir tout de suite ici.

Puis, se penchant, il prit dans ses bras le corps si léger de la vieille Niakoro.

Un quart d'heure plus tard, la maison ressemblait à une fourmilière qu'un coup de talon aurait bouleversée. En groupes compacts, les gens entraient et sortaient, allaient et venaient d'une pièce à l'autre. Une vieille boiteuse apprit à Tiémoko que les femmes étaient parties trois jours plus tôt, du Vieux, nul ne savait rien. Deux voisines avaient transporté Ad'jibid'ji sur son lit et frictionnaient son corps meurtri. L'enfant gémissait, pleurait, appelait, appelait son petit père, mais n'avait pas encore repris connaissance pour raconter ce qui s'était passé.

Vers midi, les femmes revinrent de Goumé. En voyant cette petite foule qui emplissait les cours, devant ces visages où se lisaient la douleur et la colère, elles comprirent que le malheur était venu sur la maison. Abandonnant paniers et calebasses devant la porte, Assitan et Fatoumata en tête, elles se précipitèrent dans le couloir puis dans la pièce centrale où elles virent les vieilles voisines qui avaient déjà commencé la veillée mortuaire autour du cadavre de Niakoro.

Ce fut Fatoumata qui commença les lamentations. Elle poussa un long cri qui monta dans le ciel et tomba en arrière d'un seul coup, sa tête heurta le sol et son corps fut agité de convulsions. Comme si elle avait donné un signal, on entendit alors dans toutes les pièces de la maison et dans les cours s'élever les plaintes rituelles.

Cependant, Ad'jibid'ji qui avait repris ses sens put raconter à sa mère la mort de la vieille grand-mère et l'arrestation de Mamadou Keïta. Aux pleurs se mêlèrent alors les cris de rage des hommes et les malédictions des femmes appelant les calamités du ciel sur la tête des auteurs de ce forfait.

La vieille Niakoro fut enterrée le jour même tandis que les femmes qui, en pays bambara, n'accompagnent pas les morts, poursuivaient les lamentations.

Après l'enterrement, les grévistes se rendirent au siège du syndicat pour y attendre le résultat des pourparlers avec la compagnie. Tard dans la soirée, un télégramme arriva de Dakar « Oncle refuse, continuer traitement. » Dès le lendemain matin, ce fut un véritable exode. Hommes, femmes, enfants prirent la brousse les hommes parce qu'ils n'avaient rien à faire en ville, les femmes avec l'espoir de trouver de quoi manger dans les villages voisins.

Des jours passèrent, la maison du syndicat était vide et silencieuse, une légère poussière poudrait les bancs, une fenêtre dont le vent avait cassé un gond giflait à intervalles réguliers le mur de banco ; des lézards se promenaient tranquillement sur les marches du perron. Seuls Konaté et Tiémoko venaient parfois troubler cette solitude. Ils faisaient aussi, en échangeant quelques rares paroles, de longues randonnées vers la gare, le dépôt ou bien le long du fleuve.

Un jour, ils décidèrent d'aller voir Assitan à la concession Bakayoko. Lorsqu'ils arrivèrent, ils trouvèrent que Fatoumata et les deux autres épouses de Mamadou Keïta avaient commencé un deuil de quarante jours. Les anciennes leur faisaient garder la chambre et les surveillaient pour leur éviter les faiblesses de la chair. De derrière un écran protecteur, Fatoumata s'adressa à Tiémoko :

— Tié ! ne nous mens pas ! Tu sais bien que Fa Keïta est mort, les toubabous l'ont emmené en brousse pour le tuer !

— Mais non, dit Tiémoko, nous savons qu'il est en prison avec d'autres. Rien ne justifie votre deuil. Là où se trouve Fa Keïta, il y a d'autres hommes et leurs épouses ne sont pas en deuil.

— Mais les anciennes nous ont déjà purifiées.

Tiémoko faillit se mettre en colère.

— C'est stupide, Fatoumata, qui va nourrir tes enfants ? Tout le monde est parti en brousse. Nous compatissons à ta douleur, mais il faut bien que toi et les tiens mangiez.

Tiémoko fut interrompu par une des vieilles gardiennes

— On n'abandonne pas un deuil, il faut que le temps soit accompli !

— C'est un sacrilège que de parler ainsi à des femmes dans la peine, ajouta une autre, et toutes les vieilles se mirent à marmonner entre elles.

Tiémoko, furieux, haussa les épaules et fit signe à Konaté de le suivre.

— C'est idiot, dit-il, il faudrait les affamer pour les sortir de là ! Viens, allons voir Assitan.

Ils traversèrent la cour. Agenouillée à l'ombre du séchoir, Assitan écrasait dans un petit mortier de pierre des condiments pour le repas du soir. Sous son mouchoir de tête bien serré des gouttes de sueur perlaient.

Assitan était une épouse parfaite selon les anciennes traditions africaines · docile, soumise, travailleuse, elle ne disait jamais un mot plus haut que l'autre. Elle ignorait tout des activités de son mari ou du moins faisait semblant de les oublier. Neuf ans auparavant, on l'avait mariée à l'aîné des Bakayoko. Sans même le consulter, ses parents s'étaient occupés de tout. Un soir, son père lui apprit que son mari se nommait Sadibou Bakayoko et deux mois après on la livrait à un homme qu'elle n'avait jamais vu. Le mariage eut lieu avec toute la pompe nécessaire dans une famille d'ancienne lignée, mais Assitan ne vécut que onze mois avec son mari, celui-ci fut tué lors de la première grève de Thiès. Trois semaines plus tard, elle accouchait d'une fillette. De nouveau, l'antique coutume disposa de sa vie, on la maria au cadet des Bakayoko . Ibrahima. Celui-ci adopta le bébé et lui donna ce nom étrange Ad'jibid'ji. Assitan continua d'obéir. Avec la fillette et la grand-mère Niakoro, elle quitta Thiès pour suivre son mari à Bamako. Elle fut aussi soumise à Ibrahima qu'elle l'avait été à son frère. Il partait pour des jours, il restait absent des mois, il bravait des dangers, c'était son lot d'homme

de maître. Son lot à elle, son lot de femme était
d'accepter et de se taire, ainsi qu'on le lui avait
enseigné.

— Hé, femme, qu'est-ce que tu prépares pour ce
soir ? demanda Tiémoko, avec la familiarité d'un
habitué de la maison.

— Hé, homme, ce sont des restes d'hier. Je vous
invite.

— A te voir travailler, il n'y a pas de danger que
Bakayoko prenne une seconde épouse, fais-moi
confiance !

— Ah, homme, je ne demanderais pas mieux que
d'avoir une « rivale », je pourrais au moins me
reposer... et puis, je me fais vieille. Chaque fois qu'il
part, je fais des vœux pour qu'il ramène une
deuxième femme, plus jeune...

Assitan plongea la main dans le mortier et en
retira une pâte verdâtre qu'elle mit dans un canari.

— Assitan, dis aux autres femmes de quitter le
deuil. Fa Keïta n'est pas mort, tu comprends ?

— Je ne sais pas trop si je comprends. Si mon
mari était là, il pourrait faire quelque chose, mais
moi, je ne suis qu'une femme... et on n'écoute guère
les femmes, surtout en ce moment.

Assitan se leva et se dirigea vers la grande demeure. Les deux hommes la suivirent. Ad'jibid'ji
était assise, seule, dans la pièce centrale.

— Ad'jibid'ji, on ne te voit plus au syndicat, tu
fais grève ? demanda Konaté.

— J'avais promis à grand-père de ne plus y
retourner...

— C'est bien de tenir ses promesses.

— ... jusqu'au retour de petit père.

— Ah, dit Konaté en s'asseyant au bord du lit, et
comment te sens-tu ?

— J'ai moins mal maintenant.

— Tu es une vraie soungoutou.

Ad'jibid'ji resta un instant silencieuse, puis, s'adressant à Assitan :

— Qu'est-ce qui lave l'eau ?

— L'eau ? Qui t'a mis cette idée en tête ?

— C'est grand-mère qui me l'avait demandé et je lui avais promis de le savoir pour le lui dire. Maintenant, je voudrais le savoir pour moi.

— Pour toi ? répéta Assitan que sa fille étonnait sans cesse. Vous savez ça, vous, les hommes ?

— Moi, non, dit Tiémoko.

— Je l'ai peut-être su, dit Konaté, mais j'ai dû l'oublier.

— Je demanderai à petit père ou à moké. N'est-ce pas qu'il n'est pas mort, moké ?

Il y eut un silence.

— Femme, dit Tiémoko, il nous faut te quitter. Dommage que Fatoumata ne veuille pas entendre raison. C'est du travail de plus pour toi.

— C'est la vie. Passez la soirée en paix.

Quand les deux hommes furent partis, Assitan revint près de sa fille :

— Ad'jibid'ji, dit-elle, il ne faut pas demander aux grandes personnes des choses qu'elles ignorent, ce n'est pas poli.

— Mais c'est grand-mère qui me l'avait demandé et grand-mère était une grande personne.

— Ne le demande plus aux visiteurs.

— Bien, mère, et Ad'jibid'ji renifla une larme.

Assitan regarda sa fille. Ad'jibid'ji ne pleurait jamais d'habitude.

— Viens, nous allons préparer le repas. Nous n'avons rien pris depuis hier.

Ad'jibid'ji se leva et suivit sa mère.

DAKAR

MAME SOFI

APRÈS le départ des policiers, la foule qui s'était assemblée autour de la concession et dans les cours mêmes, commença de refluer par vagues successives vers le champ de course car le soir tombait. Pourtant les femmes ne se calmaient pas, enhardies et encore grisées par leur victoire, elles avaient formé de petits groupes et, armées de leurs bouteilles remplies de sable, patrouillaient les rues avoisinantes.

Dès qu'un homme se présentait il était aussitôt entouré :

— Tu es soldat ?

— Moi ? non !

— Tu es de la police ?

— Pas du tout !

— Alors qu'est-ce que tu fais ici en costume ?

Et si l'homme tardait à répondre, dix, quinze bouteilles se balançaient devant son visage, des cris, des rires, des insultes l'assaillaient.

Mame Sofi profita de l'ombre, elle dirigea son groupe vers la maison de El Hadji Mabigué. Ce désordre lui plaisait et elle avait une vieille rancune contre le trafiquant. Devant la porte deux serviteurs montaient la garde et barrèrent l'entrée aux femmes.

— Mame Sofi, tu n'as pas le droit d'entrer chez autrui ! Ne viens pas chercher de dispute. D'ailleurs, El Hadji est absent, il est souffrant. Cet après-midi. N'Deye Touti a insulté sa deuxième épouse puis Ramatoulaye a égorgé son bélier et te voilà maintenant qui viens provoquer la bagarre !

— Ah, ah, écoutez l'esclave qui parle ! cria Mame Sofi. C'est à cause de son Vendredi que les esclaves des toubabs sont venus nous matraquer. Eh bien, tu lui diras à ce bouc, que Ramatoulaye est toujours à la maison et que son cher Vendredi est bien au chaud dans le ventre des enfants !

L'homme essaya de s'interposer :

— J'ai entendu, je le lui dirai. Et maintenant, braves épouses, rentrez chez vous en paix.

— Ne me touche pas ! hurla Mame Sofi, puis, se retournant vers les femmes : — Allons à la cuisine !

Une bouteille atteignit le serviteur en plein front. Il porta les mains à son visage et s'adossa au mur en criant : « On me tue, on me tue », tandis que les femmes se dispersaient dans les pièces du rez-de-chaussée. Mame Sofi, sans prendre garde à trois hommes assis sur les marches qui priaient, filant leur chapelet, se planta au milieu de la cour :

— Mabigué, sors ! Sors si tu es un homme ! Tu n'as de courage que derrière les toubabs ! Tu as fait fermer les robinets, viens me faire fermer la bouche maintenant !

— Il n'y a que du mil... dit une femme sortant de la cuisine.

— Ça ne fait rien, emportez tout ce qui peut se manger !

*
* *

Cependant, dans la cour principale de N'Diayène, Ramatoulaye, Bineta, Houdia M'Baye et une demi-douzaine d'autres femmes, celles que leur âge ou la bataille contre les policiers avaient fatiguées, s'étaient rassemblées.

— Les fils de chiens ! dit l'une d'elle en s'asseyant sur le bord du vieux mortier, ils m'ont pilée comme du grain !

— Moi aussi, mais, ah, je ris encore de celui qui avait un goulot de bouteille dans la bouche !

— Eh, Benita, ta « rivale » n'a pas sa pareille ! Tu sais ce qu'elle a fait ? Il y en avait un qui était tombé et pendant qu'on le tenait, elle lui tordait le... Il hurlait, il fallait l'entendre ! Et puis Mame Sofi m'a dit : « Pisse lui dans la bouche à ce cochon ! » J'ai essayé mais je n'y suis pas arrivée ! La honte m'a prise et j'ai bousculé Mame Sofi pour me dégager. Lui, il s'est sauvé, mais j'ai gardé sa chéchia. Tiens, la voilà !

Une chéchia rouge passa de main en main.

Ramatoulaye, elle, ne disait rien. Ces bavardages la gênaient, elle n'avait guère l'habitude de s'interroger sur ses pensées ou ses actes. Mais ce qu'elle avait fait ce jour-là l'étonnait et lui demeurait obscur. De plus, cela la fatiguait d'y penser. Sans savoir exactement à qui elle s'adressait, elle demanda :

— Et les enfants ?

— Ils ont mangé...

— Et « Grève » ?

— Il est là, il dort, je me suis occupée de lui.

C'était N'Deye Touti qui répondait. Elle sortait de la maison principale et s'approcha du cercle des femmes dont les silhouettes devenaient imprécises dans la pénombre. Elle n'avait pas pris part à l'échauffourée et désapprouvait la conduite des femmes, y compris celle de sa tante Ramatoulaye. On lui avait appris à l'école qu'il y avait des lois et que nul n'avait le droit de se faire justice lui-même. Pour elle, tout ce qui venait de l'école ne pouvait être mis en question.

L'une des femmes se leva, portant la main à ses reins douloureux.

— Je vais me coucher en pensant avec plaisir que les *alcatis* (1) se souviendront de cette correction.

— Pourtant, ils reviendront...

— Qui t'a dit qu'ils reviendront, N'Deye Touti ?

— Je le sais...

— Comment le sais-tu ?

— Parce que...

— Parce que quoi ?

— Parce que vous n'avez pas le droit de faire ce que vous avez fait. Lorsque les alcatis sont venus, ils ont demandé Ramatoulaye et vous leur êtes toutes tombées dessus. D'après la loi, c'est un délit !

— Et le bélier de Mabigué, il n'a pas commis de délit ?

— Oui, je sais qu'il a dévasté plus d'une cuisine, mais il fallait aller se plaindre à la police. Maintenant, après ce que vous avez fait, vous avez contre vous la plainte de Mabigué et la révolte contre les policiers. Je vous dis qu'ils vont revenir parce que la responsable de tout cela c'est Ramatoulaye.

— C'est vrai, ce que tu dis ?

— Oui, tante, c'est vrai.

Ramatoulaye demeura un instant silencieuse. Comment pouvait-elle mettre en doute les paroles de N'Deye Touti qui allait à l'école, à la grande école ? Elle se leva à son tour.

— Du moment que c'est moi qu'ils veulent, je vais y aller. Cela évitera de nouveaux dégâts.

— Tu es folle, Ramatoulaye ! cria Houdia M'Baye. Tu n'iras pas ! Qui peut savoir si N'Deye Touti dit vrai ? A l'entendre, on dirait qu'elle se

(1) Policiers indigènes.

réjouit de voir revenir les alcatis. Est-ce cela que l'on t'apprend à l'école, N'Deye Touti, à abandonner ceux de ta race ?

— Ne t'énerves pas, Houdia, dit Ramatoulaye, du moment que les enfants ont mangé, je peux aller là-bas. Peut-être que si je leur explique, ils comprendront...

Elle fut interrompue par des piétinements venus de l'entrée principale. C'était Mame Sofi qui, à la tête de son commando, revenait d'expédition.

— Ramatoulaye, dit-elle, personne de cette maison n'ira au commissariat. J'ai entendu ce que vous venez de dire, j'ai entendu les paroles de N'Deye Touti et il est vrai qu'elle est seule parmi nous à pouvoir déchiffrer ce qu'écrivent les Blancs. Moi, je ne sais pas lire, mais je suis sûre qu'il n'est pas écrit dans la mère des livres de loi qu'on peut affamer, assoiffer et tuer des honnêtes gens. Et si tu crois que lorsque tu iras là-bas, on va te récompenser et te dire : « Tiens, voilà cent kilos de riz parce que vos hommes sont en grève », tu te trompes, et N'Deye Touti aussi, malgré tout son savoir. Mais nous avons des choses plus importantes à faire qu'à discuter. Voici ce que nous avons rapporté de chez El Hadji Mabigué. Ce n'est que du mil mais ça aidera.

Les femmes qui l'accompagnaient posèrent à terre leurs calebasses. Mame Sofi commençait à organiser la distribution quand on entendit soudain une voix apeurée qui venait de la rue :

— Attention, attention, il y a des spahis qui arrivent !

— Eh bien, on va les recevoir comme on a reçu les alcatis ! s'écria Mame Sofi.

— Tu es folle ? Comment veux-tu te battre contre des hommes à cheval ? dit Bineta.

— Ne t'inquiètes pas, j'ai une idée. Tu sais que les chevaux ont peur du feu ? Comme nous n'avons plus d'allumettes, allez chercher de la braise dans vos foyers et apportez-la dans des casseroles ou des calebasses. Il faut aussi de la paille tressée.

En moins d'une minute, les femmes s'étaient égayées dans la cour et les maisons voisines. Ramatoulaye elle-même, oubliant ses hésitations, réapparut tout de suite, brandissant une poignée de brins de paille.

— Venez dans la rue, ordonna Mame Sofi, et rangez-vous de chaque côté. N'allumez pas la paille tout de suite, attendez que je vous le dise.

Comme la nuit était tout à fait venue, ce furent des ombres qui se glissèrent le long des palissades et des murs de torchis. On entendait maintenant clairement le pas des sabots ferrés, le bruit métallique des gourmettes et des étriers. C'était un peloton de cavaliers qui arrivait en renfort pour aider les policiers, sans savoir que ceux-ci avaient fui depuis longtemps déjà. En tête venait un adjudant européen. La petite troupe prit le tournant devant la maison de Mabigué et s'engagea dans la longue ruelle qui menait à la concession N'Diayène. Les soldats avaient mis leurs chevaux au pas et scrutaient l'obscurité, étonnés de voir de-ci de-là une lueur rose ou la brève lueur d'une flammèche. Comme ils pénétraient entre la double haie des femmes, on entendit le cri de Mame Sofi :

— Allons-y !

Ce fut un beau tumulte. Les brandons de paille enflammés, les pots de braise volèrent dans les ténèbres en direction des cavaliers et de leurs montures tandis que s'élevaient les cris des femmes et le bruit des estagnons frappés à coup de pilons ou d'autres ustensiles de cuisine. Des chevaux se cabrèrent en hennissant. Les hommes juraient. Bien que les spahis fussent d'habiles vétérans des fantasias officielles. Ils n'arrivaient pas à maîtriser leurs bêtes. L'un d'eux qu'une botte enflammée avait atteint en plein ventre, se mit à hurler en essayant de déboutonner son dolman qui commençait à flamber, d'autres se cramponnèrent au cou de leurs chevaux que les flammes rendaient fous. Un, puis deux tombèrent qui furent aussitôt happés par vingt mains. Aux femmes s'étaient mêlés des hommes venus des rues voisines ; deux d'entre eux réussirent à coincer un spahi contre une palissade tandis qu'une femme enfonçait une torche entre les cuisses du cheval. Le soldat dégaina. La lame du sabre brilla dans la nuit et un cri domina le tumulte : « Il m'a tuée ! » Personne n'y prit garde. Mame Sofi et sa troupe avaient réussi en s'accrochant à ses bottes à désarçonner le chef du peloton. Lorsqu'il fut à terre, elles le traînèrent jusqu'à un petit fossé où la nuit les gens du quartier venaient se soulager et lui enfoncèrent la tête dans les immondices.

C'est à ce moment que retentit le premier cri affolé : *Laccagui, Laccagui* (1). Quelque brandon enflammé avait dû tomber trop près d'une des baraques-taudis qui faisaient face à la concession et le feu avait trouvé là une proie toute prête. Des fumées qui sentaient mauvais furent rabattues sur la foule par le vent et des flammes jaillirent qui enroulèrent rapidement leurs bras rouges autour des paillotes. L'une après l'autre, les cahutes de bois, les cabanes de torchis flambèrent comme des meules. Affolés, aveuglés par la fumée, brûlés par les étincelles et les flammèches, les émeutiers couraient en tous sens pour s'éloigner du brasier qui gagnait du terrain à chaque seconde.

— De l'eau, de l'eau ! Apportez de l'eau ! entendait-on crier.

D'autres demeuraient immobiles comme fascinés

(1) L'incendie.

par le spectacle et leurs visages éclairés par le rougeoiement des flammes ressemblaient à des masques de sorciers. Les planches goudronnées ou enduites d'huile de vidange brûlaient comme des allumettes, les toitures de zinc, les murettes de bidons aplatis, chauffées à blanc, dégageaient une chaleur qui faisait reculer les plus braves et les plus curieux. On crut voir une femme dont les vêtements brûlaient s'effondrer dans une courette cernée par le feu.

L'eau manquait dans tous les quartiers avoisinants et les bornes-fontaines les plus proches étaient toujours fermées.

— Du sable ! Il faut du sable ! Allez chercher les pompiers !

Quelques brouettes apparurent et des pelles, jouets dérisoires devant l'incendie qui dévorait masure après masure, palissade après palissade avec des grondements de joie et des bonds d'allégresse. Au moment où il atteignait la maison de Mabigué et commençait à mêler aux verts et aux ocres des peintures les jaunes et les rouges de ses flammes, les pompiers dont les casernes se trouvaient de l'autre côté du quartier européen arrivèrent enfin. Les lances furent mises en batterie, mais que pouvaient deux camions-citernes ! A dix mètres d'une carcasse noyée d'eau, le feu léchait un autre toit et reprenait une nouvelle vigueur.

Enfin, sous la conduite de l'officier et des sapeurs, tous les hommes présents s'armèrent de haches ou de pics et entreprirent d'abattre des rangées de cases, des pans entiers du bidonville. A l'intérieur de cette tranchée on laissa le feu à ses jeux, jusqu'à l'aube, jusqu'à ce que, fatigué, n'ayant plus à manger ni une planche ni un chiffon, il s'éteignît de lui-même, sur les cendres et les débris calcinés d'où montaient des fumerolles.

**
*

Avec les premiers rayons du soleil, Mame Sofi
et Ramatoulaye rentrèrent à N'Diayène. Elles pleu-
raient, crachaient des nausées. Dans la pièce commune, elles trouvèrent N'Deye Touti qui, assise sur
le lit, berçait « Grève ». A ses pieds Daouda, dit
Beaugosse, dormait sur une natte, épuisé de fatigue.
Il avait aidé à combattre le feu et s'était ensuite
réfugié à N'Diayène, hébété, le visage couvert de
cendres. D'autres femmes entrèrent : l'une d'elles souleva le couvercle de la jarre.

— Il n'y a pas d'eau, dit Ramatoulaye.

Au même instant, trois hommes se présentèrent.
C'était Alioune, Deune et Idrissa le bigle qui revenaient eux aussi du quartier incendié, les yeux
rouges, les vêtements déchirés.

Alioune s'approcha de Daouda, se baissa et lui
toucha l'épaule :

— Lève-toi, j'ai à te parler.

Le jeune homme se redressa :

— Donnez-moi de l'eau pour me laver un peu,
dit-il.

— Il n'y a pas d'eau, répéta Ramatoulaye. On n'a
même pas lavé les morts !

— Daouda, il faut que tu partes pour Thiès. Il y a
une rencontre avec la direction là-bas et nous devons
envoyer un délégué. Comme je dois rester ici, c'est toi
qui partiras. Viens avec moi au syndicat, je te donnerai l'argent du voyage. Il faut que tu prennes le
premier car.

Comme les hommes se dirigeaient vers la porte,
Ramatoulaye se rapprocha d'eux :

— Alioune, il faut faire quelque chose. Si la journée d'aujourd'hui ressemble à celle d'hier, ce sera
notre fin. Alioune, dis-leur que, nous les femmes,
nous n'en pouvons plus. Vous n'êtes pas assez forts.

Nous n'avons pas abandonné la lutte, mais ce n'est pas un déshonneur d'être vaincu. Regarde « Grève », peronne n'a plus de lait pour lui. Nous n'avons plus de riz, et si nous avions du riz nous n'avons pas d'eau pour faire de la bouillie.

— Patiente encore un peu, femme, demain il y a un entretien avec la direction à Thiès et après, tout rentrera dans l'ordre et... on oubliera...

Lorsque les quatre hommes furent partis. N'Deye Touti sortit à son tour. Elle avait besoin de prendre l'air et comme elle savait que les policiers allaient revenir, elle ne désirait pas assister à une nouvelle bagarre. Machinalement, ses pas la portèrent vers le quartier incendié. Elle marchait dans une poussière noire encombrée de détritus informes, d'objets calcinés. N'Deye Touti avait grandi ici-même, elle avait joué dans ces cavernes sombres, dans ces ruelles étranglées, ces courettes empestées. Ces souvenirs étaient vifs comme une blessure. Elle en était presque à bénir l'incendie qui venait de détruire ces témoins de son enfance et de sa honte. Elle imaginait des maisons peintes de couleurs claires, des jardins pleins de fleurs, des enfants vêtus à l'européenne jouant dans des cours propres. Et voici que ce qu'elle voyait autour d'elle était tout autre. Au milieu des décombres des femmes et des hommes s'affairaient. De-ci de-là des piquets se dressaient, des caisses, des bidons vides s'entassaient ; au milieu de nuages de poussière noire, ces hommes et ces femmes balayaient, creusaient, dégageaient une marmite, ou la carcasse d'un lit, tandis qu'autour d'eux couraient des enfants nus dont la peau avait la couleur de la cendre.

N'Deye Touti détourna son regard et chercha un autre rêve. Des titres de livres, des noms défilèrent. Un instant, elle s'arrêta à celui de Bakayoko. Cet homme dur qui parfois semblait vivre dans un autre monde, l'attirait, mais qui était-il ? Un ouvrier. La femme d'un ouvrier, d'un ouvrier qui n'était plus jeune ? A quoi bon être une élève de l'école normale ? Un avocat, un docteur peut-être et un amour, un amour qui l'entraînerait loin de ce cimetière vivant, loin du côté du quartier européen, là où il y a des villas entourées de jardins et non des cahutes de bois et de zinc enfermées dans leurs palissades ou leurs haies de bambous.

Soudain N'Deye Touti s'arrêta, elle avait levé les yeux et venait d'apercevoir à quelques pas d'elle trois hommes, trois Blancs qui lui tournaient le dos et discutaient avec animation. Il y avait là le directeur des services d'hygiène, un officier de gendarmerie et le commissaire de police de la Médina, celui-là même dont les hommes avaient eu à battre en retraite devant les bouteilles de Mame Sofi et de ses furies. Ils avaient grimpé sur un petit monticule pour mieux surveiller leurs gens qui travaillaient avec les sinistrés dans les décombres. N'Deye Touti hésita un moment. Elle aurait voulu se joindre à eux, leur parler, leur montrer qu'elle comprenait leur langue, mais la timidité l'emporta, elle avança de quelques pas et, cachée derrière un pan de mur, tendit l'oreille :

— Ce soir ce sera fini, disait l'homme des services d'hygiène, ils dormiront dans leurs trous. Ça a été moins grave que la dernière fois. Je ne sais même pas s'il y a eu des morts.

— Oui, un, dit le commissaire.

— C'est bien de leur faute, dit le capitaine de gendarmerie, ce sont eux qui ont mis le feu en attaquant les spahis avec des torches. Je me demande pourquoi les services d'hygiène ne refoulent pas ces gens-là à une vingtaine de kilomètres comme ça se fait en Afrique du Sud et au Congo belge.

— Il y a un plan d'implantation qui est prévu, mais il faut du temps, de l'argent, de la patience. Ils sont orgueilleux en diable ! Et puis nous ne sommes pas en Afrique du Sud.

— Ce sont des sauvages, dit le capitaine... Vingt dieux ! Regardez-moi cette femme, là, elle est en train de... devant tout le monde ! Des vrais sauvages ! On devrait l'arrêter pour faire un exemple et lui foutre une amende !

— Qu'elle paierait avec quoi ?

N'Deye Touti avait suivi le geste du gendarme. Elle vit la femme qui, pagne relevé, s'était accroupie à quelques dizaines de mètres au milieu d'un terrain vague. Elle eut honte, elle eut mal. Cette absence de pudeur devant des Blancs, c'était encore une blessure qui lui était infligée à elle. Soudain son attention fut attirée par un nom familier. C'était le commissaire de police qui parlait :

— Allons, je vous quitte, il faut que je fasse arrêter cette Ramatoulaye.

— Vous allez l'emmener ? dit l'inspecteur de l'hygiène. Si vous bousculez trop les femmes, ça va faire du grabuge. Ça fait dix ans que je connais ce quartier, je ne pense pas qu'elles comprennent grand-chose à la grève, mais si elles s'en mêlent, si elles font bloc avec les ouvriers, je me demande où ça finira.

— Je sais bien, ça m'emmerde, mais j'ai une plainte déposée et puis la rébellion ! Il faut que j'y aille. Vous venez avec moi, capitaine, mes hommes sont peut-être déjà sur place.

Comme les trois hommes descendaient le monticule, ils aperçurent N'Deye Touti qui, sidérée, n'avait pas bougé.

— Qu'est-ce que tu fous là, toi ? demanda le gendarme. Tu écoutes aux portes ? Allez, ouste !

La jeune fille ne sut que répondre tant était grande son humiliation. Elle entendit les trois Blancs qui continuaient de parler en passant devant elle.

— Vous avez vu ces yeux ? demanda le commis-

saire. Et cette poitrine ? Une vraie petite vache normande, juste comme je les aime !

— Bah ! faites-la repérer par un de vos gardes et
envoyez-lui deux kilos de riz. En ce moment, elles
couchent pour moins que ça !

C'était le capitaine de gendarmerie qui venait de
parler. Il se retourna et voyant que N'Deye Touti
n'avait pas bougé :

— Tu es encore là ! Tu veux mon pied au cul ?
— Puis, s'adressant au commissaire : — Vous
n'aurez pas de mal à vous l'envoyer, c'est une
dingue !

Des larmes de rage et de honte montèrent aux yeux
de la jeune fille. Elle avait l'impression que la terre
tremblait sous ses pieds et elle dut s'appuyer au mur ;
elle eut le temps d'entendre l'inspecteur de l'hygiène
qui disait : « Je vous lâche, je n'ai pas envie de me
faire lapider, moi ! » et leur tournant le dos, elle
s'enfuit en courant sans savoir où elle allait.

*
* *

Devant la porte de N'Diayène, Mame Sofi avait à
nouveau rassemblé les voisines. Dès qu'elle avait vu
les policiers indigènes, aidés cette fois de gendarmes,
encercler la concession et se déployer en cordon dans
la ruelle, elle avait compris que N'Deye Touti ne
s'était pas trompée. Elle insulta l'interprète auxiliaire
qui s'avançait vers le groupe de femmes. L'homme
s'arrêta et dit d'un ton mal assuré :

— On vient chercher Ramatoulaye.
— Tu n'en as pas eu assez hier ? Tu veux encore
goûter de la bouteille ? hurla Mame Sofi.

L'homme recula et faillit se heurter au commissaire et au capitaine de gendarmerie qui venaient
d'arriver. Le commissaire le prit par le bras et avança
avec lui de quelques pas :

— Dis-leur que nous ne lui ferons pas de mal, que c'est simplement pour lui faire signer un papier, après quoi elle sera libre.

L'interprète traduisit en ajoutant quelques commentaires de son cru sur la façon dont Ramatoulaye serait reçue par le policier avec tous les égards dus à son âge. Des cris et des injures lui répondirent, dominés par la voix perçante de Mame Sofi. Il se tourna vers le commissaire.

— Il n'y a rien à faire, elles déclarent qu'elles ne veulent pas nous laisser passer. Elles vont nous tuer, dit-il en cherchant du regard un passage par lequel il pourrait s'enfuir.

C'est à ce moment qu'apparut N'Deye Touti, une N'Deye Touti méconnaissable, hirsute, les yeux brillants de colère ; les bretelles de son soutien-gorge avaient glissé sur ses bras. Elle rejoignit le groupe des femmes.

— Ah, te voilà, toi ! dit Mame Sofi. Eh bien, dis à ces toubabs que nous ne laisserons pas partir Ramatoulaye. Nous mourrons ici, s'il le faut, mais elle n'ira pas à la police. Si la police veut lui parler, elle n'a qu'à venir ici avec tout son tribunal !

Encore essoufflée par sa course, la jeune fille traduisit à mots hachés ce que venait de dire Mame Sofi. Le commissaire la regarda, éberlué :

— Vous parlez français ?

— Ah ! tout à l'heure, tu me tutoyais, tu me traitais de vache normande, tu voulais coucher avec moi pour une poignée de riz ! Et ta sœur, elle couche avec les zouaves pour de la mie de pain ?

— Comment ? Comment ? répétait le commissaire qui n'en croyait pas ses oreilles.

Toute à sa colère, N'Deye Touti raconta aux femmes sa rencontre avec les trois Blancs sur le monticule du dépotoir. L'effet de ses paroles se lut bientôt sur les visages que les privations et les veilles

avaient durcis. Des mains se serrèrent sur des goulots
de bouteilles, des manches d'outils, des bouts de
planches, car, cette fois, les femmes avaient ramassé
tout ce qui leur était tombé sous la main pour s'en
faire une arme. Mais soudain on vit la foule s'écarter.
Sortant de la courette et suivie de Houdia M'Baye
qui portait « Grève » dans ses bras avec la petite
Anta accrochée à son pagne, Ramatoulaye apparut.

— Il ne faut pas recommencer, dit-elle. Depuis
hier on est secoué comme des graines sur un van. Il y
a eu des morts et un incendie et nous n'avons rien
gagné, rien pour manger ! Je vais aller avec eux. J'ai
entendu ce qu'il disait, ajouta-t-elle en montrant du
doigt l'interprète, il veut que je signe un papier. Ce
n'est pas grave. J'emmènerai N'Deye Touti avec moi
pour qu'elle me dise ce qu'il y a sur le papier. Ainsi la
tranquillité reviendra. Je ne veux pas qu'à cause de
moi seule, on introduise le deuil dans mille et mille
familles, qu'il y ait des veuves et des orphelins. Cela
ne serait pas juste ! — Puis, s'adressant au commissaire : — Missé... nous partir...

Ayant dit cela, elle vint se placer à côté du commissaire, suivie de N'Deye Touti.

— Anta, dit Houdia M'Baye, garde ton petit frère,
je vais avec elle.

— Moi aussi ! Nous aussi ! Allons au commissariat ! On ne peut pas avoir confiance en leur parole !
cria Mame Sofi.

Ainsi se forma une curieuse procession. En tête
marchaient les deux représentants de l'autorité enca-
drant Ramatoulaye , derrière eux venaient N'Deye
Touti, les poings toujours serrés par la colère, et
Houdia M'Baye qui peinait en avançant car elle avait
été durement éprouvée la nuit précédente ; suivait le
long cortège des femmes encadrées par une double
file de miliciens et de gendarmes, auquel, à chaque

coin de rue, venaient se joindre de nouveaux groupes.

Il fallut près de vingt minutes pour atteindre le commissariat de la Médina. Devant la porte, le capitaine de gendarmerie donna ses ordres et tandis qu'il montait l'escalier en compagnie du commissaire, des deux femmes et de l'interprète, les soldats formèrent un barrage devant l'immeuble.

Dans le bureau, le commissaire et l'officier prirent place derrière la table. N'Deye Touti s'assit sur un banc à côté de l'interprète, mais Ramatoulaye refusa de s'asseoir et resta plantée au milieu de la pièce. Le commissaire passa la main sur son menton et se mit à en triturer la peau entre ses doigts. C'était une sale affaire. Bon pour le gendarme de jouer les fiers-à-bras, s'il y avait de la casse, ce ne serait pas lui, le responsable : incarcérer la vieille ? Ça pouvait déclencher une bagarre dans tout le quartier. La relâcher, c'était perdre la face, povoquer peut-être d'autres désordres. Le commissaire alluma une cigarette, souffla la fumée et agita la main dans le petit nuage bleu.

— Combien de temps y a-t-il que vous êtes à l'école, mademoiselle ? dit-il, en s'adressant à N'Deye Touti. Je voudrais que vous compreniez bien ceci : c'est votre mère ou votre tante qui est responsable de ce qui se passe. C'est elle qui a tué le bélier de Mabigué, c'est elle qui a fait obstruction à l'exéction de la loi, c'est elle qui a incité les femmes à la révolte.

Cette ouverture n'obtint aucune réponse, la pensée de N'Deye Touti était ailleurs. Le commissaire se fâcha :

— Si vous ne voulez pas parler, sortez, mademoiselle ! Je n'ai pas besoin de vous, j'ai un interprète !

— Que dit-il encore ? demanda Ramatoulaye.

— Il veut que je m'en aille, mais j'ai peur qu'ils ne te fassent sortir par une autre porte.

— Il n'y a pas d'autre porte, dit Ramatoulaye après un regard circulaire autour du bureau.

L'interprète auxiliaire se pencha vers N'Deye Touti.

— Sors, ma sœur, je te jure que je te répéterai tout ce qu'ils diront.

A contrecœur, la jeune fille quitta la pièce.

Dehors, elle vit la rue et la place sur laquelle donnait l'immeuble du commissariat noires de monde. Les femmes s'étaient assises sur le trottoir ou à même la chaussée, empêchant toute circulation. Elles invectivaient les hommes du service d'ordre, mêlant les quolibets aux injures, déchaînant les rires de la petite foule qui s'était amassée autour d'elles.

Houdia M'Baye l'aperçut :

— Alors, où est-elle, comment est-elle ?

— On m'a dit de sortir. Peut-être qu'ils vont la faire passer par une autre porte pour l'emmener en prison.

— Vous entendez ? Les toubabs veulent encore nous rouler ! Ils veulent emprisonner Ramatoulaye en la faisant sortir par-derrière ! — C'était Mame Sofi qui criait. Elle ajouta : — Levez-vous ! Cernons la maison, ne les laissons pas faire !

Dans un grand remuement de pagnes retroussés, de bras levés, les femmes se dressèrent et, bousculant les miliciens au passage, cernèrent la maison, menant grand tapage.

— Où va-t-on ? Elle est sortie la femme ? — Non elle est encore dedans, les toubabs veulent la faire sortir par-derrière ! — Ah, ces toubabs, ils ont tous les vices ! — Tu viens, toi ? — Oui, c'est pour ça que je suis venue. — Tu la connais cette Ramatoulaye ? — Non et toi ? — Je ne l'ai jamais vue ! — Ça

ne fait rien, s'il y a tant de ménagères qui sont là,
c'est qu'elle doit être bien estimée...

Houdia M'Baye s'approcha de N'Deye Touti qui
regardait et écoutait mais avait l'esprit ailleurs.

— Tu devrais remonter voir.

La jeune fille se dirigea vers l'escalier. Deux gendarmes qui l'avaient vu entrer avec leur chef, s'écartèrent pour la laisser passer.

Dans le bureau, rien n'avait changé. Le commissaire et l'officier de gendarmerie parlaient à voix
basse devant une fenêtre, Ramatoulaye était toujours
au milieu de la pièce et l'interprète prostré sur son
banc.

— Elles sont parties ? demanda Ramatoulaye.

— Non, maintenant il y en a tout autour de la
maison. Qu'est-ce qu'ils ont dit, mon frère ?

L'interprète fit signe à la jeune fille de s'asseoir
près de lui et chuchota :

— Il a appelé les pompiers pour arroser les
femmes et, avant, il a téléphoné au *Sérigne N'Daka-*
rou (1) qui va arriver tout de suite.

— Les salauds ! s'écria N'Deye Touti, sans se
rendre compte qu'elle parlait en français.

— Qu'est-ce que vous dites ? demanda le commissaire en retournant.

— Les pompiers ! Pour arroser les gens !... Je
comprends pourquoi vous m'avez fait sortir. Mais je
vais les prévenir.

Le commissaire contourna rapidement son bureau
et saisit la jeune fille par le bras : « Vous allez rester
tranquille », dit-il, tandis que le capitaine se ruait
vers l'interprète :

— Espèce de voyou ! Qu'est-ce que tu lui as dit,
hein ? hurla-t-il en saisissant l'homme par le devant
de sa veste et en le secouant à bout de bras.

(1) Chef religieux de Dakar.

Ramatoulaye s'était précipitée sur le commissaire et essayait de dégager N'Deye Touti.

— Je ne comprends pas, je ne comprends pas, mais ne touchez pas cette enfant ! Vous avez voulu que je vienne, je suis là ! S'il n'y a rien à faire, je rentre chez moi !

Les deux Blancs réussirent enfin à pousser les deux femmes vers le banc et les firent asseoir de force à côté de l'interprète à demi mort de peur.

— Et maintenant, tonna le capitaine, le premier qui bouge aura affaire à moi !

*
* *

Dans la rue et sur la place, on entendit les klaxons avant de voir les véhicules, deux camions-citernes qui débouchèrent à toute allure et s'arrêtèrent dans un grand bruit de freins à quelques mètres du commissariat, à quelques mètres des femmes. Il y eut des cris, des bousculades tandis que les pompiers sautaient à terre et déroulaient les tuyaux ; les lances furent braquées et l'eau jaillit.

— Restez assises ! hurla Mame Sofi. Il n'y a pas d'eau pour les incendies mais pour nous arroser il y en a ! Restez-là !

Mais les femmes du premier rang, trempées, affolées, se levèrent et commencèrent à se débander, glissant, tombant dans les caniveaux que déjà l'eau envahissait. Seules Mame Sofi et Houdia M'Baye n'avaient pas bougé. Les jets furent dirigés sur elles. Mame Sofi reçut le choc en plein sur sa forte poitrine, vivement elle se laissa tomber en avant, la tête entre les genoux, serrant ses chevilles à pleines mains, n'offrant plus au choc de l'eau que son crâne et ses robustes épaules. Houdia M'Baye n'eut pas la même présence d'esprit et le jet l'atteignit au visage et, tel le coup de poing d'un géant, lui rejeta la tête en arrière. Elle ouvrit la bouche pour crier, l'eau s'y engouffra. Dans le giclement brutal on n'entendit pas le petit bruit dérisoire des cartilages brisés. Houdia M'Baye battit des bras comme pour s'accrocher à l'air ainsi que font les noyés, puis ses mains s'agrippèrent à sa camisole qu'elles déchirèrent, elle tomba sur le côté à moitié nue, ses maigres seins semblables à des gourdes oubliées au soleil pendant la saison chaude.

La foule s'était arrêtée à quelques mètres et lorsque Houdia M'Baye tomba, les premiers rangs se portèrent en avant, un instant les jets puissants les continrent mais la poussée des centaines d'hommes et de femmes qui s'étaient agglomérés fut plus forte que celle des pompes et la distance fut vite franchie. Les pompiers qui craignaient pour leur vie s'enfuirent dans toutes les directions tandis que les miliciens et les gendarmes, qui n'osaient faire usage de leurs armes, étaient acculés aux murs du commissariat et des maisons voisines.

Bineta et Mame Sofi s'agenouillèrent près de Houdia M'Baye, regardèrent le visage couleur de terre où l'eau ruisselait encore, le sourire crispé que faisaient les lèvres sur les gencives découvertes.

— Elle est morte, dit Bineta.

Et Mame Sofi abaissa le pagne trempé sur le ventre vidé et les cuisses nues, puis elle se redressa :

— Il faut une charrette ! Allez chercher une charrette !

Quelques hommes se détachèrent et revinrent bientôt avec une vieille carriole sur laquelle on hissa le corps léger de Houdia M'Baye. Comme si la morte avait subitement calmé toutes les colères, les femmes demeuraient immobiles ou se réunissaient par petits groupes chuchotants ; nul ne savait que faire. Cinq minutes plus tôt des centaines de bras et de mains s'étaient unis, on s'était rué, on avait renversé les deux camions-citernes qui gisaient maintenant dans un véritable bourbier tandis que des lances abandonnées s'échappaient encore de minces filets d'eau.

C'est au milieu de ce silence et de cette indécision que le Sérigne N'Dakarou fit son apparition. Sa haute taille rehaussée d'un turban, sa silhouette majestueuse drapée dans un immense boubou blanc sur lequel s'étalait une rangée de décorations, il était si impressionnant que la foule s'écarta sur son passage. Il était flanqué d'El Hadji Mabigué lui aussi enturbanné et couvert de médailles et de deux fidèles. Il avançait les deux mains croisées derrière le dos sous son boubou, d'un pas lent et assuré. Arrivé à hauteur de la charrette il s'arrêta et leva une main aux deux doigts dressés :

— Voilà votre œuvre, femmes ! Depuis quelque temps vous vous comportez comme des athées. Non seulement vous incendiez les demeures des gens paisibles, mais vous entravez la marche de la loi. C'est vous qui êtes responsables de la mort de cette mère et vous en répondrez devant le Seigneur. Vous êtes sans honte et sans vergogne, vous abandonnez vos foyers et vos enfants pour courir les rues telles des filles perverses.

Malgré que la voix du Sérigne fût un peu cassée par l'âge, elle avait une telle autorité que la foule demeura silencieuse et que les gens du premier rang baissèrent la tête. Il jeta un regard circulaire autour de lui et poursuivit :

— Je vais voir Ramatoulaye et, Dieu merci, les toubabs aussi. Sans mon intervention, ils vous mettraient toutes en prison. El Hadji Mabigué a retiré sa plainte sur ma demande, soyez raisonnables maintenant. A mon retour du bureau du commissaire je ne veux plus vous retrouver là sinon je ne serai plus en mesure d'intervenir. Sachez que vos maris sont les jouets de quelques infidèles, sachez que ceux qui

dirigent en réalité cette grève sont les communistes et
si vous saviez ce qui se passe dans leur pays, vous
prieriez Dieu et vous imploreriez son pardon sur eux.
Ils vous parlent de famine, mais chez eux les gens ne
mangent que deux ou trois fois par semaine. De plus,
ce sont des hérétiques qui permettent au frère de
coucher avec sa sœur. Dites cela à vos amis. Dieu
nous fait coexister avec les toubabs français, et ceux-
ci nous apprennent à fabriquer ce dont nous avons
besoin, nous ne devons pas nous révolter contre cette
volonté de Dieu dont les connaissances sont un
mystère pour nous. Je sais que l'on peut parfois
prendre la mauvaise route, mais maintenant que je
vous ai éclairées de mon humble savoir, rentrez chez
vous. Je dirai au commissaire, comme je l'ai dit au
député-maire, que vous ne recommencerez plus. Que
le Tout-Puissant et son Prophète vous prennent sous
leur sainte protection.

Son discours achevé, le Sérigne reprit sa marche et
monta les marches du commissariat de son pas
majestueux. A peine avait-il disparu que Mame Sofi
rompit le silence gêné qui pesait sur la foule :

— Ce n'est pas vrai, dit-elle ! Ce n'est pas nous
qui avons tué cette femme ! Moi je vais rester pour
attendre Ramatoulaye. Restez avec moi !

Ce disant, elle saisit la bride du vieux cheval attelé
à la charrette et fit reculer l'animal presque devant la
porte, face aux gendarmes et aux miliciens qui
avaient profité de l'intervention du Sérigne pour
reformer leurs rangs.

Lorsqu'on frappa à la porte du bureau, le commissaire et le capitaine se regardèrent soulagés et d'une
même voix crièrent : « Entrez : »

Le Sérigne précédant sa suite fit une entrée pleine
de dignité.

— *Assalamou aleïkoum*, dit-il, puis il ajouta en

français : « Bonjour, messieurs », en tendant la main
aux deux Blancs.

— Ismaïla, avance les chaises, ordonna le commissaire.

Le Sérigne s'assit.

— Ramatoulaye, assieds-toi aussi, j'ai à te parler.

Et comme Ramatoulaye restait debout, le regard
fixé sur son frère :

— Femme, tu es têtue et cela ne te mènera pas
loin ! Tu encours la colère des toubabs, ce qui consti-
tue une menace pour nous tous et tu engages aussi
ma responsabilité. Tu sais que j'étais un ami de ton
frère. Tu es d'une lignée honorable et sans tache, je
l'ai dit à notre député, mais ta conduite est indigne
d'une honnête femme. — Il avait parlé en oulof et
reprit le français pour s'adresser au commissaire :
— Elle n'est pas méchante, un peu simple. Son frère
a retiré sa plainte et j'ai eu un entretien avec le
député-maire qui le dédommagera. Les vrais responsables sont les dirigeants communistes, des Blancs,
m'a-t-on dit. Vous devriez tout mettre en œuvre pour
les trouver, de mon côté, vendredi prochain, je pronon-
cerai un grand sermon à l'usage de toute la communauté.

Le commissaire se renversa sur sa chaise :

— Si la plainte est retirée, elle est libre, dit-il.

— Mais je veux qu'elle fasse des excuses à son
frère. Ayez l'air de la menacer pour lui faire
peur. — Puis, se retournant vers Ramatoulaye, le
Sérigne ajouta : — Tu vois, le commissaire veut bien
que tu rentres chez toi, mais pas avant d'avoir
demandé pardon à ton frère qui a retiré sa plainte, et
d'avoir promis de ne plus recommencer.

Pour ne pas laisser échapper les paroles qui lui
montaient aux lèvres, Ramatoulaye se mordit la
langue et resta debout figée au milieu de la pièce. Le

Sérigne pour qui ce silence était un affront fait devant
les Blancs essaya un ton débonnaire :

— Ramatoulaye, on t'écoute. Je tiens compte de
ton amour-propre; je te promets devant Dieu qui
nous voit et nous entend que pas un mot que tu diras
ne sortira d'ici.

Le commissaire s'adressa à l'interprète :

— Dis-lui que dès qu'elle aura demandé pardon,
elle pourra partir.

N'Deye Touti se redessa sur son banc :

— Tante, fais ce qu'ils te disent et...

Mais elle ne put achever sa phrase. D'un revers de
main lancé à toute volée, Ramatoulaye l'avait giflée.
La jeune fille tomba à la renverse et se mit à pleurni-
cher en portant les doigts à ses lèvres d'où coulait un
petit filet de sang. Ramatoulaye se précipita :

— Lève-toi, N'Deye Touti, je n'ai pas voulu faire
ça, mais je t'avais dit de ne pas t'en mêler ! Je préfère
devenir aveugle, être brûlée dans un incendie ou
mourir par petits morceaux que d'adresser la parole à
ce bouc. Ce que j'ai fait à son Vendredi, je suis prête
à le refaire. Ces gens-là ne sont ni des parents, ni des
amis, ils sont prêts à lécher le derrière des toubabs
pour avoir des médailles, tout le monde le sait. Ne
pleure plus, lève-toi, on s'en va. Moi j'ai assez vu
leurs figures !

Avant que l'un des hommes ait pu songer à intervenir, elle prit la jeune fille par le bras et sortit en
faisant claquer la porte.

Devant l'entrée du commissariat, il ne restait plus
autour de la charrette qu'une poignée de femmes et
quelques hommes, la foule s'était dispersée peu à peu
dans un silence où se mêlaient la fatigue, la gêne et la
peur. Ramatoulaye aperçut le corps allongé sous le
pagne mouillé, elle regarda longuement le visage
ravagé par la mort et des larmes lourdes s'amassèrent

le long de ses paupières avant de glisser sur ses joues.

— Elle est morte. dit-elle, et moi je suis vivante. J'ai tout fait pour qu'elle et son bébé ne meurent pas de faim. Et maintenant que vont dire ses parents ?

— Ils comprendront, les parents, ils comprendront que c'était la volonté de Dieu, dit Mame Sofi. Nul ne peut aller plus loin que son heure et ce n'est pas toi qui es responsable. — Puis, s'adressant au conducteur de la charrette : — Tu sais où est la concession N'Diayène ?... Conduis-nous.

Comme le petit cortège se reformait pour refaire le chemin que la foule avait suivi une heure auparavant, Ramatoulaye s'approcha d'Alioune qui suivait la charrette·

— Alioune, il faut arrêter. Si vous ne le faites pas pour vous, faites-le pour nous. Nous n'en pouvons plus, il y a trop de morts.

Alioune baissa la tête :

— Nous devons attendre les résultats de la rencontre de Thiès... Peut-être que demain..

THIES

SOUNKARE, LE GARDIEN-CHEF

LORS de la fusillade devant l'entrepôt, Sounkaré, le gardien-chef, s'était esquivé dès les premiers coups de feu et, toute la nuit, il était resté aux aguets. Au fond de lui, il s'était réjoui de la façon dont avaient été traités les ouvriers. Il attendait leur retour pour pouvoir leur annoncer : « Je vous l'avais bien dit. » Son infirmité, son isolement le rendaient amer et vindicatif.

Il lui restait une petite provision de riz. Aussi durant les deux semaines qui suivirent la bataille de rues, ne vit-on pas dehors son nez écrasé. Il vivait seul dans l'immense dépôt où il habitait une cabane faite de plaques de tôles et de planches, adossée au mur des ateliers. A l'intérieur, il y avait un lit construit à l'aide de vieux morceaux de caisses et recouvert de vieux sacs à charbon. Outre ce grabat, une autre caisse sur laquelle étaient posés deux livres arabes, une écuelle et un chapelet, constituait tout le mobilier. Dans un coin, pendaient deux longs boubous attachés à un clou. La porte était fermée par un sac décousu.

Sounkaré était assis sur le lit, sa jambe impotente étendue devant lui, son torse penché comme un bateau qui prend du gîte, sa canne à portée de la main. Il avait beaucoup vieilli pendant ces semaines, le vieux gardien, il était presque méconnaissable : ses

prunelles avaient blanchi, le visage envahi de rides
était fripé comme une figue desséchée, les grosses
oreilles semblaient vouloir se détacher du crâne et la
peau avait pris un ton grisâtre. Cette solitude absolue
le rongeait. Ce n'est pas qu'il eût l'habitude de recevoir de nombreuses visites, seuls de vieux travailleurs, ceux de sa génération, venaient le voir de
temps en temps. Mais peu à peu le temps avait joué
son rôle, il avait fauché les anciens.

Sounkaré se leva, prenant appui sur sa canne et sur
le rebord du lit. Il enfila ses babouches usées d'où
dépassaient deux talons à la peau blanchâtre et craquelée. Courbé en deux, la tête lourde, le ventre vide,
il avançait, comme guidé par ses propres pas.
Lorsqu'il se redressa pour souffler un peu, il s'aperçut qu'il était arrivé dans le hall des machines, vaste
hangar rectangulaire aux larges fenêtres, encombré de
tours, de fraiseuses, de raboteuses, de lampes à sou-
der et de bien d'autres machines dont il ne connaissait même pas le nom. Tout était parfaitement immobile, et de cette immobilité se dégageait une impression d'immense tristesse. Le silence était absolu.
Sounkaré n'entendait d'autre bruit que celui de sa
propre respiration. Il promena lentement ses regards
sur les machines mortes et vit que les araignées
avaient déjà tissé d'immenses et épaisses toiles des
courroies aux volants, des ampoules électriques aux
manivelles. Il renifla et ne perçut que la senteur
froide de l'acier et du fer ; l'odeur humaine de la
sueur avait disparu. Là, avaient œuvré des centaines
d'hommes. Comme en un rêve, il lui sembla entendre
des cris, des appels, des chants entrecoupés par le
martèlement des outils ou les explosions des moteurs,
le bruit rendait la vie à l'atelier, les corps chauds
exhalaient de nouveau leur puissante odeur. Puis la
vision s'effaça, les roues dentées, les pistons, les
arbres à cames, les bielles, les mâchoires des étaux

reprirent leur immobilité. Le vieux gardien sentit son cœur se serrer. Tant de liens l'unissaient à ce métal endormi.

Par les fenêtres entraient quatre rayons de soleil, deux s'étaient plantés obliquement sur le sol cimenté où étaient demeurés des tas d'ordures et des pyramides de copeaux de fer, deux autres sur les établis. Une lueur vive attira le regard de Sounkaré ; un rayon dans lequel dansaient des myriades de poussières éclairait en plein un tube de cuivre encore enfermé dans les pierres d'un étau. Le gardien s'approcha : sur la nappe de poussière graisseuse qui recouvrait l'établi, on voyait des traces de petites pattes. « Il y a des rats, murmura-t-il, si je pouvais en attraper un, je le mangerais ! » Puis il reconnut l'établi : « C'est la place de Yoro, ce rouspéteur. J'ai bien connu son père... » Il appuya ses reins contre le bois dur : « Comme je vieillis ! J'ai vu installer toutes ces machines. Elles auront toujours l'avantage sur nous, on les répare, on les refond, on les renouvelle. J'ai connu celles qui ont précédé celles-ci, c'était le temps où la ligne qui venait de Dakar s'arrêtait ici ; on disait alors que la Fumée de la Savane irait jusqu'à Bamako et personne ne le croyait. Mais avec les hommes aux oreilles rouges, il ne faut jamais jurer de rien ! Mon père ne m'a-t-il pas raconté l'histoire de Mour Dial, plus connu sous le nom de Gagne ? Celui-ci s'était farouchement opposé à ce que les rails de la nouvelle ligne traversent son domaine dont il tirait un bon revenu grâce au droit de péage qu'il imposait aux passants. Mais les hommes aux oreilles rouges se moquaient bien de l'autorité de Gagne ! Leur chef, celui qui portait sur la tête un bonnet rond avec un croissant de cuir noir au-dessus du front pour se protéger du soleil, fit monter ses soldats dans les wagons. Arrivés sur les terres de Gagne, ils tirèrent des coups de fusil et du côté de chez Gagne il y eut des corps étendus sur le sol car les coups de feu ne partaient que d'un côté. Gagne fut arrêté et emmené d'abord à Saint-Louis puis à Dakar dans la grande chambre à palabrer des toubabs. Ceux qui avaient vu cette chambre disaient qu'elle était toute rouge. Puis on ne parla plus de Gagne, sinon la bouche collée à l'oreille du voisin et nul ne sut ce qu'il était devenu.

Le flot des souvenirs s'arrêta et Sounkaré s'aperçut que malgré l'heure et les rayons du soleil, il avait froid ; un liquide glacé semblait circuler dans sa colonne vertébrale. Cela lui rappela un autre souvenir. Quelques nuits auparavant alors que le sommeil le fuyait et qu'il méditait sur sa couche en proie à la faim, une sorte de prière lui était montée du cœur. « Seigneur, avait-il dit, Seigneur qui m'aimez, me voici seul à poursuivre ma route. Après avoir tant souffert, voilà que je ne suis encore qu'au début de ma peine. Suis-je donc damné ? O Dieu, que faites-vous pour moi ? Vous n'empêchez ni le méchant d'agir ni le bon de s'écrouler sous le poids de son fardeau de misère et par vos commandements vous arrêtez le bras du juste qui se lève pour réparer l'offense. Existez-vous vraiment ou n'êtes-vous qu'une image ? Nulle part, je ne vous vois vous manifester. Seigneur, vous êtes le Dieu de la Providence, vous m'avez accordé votre grâce, est-ce moi qui n'ai pas coopéré ? Pardonnez-moi et agissez, Seigneur, car j'ai faim, j'ai vraiment faim. Seigneur qui m'aimez, agissez en ma faveur car je mérite votre secours. » Sounkaré avait arrêté là ses litanies mais de toute la nuit il n'avait pu s'empêcher de penser à la mort. Au moindre souffle de ce vent qui venait balancer le vieux sac servant de porte, il sursautait. Comme cette nuit avait été longue, comme la pensée de sa fin prochaine l'avait hanté ! Le souvenir de cette nuit fit renaître les frissons qui glaçaient son dos et ses reins, et il lui sembla que le silence qui l'entourait dans le vaste atelier désert était soudain parcouru par un souffle venu d'un monde éteint. Sounkaré frissonna de nouveau, car, cette fois, il venait de penser à la première grève de Thiès, celle de septembre 1938. Il revit les cadavres obscènes éparpillés sur la place, les flaques de sang que le vent avait séchées, le sol jonché de babouches, de sandales, de chaussures de tennis, de casques blancs ou kaki, de fez, de chéchias. Et voici que maintenant les fils de ceux-ci font la grève à leur tour. On les brime, on les frappe, on les affame et ils tiennent. Comme tout cela est étrange, vraiment étrange ! Sounkaré ne comprenait plus, il était pourtant un des plus vieux employés de la Compagnie. On le blaguait souvent car il se trompait toujours dans les chiffres lorsqu'on lui demandait depuis combien de temps il était au Dakar-Niger. Etait-ce trente-cinq ou cinquante ans ? Durant toute sa jeunesse et son âge mûr, il avait travaillé sur la ligne, puis un gardien étant mort au dépôt, on lui avait offert la place. De cela il était toujours resté reconnaissant à la Compagnie, car le poste avait bien des avantages. Mais maintenant, qu'allait-il advenir de lui ? Non que le vieux gardien se fût jamais soucié du lendemain, à l'école coranique on lui avait appris à vivre dans le présent et à laisser l'avenir aux mains de Dieu, on ne lui avait enseigné qu'une chose mûre : qu'il revivrait après sa mort et pourtant la mort l'effrayait.

Soudain, Sounkaré sursauta. A l'extrémité de l'établi, un rat venait d'apparaître, un rat gros comme l'avant-bras d'un homme. Il eut aussi peur que le gardien et s'arrêta net, le museau pointé. Sounkaré ne le quittait pas des yeux. Il n'avait jamais goûté de rat, mais il avait si faim qu'il le mangeait d'avance. Il avait une belle croupe, bien grasse. Bouilli, il serait certainement très tendre, et, dit-on, la chair des rats a un fumet un peu fort qui n'est pas désagréable. A son tour la femelle apparut entre le rebord de l'établi et la planche à outils. Son poil était plus clair que celui du mâle. Assise sur son arrière-train, elle se nettoyait le museau avec ses pattes de devant. Doucement, presque sans bouger et sans que son regard quittât celui du mâle, le vieil homme avait desserré l'étau et sa main s'était refermée sur le lourd tube de cuivre. Mais les rats furent plus prompts que lui, d'un saut ils disparurent tandis que la pièce de métal allait rebondir sur le ciment, troublant un instant le silence de l'atelier désert.

Avec un soupir, Sounkaré reprit son chemin, s'appuyant plus lourdement sur sa canne. Il se souvenait d'avoir été chez Dieynaba, la vendeuse du marché. Depuis des années il prenait pension chez elle et faisait presque partie de la famille. Tantôt il payait les repas, tantôt les apprentis les lui apportaient au dépôt et il payait alors en donnant en échange des fagots de bois qu'il confectionnait le soir en coupant de veilles planches et dans lesquels il cachait de temps en temps une bouteille d'huile dérobée à l'atelier. Depuis la grève, il faisait sa cuisine lui-même, du riz, rien que du riz et maintenant le riz lui-même était épuisé. Personne n'était venu lui apporter la moindre bouchée, personne n'était même venu le voir. « Je suis abandonné, pensait-il, comme un vieux chien qui ne vaut plus qu'on le nourrisse. »

A l'ombre du wagon de marchandises qui leur servait de demeure, trois femmes devisaient, entourées de bambins. A quelques pas d'elles, Maïmouna l'aveugle, assise à la façon des chameliers, chantonnait de sa voix triste une de ses éternelles complaintes. Dieynaba mordillait le tuyau de sa pipe en écoutant sa voisine, une grande femme très noire de peau, aux oreilles déchiquetées à l'ancienne mode.

— Il ne reste plus à manger que pour ce soir : un kilo de riz pour douze Bouts de bois de Dieu dont huit en jeune âge. Les secours du comité ne sont pas suffisants. — Elle releva un bord de son mouchoir de tête et plongea les doigts dans sa chevelure. — Ah, ces poux !... — Puis elle ajouta : — Il paraît qu'il y a des marchands qui viennent de Diourbel, on dit qu'ils ont du riz, seulement nous n'avons plus d'argent. Je me demande pourquoi on ne donne pas davantage à ceux qui ont plus d'enfants. Ce n'est pas juste, Dieynaba.

— Je ne sais plus ce qui est juste ou ce qui ne l'est pas. Ça devient aussi difficile que de séparer l'eau froide de l'eau chaude dans le même récipient. J'ai vu Samba N'Doulougou, il m'a dit que pour le moment il ne pouvait rien faire. Les sous qu'ils ont eu de *Tougueul* (1), du Dahomey, de la Guinée et d'un autre pays dont j'ai oublié le nom, sont finis. La caisse est vide. Pour la dernière distribution, c'est Bakayoko qui a envoyé les fonds de Kaolack. Si nous ne recevons rien, les hommes devront reprendre, voilà tout ce que je sais.

— Moi, j'aimerais bien que les poux se mettent en grève, dit la grande femme.

— Achète de la poudre chez le Syrien, elle est bonne

— Bonne ou pas bonne, je n'ai plus d'argent.

C'est à ce moment que le vieux gardien apparut. Etonnées, les trois femmes le fixèrent. Elles avaient complètement éliminé Sounkaré de leurs préoccupations, elles avaient même oublié son existence. A sa vue, elles rectifièrent l'arrangement de leurs pagnes.

— Cette assemblée est-elle en paix ? demanda l'homme.

(1) La France.

— Paix seulement, répondirent les trois femmes ensemble.

— *Alham Doulilah* (Dieu merci), ajouta Sounkaré et avec peine il s'assit à terre près d'elles.

Gênées par cette présence, les femmes s'étaient tues. Elles se regardaient l'une l'autre, puis les deux plus jeunes se levèrent, entrèrent dans le wagon, laissant Sounkaré et Dieynaba en tête à tête.

— Hé, Baye Sounkaré, les choses vont mal, dit la marchande sur un ton de timidité qui ne lui était pas habituel.

Désorienté par cette attitude, le gardien répondit gauchement

— C'est la vie... la volonté de Dieu.

Puis il rota.

Dieynaba le regardait bien en face et Sounkaré baissa les yeux.

— Baye Sounkaré, dit-elle, il n'y a rien ici, à peine un kilo de riz pour toute la maison et tu sais que nous sommes nombreux.

Le gardien avait compris. On le renvoyait. Ses lèvres se pincèrent :

— Je peux attendre, Dieynaba, et peut-être pourrions-nous partager un peu de ce riz ?

La femme se leva, l'ombre de sa silhouette massive s'étendit sur Sounkaré.

— Je n'ai pas assez pour tout le monde. Toi, tu travailles, tu n'as pas quitté le dépôt. Les hommes sont en grève, toi non. Que fais-tu de l'argent que tu gagnes ? Demande à Missé Dézean (1) qu'il te donne de quoi t'acheter à manger !

Les derniers mots, dits d'une voix forte et dure, attirèrent les autres femmes qui sortirent du wagon et entourèrent le vieillard. Prenant appui sur sa canne, il se leva lentement.

_____

(1) Monsieur Dejean, directeur de la Compagnie.

— Va voir les hommes, dit encore Dieynaba, ils sont au syndicat !

Sounkaré essaya de presser le pas, mais il faisait chaud et il se sentait de plus en plus faible. Son ventre était douloureux, ses jambes le portaient à peine. Il traversa le marché et songea qu'il n'avait jamais vu autant de mendiants à Thiès. Il en croisait à chaque pas, des éclopés, des lépreux, des enfants nus. Il aurait voulu faire comme eux : tendre la main au pied d'un arbre. Quelle honte pour lui, le plus vieil ouvrier de la Compagnie !

Enfin, il arriva à la boutique d'Aziz, derrière la place de France. Mais dès qu'il franchit la porte, celui-ci s'écria :

— Yalla ! Assez de nécessiteux pour aujourd'hui ! Non, non, n'entre pas !

Aziz était attablé derrière le comptoir en compagnie de son beau-père et de son épouse qui, à la vue du vieillard, se couvrit le visage d'un voile de mousseline.

Comme Sounkaré ne bougeait pas du seuil, le Syrien cria de nouveau :

— Yalla ! Ayez pitié de moi ! Je ne suis pas le seul marchand de Thiès, va ailleurs !

Mais le vieux gardien n'avait d'yeux que pour le beau-père du boutiquier. Le gros homme s'empiffrait littéralement et mettait dans sa bouche d'énormes bouchées d'une pâte verte qu'il enfonçait d'un coup de pouce avec un morceau de pain. Comme un chien assis près d'une table, Sounkaré suivait du regard le mouvement de la main, le va-et-vient des mâchoires, le gonflement des joues. Après avoir léché son assiette, le mangeur introduisit son petit doigt au fond de sa bouche et, de l'ongle, gratta dents et gencives. La Syrienne qui, à l'abri de son voile, avait observé Sounkaré, dit quelques mots dans sa langue. Le gros homme arrêta son geste et rota. Aziz se leva,

contourna le comptoir, prit le gardien par les épaules
et le mit dehors.

Sounkaré se trouvait seul. Il n'était pas loin du
siège du comité de grève, mais il hésitait à y aller de
peur d'essuyer un troisième affront. Des picotements
brûlants lui montaient des reins, parcouraient ses
épaules, descendaient le long des bras puis jusqu'aux
extrémités des doigts. Deux fois, il faillit perdre sa
canne « Ce serait la fin », pensa-t-il. Il fit une pause
à l'ombre d'un manguier et reprit sa route. Comme
des vols de mouches, des souvenirs, des images dansaient autour de lui et l'importunaient : son enfance
heureuse, douce comme un tissu de soie, son mariage
arrangé par son père, les économies patiemment
assemblées sur ses premières paies en vue de la dot à
verser... Puis ç'avait été cet accident imbécile : un
retour de flammes qui l'avait fait bondir hors de la
locomotive. Il s'était cassé une hanche. Pendant des
mois, les rebouteux l'avaient soigné, tout l'argent y
était passé — de plus l'accident l'avait rendu impuissant. « Mourir sans laisser personne derrière soi,
personne pour porter ton nom, ta lignée qui s'arrête
avec toi... »

Une ombre menue s'interposa entre le soleil et
lui.

— Ah, dit-il, surpris, c'est toi, Bakary ?

Bakary et lui étaient de la même génération, mais
cette rencontre ne plaisait guère au vieux gardien.
« Il va se moquer de moi, pensa-t-il, il est du côté des
grévistes, lui. Ils font la grève, mais ils mangent. »

— As-tu la paix, demanda Bakary, et comment
vas-tu ?

— Moi, Dieu merci, je me porte bien, grâce à sa
bonté, répondit Sounkaré en tapotant nerveusement
le sol du bout de sa canne, mais je ne sors plus avec
cette histoire — il ne voulait pas prononcer le mot

« grève » — on n'est sûr de rien et il faut avoir les jambes solides pour courir.

Bakary réprima avec peine une quinte de toux .

— Moi, je n'ai pas besoin de les éviter, les soldats. Avec mes poumons, je n'en ai plus pour longtemps, dit-il en massant sa maigre poitrine du plat de la main.

Sounkaré se calma un peu :

— Et nos jeunes dindons, comment vont-ils ?

— Ils se battent comme des hommes. A les voir, je les envierais presque. J'aurais voulu que tout ceci se passât de notre temps. Ils sont là jour et nuit et, tu sais, ils reçoivent de l'argent de partout et beaucoup de lettres. Il faudrait que j'apprenne le français !

« L'animal, pensa Sounkaré, voilà qu'il me chante les louanges des grévistes maintenant. Et il sait que j'ai faim ! Le Bon Dieu devrait les balayer tous en même temps que moi ! » puis il dit à haute voix :

— Toi, apprendre le français, à ton âge ! Pour ce qu'il te reste à vivre... tu ferais mieux de réconcilier ton âme avec le Seigneur.

Bakary voulut répondre mais une nouvelle quinte de toux le plia en deux. Il sortit de dessous son boubou un morceau de chiffon et s'essuya les yeux et le front :

— Tu sais, mon corps est le logis de mon âme. Comment peut-on sauver son âme si on ignore tout de son corps, si on ne sait même pas de quoi il souffre ? Il est vrai que les temps sont durs, mais maintenant il faut faire confiance à ces enfants. Je crois que nous aurons notre retraite. Tu la toucheras comme les autres et même plus longtemps que moi. Je suis bon pour le dépotoir, même pas pour la refonte !

Sounkaré en avait assez de cette conversation qui le démoralisait. Il maudit son compagnon, il maudit la grève.

— Je rentre, dit-il, passe des jours heureux et en paix.

— Dieu merci. Toi aussi. La prochaine fois, viens me voir, je suis toujours au syndicat... avec les jeunes.

Les pensées de Sounkaré étaient amères tandis qu'il regagnait le dépôt à pas lents. « Il aurait dû me dire : accompagne-moi chez les jeunes, ils te donneront un peu de riz. Au lieu de cela, il s'est moqué de moi avec sa grève. »

Toujours dans ses souvenirs, il entra dans l'atelier de réparation des moteurs. Là aussi tout était silencieux. Les Diesels dont les cuivres brillaient s'alignaient en longues rangées, massifs, nets, puissants, impassibles comme des dieux. C'était là leur temple, l'odeur acide de l'huile chaude était leur encens. Là on les soignait, on leur rendait un culte, les pièces usées ou détériorées étaient remplacées. Les meilleurs mécaniciens travaillaient ici dans le fracas et le sifflement des forges, le ronronnement des tours. On se passait de main en main des pistons, des leviers, des volants. Non loin de là, rangées en un vaste cercle, les locomotives semblaient de monstrueuses petites filles de fonte et d'acier immobilisées soudain dans leur ronde.

Devant Sounkaré s'ouvrait, béante, une fosse à graissage et soudain, de l'autre côté de la fosse, il aperçut le couple de rats. La femelle lissait ses moustaches, le mâle était tapi à côté d'un monceau de chiffons. Après les dieux, les démons des ateliers. Le gardien fut saisi d'un vertige, une crampe lui tordit le ventre et ses yeux s'embuèrent. Il lui sembla que la fosse avançait vers lui, puis reculait doucement. De nouveau le liquide glacé coula le long de son dos. Il laissa tomber sa canne qui heurta le sol avec un bruit sec ; les deux rats firent un bond de côté puis reprirent leur attente immobile.

Sounkaré se baissa pour ramasser sa canne, mais il ne put se relever et de tout son poids s'écroula dans la fosse. Son crâne heurta le ciment gris, son corps eut un étrange soubresaut , les bras battirent l'air un instant, glissèrent sur le sol gras, une main se crispa sur la canne, les jambes se plièrent, se détendirent, s'allongèrent...

Alors les deux rats descendirent à leur tour dans la fosse, la femelle en tête. Elle s'arrêta devant la plante des pieds, hésita, se rapprocha, renifla, et ses dents blanches et aiguës attaquèrent la peau grisâtre et crevassée.

Comme prévenus par un mystérieux signal, d'autres rats apparurent, toujours par couples, et descendirent eux aussi le long des parois de la fosse. Ils tournèrent autour du corps à petits pas cérémonieux puis deux d'entre eux plus hardis escaladèrent le corps et se posèrent sur le visage. Ils commencèrent leur travail par les lèvres et les paupières.

PENDA

LES femmes de Thiès avaient peu à peu vendu
tous les objets de valeur qu'elles possédaient. Elles
commençaient à s'inquiéter car les mouchoirs de tête
ne trouvaient plus d'acheteurs, ni les pagnes intimes
— ces bandes de cotonnades commandées autrefois
aux tisserands les plus réputés et qui, maculées du
sang d'une virginité, avaient fait l'orgueil des
familles. Les marchands refusaient même les gris-gris
les plus rares, ceux qui protègent du mauvais œil,
ceux qui écartent les Djinns et les autres mauvais
esprits. Mais les femmes en étaient arrivées à un tel
degré d'apathie qu'elles ne sentaient même plus les
blessures ainsi infligées à leur fierté. L'objet méprisé
à la main, elles rentraient chez elles en faisant un
détour par les terrains vagues avec l'espoir de
quelques détritus, espoir qu'elles savaient vain d'ailleurs car les enfants aux membres desséchés étaient
déjà passés par là.

Plusieurs épouses de grévistes avaient pris l'habitude de se retrouver chez Dieynaba, la marchande.
Dieynaba n'avait plus rien, ni malo, ni bassi, et elle
passait des journées entières à sucer le tuyau de sa
pipe éteinte faute de tabac. Elle écoutait les plaintes
des femmes, les injures à l'adresse des « propriétaires

des machines ». On venait près d'elle pour être
encouragé. Elle poussait à la résistance.

Ce jour-là, comme Mariame Sonko, épouse de
Balla le soudeur, revenait du marché avec une petite
provision de racines de manioc vieilles d'au moins
deux saisons, elle vit Dieynaba entourée de femmes
et d'une ribambelle de mioches qui venait de trancher
la tête d'un vautour pris au piège Dieynaba leva le
bras en tenant l'oiseau par les pattes, le sang qui
dégoulinait le long du cou blanc tacha ses pieds de
rouge.

— Voilà ce que nous avons à manger aujourd'hui,
un *tâne* (1). Personne de vous n'a jamais goûté un
tâne ? Il ne vit que de charognes et de résidus, mais
nous ferons comme lui, nous le mangerons et nous
n'en crèverons pas !

A l'heure du repas, le vautour bien qu'assaisonné
de beurre de karité et accompagné de manioc, sembla
très fade ; à chaque bouchée, il fallait ajouter du sel
Lorsqu'elle avalait un morceau, Mariame hésitait un
instant, attendant dans son ventre la douleur d'une
mort foudroyante, mais rien ne se produisit Maïmouna l'aveugle ne toucha pas à la viande fétide, son
dernier bébé avait la colique et elle avait peur pour
son lait.

Après les repas du soir, quand repas il y avait, les
femmes se réunissaient autour des anciennes On
palabrait à longueur de soirée Parfois un silence s'éta-
blissait, pesant, entrecoupé de soupirs. Alors, pour
éviter cet envoûtement de la faim, cet anéantissement
dans une appréhension que la vie en commun semblait rendre plus lourde, une femme se mettait à
chanter un couplet, deux couplets, puis une autre
reprenait le chant : chacune ajoutait une strophe de

(1) Vautour.

son cru et dans la nuit montait un chant, un chant
que les femmes dédiaient aux hommes.

Lorsque Penda revint à la concession après une
absence de quelques jours — elle avait suivi un
homme et vécu un temps avec lui — tout le monde
était couché. Il faisait nuit et la terre qui se reposait,
elle aussi, était fraîche à ses pieds. Penda était coutumière de ce genre de fugues et personne n'essayait
plus de la retenir. Dès sa plus tendre enfance, elle
avait donné des preuves d'une indépendance qui
n'avait cessé de croître avec l'âge. Jeune fille, elle
semblait haïr les hommes et avait repoussé tous ceux
qui étaient venus la demander en mariage. A la mort
de sa mère, elle avait été adoptée par Dieynaba, la
seconde femme de son père, qui lui avait donné l'une
des cahutes de la concession. C'est là qu'elle vivait
depuis plusieurs années, ou, du moins, c'est là qu'elle
revenait après ses escapades. Comme elle entrait ce
soir-là dans sa cabane, elle entendit une voix qui
demandait sur un ton apeuré :

— Qui est là ?

— *Mana*, c'est moi, moi la propriétaire de cette
paillote ! — La voix de Penda était dure, elle avait
l'habitude de rudoyer les gens. — Allume, ajouta-
t-elle, que je puisse te voir, et tu m'expliqueras ce que
tu fais chez moi...

— C'est Dieynaba qui m'a dit d'habiter ta cabane
pendant ton absence, dit Maïmouna l'aveugle, en
serrant contre elle son bébé.

On ne la voyait pas, mais les grincements du lit
trahissaient ses moindres mouvements.

— Allume, je te dis ! Je ne vois rien dans ce trou,
je ne suis pas aveugle, moi !

— Mais, moi, je suis aveugle...

— Pas d'histoire, je sais que tu es avec un
homme !

— En dehors d'Adama, ma propre fille, et de moi, il n'y a que Dieu dans cette cabane.

Penda avança à tâtons, se cogna aux murs, et jura :

— Allume, *Vaï*, ce que tu es têtue !

— Je te dis que je suis aveugle et je n'ai pas d'allumettes.

Enfin Penda atteignit le lit, elle tâtonna, attrapa la cheville de Maïmouna, sa main remonta le long de la jambe, palpa le corps de la fillette qui gémissait, erra sur le visage de l'aveugle.

— Couche-toi, dit Maïmouna, tu vois bien que je suis seule et demain ne sera pas long à venir. Je vais me mettre au fond et la petite entre nous... à moins que tu ne veuilles que je couche par terre ?

— Couche où tu veux !

Ce furent les derniers mots de Penda.

Après avoir en vain cherché ses allumettes dans ses cachettes habituelles, elle finit par gagner le lit et demeura allongée sur le dos, les yeux ouverts, tandis que le bébé geignait doucement.

Dès le petit jour, Maïmouna se glissa hors du lit et, avec d'infinies précautions, sortit de la cabane, le bébé endormi dans ses bras. Non loin, on entendait un bruit de poulie qui grinçait, les femmes étaient déjà au puits. L'aveugle se dirigea vers Dieynaba qui broyait entre ses doigts boudinés des feuilles d'arbustes, dont, faute de tabac, elle bourrait sa pipe, et lui raconta le retour nocturne de Penda.

— Elle n'est pas commode, ta belle-fille ! dit-elle en terminant son récit.

A ce moment survint Mariame Sonko qui était allée chercher des braises chez une voisine. Avec la pénurie d'allumettes il n'était pas bon de laisser s'éteindre les feux. Cinq minutes plus tard, toutes les femmes qui étaient revenues de la corvée d'eau, ne parlaient que du retour de Penda.

Le soleil était déjà haut lorsque celle-ci sortit enfin de sa cahute. Elle était vêtue d'une sorte de justau-corps qui moulait son torse robuste et d'un pagne noué sur le côté gauche.

— Avez-vous passé la nuit en paix, gens de la maison ? demanda-t-elle.

— Paix seulement, répondit Dieynaba, nous te rendons ton salut, Penda.

De sa démarche nonchalante, Penda se dirigea vers la maison de Mariame Sonko et prit un canari plein d'eau posé près de la porte. Elle lava soigneusement son visage et sa courte chevelure. Tout en frottant ses deux mains, elle s'adressa à Maïmouna :

— C'est toi, l'aveugle, qui couches chez moi ?

A la façon dont elle prononça cette phrase, on ne pouvait savoir s'il s'agissait d'une simple constatation ou si elle voulait faire comprendre à Dieynaba qu'elle désapprouvait la liberté prise par celle-ci.

— Oui, c'est moi, dit l'aveugle dont les yeux morts semblaient chercher le regard de la marchande. Est-il déplaisant de coucher avec une aveugle ou es-tu de ceux qui croient que voir un infirme au réveil porte malheur ?

Penda avait fini de se laver et s'essuya avec son pagne. Pendant un instant, elle regarda l'aveugle sans rien dire, puis s'adressant à Dieynaba, qui, les lèvres pincées, tirait sur sa pipe :

— Il me semble, mère, que tu aurais pu me préve-nir, m'écrire...

— Et où t'aurais-je adressé la lettre ? D'ailleurs, je ne sais pas écrire...

Penda haussa les épaules et traversa la cour. On voyait encore dans ses cheveux des gouttelettes qui miroitaient au soleil. Arrivée devant sa porte, elle se retourna vers l'aveugle :

— Tu habiteras chez moi, mais rappelle-toi que je n'aime pas les mendiants ni les gens sales... Tu te nommes Maïmouna, je ne t'appellerai plus l'aveugle.

— Aveugle, ce n'est pas mon nom, en effet, mais je te remercie pour ta bonté.

Penda n'avait pas attendu la réponse, elle était entrée chez elle et avait refermé la porte.

Les parois de la cabane étaient tendues d'un tissu à fond ocre rouge sur lequel se détachaient des palmiers verts. A même le tissu, étaient épinglées des gravures de mode et des photos ; les unes représentaient des acteurs de cinéma ou des chanteurs : Clark Gable, Tino Rossi, Fernandel, d'autres des femmes blanches en tenue légère qui prenaient des poses suggestives. Près du lit de bois il y avait une malle qui reposait sur des boîtes de conserve et sur la malle les objets de toilette. Penda posa sur le lit une valise de fibre aux coins pelés et en rangea le contenu dans la malle, puis, devant un miroir qui pendait à la paroi, elle se peigna soigneusement les cheveux et vérifia ses sourcils pour voir s'ils avaient besoin d'être épilés. Satisfaite, la chambre en ordre, elle se recoucha et ne tarda pas à s'endormir.

Les longs jours de grève s'écoulaient lentement. Penda et Maïmouna avaient fini par s'habituer à la cohabitation malgré que leur conversation fût réduite au minimum. Un soir cependant, Penda demanda :

— Qui est le père de tes jumeaux ?

L'aveugle ne répondit pas. Elle ne savait plus très bien elle-même si elle désirait se souvenir de cet homme. Son infirmité la privait de sa condition de femme. Quel homme aurait voulu dormir avec une aveugle ? Toute sa vie s'était reportée sur la fillette qui lui restait et dont ses mains, à défaut des yeux, connaissaient si bien le petit corps amaigri.

Penda qui feuilletait un vieux catalogue de mode couvert de taches de graisse, dit encore :

— Je le saurai ! — Puis elle ajouta : — Tous les hommes sont des chiens !

Soulagée de pouvoir changer de sujet, Maïmouna répondit.

— Je ne crois pas qu'ils soient tous des chiens.

— Si tu pouvais voir leur figure après qu'ils se soient soulagés, tu te rendrais mieux compte.

— Je ne les vois pas en effet, mais, en les entendant, je devine de quel genre d'homme il s'agit.

— Hé, alors, explique-moi comment tu t'es laissé berner.

A nouveau, Maïmouna demeura silencieuse et serrant contre elle la fillette, elle demanda :

— Elle est jolie, ma petite Adaïna ?

Penda regarda l'enfant souffreteuse, les yeux d'où suppurait un liquide jaunâtre.

— C'est la plus belle des fillettes, dit-elle, puis jetant à travers la pièce le vieux catalogue, elle sortit dans la cour.

Ce fut à quelques jours de cette conversation que Lahbib demanda à Penda de s'occuper de la distribution des rations aux femmes.

— Pourquoi, demanda-t-elle, ne pas donner les rations aux hommes et qu'ils se débrouillent ?

— Nous avons commencé ainsi, il s'en est suivi des disputes et nous avons craint que les femmes en faisant pression sur leurs maris ne les incitent à reprendre le travail. C'est pourquoi nous avons décidé de donner les rations directement aux femmes.

— C'est bien calculé, mais les disputes entre les épouses, ne les craignez-vous pas ?

— Elles sont inévitables, mais moins graves. Ce n'est pas la grève qui en est la cause.

— C'est encore vrai, dit Penda. Je suis à votre disposition.

Désormais, deux fois par semaine, Penda officiait,

flanquée des deux autres femmes, une plus âgée
qu'elle, l'autre toute jeune et très rieuse. La distribution se faisait en plein air. Les trois femmes étaient
alignées derrière une table, une pinte d'un kilo à la
main, elles prenaient le riz dans des sacs placés
derrière elles et le versaient dans des récipients qu'on
leur présentait. Avant d'arriver à elles, la queue passait devant Lahbib qui pointait les noms aidé de
Samba N'Doulougou et du fort Boubacar, car les
disputes étaient nombreuses et il ne fallait pas moins
de trois hommes pour maintenir l'ordre.

Tout en servant, Penda observait la file des
ménagères. La lumière du jour était cruelle pour leur
misère, on voyait mieux les camisoles usées, rapié-
cées, les mouchoirs de tête troués et effrangés. Les
femmes se groupaient par quartiers ou par familles.
On échangeait des nouvelles, on se lamentait, on se
consolait, on se querellait et l'on espérait la venue du
jour où l'on pourrait enfin calmer la faim des
enfants.

A quelques pas de la table, elle aperçut Awa, la
première épouse de Séné Masène ; c'était une femme
à la mâchoire carrée que tout le monde redoutait
pour sa malveillance.

Penda qui n'avait personne devant elle alors que
ses deux aides étaient occupées, appela :

— Approche-toi, Awa.

La femme se planta devant Lahbib, l'œil brillant,
les narines ouvertes comme une chatte prête au
combat. Elle répéta le nom de son mari : « Séné
Masène, cont' mait'minisier. »

— Passe, dit Lahbib en faisant une croix sur sa
liste sans relever la tête.

— Tu crois que j'ai l'habitude de me faire servir
par une *piting* (1) !

(1) Putain.

Lahbib se redressa :

— Je te vois venir, c'est la troisième fois en quinze jours que tu provoques une bagarre. Penda, sers-la !

Penda remplit sa pinte à ras bord, prête à la vider dans la calebasse d'Awa. Mais celle-ci s'arrêta, les poings sur les hanches, et se tournant vers la petite foule qui suivait, dit dans son français approximatif :

— Ze ne veux pas que la piting me sert !

— Ecoute, Awa, fais-toi servir et que ce soit fini, dit Boubacar.

Penda s'approcha :

— Awa, je ne parle pas le français, mais c'est moi qui te servirai, personne d'autre ! Lahbib, dis aux autres de continuer, elle passera par moi !

— Je ne parle pas avec les couche-toi-là !

Avant que les hommes aient pu intervenir, Awa hurlait comme une truie qu'on égorge. D'un bond Penda s'était jetée sur elle et la tenant au cou lui crachait en pleine figure. Lahbib et Boubacar eurent toutes les peines du monde à les séparer.

— Je ne veux pas de votre riz et mon mari reprendra le travail ! dit Awa en rajustant sa camisole.

Samba N'Doulougou tira Boubacar par la manche :

— Tant mieux, lui dit-il à l'oreille, ça fera un salaud de moins !

L'incident fut vite oublié, on avait trop faim, les commentaires pouvaient attendre.

Par la suite, Lahbib se félicita souvent d'avoir embauché Penda. Elle tenait tête aux femmes et se faisait respecter des hommes. Un jour qu'au syndicat où elle venait assez souvent et se rendait utile, un ouvrier lui avait maladroitement touché les fesses, elle le gifla publiquement ce qui ne s'était jamais vu dans le pays.

Le soir, elle retrouvait Maïmouna dans sa cabane.
Se souvenant de sa promesse, elle lui dit un jour :

— Je cherche toujours le père de tes jumeaux.

— A quoi cela t'avancerait-il de le retrouver ?

— A moi personnellement à rien, mais je le gifle-
rai.

— Tu n'aimes pas beaucoup les hommes et pourtant tu te bagarres pour leur grève...

Avant de s'endormir, Penda se posait parfois la
même question : « Pourquoi me suis-je jetée dans
cette affaire. Je n'ai rien à en retirer... »

Mais elle s'endormait avant d'avoir trouvé la
réponse.

DOUDOU

Doudou était débordé depuis qu'il avait été désigné comme responsable de la grève. En un mois et demi, il avait eu le temps de sonder la profondeur, d'arpenter la largeur et d'éprouver le poids de ses nouvelles responsabilités. Il était méconnaissable ; son dos s'était voûté, sa poitrine creusée. Lorsqu'il marchait, sa tête, tel un fruit trop lourd, s'inclinait vers le sol. L'agréable exaltation, l'euphorie qui l'avaient envahi pendant les premiers jours de la grève étaient loin maintenant. Il ne voyait plus que les yeux des enfants que la faim enfonçait au creux des orbites, que ces hommes et ces femmes qui poursuivaient la lutte, et il se demandait s'il devait continuer à jouer son rôle, continuer à les encourager, à tenir bon sans vivres, sans argent, sans crédit. Certes, des secours arrivaient, mais si faibles, si dérisoires, devant tous ces ventres vides.

Ce soir-là, Doudou rentra tard chez lui. Tout le monde était couché. Il trouva Oulaye, sa femme, qui l'attendait assise sur le lit. En entendant la porte grincer, elle se leva :

— Tu ne dormais pas ? demanda Doudou.

— Non, Dieynaba, Penda et Maïmouna sont venues me voir. As-tu mangé ? Il me reste quelque chose, tu le veux ? Il n'y a que Magatte qui ne

mange plus ici, je ne sais pas où il trouve de quoi se
mettre dans le ventre.

— Oh, dit Doudou, d'une voix lasse en s'asseyant
lourdement sur le lit, les enfants se démerdent toujours. — Puis, pour ne pas déranger sa femme, il
ajouta : — J'ai déjà mangé, je suis passé chez ta
mère.

Oulaye qui s'était dirigée vers la porte regagna le
lit en contournant le centre de la pièce où, à même
une natte, les cinq enfants et Magatte l'apprenti dormaient à poings fermés. Recroquevillés par le sommeil, ils étaient encastrés les uns dans les autres et
l'unique pagne qui les recouvrait avait glissé sur leurs
pieds.

Oulaye se recoucha et ramena sur elle la couverture multicolore de sorte qu'on ne voyait plus que
son mouchoir de tête et le blanc de ses yeux. Elle
regardait son mari qui ne bougeait pas. Certes il
n'était plus très beau et son front était tout plissé de
rides. En voyant ce profil d'homme fatigué, elle se
souvint de leurs premières années après que Doudou
l'eut demandée en mariage. Ils avaient été heureux.
Un jour Bakayoko les avait emmenés au cinéma. Le
film se déroulait dans une mine ; il y avait eu un
éboulement, des gens hurlaient, des femmes pleu-
raient. Oulaye n'avait pas très bien compris ce qui se
passait, d'autant plus que les hommes sur l'écran
ressemblaient à des Noirs. A la fin, celui qui paraissait être le chef avait été embrassé par une jolie
Blanche. Oulaye n'avait pu s'empêcher de rire : quel
sens cela avait-il de s'embrasser ainsi ? Et voici que
soudain en regardant son mari assis près d'elle, l'envie
lui vint de l'embrasser aussi. Nerveusement, avec une
souplesse d'animal, elle se tourna dans le lit.

— Tu veux quelque chose ? demanda Doudou
toujours plongé dans ses réflexions.

Oulaye fit semblant de dormir. Elle avait honte

d'elle-même, honte de ce désir anormal, pervers, incompréhensible. Jamais Doudou ne l'avait embrassée. Pourtant jusqu'à ce que le sommeil vînt la prendre, elle pensa à ce baiser. Doudou, lui, fut beaucoup plus long à s'endormir. Il ne parvenait plus à se défaire de tous les problèmes qui l'assaillaient depuis des semaines. Il s'était proposé spontanément comme secrétaire du comité de grève et avait été aussitôt accepté parce que les occupations et les voyages de Bakayoko et de Lahbib empêcheraient ceux-ci d'assumer ce rôle et aussi parce qu'il savait lire. Dès les premiers jours, il s'était lancé dans une activité nouvelle pour lui avec le zèle et l'enthousiasme d'un néophyte. Tenant des meetings, allant de gare en gare, il se donnait tout à la tâche d'annoncer aux ouvriers que, du fond de leur misère, un espoir venait de naître. Il était convaincu et s'efforçait de convaincre, mais son éloquence était maladroite, les mots venaient mal, les phrases se heurtaient l'une l'autre comme des wagons mal accrochés. Un jour qu'au cours d'une tournée il avait rencontré Bakayoko, celui-ci l'avait sermonné :

— Je t'ai donné des livres. Prends le temps de les lire. Ne nous fais pas risquer un échec par maladresse. De la façon dont tu parles, tu ne convaincrais même pas la petite Ad'jibid'ji !

Mais Doudou était emporté par son élan et par l'enthousiasme de ceux auxquels il s'adressait. On accourait pour l'entendre, on se pressait autour de lui. Cet encens était doux aux narines du tourneurajusteur et son cœur connaissait les douces pulsations que donne un orgueil comblé. Après l'avertissement de Bakayoko vint cependant celui de Lahbib :

— Tu files du mauvais coton, lui dit un jour celui-ci.

— Qu'est-ce que tu veux dire ? Ce n'est pas vrai.
Je parle avec les gens, c'est tout !

— Ce n'est pas dans ton programme. Nous avons
un plan de travail, tu dois t'y tenir.

La vigilante surveillance de Bakayoko et de Lahbib n'eût sans doute pas retenu Doudou sur la pente
d'une popularité qui avait fait de lui un homme plus
connu que le député lui-même — n'était-il pas allé
jusqu'à envisager d'entamer, de son propre chef, des
pourparlers avec la Compagnie ! Mais voici qu'un
autre sentiment s'était soudainement emparé de lui :
celui de sa responsabilité. Ses charges lui devenaient
pesantes, le vin de la renommée prenait un goût amer
et parfois, lors des réunions syndicales, il demeurait
de longs moments silencieux, de ce silence accablé
qui marque les hommes que le destin a trop brusquement mis à la tête du troupeau pour le mener vers de
nouveaux pâturages. Il aurait voulu retrouver l'inno-
cence des premiers jours de la grève mais il ne le
pouvait plus. Désormais, pensait-il, il aurait toujours
derrière lui ces milliers d'hommes et de femmes qui
le suivaient et à qui il ne savait plus quoi dire car la
lente et patiente préparation d'un Bakayoko lui manquait.

Il y avait maintenant plus de quarante jours que la
grève durait. Nul indice de pourparlers, nul signe de
reprise. Devant le spectacle de leurs familles affa-
mées, les hommes s'énervaient, des querelles écla-
taient dans les familles, entre femmes d'un même
homme. En effet, lorsqu'un gréviste venait de toucher
sa part de soutien, il la remettait tantôt à l'une tantôt
à l'autre de ses épouses, et il s'ensuivait parfois de
véritables batailles.

Telles étaient les pensées qui assaillaient Doudou
alors qu'après s'être enfin allongé auprès d'Oulaye
endormie, il cherchait en vain le sommeil car c'était

le lendemain que cette question de la répartition des secours devait venir devant le comité de grève.

La petite pièce qui servait de bureau au comité était remplie. Il y avait là, outre Lahbib et Doudou, Séné Maséne le contremaître de la section du bois, Bachirou, Samba N'Doulougou, celui qu'on appelait « le journal du dépôt » et qui était bavard comme une vieille femme, Boubacar le gros forgeron, Balla le soudeur et bien d'autres. Au brouhaha qui régnait dans la pièce et à l'excitation qui se lisait sur les visages, on devinait que cette affaire de la distribution des soutiens était importante. Ce fut Bachirou, l'employé de bureau, qui ouvrit le feu :

— Doudou, dit-il, en s'adressant directement au secrétaire avec une pointe d'ironie dans la voix, comment vas-tu répartir le rationnement ? Avec ces histoires de polygamie nous n'en sortons pas. Si nous continuons à donner à chacun sa part, les femmes vont s'entre-dévorer ! On ne peut tout de même pas leur demander de divorcer, mais j'aimerais savoir ce que tu en penses...

— Nous ne sommes pas ici pour savoir ce que pense Doudou mais pour décider de ce que nous avons à faire, dit Samba N'Doulougou qui ne perdait jamais une occasion de contrer « le bureaucrate », comme il appelait Bachirou.

Séné Maséne prit la parole :

— Camarades, dit-il en français, camarades, il est vrai que certains d'entre nous ont deux, trois, ou même quatre femmes, mais nous ne pouvons donner à l'un plus qu'à l'autre car chacun a cotisé pour sa propre part. Il faut que le comité directeur envisage cette question bien en face, camarades.

Balla, le soudeur, intervint aussi :

— Oui, il y a beaucoup à faire ! Mais notre manque d'entente est déplorable et les malentendus ne viennent que de quelques-uns d'entre nous — ce disant, il regardait Séne Maséne et Bachirou. Il est vrai que nous avons plusieurs compagnes mais il n'est pas vrai que la grève soit responsable de nos déboires conjugaux. C'est à chacun de nous de s'occuper de ses histoires de famille au lieu de venir ici pour dire : « Une telle ne veut plus coucher avec moi parce que je ne lui ai pas donné ma ration. » Comme rapporteur de ma section, je vous demande que cette question soit résolue aujourd'hui même.

On l'applaudit.

— Tu as raison, Balla, dit Bachirou, il faut nous décider. Si quelques épouses ont regagné le village paternel, est-ce à nous d'aller les chercher ?

A ce moment, quelques toux se firent entendre, puis une autre, déchirante celle-ci. C'était le vieux Bakary qui ne pouvait plus retenir sa quinte. « Aidez-moi à le faire sortir », dit son voisin.

— Non, non, protesta le vieillard entre deux quintes, je veux rester avec vous. Si Dieu doit me prendre, je veux qu'il le fasse au milieu de vous, et il passa la main sur son visage pour en enlever la sueur.

On le laissa tranquille car, au fond d'eux-mêmes, ils admiraient ce moribond qui, dès le premier jour, avait été avec eux et ne manquait jamais une réunion. Enfin Lahbib se leva. Il passa le bout de sa langue sur ses moustaches et dit :

— Je pense que le mieux serait de ne plus remettre leur part aux hommes mais de la donner directement aux épouses, je veux dire à chacune sa part. Les femmes qui allaitent auront priorité. Quant à nous, les hommes, eh bien, nous nous débrouillerons. Ce n'est peut-être pas la meilleure solution, mais c'en est une.

— Mais, dit Bachirou, et les célibataires ? Ils seront roulés !

Boubacar, le forgeron, l'interrompit violemment :

— Toi, Bachirou, je me demande si tu désires réellement que cette grève réussisse. Tu sais bien que les célibataires habitent dans les maisons des autres et qu'ici personne ne mange sans son voisin. D'ailleurs, tu n'es pas célibataire, toi !

Bachirou baissa la tête et se tint coi car le forgeron s'était avancé vers lui, ses gros poings fermés prêts à frapper, et Bachirou savait que Boubacar ne l'aimait pas.

— Qui sera chargé de la distribution ? demanda Séne Masène.

— Pour éviter les contestations, nous avons prévu trois hommes et trois femmes. Nous avions demandé à Dieynaba la marchande d'en parler aux autres, mais, comme elle n'a pas pu les décider, nous en avons désigné trois nous-mêmes. Penda, Aby et Dado.

— Penda, cette piting ! dit Séne Masène.

— Oui, Penda la putain comme tu dis et comme tu n'aurais pas le courage de le lui dire en face !

— As-tu couché avec elle ? demanda Balla.

— Nous ne sommes pas ici pour discuter de vos coucheries ! dit Doudou qui s'était levé lui aussi.

Il était soulagé de voir que la question était maintenant réglée sans qu'il ait eu besoin d'intervenir mais, en même temps, il s'en voulait d'avoir laissé Lahbib, le second secrétaire, agir à sa place. Aussi est-ce avec une mine d'enfant battu qu'il quitta la salle.

D'instinct ses pas le portèrent en dirction de la gare. Son regard parcourut l'ensemble du dépôt, les toits des ateliers, les hangars aux portes béantes, l'amoncellement des rails, les mastodontes immobiles et muets. Il regarda un instant les quelques ouvriers

blancs que l'on avait fait venir de la métropole pour
assurer le service d'entretien et qui permettaient
d'ouvrir la ligne une fois par semaine. Pensif, il revint
sur ses pas et s'engagea dans le dédale des tapates.
Soudain, il se trouva face à face avec un Blanc.
C'était Isnard, le contremaître. En vieil habitué des
tropiques, Isnard ne portait pas de coiffure. Son
visage avait la couleur d'un cuir rouge ; bien qu'il se
fût rasé le matin, des poils noirs envahissaient son
menton et ses joues, son cou puissant était plissé
comme celui d'un vieux buffle ; sa salopette de travail était impeccablement repassée et des manches
courtes sortaient deux bras velus et musclés. Il tendit
la main à Doudou. Surpris par ce geste — c'était la
première fois, depuis quinze ans qu'il travaillait sous
les ordres d'Isnard, que celui-ci lui donnait une poignée de main — il tendit la sienne d'un geste machi-
nal.

— Tiens, Doudou ! Je ne pensais pas te rencontrer
par ici. C'est vrai, nous sommes en grève, je n'y
pensais plus ! Alors, comment va notre nouveau
chef ? Tu sais, je suis très fier que les ouvriers aient
choisi quelqu'un de notre équipe ! Au moins je peux
me dire qu'après quinze ans de colonie j'aurai fait
quelque chose : Quand je me rappelle tes débuts...

Et Isnard se lança dans une biographie quelque
peu fantaisiste de Doudou. Celui-ci ne l'écoutait pas.
Durant les années où il avait été sous les ordres
d'Isnard les seules paroles qu'il ait entendues étaient :
« Tu as terminé ? » ou « Cette pièce est pour la
section trois. » Dans l'équipe on avait surnommé
Isnard « Jour-en-bas ». Chaque fois qu'un ouvrier
arrivait en retard, Isnard inscrivait sur son calepin le
nom et le matricule du coupable et, le soir venu, lui
annonçait : « Ta journée est en bas. »

Lorsqu'il s'aperçut que les retardataires préféraient
passer chez eux la journée perdue, il trouva un autre

moyen de les « punir » comme il disait. Pour préparer leur tisane, les hommes devaient aller à la forge à l'autre bout de l'atelier et ils déposaient là leur *moque* (1) pour laisser infuser le breuvage chaud. Isnard sortait alors de sa cachette et d'un coup de pied renversait le récipient.

Un jour, Doudou s'était querellé avec Dramé, le sous-chef d'équipe aux yeux de fouine. « Pourquoi les Blancs ont-ils le droit à dix minutes de casse-croûte et pas nous ? » avait-il demandé. Dramé s'était empressé d'aller rapporter ces paroles à Isnard qui avait fait venir Doudou et lui avait dit à haute voix devant tout l'atelier : « Va te faire blanchir et tu auras tes dix minutes ! » Doudou avait maîtrisé sa colère mais l'humiliation était restée. Jamais plus il n'avait adressé la parole au contremaître autrement que pour le service.

Aussi la présence d'Isnard, à ce moment, lui causait-elle un véritable malaise ; à la rancune se mêlait la crainte d'être vu en compagnie du Blanc. Gêné, il tenait son regard fixé sur le bout noir de ses chaussures de tennis.

— C'est bien embêtant, cette grève, poursuivait Isnard. Tu sais que les nominations pour les nouveaux postes de cadres sont arrivées. J'ai vu ton nom sur la liste. Remarque, je le savais d'avance car il y a longtemps que je t'avais proposé, mais je voulais t'en faire la surprise parce que tu es un bon ouvrier.

Isnard avait bien préparé son petit discours. Il savait Doudou faible, comme tous ceux qui aiment la flatterie. Il posa sa main velue sur l'épaule de son compagnon tout en regardant autour de lui avec l'espoir que quelqu'un les verrait. Doudou qui avait aperçu Bachirou et Séne Masène au coin de la rue du marché, fit semblant de se baisser pour examiner le

(1) Pot.

pli de son sababord, en réalité pour échapper au
contact de cette main. Le contremaître qui avait saisi
le manège, revint à la charge.

— Les nominations sont valables depuis quatre
mois. Ça va te faire un joli magot, un rappel pareil !
Tu pourras te payer une nouvelle épouse ! Tu me
connais, je respecte vos coutumes, et parfois je
regrette même de n'être pas Africain pour avoir
quatre femmes ! Et puis, ce n'est pas tout, l'autre jour
j'ai vu M. Dejean, le directeur. Tu ne le connais pas,
mais il te connaît, lui, et tu le connaîtras. Nous avons
parlé de toi. Tu sais, je vais bientôt prendre ma
retraite, alors... alors c'est toi qui me remplaceras. Il
y a bien Dramé qui est un ancien mais il ne sait pas
lire. Oui, tu prendras ma place ; et ce n'est pas deux
épouses que tu pourras avoir, trois ou quatre... sacré
veinard !

La main d'Isnard était descendue et tapotait genti-
ment les omoplates de Doudou, mais celui-ci ne
disait toujours rien, parfois il relevait la tête et son
regard allait se perdre très loin, au-delà des nuages.

— Ah ! tu allais me faire oublier le plus important, dit Isnard, j'ai trois millions à ta disposition. Je
ne veux pas t'acheter, je connais trop bien les Africains, et je sais que ça ne prendrait pas avec toi, non,
c'est simplement une avance, un acompte. Qu'en
penses-tu ? trois millions, des francs C.F.A., bien
sûr.

Cette fois, Doudou le regarda en face. Le visage du
contremaître était plus rouge encore que d'habitude.
Comme Doudou ne disait toujours rien, Isnard se
reprocha d'avoir vidé son sac d'un seul coup. Il
passa la main dans ses cheveux. Ce silence était
pénible.

Doudou sentit monter en lui une sorte de flamme,
il adressa un sourire victorieux à deux passants qui le
regardèrent ébahis. « Ni mon grand-père, ni mon

père, ni moi n'aurions pu en unissant nos trois vies
voir autant d'argent en même temps », se dit-il, puis,
tout haut, il ajouta :

— C'est pour m'acheter ?

— Mais non, mais non ! Je te l'ai déjà dit : un
simple acompte sur tes droits à l'ancienneté. Ecoute,
Doudou, tu vas être dans les cadres, et il est de ton
intérêt de pousser à la reprise. Vois-tu, cette grève ne
profite à personne, ni à toi, ni à moi, ni à la Régie, ni
à tes camarades. Une fois tout le monde revenu au
travail, ce sera toi, le secrétaire du comité, qui pourras reprendre la discussion avec la direction.

— Trois millions, c'est une somme pour un Nègre,
pour un ajusteur-tourneur nègre, mais je préfère rester nègre car les trois millions ne pourront pas me
blanchir. J'aime mieux les dix minutes de casse-
croûte.

Isnard ne dit rien : quelques pas plus loin.

— Vous aurez les dix minutes et bien d'autres
choses, le tout c'est de reprendre. Après la reprise, on
s'entendra j'en suis sûr. Tu sais que je n'ai qu'une
parole et que je considère les Nègres comme les
Blancs. De plus, je les aime.

Doudou avait enfin l'occasion de se venger :

— Bakayoko, le roulant, affirme que ceux qui
nous disent : « J'aime les Noirs » sont des menteurs.

— Ah ! celui-là, il verra quand la grève sera finie !
— Et Isnard ajouta, comme s'il était profondément
vexé : — Moi, je n'aime pas les Noirs ?

— Alors explique-moi pourquoi tu les aimes. Un
Noir, ce n'est pas un fruit ni un lit. Pourquoi dis-tu :
« Je les aime » ?

Isnard resta un instant sans répondre. Cette simple
question le rendait perplexe. Il n'avait jamais considéré les Noirs que comme des enfants, souvent diffi-

ciles mais, somme toute, assez maniables. Il chercha
un biais :

— Les Noirs sont des hommes, comme les Blancs,
et aussi capables, parfois même plus.

— Plus, c'est trop. Mais alors pourquoi n'avons-
nous pas les mêmes avantages ?

Le visage du contremaître se ferma. Cette discussion l'irritait. Il ne pensait même plus au refus des
trois millions, l'échec qu'il était en train de subir
était plus profond. Des conceptions qui avaient été
les siennes pendant des années, et sur lesquelles il
avait construit sa vie, étaient mises en question ; une
rage dont il se demandait s'il allait pouvoir la maîtriser, commençait à monter en lui. C'est à ce moment
qu'ils virent venir à eux Leblanc, un Leblanc complètement ivre qui titubait et agitait les bras en marchant. Son complet kaki était maculé de taches, la
veste ouverte montrait la poitrine nue. Isnard serra
les poings : cette nouvelle humiliation ne lui était pas
épargnée : Leblanc s'arrêta à leur hauteur et se
balança un instant sur ses talons en les regardant de
ses yeux striés de rouge :

— Ah ! voilà notre héros ! Bravo ! Tenez bon,
vous leur en faites baver à ces attardés ! Et toi,
n'écoute pas Isnard, c'est un sacré menteur !

— Assez, Leblanc, va te coucher ! dit Isnard les
dents serrés.

— J'y vais, j'y vais... Dis-moi, toi, le Nègre, tu sais
que je ne vous aime pas, mais tenez bon quand
même... Connais-tu la Grèce ?

— Non, dit Doudou, je ne connais pas la Grèce.

— Alors, tu n'es qu'un ignorant !

— Assez, assez, répéta Isnard.

Mais Leblanc l'ignora.

— Je dis que tu es un ignorant. Personne ne peut
m'expliquer pourquoi la Grèce n'a pas tenu devant les

Romains. Lorsque toi, le Nègre, tu le sauras, alors viens me voir !

Isnard dont la colère s'était maintenant tournée vers l'ivrogne, le prit par les épaules, le fit pivoter, et le poussa rudement vers le coin de la rue la plus proche. Doudou leur tourna le dos et prit la direction du marché. A peine avait-il fait quelques pas qu'Isnard le rejoignait.

— Doudou, Doudou, écoute !... Tu es un garçon intelligent, tu es avec nous, tu comprends ?... Si Thiès ne te plaît plus, on peut te muter, te nommer chef quelque part ailleurs sur la ligne...

Doudou se retourna :

— Tu te souviens de m'avoir dit une fois que si je voulais les dix minutes, je n'avais qu'à me faire blanchir ? Trois millions, ça ne blanchit pas un Nègre. Garde-les et dis à Dejean que nous sommes à sa disposition pour discuter.

Tandis que Doudou reprenait sa marche, Isnard resta planté au milieu de la rue, murmurant entre ses dents : « Salaud, sale bougnoul, tu me paieras ça ! »

*
* *

En chemin Doudou croisa Bachirou et Séne Maséne qui, de loin et sans qu'il s'en fût aperçu, avaient assisté à sa rencontre avec le contremaître. Il alla à eux la main tendue :

— Ce n'est pas malin ce que je viens de faire, j'ai refusé trois millions, j'aurais dû les garder pour le comité ! Vous venez au syndicat ?

— Je ne comprends pas de quoi tu parles, dit Bachirou, nous, on a une course à faire. A bientôt.

Doudou, un peu interloqué par cet accueil, continua sa route. Au siège du syndicat, il trouva quelques grévistes assis sur les marches de l'escalier. A l'intérieur, Lahbib triait le courrier tandis que Boubacar, Balla et Samba flânaient autour de lui.

— Salut, Doudou, dit Lahbib, il y a des nouvelles de Bakayoko. Il est en route pour venir ici, il passe par Touba et Diourbel. Il y a aussi une lettre qui vient d'ici, de Thiès, et dedans, un billet de dix mille francs. C'est la deuxième fois.

— J'ai du mal à croire que ce soit un Blanc, dit Boubacar adossé à la fenêtre.

— Pourtant il n'y a qu'eux qui ont autant de sous en ce moment.

Lahbib qui avait remarqué le visage radieux de Doudou et la lueur de joie qui brillait dans ses yeux, demanda :

— Qu'est-ce qu'il y a ? Tu es au courant de quelque chose de neuf ?

Doudou raconta en détail sa rencontre avec Isnard. Lorsqu'il eut fini, Samba N'Doulougou se mit à sautiller sur ses courtes jambes. Il envoya sa vieille casquette au plafond et la rattrapa avec des cris d'enfant :

— Vive Doudou, c'est un homme ! Il faut mettre ça dans le journal !

— Tu as un journal, toi ? demanda Boubacar de son ton placide.

— Ça ne fait rien, on fera un tract.

— Et avec les sous pour le tract on passera par la boutique d'Aziz.

— Ah ! Oh ! écoutez-le ! écoutez mon père Boubacar ! s'écria Samba.

— Qu'est-ce que j'ai encore dit ? demanda le forgeron.

— Rien de grave, mon frère. Ecoutez tous, on va faire une collecte pour le tract et puis avec les sous on achètera du riz.

— Ce n'est pas honnête !

— Honnête ! Et Doudou, il n'est pas honnête ? Si

les gars ne donnent pas, Doudou sera obligé de se vendre pour trois millions !

Peu à peu la salle s'était remplie car la nouvelle s'était vite répandue et pour la dixième fois Doudou répétait son histoire. Lahbib qui l'écoutait le front baissé, se releva soudain :

— Depuis des semaines je me demandais où nous verrions le défaut de l'armure, maintenant, on le sait. C'est la première fois. On les aura !

Doudou continuait à raconter :

— ... Il y a Leblanc qui est arrivé. Il était bourré à bloc et il me posait des questions sur la Grèce...

— Il est tout le temps saoul depuis la grève, dit Balla.

— Permets, Balla, dit Samba N'Doulougou, frère Lahbib, il faut que tu t'occupes de cette question du tract et du riz.

— Nous ferons une réunion demain et ce sera toi, Samba, qui seras président de séance.

— Hourrah, cria celui-ci. Vive Doudou, vive Lahbib, vive tout le monde ! Je vais chercher Bachirou et Séne Maséne.

— Laisse-les tranquilles, ceux-là ! dit Doudou.

Il ne voulait pas que quiconque puisse venir ternir sa joie. Les chaudes ondes de la popularité retrouvée étaient douces à son cœur. A nouveau, Doudou était heureux.

LES APPRENTIS

EN marge de la Régie, des ouvriers et des
femmes, il y avait un petit monde qui vivait une vie
bien à part : c'était celui des apprentis et tandis
qu'avec un calme déroutant la ville continuait à
s'enliser dans sa grève, des événements graves se
préparaient à l'insu de tous.

Magatte, l'apprenti de Doudou, était rapidement
devenu le chef incontesté de la bande. Ils étaient
douze, dont le benjamin avait quatorze ans et l'aîné
dix-sept. Au début, la grève leur était apparue
comme une sorte de récréation prolongée, les grandes
personnes semblaient les avoir effacés de leurs préoccupations, et ils se donnèrent à cette liberté nouvelle
comme à un jeu. Puis, lorsque les jours se firent plus
âpres, on songea à les utiliser, on les envoya à la
recherche des poulets égarés ou à la cueillette du
« pain de singe », le seul fruit de la saison. On
s'amusait de les voir gambader de concession en
concession, actifs, fureteurs, joyeux. Mais bientôt il
n'y eut plus de poulets et même dans le ravin qui
menait au terrain d'aviation les fruits du baobab
devenaient rares. Alors, au matin, dans les cours
qu'ils emplissaient de leurs cris et de leurs courses, ce
fut partout la même phrase : « Allez vous amuser
ailleurs ! »

A la sortie de N'Ginth, le faubourg le plus populeux de Thiès, au bord d'un sentier qui mène vers les champs, se dresse le plus vieux baobab de la région. Son tronc large et trapu est complètement creux, ses branches sans feuilles lui donnent l'aspect d'une immense vieille qui agiterait les bras. Personne ne connaît son âge. Dès que les apprentis l'eurent découvert, ils se sentirent chez eux. Ils déblayèrent l'intérieur du tronc et en firent leur demeure secrète. Pour grimper jusqu'à l'ouverture de la cachette, ils confectionnèrent tout un système de crampons à l'aide de grosses pointes de 15, clouées à même le tronc. Ils restaient là des heures à palabrer ou à somnoler, mais toujours l'un d'eux montait la garde, installé à califourchon sur une maîtresse branche. Leurs discussions portaient toujours sur le même sujet : le cinéma. Inlassablement, ils racontaient les films qu'ils avaient vus et parfois on entendait des interruptions passionnées : « Tu oublies que le type... » ou « Mais non, ce n'est pas comme ça qu'il a tué l'Indien ! » Après les films du Far-West, c'étaient les films de guerre qu'ils préféraient. Souvent, pour se détendre de leur inactivité, ils jouaient eux-mêmes à la guerre. Le vieux baobab devenait l'adversaire et ils le criblaient de pierres, puis ce fut le tour des margouillats et des geckos à représenter l'ennemi. Il leur arrivait d'en tuer près de cent en une seule journée. Alors, ils sautaient autour des cadavres en criant :

— Ils n'ont pas fait leur prière aujourd'hui !

Car on leur avait appris que tout reptile qui ne fait pas ses dévotions, meurt avant le soir.

Un jour qu'ils jouaient avec un hérisson devant leur cachette, Souley vint s'asseoir auprès de Magatte qui suçait un brin d'herbe

— Il nous faudrait des lance-pierres, dit-il.

— Où trouver des chambres à air ?

Séne, le fils de Séne Maséne, le hérisson roulé en boule sur la paume, s'approcha à son tour :

— C'est vrai, on devrait avoir des lance-pierres.

— J'ai vu des chambres à air de vélo chez Salif, dit Gorgui en grattant son crâne en forme d'œuf.

On n'arrivait pas à le guérir de sa teigne et il avait du bleu sur le front et la nuque.

— Il vaudrait mieux des chambres à air d'auto, dit Magatte.

— Chez Aziz, peut-être, il a un camion, lui.

— C'est vrai, je l'ai vu la semaine dernière dans sa cour.

— Comment faire pour y entrer, dit Séne qui jouait toujours avec le hérisson.

— Laisse cette bête, dit Magatte, en lui frappant le poignet, il faut faire un plan.

La petite boule piquante roula sur le sol et les enfants se rapprochèrent pour un conciliabule qui dura jusqu'au soir.

Le lendemain matin, ils étaient à pied d'œuvre. La boutique d'Aziz, située de l'autre côté de la gare, à l'un des angles de la place de France, donnait par-derrière, sur une vaste cour entourée d'une palissade de bambous. Magatte écarta quelques tiges. Il y avait bien un camion au milieu de la cour.

— J'entrerai avec Souley, dit-il, et avec Séne. Toi, Gorgui, tu resteras devant la porte de la boutique pour surveiller Aziz. Si tu vois qu'il vient par ici, tu siffleras. Les autres, vous surveillerez la place.

— Attention, dit soudain l'un des enfants, voilà un alcati.

La petite troupe improvisa un jeu bruyant et mouvementé pour détourner l'attention du policier du travail auquel se livrait Magatte sur la palissade de bambous. Mais le policier, la chéchia enfoncée jusqu'aux oreilles, les mains derrière le dos, balançait sa longue matraque, surveillait les passants. Une

bande de garnements criards ne l'intéressait guère.
Enfin, il tourna au coin d'une rue.

Magatte ayant fini de dégager les fils de fer reliant
les tiges de bambous, se faufila par la brèche ainsi
ouverte et fit signe à ses deux lieutenants de le
suivre.

— Il n'y a personne, souffla-t-il d'une voix que
l'émotion faisait trembler.

— J'ai peur, dit Séne.

Ils étaient maintenant dans la cour et avançaient
sur la pointe des pieds, les bras étendus comme des
funambules. Devant eux se dressait le camion, un
Chevrolet d'un ancien modèle dont les roues étaient
déjantées et dont le châssis reposait sur des caisses
qui servaient de cales. Un léger bruit les fit sursauter
et d'un bond ils allèrent s'aplatir derrière les caisses.
C'était la femme d'Aziz qui venait d'apparaître sur le
perron de la maison. Elle était dévoilée et, à l'abri
d'une légère moustiquaire, commença à se dévêtir.
Bientôt, elle fut complètement nue et, de sa main
gantée de tissu éponge, elle se mit à laver son corps
blanc comme de la chaux. Les enfants, muets
d'étonnement, regardaient cette peau dont la couleur
était, à elle seule, une surprise. Puis il y eut un coup
de sifflet avertisseur et on entendit, venue de l'intérieur, la voix d'Aziz qui parlait à sa femme. La
conversation sembla durer une éternité. Enfin, la
Syrienne natta soigneusement ses cheveux et remit ses
vêtements.

— Il y a une chambre à air là-dedans, dit Gorgui
en désignant la cabine du camion.

Magatte entrouvrit la portière, saisit le caoutchouc
et s'aplatit de nouveau.

— On va ramper, dit-il.

Les trois corps souples se glissèrent dans la poussière jusqu'à la palissade. Séne qui venait le dernier,

jetait des regards apeurés en arrière, mais le perron
était vide maintenant.

Une demi-heure plus tard, la bande était réunie
autour du baobab. On se mit au travail dans l'allégresse et l'anatomie de la Syrienne fut l'objet de
nombreux commentaires.

Le lendemain matin, les apprentis, armés de leurs
lance-pierres et de boulettes de plomb, s'en allèrent,
le cœur léger, chasser en brousse. Les oiseaux-
mouches firent les frais de cette première expédition
puis ce fut le tour des margouillats. Tout était bon
aux jeunes chasseurs pour exercer leur adresse, tout ce
qui se tenait debout ou s'agitait dans le vent. Au
moindre mouvement, au moindre bruissement douze
projectiles s'abattaient à l'endroit suspect. A midi, ils
avaient au tableau plusieurs corbeaux, deux pies et
un oiseau sans nom.

— Il faut apprendre à tirer, dit Magatte.

— Oui, mon général, répondirent comme un seul
homme les onze soldats dont le moins gradé était
lieutenant.

Les oiseaux furent suspendus aux branches du
baobab et les boules de plomb ou les pierres
sifflèrent dans l'air calme. Chaque fois qu'un but
était atteint, le vainqueur à l'aide d'un bâton noirci
de cendres ajoutait un galon sur son bras nu.

Le soir, ils rentraient en ville harassés et heureux.
Les parents, trop occupés, ne s'intéressaient guère à
leurs allées et venues. Comme ils faisaient leur
popote au baobab, on ne s'inquiétait même pas de les
nourrir. Parfois, on remarquait leur présence au
milieu des autres enfants. Distants, leur fronde passée
à leur cou en guise de chapelet, ils ne prenaient plus
part aux jeux, comme si le secret dont ils étaient les
gardiens avait fait d'eux des êtres à part.

Pourtant, un jour, Dieynaba qui avait remarqué

ces perpétuelles absences des garçons, arrêta son fils alors qu'il s'apprêtait à rejoindre la bande :

— Où vas-tu, Gorgui ?

— Mère, je vais retrouver Magatte.

— Que faites-vous toute la journée ?

— Rien, mère, on se promène dans la savane.

— Au lieu de vous promener à rien faire, tas de grosses bêtes, vous feriez mieux d'aller du côté de chez les toubabs, il y en a qui ont des poules...

Gorgui mit un moment à comprendre ce que sa mère voulait dire, puis, soudain, il partit en courant et ne s'arrêta, essoufflé, qu'au pied du baobab. L'idée d'aller razzier les poulaillers des Blancs leur échauffa le sang et les plans furent vite arrêtés.

— On y va, général ?

— On y va, soldats !

La première expédition fut fructueuse, ils n'eurent même pas à se servir de leurs lance-pierres. Avant midi, ils étaient déjà de retour et chacun d'eux portait au moins une ou deux volailles. Radieux, ils bombaient leurs torses maigres où saillaient les côtes. Ils furent comblés d'éloges et dès lors trouvèrent un nouveau but à leur existence.

Chaque matin, l'un d'eux partait en éclaireur et, le soir, l'endroit repéré recevait la visite de la bande. Au retour, les femmes les attendaient ou se portaient à leur rencontre en criant : « Nos hommes sont de retour ! » Ainsi absous, ils redoublaient de zèle et seul un échec leur faisait honte.

Ce fut ensuite au tour de Penda à s'occuper d'eux. Elle les réunit dans sa cahute et, après un long conciliabule, ils sortirent le visage empreint de la gravité que l'on voit aux initiés. Penda tenait à la main deux petits sacs de toile.

Dieynaba qui, seule dans la cour, suçait sa pipe, ne put s'empêcher de sourire en voyant sortir la bande. Ils se rendirent à la boutique d'Aziz, le Syrien.

Le père du commerçant dormait, allongé sur une chaise longue et Aziz lui-même faisait la sieste derrière son comptoir, tirant de temps en temps une bouffée de son narguilé. La chaleur qui tuait l'herbe et pompait la terre semblait l'avoir anéanti. Penda avait bien choisi son heure. Elle entra dans la boutique, « ses gosses », comme elle les appelait, sur ses talons. Sans bouger d'un pouce, Aziz demanda :

— Qu'est-ce que vous voulez ?

Penda, comme si elle avait déjà fait son choix, montra une pile de tissu sur l'étagère derrière le comptoir.

— Le carré ? demanda Aziz en tournant la tête, mais sans lâcher le tuyau de son narguilé.

— Non, celui à côté.

— La mousseline ?

— Ah ! c'est de la mousseline ?

— Tu le vois bien, femme !

Pendant que se poursuivait ce dialogue, les « gosses » ne perdaient pas leur temps. Entre les deux portes vitrées de la boutique, deux énormes sacs de riz gonflaient leurs panses. Magatte eut vite fait d'en percer un ; par l'ouverture il introduisit un long tube dont l'autre extrémité plongeait dans l'une des sacoches apportées par Penda. Trois des enfants s'étaient installés en paravent entre la femme et le marchand.

— Alors, dit le Syrien ?

— Non, ce n'est pas la peine de te lever... mais, ta mousseline est-elle vraiment de bonne qualité ?

Penda avait jeté un coup d'œil derrière elle pour voir un des gamins filer, une sacoche bien remplie sur son épaule. Le marchand la regarda entre ses yeux mi-clos, tandis que l'eau du narguilé faisait entendre son gargouillis.

— Ecoute, si tu ne veux rien, laisse au moins les gens se reposer en paix !

Séne avait remarqué que l'un des gros sacs commençait à perdre son aplomb, il se mit à gesticuler : Penda recula de quelques pas :

— Il faut que je parte, je voulais seulement savoir le prix.

— Je ne vends pas à cette heure-ci. Reviens à deux heures. dit Aziz excédé.

Penda était arrivée à la porte :

— Il ne veut pas vendre, dit-elle, partons, les enfants.

Il était temps. le sac de riz avait perdu son équilibre et venait de s'affaisser. Comme un vol de perdrix, la bande s'égailla à travers les ruelles.

Le riz dura deux jours pendant lesquels on festoya à la concession. Mais l'exploit de Penda et de ses « gosses » fut célébré pendant toute une semaine et le Syrien l'objet de bien des plaisanteries. Puis Penda se désintéressa des gamins, elle avait d'autres idées en tête et entreprit de créer un « comité de femmes ». Ce fut alors le retour au baobab. aux hérissons, aux lance-pierres et à l'ennui.

Ils avaient goûté aux fruits acides du risque et maintenant plus rien n'avait de saveur.

Un soir, cependant, le destin qui connaît ses heures, fit de nouveau appel à eux.

En se couchant le soleil allongeait les ombres. Au loin on entendait les notes tristes du clairon. La garde relevait les sentinelles. Dans le crépuscule les enfants traversèrent le camp des gardes-cercle sans qu'on leur prêtât attention. Devant eux se dressait la résidence de l'administrateur avec ses jardins bien entretenus et ses beaux arbres. Non loin de là. deux ou trois autos étaient parquées le long d'une barrière.

Souley. le plus maigre de la bande, balançait son lance-pierres au bout de son bras ; soudain, il s'arrêta, ramassa un caillou et le plaça soigneusement dans le cuir. Les lanières de caoutchouc se tendirent.

La pierre siffla et l'un des phares d'une voiture vola
en éclats. Les garçons restèrent un instant stupéfaits
mais pas pour longtemps. Ils fouillèrent leurs poches
à la recherche de boules de plomb, ramassèrent
d'autres pierres et les projectiles se mirent à siffler
d'autres vitres de phares, des pare-brise et des vitres
firent les frais de cette salve Au bruit, des gardes
cercle sortirent en courant de leur tente mais déjà la
bande s'était dispersée. Une heure après, elle se
signala devant la gare dont les fenêtres, les verrières
et les ampoules électriques servirent de cibles

Dès lors le nouveau jeu était trouvé Ils attendaient
que la nuit se fît leur complice puis, par petits
groupes pour mieux dépister les gardes et les soldats,
ils envahissaient la zone européenne Embusqués
derrière un tronc d'arbre, aplatis contre une palissade, couchés dans un fossé, ils ajustaient leur
fronde, tiraient et s'évanouissaient dans l'ombre Tout
ce qui brillait dans la nuit leur était bon, des fenêtres
aux lampadaires. On avait beau, le jour venu, rem-
placer les ampoules ou les vitres, le soir suivant le sol
était jonché d'éclats.

Ils poussèrent l'audace jusqu'à s'attaquer au poste
de police. Les grandes personnes n'approuvaient pas
ces nouvelles manifestations de l'activité des
« gosses », il y eut même des parents qui interdirent à
leur garçon de continuer à faire partie de la bande
qui se trouva ainsi réduite à sept soldats, toujours
sous les ordres du général Magatte Pourtant certains
ne pouvaient s'empêcher de penser que ces vitres qui
sautaient, ces lumières qui s'éteignaient, établissaient
une sorte de balance ; ils n'étaient plus seuls à supporter le poids de la grève.

Quant aux Européens, le sentiment de gêne et
d'inquiétude qui avait été le leur depuis des semaines,
fit soudain place à une véritable panique. Malgré le
renforcement des patrouilles, la peur s'installa dans

chaque maison. Ce n'était pas tant les pierres et les boulettes de plomb que l'appréhension de voir des corps noirs se glisser dans l'ombre qui transformait la nuit venue, chaque foyer en un petit fortin. On renvoyait les domestiques indigènes, on couchait tout armé et au moindre bruit, les doigts fiévreux cherchaient la détente d'un revolver ou d'un fusil Cependant que les « gosses », fatigués de leurs courses, dormaient à poings fermés

Entre ces expéditions nocturnes, ils avaient pris l'habitude de poursuivre leur entraînement pour rester maître de leur coup d'œil. N'importe quelle cible, vivante ou non, faisait l'affaire. C'est ainsi qu'un soir, alors qu'ils déambulaient frondes en main le long de la voie de garage qui se raccorde à la voie de Saint-Louis, le plus jeune d'entre eux, le petit Kâ, aperçut un lézard qui profitait d'un dernier rayon de soleil. L'enfant tendit les lanières de caoutchouc, visa une seconde entre les deux branches de la fourche et tira posément. Le lézard fit un bond et retomba sur le dos. On vit son petit ventre blanc se tordre un instant sur les pierres grises du ballast puis il demeura immobile. Un deuxième lézard pointa son nez derrière la roue d'un wagon et fila comme une flèche en direction d'une murette voisine. Sept projectiles firent sauter la poussière autour de lui ou tintèrent contre le rail qu'il venait de franchir

C'est à ce moment qu'Isnard apparut venant, lui aussi, de derrière le wagon. Il mit la main à sa poche et trois détonations retentirent Le petit Kâ reçut la première balle et tomba, tué net. Séne, avant même d'avoir pu se retourner, s'écroula à son tour tandis que les autres enfants s'enfuyaient en hurlant. Isnard, dont le bras tremblait, acheva de vider le chargeur et une dernière balle atteignit la jambe de Gorgui qui s'effondra entre deux rails.

Un instant hébété, Isnard resta le bras tendu puis

d'un geste mécanique il remit l'arme dans sa poche et se mit à courir en direction du quartier européen tout en marmonnant d'une voix haletante « On a tiré sur moi !, « On a tiré sur moi ! » « On a tiré sur moi ! »

Ce fut Magatte qui le premier arriva au syndicat pour annoncer le drame. Hors d'haleine, les lèvres tremblantes, les yeux ruisselants de larmes, il tenta d'expliquer comment, alors que ses camarades et lui chassaient des lézards, Isnard était soudain apparu avec son revolver, avait tiré et les avait tués. Mais dès ses premiers mots tous ceux qui étaient dans la salle commune se précipitèrent au dehors. Il y avait là Lahbib et Boubacar, Doudou et Séne Maséne, et aussi Penda, qui, depuis qu'elle faisait partie du comité de grève, portait un ceinturon de soldat par-dessus son pagne.

En un clin d'œil la nouvelle se répandit de concession en concession, de maisons en cabanes et dans les cours des taudis. Hommes, femmes, enfants, sortirent dans les rue par centaines et prirent la direction du dépôt. A chaque pas la troupe grossissait. Les jambes couraient, les bouches aux dents blanches ou aux chicots noircis hurlaient, des mouchoirs de tête flottaient dans le vent, quelques foulards planaient un instant au-dessus de la foule puis disparaissaient sous les pieds dans un tourbillon de poussière. Les femmes qui suivaient les hommes avaient des enfants dans les bras ou à cheval sur leur dos. En cours de route, elles ramassaient tout ce qui leur tombait sur la main : pilons, barres de fer, manches de pioches, pieds de lit cassés, bouts de planches qu'elles brandissaient vers le ciel comme des étendards. Sur les visages la faim, l'insomnie, la douleur, la peur avaient sculpté les traits de la colère.

Enfin, la foule arriva à l'embranchement et les corps des deux petits morts furent enveloppés dans

des linges blancs que le sang macula rapidement.
Gorgui fut emporté pleurant et gémissant et le long
cortège prit le chemin du retour. Cette fois les
femmes venaient en tête, menées par Penda, Dieynaba et Mariame Sonko. En passant devant le quartier des employés européens, la colère atteignit son
paroxysme, les bras se levèrent, les bouches hurlèrent
des injures, des mots sans suite qui jaillissaient
comme une bave.

Devant la résidence de l'administrateur, les deux
cadavres furent déposés à même le trottoir et les
femmes entonnèrent un chant funèbre. Entre-temps,
des gardes, des soldats, des gendarmes à cheval
étaient arrivés et avaient formé un cordon protecteur.
Peu à peu le chant s'éteignit et la foule entière
demeura silencieuse. Mais ce silence voulait dire plus
que les clameurs : il venait des feux éteints, des
marmites et des calebasses vides, des mortiers et des
pilons fendus, des machines du dépôt entre lesquelles
les araignées tissaient leurs toiles. Plus d'une heure
s'écoula ainsi et les soldats eux-mêmes devant cette
foule muette demeurèrent silencieux.

Enfin le cortège se reforma. On vit encore les corps
des enfants devant la gare, dans les faubourgs de
N'Ginth et de Randoulène, au marché et au Grand
Thiès.

Ce ne fut qu'à la nuit tombée, alors que la masse
du fleuve humain se confondait déjà avec les
ténèbres, que prit fin cette randonnée funèbre et que
les deux petites dépouilles furent ramenées à leurs
familles.

Trois jours plus tard, la direction de la Régie
faisait savoir aux grévistes que leurs représentants
seraient reçus.

AU « VATICAN »

TOUTES semblables avec leurs toits de série, leurs pelouses vertes bien entretenues, leurs allées ratissées, leurs perrons que ceinture une balustrade de ciment, les villas des employés blancs de la Régie s'alignaient pour former un quartier bien à part de la ville que Lahbib avait un jour baptisé, sans que l'on sût pourquoi, « le Vatican ».

Malgré la proximité du dépôt et de ses fumées, les couleurs étaient gaies. Aux poteaux soutenant les auvents des vérandas grimpaient des lierres et des vignes. Des fleurs en pots ou en caisses ornaient les balustrades. Dans les jardins qu'ombrageaient les bougainvilliers, des massifs de roses, de marguerites, de gueules-de-loup faisaient des vaches vives. Le long des trottoirs et des allées des bandes d'enfants rieurs se poursuivaient, poussaient leurs trottinettes ou jouaient avec les tuyaux d'arrosage.

La vie était facile au « Vatican », si facile qu'elle en devenait monotone et que, les enfants mis à part, les habitants avaient pris cet air renfrogné et maussade qui est la marque de l'ennui. Mais la grève avait bien modifié cette atmosphère, la tension avait succédé à l'ennui et la peur s'était mêlée à l'irritation. Les hommes avaient en secret constitué des groupes de vigilance.

Les Isnard habitaient au n° 7, entre la villa de Victor et celle de Leblanc. Les « anciens de la Colo »

comme ils aimaient s'appeler entre eux, avaient pris
l'habitude de se réunir chez le contremaître. On
venait là faire un tour d'horizon, supputer les chances
d'un avancement, donner et recevoir des nouvelles ;
on y formait de petites ligues, on y conspirait un peu,
on y médisait beaucoup et c'était la plupart du temps
la maîtresse de maison qui menait le jeu.

Béatrice Isnard, la quarantaine bien passée, luttait
fermement contre les coups bas de l'âge. La nuit
venue elle se couvrait le visage d'une épaisse couche
de crème grasse et — avant la grève — dormait sur
la véranda pour que la fraîcheur nocturne affermisse
sa peau. Elle n'était pas satisfaite de son visage, de
son nez trop long, du duvet noir qui, telle une mauvaise herbe, repoussait sans cesse au-dessus de sa
lèvre supérieure malgré les épilations.

Ce soir-là, elle avait à dîner Victor, Leblanc et un
jeune employé nouvellement débarqué que tout le
monde appelait déjà familièrement : Pierrot. Elle
allait et venait dans sa cuisine méticuleusement
propre et ordonnée, houspillant la cuisinière noire et
le boy de la cuisine :

— Tu n'as pas encore battu les œufs ? Grouille-
toi ! Vous allez me faire rater mon dîner.

Dans la salle à manger voisine le deuxième boy
mettait le couvert sur une nappe impeccablement
blanche où s'alignaient déjà des bouteilles de vin. On
entendait par la porte entrouverte les voix des
hommes qui prenaient leurs apéritifs dans le salon,
groupés autour d'une table basse dont le bois ciré
reflétait les couleurs variées des bouteilles, les verres,
le seau à glace, les paquets de cigarettes.

— Je ne sais pas ce qui m'a pris ! J'ai tiré sans
savoir ce que je faisais !

Pour la centième fois Isnard répétait cette phrase
sur un ton monotone, presque enfantin, comme s'il
essayait de retrouver un passage d'une leçon depuis

longtemps oubliée. Depuis le soir du drame, il vivait
dans une sorte de torpeur. Il était resté vingt-quatre
heures sans rien dire à sa femme ; de temps en temps
il cherchait ses enfants et les serrait contre lui, le
regard vague. Il leur avait interdit de sortir, même du
jardin. Quant à Béatrice, lorsqu'il s'était enfin décidé
à lui apprendre la nouvelle, elle avait déclaré : « Tu
sais, un ou deux enfants de plus ou de moins, ça ne
compte guère pour eux. C'est incroyable le nombre
de gosses qui pullulent dans leurs quartiers... Les
femmes n'attendent pas d'accoucher qu'elles sont déjà
pleines... » Mais Isnard continuait de marmotter :
« Je ne sais pas ce qui m'a pris, je ne sais pas ce qui
m'a pris. »

— Ecoute, dit Victor, arrête de penser à ça. On est
tous sur les nerfs. Il y a des moments où je me prends
à me dire à moi-même : « Allez, sors et fais-toi
tuer !... » Cette façon qu'ils ont de vous reluquer, ça
vous démolit ! N'y pense plus ! Personne ne t'a vu,
ça va s'oublier...

Le nouveau venu, les lèvres serrées sur sa cigarette,
écoutait parler les anciens. Depuis son arrivée, il ne
pouvait s'empêcher d'éprouver pour eux une sorte
d'admiration, pour cette vie dure, ingrate, mais
combien passionnante qui avait dû être la leur. Victor
décroisa ses jambes, se pencha vers la table et, tout
en se servant, s'adressa à son jeune voisin :

— Vois-tu, petit, il faut savoir oublier. Il y a vingt
ans, il n'y avait rien qu'une brousse plate. Cette ville,
c'est nous qui l'avons bâtie. Maintenant, ils ont des
hôpitaux, des écoles, des trains, mais si jamais nous
partons, ils sont foutus, il n'y aura plus rien, la
brousse reprendra tout !

Pierrot recula sa chaise et alluma une nouvelle
cigarette :

— Je voudrais savoir comment ils vivent, dit-il
d'une voix peu assurée. Je me suis baladé un peu ces

jours-ci, mais je n'ai pas vu grand-chose : du côté du champ d'aviation il y a de vraies tanières. Ça grouillait là-dedans et ça puait !... J'ai voulu photographier un gosse mais une mère est sortie et est venue me hurler sous le nez. J'ai laissé tomber mais je ne m'imaginais pas l'Afrique comme ça !

— C'est de leur faute s'ils sont mal logés. Tu peux toujours photographier les boys ou les mendiants mais ne leur donne pas plus de vingt francs ! D'ailleurs ce coin de l'Afrique est moche et à part deux ou trois villes, le Sénégal n'est pas intéressant. Parle-moi de l'A.E.F. Ça c'est autre chose, ça, c'est l'Afrique avec sa vraie faune... et puis les indigènes sont plus dociles !

Le jeune homme ne se laissa pas décourager :

— Vous pourriez me donner un tuyau. J'aimerais connaître une vraie famille africaine.

— Tu as dû lire trop de livres sur l'Afrique ! Laisse tomber ces balivernes. Moi qui suis un des plus anciens je n'ai guère de relations avec eux. Ils gardent leurs distances, nous aussi. En dehors des domestiques et du travail, zéro pour la question. Tiens, demande à Isnard.

Mais Isnard n'est pas là. Les yeux mi-clos, il fixe le mur blanc. Il vient de s'enfuir, de s'échapper, de se mettre à l'abri dans un rêve. C'est l'hiver, la neige a recouvert les sapins qui montent à l'assaut des pentes et des toits pointus des maisons. Isnard est chez lui. dans ce petit hameau des Vosges. Le printemps arrive tout de suite avec ses bourgeons et ses eaux claires qui ruissellent partout. Bientôt c'est la fête sur la place du village. L'hôtelier a sorti tables et chaises, on va danser ce soir. On danse dans l'air tiède. Il y a des jeunes filles, une jeune fille qui s'éloigne en direction du viaduc. Il la suit, la rejoint. Elle fait la farouche, boude un peu mais ses yeux la trahissent... Et voici que l'été passe. Les feuilles sont par terre, seuls les sapins restent verts, c'est le moment de la récolte du miel...

— Eh bien, eh bien, messieurs, on n'est pas bavard aujourd'hui !

C'est Béatrice qui vient d'entrer tout en dégrafant son tablier blanc aux plis soigneusement repassés.

— Oh, bonjour, madame, dit Pierrot en se levant. Je demandais justement à M. Leblanc et à votre mari comment je pourrais faire pour connaître une famille noire.

— Je ne vous le conseille pas ! dit Béatrice, et son ton indiquait clairement qu'elle avait l'intention d'organiser elle-même la vie du nouveau venu. Vous n'avez rien à y gagner sinon des poux et peut-être une de leurs maladies... Dire que ces demi-civilisés font la grève ! On aura tout vu !

— C'est justement ce que je voudrais comprendre, madame.

— Il n'y a rien à comprendre, ce sont des enfants, c'est tout ! On leur monte la tête et cette grève va leur coûter plus cher qu'elle ne leur rapportera. Ils vont perdre l'estime de toute la ville. Et puis, vous vous rendez compte, ils sont polygames et ils veulent les allocations familiales, avec le nombre d'enfants qu'ils ont, c'est incroyable !

Cette diatribe avait fait sortir Isnard de son rêve. Il regarda son jeune voisin, but une gorgée :

— Moi j'ai fait tout pour eux, j'y ai laissé ma jeunesse et ma santé, et ils nous traitent en oppresseurs !

— Tiens, raconte-lui donc l'histoire de ta négresse, dit Béatrice en s'asseyant sur l'appui-bras du canapé.

Isnard posa son verre, fronça les sourcils comme s'il faisait appel à une mémoire défaillante :

— C'était il y a un bon bout de temps, une nuit, je venais de m'endormir, non sans peine. En quinze ans de colo, je n'ai pas revu une nuit pareille, un noir de four et un vent à enlever les baraquements, parce que dans ce temps-là on n'avait pas encore les bungalows. Donc j'étais couché et tout à coup j'entends : « Missé, Missé ! » Sur le moment j'avoue que j'ai eu un peu peur, puis j'ai pensé en rigolant que c'était peut-être une fille pour un soir... Bref, je me lève, je vais ouvrir la porte, j'allume ma torche et qu'est-ce que je vois ? Une négresse, une énorme négresse. Je la regarde mieux et je vois qu'elle a un ventre gros comme une barrique. Et la voilà qui se met à beugler : « Doctor, Doctor ! » Moi je ne pigeais pas ce qu'elle voulait dire avec son « doctor ». Et tout à coup ma bonne femme tombe à quatre pattes en criant comme une sauvage et se met à accoucher, oui, à accoucher là devant moi. L'enfant était sorti, mais je n'avais rien pour le séparer de sa mère, rien ! Alors, vous savez ce que j'ai fait ?

Pierrot, à qui la vision de ce gros corps ouvert, de ce sang, donnait une vague nausée, fit non de la tête.

— Eh bien, je l'ai fait avec mes dents, parfaitement avec mes dents !

— Boudou ! fit le jeune homme.

— Vous voyez, hein ? dit Béatrice, voilà comment nous sommes à la colonie !

A ce moment on entendit une voix grasseyante qui venait de la véranda :

— Ne croyez pas un mot de ce que vous dit ce sacré menteur !

C'était Leblanc qui faisait son entrée. Il était déjà saoul et faillit tomber en franchissant la dernière marche du petit escalier.

— Cette histoire qu'on a entendue cent fois est la plus idiote que je connaisse, ajouta-t-il en pointant un doigt mal assuré dans la direction d'Isnard. Regar-

dez-le ! Avec ses dents, qu'il dit ! Il porte un râtelier
avec lequel il n'est pas foutu de mordre dans un baba
au rhum ! Quant à vous, mon jeune ami, vous êtes
bien gentil, mais attendez un peu et dans quelque
temps vous verrez ce qu'elle sera devenue cette belle
sympathie ! Moi, je n'aime pas les Noirs, je vous le
dis franchement, non seulement ils nous méprisent,
mais maintenant voilà qu'ils veulent nous ignorer...
Savez-vous ce que nous sommes ici, jeune homme ?
un poste avancé en pays ennemi !

Isnard, Béatrice et Victor regardèrent Leblanc
« l'intellectuel du Vatican » comme ils l'appelaient
par dérision. Ils recevaient Leblanc parce qu'il était
de leur race, mais ils n'avaient que mépris pour ce
raté, cet ancien étudiant qui avait un beau jour
débarqué en Afrique, « pour faire de l'ethnogra-
phie », avait vagabondé de-ci de-là en compagnie
d'un Haïtien, puis un jour avait accepté un petit
emploi à la Régie et depuis n'avait plus quitté
l'Afrique, partageant son temps entre son travail et la
boisson. Peu nombreux étaient ceux qui savaient que
la déchéance de Leblanc était moins le fait d'une
ambition déçue que celui d'une attente découragée.
C'est en vain qu'il avait tenté de nouer des relations
amicales avec des Africains, son savoir les intimidait,
sa timidité les tenait à distance. Cette hostilité ou
plutôt cette absence de réponse à ses avances l'avait
peu à peu découragé, l'alcool avait accentué son
amertume et avait fini par faire de lui un être déchu
dont les Noirs riaient et que les Blancs méprisaient.

Pierrot ne pouvait détacher son regard de ce visage
avachi dont la peau mal rasée et jaunâtre ressemblait
à celle d'un volatile déplumé ; les paupières lourdes
étaient fripées, les stigmates du climat et ceux de
l'alcool avaient déformé les traits, creusé les rides ;
par l'échancrure de la chemise largement ouverte
venait une odeur de mauvaise sueur.

Le jeune homme se leva comme pour prendre congé, mais Béatrice l'arrêta du geste :

— Non, non, monsieur Pierre, vous allez rester à dîner avec nous. Nous attendons Edouard.

— Restez donc, jeune homme, dit Leblanc en se servant un nouveau verre. Edouard est un important personnage, il vaut mieux l'avoir dans sa manche. Croyez-moi à la colonie un coup de piston vaut mieux que vingt ans de travail. Demain c'est Edouard qui va représenter la maffia auprès des Nègres !

Béatrice se retourna brusquement :

— Tu n'as pas honte, Leblanc, de te conduire comme ça ? Qu'est-ce que M. Pierre va penser de la solidarité entre les anciens ?

— Ah oui ? Et les Nègres, que pensent-ils de nous ?

— Tu nous emmerdes avec tes Nègres, coupa Victor d'un ton dur.

— Ce sont eux qui vous emmerdent ! Et vous n'avez rien vu. Maintenant qu'on a tué ces deux gosses, ça va être l'heure de la vérité !

— Quelle vérité, Leblanc ? dit une voix enjouée qui venait de la véranda. Salut à tous !

C'était Edouard qui, un gros porte-documents à la main, faisait son entrée.

— Enfin, c'est vous, Edouard. Asseyez-vous et prenez un verre. Mais d'abord, je vous présente notre nouveau stagiaire...

— Bonjour monsieur, bonjour, Isnard, ta femme est toujours aussi belle, la chaleur ne l'atteint pas, quel cran !

— Tu ne changes pas non plus, toujours cavaleur ! Et ta bourgeoise ?

— Elle continue à se bagarrer avec ses boys, à part ça tout va bien.

— Ils deviennent vraiment insupportables et je...

— Bien heureux de les avoir ! Encore un de nos privilèges qui sera pénible à perdre, dit Leblanc, quatre domestiques noirs pour le prix d'un en Europe !

— Allons, Leblanc, mesure tes paroles, ça va finir mal. Tu ferais mieux d'aller voir le Dr Michel !

— Je le connais ton Dr Michel et je sais ce qui se passera. Je n'aurais pas tourné le dos que le téléphone sonnera chez lui : « Allô, c'est vous, docteur ? Leblanc va venir vous voir. Ça ne va pas, il est bon à rapatrier, vous savez ! »

D'une main Leblanc tenait son verre et de l'autre un écouteur imaginaire. Il mimait la scène tout en parlant. Lorsqu'il eut fini, il vida son verre d'une lampée puis se laissa aller contre le dossier du fauteuil comme si d'un seul coup la fatigue l'avait anéanti.

— Quoi de neuf à Dakar ? demanda Victor s'adressant à Edouard.

— Rien de nouveau, mais ils ont des nouvelles de Thiès... ils sont au courant de l'histoire des apprentis... Enfin, je rencontre ces lascars demain et vois ce qu'ils ont dans le ventre...

— Tu as des instructions pour leur donner satisfaction ou pour un compromis ?

— Satisfaction complète, pas possible. Mais il faut les voir. Ce sont des enfants qui veulent apprendre à marcher tout seuls, il faut leur donner la main.

— Tu sais que s'ils obtiennent satisfaction, nous sommes foutus.

— Ecoute, Victor, je suis venu de Dakar avec des consignes bien arrêtées et j'ai vu Dejean avant de venir ici. Il faudra faire tout le possible pour le réajustement des salaires ; pour le reste, je verrai et je ferai mon rapport, mais il faut se rendre compte qu'ils ont bien travaillé, les bougres ! Savez-vous qu'à Bamako ils se sont emparés de l'un des leurs qui

avait repris le travail, en se déguisant en gendarmes,
et qu'ils l'ont jugé à notre barbe ! Ça s'est raconté
partout. A Dakar et à Saint-Louis des femmes se sont
bagarrées avec la troupe. Et puis il y a eu l'histoire
des millions offerts à un délégué que tout le monde
raconte. Enfin, savez-vous que Bakayoko, leur
meneur, a réussi à collecter plus de cinquante mille
francs quand il a pris la parole dans un meeting à
Saint-Louis...

— Je le croyais à Kayes, dit Victor.

— Il y a été puis il est venu tout près de vous, à
Diourbel, de là il est remonté sur Saint-Louis, il va
revenir ici.

— C'est un homme dangereux, dit Isnard.

— Tu as raison, dit Leblanc en ouvrant un œil,
très dangereux, mais fais attention, mort il serait
encore plus dangereux que vivant.

— Décidément, il n'y a rien de plus emmerdant
qu'un raté ! dit Victor en regardant Leblanc méchamment.

— C'est vrai, je suis un raté, dit Leblanc. J'ai tout
raté, même ma trahison. J'aime les Noirs mais ils me
ferment leur porte au nez. Pourtant je leur ai envoyé
vingt mille francs pour leur grève. Oui, messieurs, ce
n'est pas la peine de me regarder avec vos yeux de
maquereaux trop cuits, je l'ai fait : deux fois dix
mille francs !

Il se leva et se heurta à la table où les verres
tintèrent. Il emplit à nouveau le sien et le vida d'un
trait.

— Ça vous la coupe, hein ? Bande de... Et j'irai
les voir pour leur dire ce que vous complotez. Oui, je
suis un raté, mais quand je suis près de vous, les
ratés c'est vous. Tiens, Victor, sais-tu pourquoi la
Grèce n'a pas pu se défendre ? Non, tu ne le sais pas,
tu es bien trop con pour ça ! Oui, les Nègres ne
m'aiment pas, mais c'est à cause de vous et de vos

semblables. Parce que moi, je la connais l'Afrique, cette garce d'Afrique, tu entends, le petit jeunot, si tu l'aimes, elle te donnera encore, elle est si généreuse qu'elle n'arrête pas de donner et si gourmande qu'elle n'arrête pas de dévorer !

En avançant, il heurta la chaise de Pierre et il serait tombé si celui-ci ne l'avait pas soutenu.

— C'est entendu, les Nègres nous haïssent, eh bien, je ferai tout pour qu'ils vous haïssent encore davantage !

— On va l'accompagner, dit Victor.

— C'est ça, dit Isnard, on va te reconduire chez toi.

Ils rattrapèrent l'ivrogne qui, d'un pas mal assuré, avait commencé à descendre les marches de la véranda.

— Je ne veux pas, je sais ce que vous allez faire, je ne suis pas fou, laissez-moi !

Ils le prirent chacun sous un bras et l'entraînèrent. Des gamins, attirés par le bruit, s'attroupèrent sur le trottoir, des fenêtres s'ouvraient dans les villas voisines.

Pierrot était resté debout devant la table, gêné. Béatrice s'approcha de lui si près que sa poitrine frôla celle du jeune homme :

— Il fallait s'y attendre, dit-elle. Restez dîner avec nous, ils ne vont pas tarder à rentrer. Nous ferons mieux connaissance. — Puis elle ajouta d'un ton dur : — Ainsi finissent les imbéciles.

LE RETOUR DE BAKAYOKO

COMME semées à la volée, les étoiles piquetaient le ciel de leurs grains dorés. La terre refroidissait sous une brise nocturne descendue du haut Sénégal qui annonçait la prochaine venue du changement de saison, les insectes et les oiseaux chantaient leurs hymnes à la nuit.

L'obscurité était si dense qu'on ne pouvait distinguer l'homme qui, d'un pas sûr et régulier, suivait l'enchevêtrement des ruelles et semblait glisser entre les paillotes et les cases. Il sifflotait un petit air guilleret, s'arrêtant de temps à autre pour écouter un miaulement de chat ou un ronflement sonore venu d'une case voisine. Il avait sommeil et se demandait où il allait pouvoir dormir. « J'irais bien à la permanence, mais ça m'ennuie de réveiller les gars... si j'allais plutôt chez le vieux Bakary, il sera content de me voir. »

Enfin, arrivé au bout d'un sentier, il alluma son briquet ; la flamme éclaira une modeste case dont un pan était étayé par des planches. Entre les planches, il y avait une petite fenêtre. Bakayoko frappa au volet de bois puis, faisant quelques pas, il se planta devant la porte fermée par une vieille couverture

— Qui est là ? demanda une voix cassée et les mots furent suivis d'une quinte de toux.

— Ibrahima Bakayoko, fils de N'Fafini Bakayoko et de Niakoro Cissé.

— *Lémé, Lémé* (1) ! dit le vieux Bakary, entre vite ! Quand es-tu arrivé ?

— Ton seuil est le premier que je franchis, père.

— Tu as bien fait, ta première visite me revenait. As-tu mangé ?

Bakayoko sentit une note d'angoisse dans la voix du vieillard.

— Oui, père, j'ai mangé.

— Entre, je crois que ta mère Fanta dort encore.

Les deux hommes pénétrèrent dans la hutte et, à la lueur d'une bougie plantée à même le sol, Bakayoko vit un corps de vieille femme qui lui tournait le dos.

Bakary s'assit sur le bord du lit :

— Comment vont les tiens, ta mère, ta femme ?...

— A mon départ tout le monde allait bien ; mais il y a un moment que je n'ai plus de nouvelles, sauf une lettre d'Ad'jibid'ji qui me parle de l'affaire Diara.

— Nous sommes au courant de l'affaire Diara. C'est triste, mon fils. Mais c'est bien... Seulement moi, je suis un peu étonné de voir tant de gens s'entendre ainsi ensemble.

Tout en parlant, Bakary examinait l'homme qu'il avait devant lui. Bakayoko était vêtu d'un pantalon blanc ravé de noir , en entrant, il avait posé son *froc* (2) dans un coin avec sa canne et son baluchon. Il était chaussé de sandales de berger peulh dont les lanières de cuir s'entrelaçaient sur ses chevilles, son *maka* (3) était rejeté sur son dos.

— Je vais te laisser dormir, je coucherai devant la porte, dit Bakayoko.

— Couche ici, je vais te donner une couverture, dit Bakary en désignant du doigt le sol battu.

(1) Mon enfant.
(2) Sorte de tunique fendue des deux côtés.
(3) Chapeau de paille.

— Merci, père, j'ai tout ce qu'il me faut. Passe la
nuit en paix.

Bakayoko souleva la couverture qui servait de
porte et regarda les étoiles. « J'ai pour deux heures
de sommeil, songea-t-il, c'est mieux que rien. » De
son baluchon, il sortit un pagne haoussa qu'il étendit
par terre, il délaça ses sandales, posa son maka en
guise d'oreiller et s'étendit. Trois minutes plus tard il
dormait, car il était de ceux qui peuvent commander
au sommeil.

Bien que Bakary se fût levé tôt, il ne trouva
aucune trace du passage de Bakayoko. « Je n'ai pas
rêvé ! » dit-il en jetant un coup d'œil aux autres
pièces de la petite maison. Il questionna Fanta. Elle
non plus n'avait rien vu, rien entendu. Il se rendit au
siège du syndicat où il trouva Lahbib ; celui-ci
n'avait pas été averti de l'arrivée de Bakayoko. On
commença à se moquer du Vieux en lui disant qu'il
avait des visions. Bakary n'aimait pas qu'on l'appelât
ainsi, d'autant plus que les jeunes qui disaient ce mot
en français y ajoutaient souvent « dingue » ou
« con ». On envoya Samba à la recherche de
Bakayoko mais il revint bredouille. Peu à peu la salle
s'emplissait car c'était l'ultime réunion avant la rencontre avec les représentants de la Compagnie qui
devait avoir lieu dans l'après-midi. Peu après,
Edouard, l'inspecteur du travail qui devait servir
d'intermédiaire entre les grévistes et la Régie, arriva à
son tour. Tous les délégués étaient présents, y compris ceux de Dakar parmi lesquels se trouvait
Daouda, dit Beaugosse. La porte fut fermée.

Mais sur la place et dans les rues avoisinantes, la
foule commençait à se rassembler, une foule bigarrée
dont le soleil de midi avivait les couleurs, une foule
où dominaient les femmes et que les enfants animaient de leurs courses et de leurs cris. Puis des tam-
tams se mirent à vibrer.

Bakayoko dut fendre la cohue pour arriver à la maison syndicale. On le reconnut à son maka, des mains se tendirent. Samba N'Doulougou qui était sur le perron l'aperçut :

— Hé, *Bambara dyion* (1), te voilà ! Alors Bakary l'Ancien avait raison !

L'escalier était encombré de grévistes qui en obstruaient les marches jusqu'à la porte. Bakayoko se fraya un passage tout en serrant des mains. Sur la dernière marche, il s'arrêta devant la porte. Boubacar, le gros forgeron qui montait la garde, le prit par les épaules et l'embrassa.

— Te voilà, Bambara dyion, tu n'es pas gras !

Mais soudain, ils demeurèrent immobiles. De la rue un chant montait. Les femmes que Dieynaba et Penda avaient formées en cortège, improvisaient un chant qu'elles dédiaient à leurs hommes.

Il fait jour et c'est un jour pour l'Histoire,
Une lueur vient de l'horizon.
Il n'y a plus de « Fumée de la savane »,
De Dakar à Koulikoro.
C'est le Dix Octobre, journée décisive,
Nous l'avons juré sur le « Grouille Yaram » (2)
Nous, vos femmes, vous soutiendrons jusqu'au bout.
Pour surmonter les duretés de la lutte
Nous vendrons boubous et bijoux.
Vous avez allumé le flambeau de l'espoir,
Elle n'est plus loin, la victoire.
Il fait jour et c'est un jour pour l'Histoire,
Une lueur vient de l'horizon.

Au chant succédèrent des cris et des battements de tam-tams.

(1) Esclave bambara.
(2) Place publique.

— Ils sont tous là, dit Boubacar, et il y a un Blanc.

— Un Blanc ?

— Oui, l'inspecteur du travail.

Bakayoko écouta encore un instant les bruits de la rue, puis rejetant son maka sur son dos, il entra dans la petite pièce qui servait de bureau, suivi du forgeron.

Autour de la table, une dizaine d'hommes étaient assis. Bakayoko se dirigea vers une chaise libre à côté de celle occupée par Edouard.

— Excusez mon retard, dit-il en s'asseyant.

— Vous connaissez Ibrahima Bakayoko ? dit Doudou qui présidait la séance, en s'adressant à l'inspecteur du travail — il est le responsable des roulants en même temps que le délégué de la région soudanaise. Bakayoko, ton voisin est M. Edouard, inspecteur du travail, qui est venu de Dakar pour servir de médiateur entre la direction et nous.

Tandis que Bakayoko jetait un rapide coup d'œil sur les délégués assis autour de la table et constatait qu'il les connaissait tous, sauf le jeune Daouda qui s'était installé un peu en retrait entre Lahbib et Balla, Edouard regardait son voisin à la dérobée. Les lèvres épaisses, striées de rides obliques, donnaient au visage, lorsqu'elles se serraient, une impression de dureté que ne démentaient pas les yeux légèrement bridés profondément enfoncés dans les orbites. Une longue balafre qui partait de l'aile gauche du nez et atteignait la mâchoire inférieure, accentuait la sévérité des traits.

— Nous pourrions continuer, di Bakayoko, qui ne désirait pas voir prolonger le silence.

— Nous écoutions M. Edouard, dit Lahbib.

L'inspecteur était mal à l'aise, la présence de Bakayoko le gênait. De plus, en entrant dans la pièce, il avait involontairement marché sur le pied de

Samba N'Doulougou et il avait encore dans l'oreille les paroles de celui-ci : « Alors, ça ne suffit pas de marcher sur les colonies, il faut encore qu'on piétine les colonisés ! »

— J'étais en train de préciser, dit-il, que je suis ici à titre de médiateur entre la Régie et vous. Vos revendications ont été étudiées à Dakar avec sérieux et en profondeur. Il en est qui se sont révélées justes, seulement elles se heurtent à des difficultés réelles. Le bilan de l'année dernière n'a pas été bon et cela nous oblige à écarter momentanément la question des allocations familiales (1). La retraite devra être étudiée en fonction du niveau technique des intéressés, enfin le rappel de l'augmentation des salaires doit être envisagé en fonction du coût de la vie. Si vous êtes d'accord pour que, momentanément, je le répète, ces trois points soient reportés, nous pouvons nous rendre dès maintenant aux bureaux de la Régie. Qu'en pensez-vous, monsieur Bakayoko ?

— Je ne suis pas seul ici, monsieur...

Bakayoko se tut et se mit à bourrer sa pipe.

— Vous venez d'entendre ce que M. Edouard avait à nous proposer. Nous devons supprimer trois de nos demandes, dit Lahbib.

— Il me semble que ce serait préférable, ajouta vivement l'inspecteur, et...

— Je ne vois pas très bien ce qui restera sur notre cahier de revendications !

— ... Mais je suis sûr que la direction facilitera la reprise si vous allégez vos demandes. Les choses s'amélioreront peu à peu, les questions en litige seront réglées par étapes. Demandez à ceux de

---

(1) Vu la polygamie, la question des allocations familiales reste épineuse. De cette grève à nos jours, seuls les cadres et la maîtrise les perçoivent, la première épouse étant reconnue, mais les autres enfants sont quand même comptés.

Dakar, ils vous diront que je suis votre ami et que je m'efforce de tout arranger.

Lahbib regarda Doudou.

— Si nous votions à mains levées, dit celui-ci, mal à l'aise dans son rôle de président de-séance.

Bakayoko allumait sa pipe posément, le fourneau tourné vers le bas, la flamme du briquet éclairant ses mâchoires osseuses.

— Pourquoi voter, Doudou, nous avons encore des choses à dire, dit-il en envoyant une bouffée de fumée vers le plafond.

— C'est que le temps presse, dit Edouard.

— Le temps presse, en effet, mais pas pour ceux auxquels vous pensez. Combien y a-t-il de temps que vous êtes en Afrique ?

— Cela va faire sept ans.

— Sept ans que vous êtes à l'inspection du travail, sept ans pendant lesquels vous avez su que la Compagnie nous grugeait, sept ans pendant lesquels vous n'avez pas levé le petit doigt. Et voici que maintenant vous tombez du ciel comme un sauveur !...

Bakayoko s'arrêta un instant, regarda son voisin droit dans les yeux, et son regard signifiait qu'il n'attendait aucune réponse, puis il se tourna vers ses camarades :

— Sommes-nous, oui ou non, responsables de ce que nous avons entrepris ? Nous avons pu commettre des erreurs et sans doute en ferons-nous encore, mais est-ce une raison pour abandonner ceux qui nous ont suivis, ceux qui subissent la famine, ceux que l'on emprisonne, ceux que l'on tue ? Ce généreux monsieur vient nous annoncer que les allocations familiales sont conditionnées par les résultats du dernier bilan. Ne serait-il pas plus exact de dire qu'on ne veut pas nous les accorder sous prétexte que nous sommes polygames ? Pour avoir droit à la retraite, les vieux devraient passer des tests, mais lorsqu'on les

a recrutés, il y a vingt ou trente ans, leur a-t-on
demandé un certain niveau d'instruction technique et
depuis lors cette technique n'a-t-elle pas évolué ? Le
rappel des salaires représente, paraît-il, des sommes
considérables, pourtant il ne nous faut pas grand-
chose pour vivre et ne t'a-t-on pas proposé trois
millions d'un seul coup, Doudou ? Résumons-nous.
Nous sommes sur la voie et devant nous nous
croyons voir un obstacle qui nous fait peur. Allons-
nous nous arrêter et dire aux voyageurs : « Je ne
peux plus avancer, j'ai peur de quelque chose, là-
bas ? » Non, nous avons la responsabilité du convoi,
nous devons foncer jusqu'à voir s'il y a vraiment un
obstacle. Monsieur l'inspecteur ici présent est cet obstacle qui nous fait peur, nous ne devons pas nous y
arrêter. Est-il sincère lorsqu'il dit qu'il veut nous
aider ? Je n'en sais rien et ne me demandez pas si je
le crois ! Mais il devrait savoir qu'après des mois
de grève tels que nous les avons subis, il nous
est impossible de le considérer comme étant à nos
côtés. Voilà ce que j'avais à dire et je l'ai dit en
français pour qu'il comprenne, bien que je pense que
nous aurions dû parler en oulofou qui est notre
langue.

Bakayoko se tut et frotta la pierre de son briquet
pour rallumer sa pipe éteinte, puis il se laissa aller
contre le dossier de sa chaise d'un mouvement lent,
presque langoureux. Il avait un cœur sans méchan-
ceté, mais il venait de parcourir plus de quinze cents
kilomètres et les souffrances, les privations, les
drames dont il avait été témoin l'avaient durement
éprouvé. Il fut étonné de constater que les battements
de son pouls avaient le même rythme que ceux du
tam-tam que l'on entendait quoique la porte et la
fenêtre fussent fermées.

Les autres le regardaient et parmi eux Beaugosse
qui malgré la jalousie qui commençait à lui serrer la

gorge, ne pouvait s'empêcher d'admirer le calme et la maîtrise de cet homme. Quant à Edouard, il avait été plus surpris que choqué par la dureté des paroles de Bakayoko. Il avait bien compris que la dernière phrase signifiait que sa présence n'était plus désirée. Il n'avait qu'à prendre son porte-documents, à se lever et à partir, mais il n'en était pas capable et restait soudé à sa chaise. C'était sur sa propre demande que la Régie l'avait désigné comme médiateur. Il avait fait son possible pour mériter la confiance que les siens avaient mise en lui tout en essayant de comprendre ceux qu'il avait désiré rencontrer et voici que ceux-ci le rejetaient. Il était gêné, blessé, frustré d'une mission en laquelle il avait cru.

A ce moment, la porte s'entrouvrit et l'on vit paraître un visage tout ridé.

— Tiens, voilà l'Ancien ! dit Samba N'Doulougou.

Bakayoko fit signe au vieillard d'approcher et lui dit quelques mots en hasounké, langue qu'ils étaient tous deux seuls à comprendre, puis, s'adressant à Edouard :

— Voudriez-vous avoir l'amabilité de nous attendre dehors, monsieur, nous avons encore quelques choses à nous dire.

Le front rougi par la colère, l'inspecteur empoigna sa serviette et suivit le vieux Bakary qui, tout heureux d'avoir quelque chose à faire qu'il pourrait ensuite raconter, lui ouvrit la porte avec un grand sourire.

La porte refermée, Bakayoko demanda en oulof :

— Y en a-t-il qui n'approuvent pas ce que j'ai dit ?

— Je suis d'accord pour qu'il s'en aille, dit Balla le soudeur, nous sommes assez grands pour savoir ce que nous avons à faire.

— Moi aussi, moi aussi.

— Nous ne changerons rien aux revendications, dit Lahbib, nous pouvons partir. Seulement, la délégation doit être de six membres et nous sommes dix.

— Il n'y a qu'à choisir, dit le délégué de Saint-Louis.

— Il n'y a pas de raison. Allons-y tous ensemble, dit Bakayoko.

Comme les délégués se levaient autour de la petite table, Bakary réapparut :

— Fils, le toubabou que tu m'avais dit de raccompagner est parti.

— Tant mieux, père, dit Bakayoko, et un par un ils s'engagèrent dans l'étroit escalier.

Du siège du syndicat aux bureaux de la Régie, il y avait dix minutes de marche. Le long des rues la foule avait formé une haie vivante et bruyante. Les femmes étaient les plus excitées, sans cesse elles reprenaient le chant de la grève. Doudou marchait en tête de la délégation, à sa droite se trouvait Lahbib dans son complet de coutil blanc sur lequel tranchait une cravate noire chiffonnée et à sa gauche Bakayoko qui avait remis son chapeau de paille et n'avait pas abandonné sa pipe. Derrière suivaient Balla, Samba, Beaugosse, Boubacar et les autres délégués. La foule se refermait sur eux et leur faisait cortège. Devant l'entrée de l'immeuble du Dakar-Niger, un cordon de troupes montait la garde. Les soldats s'écartèrent pour laisser passer les délégués puis refermèrent leur rang.

— On reste jusqu'à leur retour, dit Penda, profitant de ce que le tam-tam s'était tu.

— Mais ils en ont peut-être pour tout l'après-midi, dit un brigadier-chef de miliciens qui avait peur de ces femmes en foule.

— Voilà des mois que nous attendons ce jour, répliqua Penda.

— Et moi, voilà quarante ans que j'attends la retraite, dit Bakary dans une quinte de toux.

Puis Penda monta sur une borne et relança le chant :

Il fait jour et c'est un jour pour l'Histoire,
Une lueur vient de l'horizon...

Les autres femmes reprirent le chœur et le tam-tam recommença à battre.

*
**

C'est au deuxième étage de l'immeuble que devait se tenir la réunion entre la direction et les grévistes. Dejean, le directeur, et ses plus proches collaborateurs, étaient déjà arrivés depuis un bon moment et l'attente leur était une dure épreuve. Sauf pour le jeune Pierre qui depuis quelques jours voyait se dérouler devant lui une sorte de pièce de théâtre dont il saisissait mal l'intrigue, tous les hommes présents vivaient des minutes telles qu'ils n'auraient jamais pensé en vivre un jour. Pierre était venu de France avec une lettre de recommandation, et son contact avec les vétérans de la Compagnie et le soutien de Mme Isnard facilitèrent son accession à la haute hiérarchie administrative qui ne tarda pas. C'était peut-être Dejean pour qui cette crise était la plus inattendue, mais aussi la plus imcompréhensible. Une discussion entre employeurs et employés suppose des employés et des employeurs. Lui, Dejean, n'était pas un employeur, il exerçait une fonction qui reposait sur des bases naturelles, le droit à l'autorité absolue sur des êtres dont la couleur de leur peau faisait non des subordonnées avec qui l'on peut discuter, mais

des hommes d'une autre condition, inférieure, vouée
à l'obéissance sans conditions.

En soulevant le rideau d'une des fenêtres, il voyait
la foule qui avait envahi la rue, les visages luisant de
sueur, le bariolage des boubous et des pagnes et il
entendait, dominant le bruit du tam-tam, le chant des
femmes que de nouveaux groupes reprenaient sans
cesse. Pour rompre le pesant silence, Victor revint sur
un sujet qu'ils avaient déjà abordé ·

— Il faut en finir avec Leblanc, il ne faut plus
qu'on le voie ici !

— Le Dr Michel va s'en occuper, dit Isnard, je lui
ai téléphoné, il est d'accord. Ce salaud qui a envoyé
de l'argent aux Nègres ! Un vrai coup de bambou !

— Parfait, dit Dejean, je connais Michel, il fera le
nécessaire, c'est un ancien. Il ira plus loin que le
coup de bambou, Leblanc avait une autre maladie
bien avant d'arriver en Afrique. Ça fera des frais en
moins pour la Compagnie.

Puis, comme il regardait toujours par la fenêtre, il
aperçut un homme coiffé d'un casque de liège qui se
frayait difficilement un passage à travers la cohue.

— Voilà Edouard, dit-il, et il ajouta entre ses
dents · Nom de Dieu, il est seul !

La porte s'était à peine refermée sur l'inspecteur
du travail qu'ils étaient tous autour de lui. Il enleva
son casque et s'épongea le front ·

— C'est ce salaud, ce salaud de Bakayoko qui a
tout gâché ! Les autres avaient compris pourquoi je
venais, ils commençaient même à écouter mes
conseils, mais quand il est arrivé, tout a changé. C'est
un anti-Blanc, un sale raciste ! Il est allé jusqu'à me
coller une espèce de vieux gorille pour me surveiller !
Mais le comble c'est qu'il voulait leur défendre de
parler français !...

Dejean laissa libre cours à la colère qui montait en
lui depuis des jours :

— Ah, celui-là ! Il va voir de quel bois je me chauffe ! Et il parlera français comme les autres ! En 1942, je l'aurais fait pendre ! Si seulement les administrateurs voulaient m'écouter !...

Le jeune Pierre, lui, n'avait pas quitté la fenêtre, attentif au spectacle que lui offrait la rue. Des groupes s'étaient mis à danser et le jeune homme se souvint qu'on lui avait raconté en France que pour les Noirs tout était prétexte à danses et à chants. « Quelle lettre je vais pouvoir leur écrire », pensa-t-il, et il essaya de saisir quelques bribes du chant qui montait vers lui. Il se tourna vers le groupe qui discutait autour de la table recouverte d'un tapis vert :

— Est-ce que vous comprenez ce que chantent les femmes ? Ça a peut-être un rapport avec la grève.

— Penses-tu ! répondit Isnard. Des cris, comme d'habitude. La grève ? Qu'est-ce que tu veux qu'elles y comprennent ! Elles font du bruit, elles aiment ça !

Pierre ne répondit pas, il venait de voir la foule s'ouvrir largement pour laisser passer une dizaine d'hommes puis se refermer derrière le petit cortège.

— Les voilà, cria-t-il.

D'un bond, ils se précipitèrent aux fenêtres, écartèrent les rideaux Malgré les vitres fermées, les cris et les chants qui s'étaient transformés en véritables hurlements hystériques envahirent la pièce. D'une voix qu'il voulait calme et sans se rendre compte immédiatement qu'il venait de casser une branche de ses lunettes, dans son poing fermé, Dejean les rappela :

— Regagnez vos places, messieurs.

Comme le jeune Pierre s'asseyait à son tour, le dernier, la porte s'ouvrit. Ce fut Lahbib qui entra le premier.

— Bonjour, messieurs, dit-il.

Mais il n'obtint pour réponse que quelques sourds murmures qui ressemblaient à des grognements. Sans y être invités, les délégués du syndicat prirent place sur les chaises restées libres. Balla le soudeur se trouva assis près du bout de la table à côté de Dejean qui présidait ; c'était la première fois qu'il voyait le directeur d'aussi près, il abaissa son regard et jeta un coup d'œil furtif à ses compagnons. Doudou, encadré de Lahbib et de Bakayoko, faisait face à Isnard. Au remue-ménage des chaises, succéda un silence pesant. L'inspecteur du travail crut de son devoir de médiateur de parler le premier :

— Nous emploierons le français, dit-il en regardant Bakayoko.

— Puisque nous sommes entre Français, ajouta Victor avec un sourire ironique.

Ce fut Lahbib qui répondit :

— Il n'y a pas de langue intermédiaire, alors va pour le français.

Mais Edouard insista :

— Vous êtes d'accord, monsieur Bakayoko ?

Ce dernier avait pris la position nonchalante qui lui était habituelle, le dos bien appuyé sur le dossier de sa chaise, tout le corps légèrement déplacé sur un côté. Il regarda l'inspecteur :

— Je ne suis pas seul dans cette grève, mais, étant donné que votre ignorance d'au moins une de nos langues est un handicap pour vous, nous emploierons le français, c'est une question de politesse. Mais c'est une politesse qui n'aura qu'un temps.

Tous le regardèrent. Le visage de Dejean s'empourpra. Victor se leva à demi de son siège :

— Mesurez vos paroles ! Il pourrait vous en coûter !

— Doucement, dit Bakayoko, nous sommes ici pour discuter entre égaux, et nous n'avons que faire de vos menaces.

La négociation s'annonçait orageuse. De part et d'autre de la table, on se mesurait et peu à peu s'élevait un mur de silence épais.

Ce fut Dejean qui, maîtrisant sa colère, prit la parole le premier :

— Allons, revoyons ces doléances.

— Ce ne sont pas des doléances, dit Lahbib.

Il était trop simple pour s'amuser à jouer avec des mots mais il aimait et respectait la parole. Comme s'il n'avait pas entendu, Dejean poursuivit :

— ... Revalorisation des salaires.

— ... Vingt pour cent d'augmentation, dit Doudou machinalement, tout en distribuant des feuilles de papier à ses camarades bien qu'il sût parfaitement que la moitié au moins des délégués ne savaient pas écrire.

— ... Congés annuels, retraites, allocations familiales... continua Dejean.

— .. Rappel des salaires, fixé par la convention de juillet 36, prime forfaitaire des roulants portée à six mille francs, au même taux que pour les cheminots français, enchaîna Doudou en étalant devant lui un numéro du *Journal officiel* qui datait de plus d'un an.

— C'est tout ? demanda Dejean. Est-ce que vous ne croyez pas que c'est un peu beaucoup ?

— Et vous, est-ce que vous ne croyez pas que le vol a assez duré ? dit Bakayoko.

— Vous n'êtes pas responsable ici !

— Regardez la liste des délégués, vous y verrez mon nom.

— Si vous continuez sur ce ton, j'annule la réunion, dit Dejean en frappant du poing sur la table.

Doudou se pencha vers Lahbib et lui dit en oulof :

— Il vaudrait mieux que Bakayoko se taise, les hommes aux oreilles rouges vont se fâcher et en

profiter pour nous renvoyer. Ils n'attendent que
ça !

— C'est vrai, Bakayoko, ne lui réponds plus, sans
ça ils vont saboter la réunion, dit Balla le soudeur.

Le jeune Pierre qui avait suivi, très excité, la passe
d'armes, demanda sans trop réfléchir à ce qu'il faisait :

— Qu'est-ce que vous dites ? Je ne comprends
plus.

— Si nous contents, nous parler français et toi
comprendre, mais si nous pas contents, toi pas comprendre, dit Balla en rassemblant son meilleur français, et tout heureux de sa réplique il promena son
regard autour de la table.

Un léger sourire s'ébaucha sur les lèvres de
Bakayoko qui avait tiré de sa poche sa blague à
tabac et bourrait sa pipe.

— On ne peut vraiment pas dire que vous soyez
venus ici avec les meilleures intentions, dit l'inspecteur du travail, comment allons-nous en sortir ?

— Il faut que chacun y mette du sien, Monsieur
Edouard, dit Lahbib.

— Bon ! Alors, voyons ces bonnes intentions, dit
Dejean, vous devez vous rendre compte qu'il faut en
tout cas écarter les questions des allocations familiales et du rappel de salaires.

— Pourquoi ? demanda Doudou.

— Tout simplement parce que vous êtes polygames ! Comment voulez-vous qu'on s'y reconnaisse
dans toutes ces progénitures ? dit Victor...

— ... Et avec le fric vous achèterez encore d'autres
femmes et ça fera encore d'autres enfants. Le Dakar-
Niger n'est pas une pouponnière, Bon Dieu ! s'écria
Isnard.

— Mais en France tout le monde y a droit !

C'était Beaugosse qui venait de parler à son tour.
Tout à l'heure en traversant la place sous les accla-

mations de la foule, il s'était senti envahi d'un courage nouveau. « Le temps des preux est revenu, pensa-t-il, le temps des valeureux *Damels* (1) du Sénégal. »

— En France le concubinage n'existe pas ! lui jeta Victor, et Beaugosse ne sut que répondre.

— Alors, nous n'aurons pas droit aux allocations ? demanda Doudou.

— Non, non et non !

C'était Dejean qui venait d'intervenir. Il savait qu'il serait obligé d'en arriver à un compromis. La saison des arachides était terminée, il allait falloir drainer les récoltes vers les grands centres, Dakar, Rufisque, Kaolack, et déjà les industriels, les commerçants, les actionnaires de la Régie eux-mêmes, faisaient pression sur lui. Mais céder sur la question des allocations familiales, c'était beaucoup plus que d'agréer un compromis avec des ouvriers en grève, c'était reconnaître pour valable une manifestation raciale, entériner les coutumes d'êtres inférieurs, céder non à des travailleurs mais à des Nègres et cela Dejean ne le pouvait pas. Il s'était à peine aperçu que Lahbib avait repris la parole :

— La polygamie est peut-être une question qui nous regarde, mais cela ne vous a pas empêchés de vous en servir quand vous en avez eu besoin ! Par exemple, lorsqu'il s'agit d'incorporer nos jeunes gens, vous ne leur demandez pas s'ils sont nés d'un père bigame ! Et cette ligne a été construite par les mains de fils de concubines...

Lahbib ne put achever le petit discours qu'il préparait depuis si longtemps, Dejean s'était dressé et hurlait :

— Je connais ces mensonges, vous êtes menés par

(1) Anciens nobles chevaliers.

des bolcheviques et vous insultez une nation, une race
qui vaut cent fois la vôtre !

— Monsieur le directeur, vous ne représentez ici
ni une nation, ni une race : une classe Et nous aussi
nous représentons une classe dont les intérêts sont
différents de ceux de la vôtre. Nous cherchons un
terrain d'entente et c'est tout !

Voyant que Dejean allait de nouveau donner libre
cours à sa colère, l'inspecteur du travail se hâta
d'intervenir.

— Si nous n'arrivons pas à nous entendre, pourquoi ne pas prendre un de vos députés comme
médiateur ?

Au mot « député », Bakayoko, qui depuis que ses
camarades l'avaient prié de se calmer, était tombé
dans une sorte de somnolence, se redressa sur son
siège :

— Nos députés, dit-il avec un sourire ironique qui
tira sa bouche jusqu'à la grande balafre qui lui fen-
dait le visage, nos députés, savez-vous ce que nous en
pensons ? Pour nous, leur mandat est une patente de
profiteur. Voilà ce que nous en pensons Nous les
connaissons. Il en est parmi eux qui, avant de se faire
élire, ne possédaient même pas un deuxième pantalon. Maintenant, ils ont appartement, villa auto,
compte en banque, ils sont actionnaires dans des
sociétés. Qu'ont-ils de commun avec le peuple ignorant qui les a élus sans savoir ce qu'il faisait ? Ils
sont devenus des alliés du patronat et vous voudriez
que nous portions notre différend devant eux ? Non,
non, mille fois non ! Si vous aviez tant soit peu
d'imagination, Monsieur l'inspecteur, il y a longtemps
que vous auriez compris que vous ne pouviez négo-
cier qu'avec nous et avec nous seuls !

Dejean avait à peine écouté ce que disait
Bakayoko, il suivait son idée :

— Sans la France et le peuple français, que seriez-vous ?

— Nous savons ce qu'est la France et nous la respectons, nous ne sommes pas anti-français, mais encore une fois il ne s'agit ni de la France ni de son peuple, il s'agit d'employés qui discutent avec leurs employeurs.

Dejean se leva lourdement de son fauteuil, la chaleur et la colère avaient fait tourner la couleur de son visage au rouge brique. Il se dirigea vers les fenêtres et ouvrit la grande baie du milieu. Telle une bourrasque, le chant et le tam-tam le cinglèrent.

— On ne peut pas les faire taire, non ?

— Adressez-vous à leurs députés, dit Bakayoko.

Dejean ne répondit pas, il ferma la fenêtre et s'avança vers la table comme pour regagner sa place, mais en arrivant à la hauteur de Bakayoko, il s'arrêta brusquement et, avant que quiconque ait pu prévoir son geste, le gifla. Le roulant se dressa d'un bond, renversant sa chaise, et saisit le directeur à la gorge. Leurs plus proches voisins s'élancèrent pour les séparer.

— Ne le touche pas, Bakayoko, dit Lahbib en oulof, c'est ça qu'il attend. Au nom des ouvriers, ne le touche pas !

Doudou essayait de desserrer les doigts de Bakayoko crispés autour du cou du directeur.

—Tu ne vois pas qu'il est déjà à moitié mort de peur, lâche-le !

A demi étranglé, Dejean demeura la bouche ouverte, les bras ballants. D'une bourrade, Bakayoko le repoussa dans les bras de Lahbib sans qui il serait tombé.

Autour de la table s'était élevé un bref tumulte de gesticulations, d'exclamations, d'insultes. Comme Dejean reprenait place dans son fauteuil, le silence se rétablit, un silence alourdi par la haine et le désarroi.

Doudou rassembla ses feuilles de papier éparses sur la table :

— Alors, nos revendications ? demanda-t-il d'une voix assourdie.

Ce fut Dejean qui répondit, haletant :

— Rien, vous n'aurez rien ! Zéro ! Et je vous ferai tous licencier !

— A moins que vous ne partiez ! dit Bakayoko qui s'était baissé pour ramasser sa pipe.

Il y avait près de deux heures que le cordon policier s'était ouvert pour laisser entrer les délégués lorsqu'il s'ouvrit à nouveau pour les laisser sortir, Beaugosse et Balla en tête. La cohue bigarrée, hurlante, se rua sur eux. Bakayoko leva les deux bras :

— Vous saurez tout ! Laissez-nous passer, nous rentrons au syndicat. Dans une demi-heure nous tiendrons une réunion sur la place Aly-N'Guer.

Dans un brouillard de poussière qui chauffaient les derniers rayons de soleil, la foule ouvrit aux délégués une avenue mouvante.

DE THIES A DAKAR

DE THÈS À DAKAR

LA MARCHE DES FEMMES

Sur la place Aly-N'Guer, la foule avait précédé la délégation. Fatigués par la longue attente devant les bureaux de la Régie, la plupart des gens s'étaient assis à même le sol poussiéreux, d'autres se rassemblaient par petits groupes animés et le soleil, avant de se coucher, déversait ses derniers feux sur les crânes, les épaules et les bras luisants de sueur. Penda, Aby, Mariame Sonko essayaient tant bien que mal de maintenir un semblant de discipline parmi les femmes dont l'excitation ne se calmait pas. Enfin la rumeur cessa lorsque les délégués apparurent et se groupèrent au centre de la place.

Lahbib parla le premier. Il fit rapidement le compte rendu de la rencontre avec Dejean et ses adjoints, mais il était mauvais orateur et le savait, aussi se hâta-t-il de passer la parole à Bakayoko. Celui-ci attendit que le silence fût complet ; sa voix nette, incisive, n'avait pas besoin de micro et il fut écouté sans une interruption. Il commença par un bref historique de la ligne, depuis la pose des premiers rails, parla de la grève de septembre 1938 et de ses morts ; il sut provoquer la colère de la foule lorsqu'il dit : « On refuse ce que nous demandons sous prétexte que nos mères et nos femmes sont des concubines, nous-mêmes et nos fils des bâtards ! »
Puis il conclut :

— Nous ne reprendrons pas le travail et c'est ıci que cette grève doit être gagnée. Dans toutes les gares où je suis passé, on m'a affirmé : « Si Thiès tient bon, nous tiendrons. » Ouvriers de Thiès, c'est chez vous qu'il y a une place du 1er Septembre et c'est pour cela que vous ne devez pas lâcher. Vous savez que vous êtes soutenus, de Kaolack à Saint-Louis, de la Guinée au Dahomey, et même en France, les secours s'organisent. C'est la preuve que le temps où l'on pouvait nous abattre en nous divisant est bien fini. Nous maintiendrons donc notre mot d'ordre de grève illimitée et cela jusqu'à la victoire totale !

Des cris, des hurlements lui répondirent ; ceux qui étaient restés assis se levèrent, des bras se tendirent. Mais tandis que le tumulte se déchaînait, un petit groupe de femmes qui, s'était frayé un passage à travers la cohue, s'approcha des délégués. On vit Bakayoko lever les deux bras :

— Faites silence, cria-t-il, nos braves compagnes ont quelque chose à nous dire. Elles ont le droit qu'on les laisse parler !

Ce fut Penda qui prit la parole, d'abord hésitante puis de plus en plus assurée :

— Je parle au nom de toutes les femmes, mais je ne suis que leur porte-parole. Pour nous cette grève, c'est la possibilité d'une vie meilleure. Hier nous riions ensemble, aujourd'hui nous pleurons avec nos enfants devant nos marmites où rien ne bouillonne. Nous nous devons de garder la tête haute et ne pas céder. Et dèmain nous allons marcher jusqu'à N'Dakarou (1).

Un murmure d'étonnement, de curiosité, de réprobation couvrit un instant la voix de Penda, mais elle reprit plus fort :

— Oui, nous irons jusqu'à N'Dakarou entendre ce

(1) Dakar.

que les toubabs ont à dire, et ils verront si nous sommes des concubines ! Hommes, laissez vos épouses venir avec nous ! Seules resteront à la maison celles qui sont enceintes ou qui allaitent et les vieilles femmes.

On applaudit, on cria, mais il y eut aussi des protestations. Bakayoko prit Penda par le bras :

— Viens avec nous au syndicat, dit-il, ton idée est bonne, mais il ne faut pas s'engager à la légère dans cette affaire.

En traversant la foule qui s'écoulait lentement dans le soir tombant, ils croisèrent des petits groupes qui discutaient avec animation. De mémoire d'homme c'était la première fois qu'une femme avait pris la parole en public à Thiès et les discussions allaient bon train.

Elles ne furent pas moins vives au siège du syndicat. Balla, le premier, exprima une opinion qui n'était pas seulement la sienne :

— Je ne suis pas pour que les femmes partent. Qu'elles nous soutiennent, c'est normal ; une femme doit aider son mari, mais de là à faire la route de Dakar... Je vote contre. C'est la chaleur ou la colère qui leur monte à la tête ! Toi, Lahbib, tu prendrais la responsabilité de laisser partir les femmes ?

— Nous ne sommes pas ici pour entendre les sentiments ou les opinions de chacun. Si tu veux, nous pouvons voter.

Bakayoko interrompit brutalement la discussion qui menaçait :

— Nous n'avons pas le droit de décourager ceux ou celles qui veulent faire quelque chose. Si les femmes sont décidées, il faut les aider. Que le représentant de Dakar parte tout de suite pour prévenir le comité local de leur arrivée. C'est toi qui viens de Dakar ? ajouta-t-il en s'adressant à Daouda. Combien penses-tu qu'il leur faudra pour faire la route ?

— Je n'ai jamais été à Dakar à pied répondit Beaugosse, le visage fermé. De plus je trouve que ce n'est pas une histoire de femmes. Et puis il n'y a pas d'eau là-bas ; quand je suis parti, Alioune et les autres camarades couraient la ville à la recherche d'une barrique ou d'une bouteille d'eau, ce qui n'est pas un métier d'homme. Enfin, depuis l'affaire du bélier d'El Hadji Mabigué, il y a eu l'incendie et l'attaque des spahis. Les soldats et les miliciens patrouillent partout. Vous allez envoyer ces femmes dans la gueule du loup.

— Tu peux garder ton. français pour toi, dit Bakayoko, les hommes comprendront mieux si tu leur parles oulof, bambara ou toucouleur. Quant aux délégués de Dakar, qu'ils fassent la corvée d'eau, le temps n'est plus où nos pères pouvaient considérer cela comme une humiliation. Si tous les ouvriers avaient le même état d'esprit que toi, adieu la grève et les mois de sacrifices !

— Allons, Bakayoko, modère-toi, dit Lahbib, revenons à des questions pratiques. Si les femmes sont décidées à partir, nous devons les aider, leur préparer une escorte. Il faudra aussi nous occuper des enfants, du moins de ceux dont les mères seront parties. Je propose que nous trouvions des camions et que nous emmenions les enfants dans les villages de la brousse. Chacun ici a de la famille dans les villages. Quant à toi, Penda, il faudra que tu veilles à ce que les hommes qui vous accompagnent ne vous embarrassent pas, et si tu t'aperçois que cette marche est trop dure pour les femmes, arrête-les, fais-leur rebrousser chemin. Il n'y aura pas de honte à cela et personne ne vous en fera grief.

En vérité, si Bakayoko, avec cette façon qu'il avait de dédaigner le destin ou de le forcer, était l'âme de

la grève, Lahbib, le sérieux, le réfléchi, le calme, le
modeste Lahbib, en était le cerveau. Lahbib comptait
les Bouts de bois de Dieu, les pesait, les estimait, les
alignait, mais la sève qui était en eux venait de
Bakayoko.

Tandis que les hommes discutaient à la maison du
syndicat, les femmes se préparaient au départ. Une
nuit couleur d'encre s'était étendue sur la ville,
sombre, visqueuse, comme si le ciel se fût mis à
déverser du pétrole brut sur la terre. Pourtant des cris
et des appels perçaient les ténèbres tels des éclairs et
le bruit du tam-tam qui n'avait pas cessé semblait
annoncer la venue de l'aube.

La concession de Dieynaba, la marchande, était
devenue le lieu de rassemblement ; des ombres
allaient et venaient, s'interpellaient ; des piaillements,
des jacassements, des rires aigus, un remue-ménage
de poulailler, mais en même temps un piétinement de
légions en train de lever le camp. D'autant qu'aux
timbres des voix féminines se mêlaient des basses
d'hommes.

Sur la place du 1er Septembre (1), un autre groupe-
ment se préparait, face aux miliciens qui, faiblement
éclairés par des falots, montaient la garde devant le
commissariat. Momifiés dans leurs consignes, ils
regardaient ce rassemblement d'ombres sans trop savoir quelle attitude ils devaient prendre, mais certains
d'entre eux, entendant le tam-tam, comprenaient ce
qui se préparait.

Enfin, vers deux heures du matin, alors que
quelques étoiles aventureuses parvenaient à pointer
hors des ténèbres, les deux groupes se fondirent dans
un piétinement de troupeau. Des nuages de poussière

---

(1) Nommée ainsi par les ouvriers en souvenir de leur première tentative, en 1938, qui fut réprimée et échoua.

blanche, poussés par un vent tiède, montèrent vers le ciel à la rencontre de la nuit.

— Nous partons, nous partons ! cria Penda.

Comme autant d'échos, des centaines de voix lui répondirent : « Nous partons, nous partons, partons, partons, partons, partons... »

Et précédé, suivi, accompagné par le battement des tam-tams, le cortège s'enfonça dans la nuit.

*
* *

Aux premières lueurs matinales, quelques hommes qui avaient fait un bout de chemin avec les femmes pour se rendre compte de la façon dont s'effectuait le départ, firent demi-tour et revinrent vers Thiès.

— Tu crois qu'elles arriveront ? demanda Bakary l'Ancien.

— *Owo*, père, il faut leur faire confiance, dit Bakayoko, le fourneau de sa pipe rougeoyant dans la grisaille de l'aube.

Pour participer à la cérémonie du départ, Bakary avait cuirassé ses bras et ses avant-bras de gris-gris : des anneaux de cuir rouge, noir, jaune, des bracelets faits de cornes d'antilope, gainés de poils de crinières ou recouverts de bouts d'étoffe rouge et piquetés de *couris* (1), à l'index de la main droite une grosse bague de métal brut. Il ne les quitta pas tant que dura le voyage des femmes.

C'est en rentrant chez lui qu'il trouva une lettre venue de Bamako. L'ayant lue, il se précipita autant que le lui permettaient ses poumons déchirés, pour retrouver Bakayoko à la maison du syndicat.

— Il y a de mauvaises nouvelles de Bamako. Lis, c'est une lettre d'Assitan. Les gendarmes sont venus, ils ont enlevé Fa Keïta, la mère est morte et la petite Ad'jibid'ji est blessée.

(1) Petits coquillages qui servaient autrefois de monnaie.

Bakayoko reconnut l'écriture de Tiémoko à qui Assitan avait dû dicter la lettre.

— Tu vas partir là-bas, fils ?

— Mon père, je dois aller à Dakar. Il faut préparer le meeting pour quand les femmes arriveront.

— Fils, il n'y a plus d'homme à la maison là-bas, tu l'as lu dans la lettre, ta famille a besoin de toi.

— Père, il y a beaucoup de maisons telles que la mienne, des maisons où comme en 38 le deuil est entré. Nous ne devons pas penser aux morts mais lutter pour les vivants.

Bakary murmura à voix très basse :

— Je me demande parfois si tu as un cœur...

Il promena son vieux regard fatigué sur la silhouette élancée, sur le visage aux traits nets où ne se lisait aucun signe d'émotion. Puis, soudain, il plongea sa main sous son boubou et en tira un poignard. C'était une très belle lame, aiguisée, tranchante comme un rasoir, emmanchée dans une corne décorée. Le fourreau se recourbait à la pointe.

— Tiens, garde ça, tu en auras peut-être besoin.

— Mais, père, je vais à Dakar, et si on me prend avec ça j'irai en prison.

— Fils, fils, voilà près de cinquante ans que j'ai ce poignard. Il voit le soleil tous les vendredis quand je me rase les cheveux. Il n'a jamais tué personne et si tu rencontres un toubab qui te demande quelque chose, donne-lui mon nom, mon adresse, je lui expliquerai.

Bakayoko accepta le présent puis, avant de quitter la ville, il se rendit avec Lahbib chez Aziz le boutiquier pour emprunter le camion du Syrien. L'affaire ne fut pas facile à conclure. Lahbib qui, une fois la semaine, assurait la comptabilité du commerçant, dut faire quelques allusions à certaines transactions plus ou moins légales. Bref de promesses en chantage et de sourires en menaces, ils obtinrent que la Chevrolet leur fût louée pour assurer le transport des enfants dans les villages de brousse. Au retour ils traversèrent la place du marché. C'était là le point d'arrivée des cars et des camions en provenance de Dakar, une foule nombreuse et agitée entourait les chauffeurs et leurs aides.

— Où les avez-vous croisées ?
— Etaient-elles encore toutes ensemble ?
— Y avait-il des malades ?
— Tu n'as pas reconnu ma mère ?
— Est-ce qu'elles chantaient encore ?

Les conducteurs avaient peine à dégager leurs véhicules car, à chaque arrivée, la foule se refermait sur eux.

Bakayoko et Lahbib arrivèrent à la maison de Dieynaba après avoir traversé la zone qui, privée de la plupart des femmes et des enfants, semblait étrangement vide et silencieuse. Ils trouvèrent la marchande assise sous l'auvent de sa baraque. Sa pipe éteinte à la main, elle regardait fixement la palissade en face d'elle. Le crissement des sandales sur le sable lui fit tourner la tête.

— As-tu la paix, Dieynaba ? demanda Lahbib.

Elle ne répondit pas, regardant les deux hommes comme si ses yeux cherchaient à voir quelque chose de l'autre côté de leur visage. Ils virent que ses yeux étaient rouges. Enfin, comme un soupir venu du plus profond d'elle-même, elle chuchota .

— Gorgui est mort, sa jambe s'est pourrie et a pourri le reste du corps.

Bakayoko s'approcha

— Où est ta pipe ? demanda-t-il.

— Je n'ai plus de tabac.

Bakayoko ramassa la pipe que la marchande avait laissé tomber à côté d'elle, tira de sa poche une feuille de tabac qu'il émietta soigneusement entre ses paumes avant d'en bourrer la pipe qu'il alluma lui-même à longues bouffées avant de la tendre à Dieynaba. Puis il gagna la case de Penda.

— Nous l'enterrerons ce soir, dit Lahbib en posant la main sur l'épaule de la femme.

— Il est fils de musulman, de père et de mère, et il est déjà tout pourri...

— Ne t'inquiète pas, j'irai chercher des hommes et nous lui ferons la toilette qu'il faut avant de le mettre en terre.

On ne voyait pas que Dieynaba pleurait et pourtant, une à une, des larmes roulaient sur ses joues et venaient tomber sur sa forte poitrine enserrée dans sa camisole. Elle murmura :

— Est-ce qu'on ne pourrait pas tuer tous les Blancs ?

— Femme, dit Lahbib, il ne faut pas laisser la haine entrer dans ton cœur. Nous ne voulons plus de sang, nous ne voulons plus que des enfants soient tués, mais ce n'est pas la haine qui doit nous guider. Je sais que c'est dur...

Bakayoko réapparut, son baluchon sur l'épaule, son bâton à la main. Il avait entendu les derniers mots du comptable et le regarda, étonné, en murmurant entre ses dents : « ... et tendre l'autre joue... » puis il dit à haute voix :

— Arrange-toi pour l'enterrer demain matin, ce soir il est trop tard. Moi je dois partir car je veux arriver à Dakar avant les femmes.

Il regarda encore Dieynaba qui, cette fois, pleurait pour de bon, les épaules secouées de sanglots.

Comme il se baissait pour pousser la porte, Lahbib le rejoignit :

— Ecris dès que tu pourras, dit-il, et fais attention à toi.

Lahbib avait posé la main sur son bras et Bakayoko sentit l'amitié de ce geste, sa chaleur. Cela lui fit du bien. Certes, il était des leurs, il luttait pour

eux, avec eux, et pourtant parfois il se sentait loin
d'eux, très loin en avant.

Lahbib revint vers Dieynaba pour régler les détails
de l'enterrement du petit Gorgui.

*
**

Depuis qu'elles étaient sorties de Thiès, les femmes
n'avaient cessé de chanter. Aussitôt qu'un groupe
laissait mourir le refrain, un autre le reprenait, puis,
de nouveaux couplets étaient nés, comme ça, au
hasard de l'inspiration, une parole en amenant une
autre qui trouvait à son tour son rythme et sa place.
Personne ne savait plus très bien où commençait le
chant ni s'il finirait jamais. Il s'enroulait sur lui-
même comme un serpent. Il était long comme une
vie.

Maintenant le jour était venu. La route était trop
étroite pour leur procession, elles avançaient
déployées en éventail si bien que les unes marchaient
dans la poussière, les autres dans l'herbe sèche,
d'autres encore suivaient les rails du chemin de fer et
les plus jeunes s'amusaient à sauter de traverse en
traverse. Les couleurs des pagnes, des camisoles, des
mouchoirs de tête, enrichissaient le paysage. Les tissus à matelas se mêlaient aux toiles de jute, aux
coutils métissés, aux broderies multicolores, aux
cotonnades usées des vieux boubous. Les manches
ouvertes révélaient des épaules bien rondes que la
poussière recouvrait d'un duvet blanc, les pagnes
relevés des jambes fuselées et des mollets alourdis.

Le soleil était derrière elles, il tapait dur dans leur
dos au fur et à mesure qu'il montait de l'horizon,
mais elles ne faisaient pas attention à lui, elles le
connaissaient bien. Il était du pays, le soleil.

En tête marchaient Penda, la taille serrée dans un
ceinturon militaire, Mariame Sonko, la femme du

soudeur et Maïmouna l'aveugle qui, sans que nul
s'en fût aperçu, s'était jointe à la procession, son bébé
attaché sur le dos par un vieux châle. Assez loin
derrière le moutonnement des femmes suivaient les
hommes de l'escorte. Plusieurs d'entre eux avaient
leurs bicyclettes. Boubacar, le forgeron, avait
accroché au cadre et au guidon de la sienne un
chapelet de bidons et de gourdes pleines d'eau ;
Samba N'Doulougou était perché sur une bicyclette
de fabrication anglaise, son croupion oscillant sur la
selle, ses pieds lâchant les pédales à chaque tour.

Hommes et femmes traversaient un paysage que la
saison sèche éprouvait durement. Des averses de
soleil frappaient au cœur les herbes et les petites
plantes, pompant leur sève. Feuilles et tiges s'incli-
naient avant de tomber, mortes de chaleur. Seuls
semblaient vivre les épineux à l'âme sèche, et, loin
vers l'horizon, les baobabs hautains que les allées et
venues des saisons ne dérangent guère. Sur le sol qui
ressemblait à une croûte malsaine, on distinguait
encore le dessin des anciennes cultures : petits carrés
de terre craquelée d'où pointaient des moignons de
tiges de mil ou de maïs, érissés comme des dents de
peigne. Plus loin entre des seins de terre brune, se
profilaient des toits de chaume dansant dans la buée
chaude et, venant d'on ne sait où, allant on ne sait
où, des petits sentiers, des sentiers enfants, suivaient,
croisaient le chemin père d'où des centaines de pieds
faisaient monter une poussière rougeâtre car, en ce
temps-là, l'asphalte n'avait pas encore recouvert la
route de Dakar.

Assez tôt le premier soir, on entra dans un village.
Les habitants, étonnés de voir tant de femmes, pres-
sèrent chacune de questions. Mais l'hospitalité fut cor-
diale bien qu'un peu cérémonieuse tant était grande
la surprise d'un tel événement. On repartit à l'aube,
soif calmée, ventres satisfaits, pieds douloureux, dans

un grand concert de compliments et d'encourage-
ments. Deux heures plus tard, on croisa le car de
Thiès et quelques femmes esquissèrent des pas de
danse pour répondre aux voyageurs qui les accla-
maient, puis on reprit la route.

*
* *

Ce fut au milieu du troisième jour que la fatigue
commença à se manifester. On avait dépassé Pouth
où les villageois avaient formé une double haie pour
applaudir les femmes qui chantaient mais peu à peu
le cortège s'était étiré. Le soleil versait sur la terre
des marmites de braise, les articulations des genoux
et des chevilles devenaient dures et douloureuses.
Telle une rivière qui, après avoir amassé ses forces
pour passer une gorge étroite, se laisse aller aux
douces facilités de la plaine, la troupe des femmes
s'étirait, s'allongeait, s'étendait.

— Je n'entends plus chanter, dit Maïmouna qui
était toujours dans le groupe de tête, en posant la
main sur l'épaule de Penda.

— C'est vrai, je ne l'avais pas remarqué. Depuis
combien de temps ?

— Depuis que nous avons vu le serpent écrasé par
une auto, dit Mariame Sonko, et elle s'assit ou plutôt
se laissa tomber sur le rebord du talus.

Penda regarda l'horizon :

— Lève-toi, Mariame, ce n'est pas un bon endroit
pour se reposer, il y a des arbres là-bas.

— Ils sont loin, tes arbres !

Le groupe de tête reprit sa marche mais avait à
peine avancé de quelques pas que cinq hommes arrivèrent à bicyclette, conduits par le forgeron, des
bidons ballottant à leurs guidons.

— Il y en a toute une bande qui ne veulent plus
avancer, dit Boubacar en mettant pied à terre.

Il avait pris au sérieux son rôle d'assistant de
Penda et y faisait montre d'un tel empressement que
même Maïmouna l'aveugle commençait à se demander quelle était la véritable raison de ce zèle.

— Il faut qu'elles marchent. Vous, avec vos
bidons, allez en tête et ne donnez à boire qu'à celles
qui sont arrivées aux arbres, là-bas. Et toi, amène-
moi près des autres.

Penda serra la boucle de son ceinturon, s'installa
sur le cadre de la bicyclette du forgeron et tous deux
entreprirent de remonter la longue colonne.

La plupart des femmes avançaient en file indienne,
trop fatiguées pour se grouper ou bavarder. Les plus
grosses étaient les plus malheureuses, des ruisseaux
de sueur coulaient sur leurs joues, leurs bras, leurs
cuisses, car beaucoup avaient relevé leur pagne. On
en voyait qui, ayant coupé des branches, marchaient
comme des vieilles appuyées sur leur canne. En passant devant un bosquet de cades (1) squelettiques
d'où s'éleva un vol de vautours, quelques-unes se
rassemblèrent, prises de peur, et celles qui suivaient
le sentier regagnèrent la route. Ces arbres et ces
oiseaux qui, dans les vieilles légendes incarnaient
l'esprit du mal, n'allaient-ils pas leur porter malheur ?

Un peu plus loin, Penda et Boubacar rencontrèrent
la troupe des jeunes filles. Elles aussi étaient fatiguées
mais, conduites par Aby la rieuse, elles bavardaient
tout en marchant. Boubacar freina et posa les pieds à
terre :

— Levez les jambes ! leur cria Penda, vous n'êtes
pas des vieilles !

— Nous ne sommes pas les dernières, dit Aby.

— Je sais, mais avancez quand même. Il y a une

(1) Arbre aux fines feuilles, qui attire fréquemment le ton-
nerre pendant la saison pluvieuse. Le reste du temps, il est d'un
blanc d'os récuré.

halte à l'ombre plus loin et chantez, ça vous aidera.

Quelques voix entonnèrent le « chant », mais elles n'allèrent pas beaucoup plus loin que la deuxième strophe. Penda et Boubacar reprirent leur course vers l'arrière, remontant toujours la file qui parfois se coupait pour former des petits îlots ; enfin, ils arrivèrent à hauteur des retardataires. Il y avait plus d'une demi-heure qu'ils avaient quitté le groupe de tête.

Sur les bords de la route, ou sur la pente du talus du chemin de fer, une centaine de femmes étaient assises ou étendues. A l'aide de pagnes et de camisoles accrochés à des branches, elles avaient aménagé des petits abris contre le soleil. Certaines dormaient, la tête seule à l'ombre. Un peu plus loin, assis au rebord d'un petit ravin, le reste des hommes de l'escorte attendaient.

— Allons, dit Penda en descendant de la bicyclette, vous vous êtes assez reposées, il faut repartir.

— Partir, partir, avec un soleil pareil, tu veux notre mort ?

C'était la grosse Awa qui avait parlé, la femme de Séne Maséne le contremaître. Commodément installée le dos au ballast, la tête sous un petit arbuste, elle semblait la reine des abeilles entourée de ses ouvrières.

— Levez-vous ! dit encore Penda qui se forçait au calme.

— On est fatiguées. Partir aujourd'hui ou demain c'est pareil. Si tu es pressée, va devant, on te retrouvera à N'Dakarou.

— Non, il ne doit pas y avoir de traînards. S'il y en a qui veulent retourner, qu'elles le fassent, mais les autres, marchez !

— Hé, c'est pas toi qui commandes ! cria Awa. Moi, mon mari, il est contremaître...

— Awa, ne fais pas la forte tête avec moi ! Tu as la mémoire courte, tu ne te souviens pas que je t'ai rossée le jour de la distribution ?

La grosse femme regarda autour d'elle comme pour prendre à témoin ses compagnes.

— Moi, je reste, nous n'avons pas à obéir à Penda. D'abord, elle ne peut pas avoir d'enfants, c'est pour ça que tous les hommes lui courent après ! Et savez-vous que dans son groupe il y a des *deumeś* (1) ! Elle veut nous mélanger avec elles ! Mes fesses !

En trois bonds, Penda qui ne pouvait plus maîtriser sa colère fut sur le talus. A coups de pieds, elle renversa les branches, arracha pagnes et camisoles au milieu des cris de protestation des femmes.

— La piting ne touchera pas à mon pagne ! hurla Awa.

Mais Penda continua sa besogne jusqu'à ce que fût détruit le dernier des fragiles abris et comme quelques femmes restaient étendues ou accroupies, elle entreprit de les compter, levant les doigts un à un.

— Une, deux, trois, quatre.

— Tu n'as pas le droit de faire ça, sorcière ! cria Awa.

— Ne nous dénombre pas, s'il te plaît, dit la Séni en se levant précipitamment, nous sommes des Bouts-de-bois-de-Dieu, tu nous ferais mourir !

— Je veux savoir combien vous êtes contre la grève, dit Penda... cinq, six, sept, huit...

— Arrête, tu nous dévores toutes crues ! — Awa se leva à son tour : — Mon rêve était donc vrai ! J'ai rêvé que des spectres armés de couteaux pointus venaient me couper en morceaux pour me manger !

_____

(1) Génies malfaisants.

La colère et la crainte se partageant leur cœur, les femmes rassemblèrent leurs pagnes, ajustèrent leurs mouchoirs de tête, rejoignirent la route et reprirent la marche. A quelque distance les hommes suivaient, menés par Boubacar.

*
**

Lorsque, une heure plus tard, les retardataires retrouvèrent le gros de la troupe à l'endroit prévu pour la halte, elles furent mal accueillies. Les arbres étaient peu nombreux et leur ombre bien légère. Pour la plupart les premières arrivées dormaient déjà. Elles eurent le réveil amer.

— Hé, vous êtes les dernières et vous voulez toute la place !

— On vient de traverser l'enfer, on veut se coucher !

— Et nous ? Nous ne l'avons pas traversé, l'enfer ?

— Poussez-vous un peu !

— Ah ! regardez celle-là, elle me met son derrière au nez ! Si elle lâche un pet, elle me dessèche d'un coup.

— Awa, ce n'est pas parce qu'on est grosse, que tout est permis ! Pousse tes fesses, une aiguille n'y entrerait pas !

— Mesure tes paroles, Yaciné.

— Mesure ton derrière, Awa !

— Laissez-nous quand même un peu d'ombre !

— Alors, ne nous marchez pas dessus !

— Je nage dans ma sueur, je n'ai pas besoin de la tienne !

— Avez-vous à boire ?

— Non, il n'y a plus d'eau, les hommes sont partis en chercher.

Tant bien que mal, les nouvelles venues parvinrent

à se caser, non sans que Penda fût obligée d'intervenir, donnant un coup de pied de-ci de-là pour déplacer une cuisse ou une épaule. La fatigue finit par
l'emporter. Les nerfs se calmèrent, les muscles se
détendirent, les respirations se firent plus régulières et
retrouvèrent le rythme régulier du sommeil.

Maïmouna l'aveugle avait réussi à réserver une
place à côté d'elle pour Penda. Celle-ci vint s'étendre
fourbue. Elle défit la boucle de son ceinturon et
remonta son pagne sur ses cuisses. Comme elle poussait un soupir en laissant reposer sa tête sur l'herbe
sèche, Boubacar apparut.

— Penda, Penda...

— Qu'y a-t-il encore ?

— C'est pour l'eau. Ceux qui sont partis ne sont
pas encore revenus.

Le forgeron semblait mal à l'aise. Tous ces corps
de femmes étendus, abandonnés, d'où montait une
odeur chaude, le gênaient. Les yeux abaissés, il regardait les longues jambes de Penda allongées devant
lui. Celle-ci se dressa sur un coude.

— Tu n'as qu'à en envoyer d'autres et, si leurs
vélos ne marchent pas, qu'ils y aillent à pied. Nous
ne devons pas rester longtemps ici et il nous faut de
l'eau avant de partir.

— J'ai déjà envoyé une deuxième corvée.

— Alors pourquoi viens-tu me déranger ? Envoie-
moi Samba N'Doulougou, j'ai quelque chose à lui
dire.

Boubacar ne répondit pas. Il tourna son dos massif,
enjamba avec précaution quelques corps et disparut
derrière les arbres.

Au nom de Samba, Maïmouna avait tressailli et
Penda avait remarqué ce mouvement. Elle ne dit rien
et demeura immobile, les yeux grands ouverts. Dans
le silence de l'après-midi torride, on entendait des
soupirs, quelques ronflements aussi. Aux pieds de

Penda dormait la Séni, un filet de salive au coin des lèvres.

— Penda, demanda doucement l'aveugle, pourquoi es-tu si dure avec Boubacar ?

— Qu'est-ce que tu veux dire ? Je ne suis pas dure avec lui. Est-ce lui le père de tes enfants ?

— Non. Pourquoi ceux qui ont des yeux ne peuvent-ils pas voir ?...

— Alors, s'il n'est pas le père, que vient-il faire toujours auprès de toi ?

— Penda, peut-être n'y avait-il qu'une place dans ton cœur et celui qui l'a prise, n'est-ce pas Bakayoko ?

Les deux femmes parlaient à voix basse pour ne pas réveiller leurs voisines. Maïmouna poursuivit :

— Celui-là traverse ton cœur en n'y laissant qu'amertume. Il détruira tout. Vois-tu, nous autres femmes, nous aimons un homme quand nous ignorons tout de lui, nous voulons son secret. Et celui que nous avons ainsi choisi, même s'il nous traite durement, même s'il est sans pitié, nous lui courons après. Et lorsque nous avons sucé son secret jusqu'à ce qu'il n'en reste plus rien, plus de mystère, alors nous nous lassons de lui. Mais ceux qui sont comme Bakayoko, ceux-là sont notre poison. Ils font de nous ce qu'ils veulent. Tu n'as pas le temps de dire « non » que tu as déjà dit « oui ».

Tandis qu'elle parlait, Penda regardait le visage immobile de l'aveugle.

— Comment sais-tu tout cela ?

— Je n'étais pas aveugle en venant au monde. Après, mes oreilles ont remplacé mes yeux. J'y ai gagné à pouvoir lire dans les pensées, à comprendre ce qu'on dit entre les paroles et je te dis : dans le cœur de Bakayoko il n'y a place pour personne. Pour son prochain, il est plus aveugle que moi...

— Qui est le père de tes enfants ?

— Tu es têtue. Cela n'a plus d'importance. Cet homme ne m'a pas trompée. Il a cru me posséder, mais ce n'était pas vrai, c'était ma chair qui avait envie comme la tienne. Je savais qu'il m'abandonnerait, et moi je l'avais déjà abandonné dans mes pensées. Bientôt nous serons à Dakar et j'y demeurerai. J'y serai avec mes frères les mendiants et mon enfant qui est à moi car, Penda, un enfant peut ignorer qui est son père, mais quel enfant doutera de celle dans le ventre de qui il est resté neuf mois ?

— Tu resteras avec moi, dit Penda.

L'aveugle demeura un instant silencieuse.

— Repose-toi, Penda, car bientôt le vent va se lever et nous aurons une tempête, dit-elle comme si elle prophétisait.

*
**

C'est au cours de cette nouvelle étape que Penda crut que la crise qui se produisit provoquerait la faillite complète de l'entreprise. Le réveil n'avait pas été facile, les femmes se plaignaient, gémissaient, grondaient en se levant, les mains aux reins. Elle essaya de plaisanter avec les jeunes filles autour desquelles les hommes rôdaient.

— Ne laissez pas les hommes venir trop près, je ne veux pas avoir de comptes à rendre à vos familles dans neuf mois !

— On n'a rien fait, dit Aby la rieuse.

— Et quand vous ferez quelque chose, vous viendrez me le dire, hein ?

Mais personne n'avait envie de rire. L'eau était devenue la grande préoccupation. Les huit ou dix bidons apportés par les hommes de Boubacar avaient à peine fourni quelques gouttes à chacune.

— Je suis sale comme une truie, dit l'une en montrant les écailles de sueur séchée mêlée de poussière qui s'étaient formées sur ses cuisses.

— Je voudrais nager dans l'eau comme un poisson.

— Moi, quand je serai à N'Dakarou, je boirai pendant une heure sans rien faire d'autre.

— Les beaux garçons de N'Dakarou, les employés bien lavés ne voudront pas de nos peaux sales !

Peu à peu cependant le cortège se reforma, sans chants ni rires mais avec une sorte de nouvel instinct, celui du troupeau qui espère les nouveaux pâturages. Penda jouait les chiens de berger. De plus en plus souvent elle quittait le peloton de tête, remontait la colonne, s'arrêtait de groupe en groupe. Lorsqu'elle arriva à hauteur d'Awa, celle-ci était en train de pérorer au milieu de ses compagnes.

— Je vous jure qu'il y a des deumes parmi nous. Mon rêve est revenu, mais j'ai pris des précautions, moi.

Ce disant, elle défit un gros nœud qu'elle avait fait à son pagne.

— Avant de partir, je me suis enduite de sel et de temps en temps j'en avale un peu. Ainsi je ne serai pas appétissante si « elles » veulent me dévorer.

Des mains se tendirent et Awa distribua quelques pincées. La fatigue aidant, les vieilles peurs des anciens âges revenaient assaillir les femmes. Le ciel lui-même semblait porteur de menaces ; à l'horizon de petits nuages couleur d'ivoire dahoméen et cernés de gris foncé couraient à toute vitesse au-dessus des bosquets de cades qui dressaient en l'air leurs doigts décharnés.

— Tu as raison, Awa, dit une des femmes, il faut faire attention. Ces rejetons de l'enfer sont capables de se métamorphoser en grains de poussière, ou en fourmis ou en épines ou même en oiseaux. Je vais prévenir ma sœur qui est en avant.

— Vous n'êtes que des sottes, dit Penda, et vous devriez...

Mais elle fut interrompue par des cris inarticulés, de véritables hurlements qui venaient de l'arrière. A la suite de Penda, les plus curieuses se précipitèrent, les autres restèrent figées sur place, quelques-unes même prirent la fuite vers l'avant de la colonne.

Au milieu de la route, la Séni, le pagne défait, la bave à la bouche, se roulait par terre, les membres tordus, les reins arqués par les convulsions.

Elle hurlait des mots sans suite et l'on ne voyait que le blanc de ses yeux.

— Je l'avais dit, cria Awa, c'est une deume qui la dévore ! Il faut la trouver !

A quelques pas de là, assise sur le rebord du fossé, la menue Yaciné se penchait sur son pied. Elle s'était blessée au gros orteil et, comme le sang coulait, elle avança les lèvres pour sucer la plaie.

— La voilà, la voilà ! hurla Awa. Voyez, elle lui suce le sang par les pieds !

Vingt bouches répétèrent : « La voilà, la deume, attrapons-la. »

D'un bond, Yaciné s'était relevée, affolée par les cris. Mais elle n'eut pas le temps d'aller loin. Dix mains la saisirent, d'autres brandissaient des branches ou des pierres.

— Vous êtes folles ! dit Penda en essayant de protéger la malheureuse dont le visage commençait à saigner.

Awa hurlait toujours :

— Je l'avais dit, je l'avais dit, nous avons une deume et la Séni va mourir !

— Fermez vos gueules ! — Sans s'en rendre compte, Penda avait parlé en français. — C'est vous qui êtes des deumes ! Lâchez cette femme ou moi je vais vous dévorer toutes crues ! Mariame ! Va chercher Boubacar et ses hommes, amène Maïmouna aussi !

Elle réussit à dégager Yaciné à moitié morte de

peur et les vêtements en lambeaux. Sur la route, la
Séni était maintenant couchée sur le dos, entourée
d'un cercle de femmes ; elle avait les jambes complètement allongées et raides. On entendait grincer ses
dents.

Boubacar arriva suivi de cinq ou six hommes avec
leur bicyclette. Maïmouna les suivait de près. Elle se
pencha sur la femme étendue.

— Ce n'est pas grave, dit-elle, il faut lui faire
respirer de l'urine.

— Allez, salopes, allez uriner ! cria Penda.

Les femmes la regardaient, hébétées, sans bouger.

— Alors, vous êtes là des centaines, et il n'y en a
pas une seule capable de pisser ?

Des femmes franchirent le talus puis on les a
entendit appeler. Maïmouna les suivit et revint
quelques secondes plus tard portant des mottes de
terre humide. Elle s'assit par terre et se mit à les
pétrir : elle en fit de petites boules qu'elle faisait
passer et repasser devant les narines de la Séni tandis
que Penda lui soutenait la tête.

Pendant ce temps-là, Awa ne cessait de pérorer :

— Il y en a d'autres, je vous dis qu'il y en a
d'autres. La Séni va mourir, je sens déjà l'odeur de la
mort qui monte d'elle. On nous a fait venir ici pour
mieux nous manger, comme dans mon rêve.

Cette fois Penda n'y tint plus. Elle posa la tête de
la femme évanouie sur les genoux de l'aveugle et se
rua sur Awa.

— Maintenant, tu vas te taire !

De ces deux poings dures comme des poings
d'homme, elle martela le visage et le ventre de la
femme jusqu'à ce que celle-ci, trébuchant et hurlant
de douleur, allât s'affaler à moitié inconsciente au
pied d'un arbre.

Puis, subitement calmée par cette explosion de force physique, elle s'avança vers le forgeron :

— Boubacar, il faut des hommes pour porter les femmes malades. Yaciné qui pleurait toujours et la Séni enfin calmée, assise au milieu de la route, la tête reposant sur l'épaule de Maïmouna, à côté de celle du bébé toujours accroché au dos de sa mère.

On réussit à la faire lever et à l'installer sur le cadre d'une bicyclette. Boubacar prit Awa sur son dos puissant et le cortège se reforma. Les femmes marchaient derrière Maïmouna comme si l'aveugle laissait après elle un sillage protecteur. Le vent qu'elle avait annoncé au matin de ce jour s'était levé ; dans le ciel il faisait courir de gros nuages noirs dont les ombres en passant sur la route effrayaient les marcheuses ; à terre il soulevait des ondes de poussière dans lesquelles dansaient des brindilles et des feuilles sèches.

Et soudain, comme la route contournait une petite colline, une voix d'homme cria :

— *Tialaverd, Tialaverd, ban'ga* (1) !

Ce n'était pas l'ouragan annoncé par Maïmouna mais un simple tourbillon. Il avançait, dressant vers le ciel trois colonnes de poussière, courbant les herbes sur son passage, effeuillant les arbustes et les arbres. Des femmes affolées se précipitèrent dans un ravin tout proche où elles s'aplatirent, la tête sous les buissons. Des mouchoirs de tête s'envolèrent et planèrent très haut au-dessus de la cime des arbres. Une femme eut son pagne arraché et, toute nue, se précipita sur un tronc d'eucalyptus qu'elle étreignit à pleins bras en poussant des cris de terreur.

Ce n'était rien qu'un tourbillon comme elles en avaient connu des centaines, mais pour leurs nerfs que la fatigue avait éprouvés, c'était une dure

(1) Voilà le tourbillon!

épreuve et de nouveau le découragement s'empara de nombre d'entre elles. Penda allait de l'une à l'autre, leur montrait les colonnes de poussière qui disparaissaient dans la campagne, les encourageait, les bousculait pour leur faire reprendre la marche.

Sur le dos de Boubacar, Awa continuait de maugréer. Assise sur une bicyclette que poussait un homme, Yaciné pleurait toujours et la Séni gémissait sans cesse « mon cœur, mon cœur »... Même les hommes commençaient à se plaindre. Seule Maïmouna, son bébé sur le dos, avançait d'un pas régulier, fredonnant une de ses éternelles complaintes.

— Ce qu'une aveugle peut faire, dit Penda, n'êtes-vous pas capables de le faire vous aussi !

Enfin comme le soir tombait sur le troupeau harassé, on entendit des clameurs, des bruits de tambours qui se rapprochèrent. Les habitants du village de Sébikoutane, prévenus par les coureurs d'avant-garde, arrivèrent à la rencontre des femmes. Dans des calebasses, des estagnons, des casseroles, des vieux bidons, ils apportaient l'eau.

*
* *

Les deux dernières étapes de Sébikoutane à Rufisque et de Rufisque à Dakar furent presque une promenade. L'accueil des Sébikoutanais et des Sébikoutanaises avait été magnifique. Le sang des moutons égorgés avait rougi le sol de la place du village, on avait festoyé jusqu'à une heure avancée de la nuit et surtout on avait bu, bu à en attraper la gonfle. Les « marcheuses », comme on les appelait, étaient vite devenues populaires, les journaux et même la radio avaient parlé d'elles. Celles qui n'avaient cessé de se plaindre au long de la route, plastronnaient maintenant. Elles inventaient des péripéties, des dangers. Awa qui avait pris goût aux délices de la popularité, vint trouver Penda peu avant le départ :

— Penda, je ne retourne pas à Thiès, je continue avec vous. Je te promets de ne plus faire la difficile et, pour le prouver, je vais demander pardon à Yaciné.

Penda qui était en train de masser ses pieds douloureux, se leva :

— Je viens avec toi, je veux voir ça...

En voyant venir Awa, Yaciné se reprit à pleurer.

— Yaciné, je te demande de me pardonner. Sur la route j'étais fatiguée, énervée, j'ai menti. Tu n'es pas une deume.

Yaciné se mit à sangloter et à rire en même temps.

— Vous avez entendu ! je ne suis pas une deume ! je pourrai rentrer chez moi sans honte et la tête haute. Oh ! merci, Awa, de me délivrer !

Et le long cortège reprit la route. Les pagnes, les camisoles, les mouchoirs avaient été lavés. C'était une multitude colorée qui défilait maintenant sous un ciel clair que les coups de vent de la veille avaient nettoyé du moindre petit nuage. Entre Rufisque, la dernière halte, et Dakar, l'air marin venu de l'Atlantique apporta sa fraîcheur. La colonne avait engraissé, des femmes des villages, des Rufisquaises s'étaient jointes à celles de Thiès, des hommes aussi qui avaient grossi l'escorte et marchaient en arrière-garde ou sur les bas-côtés de la route. Les femmes chantaient, riaient, plaisantaient.

— A Dakar, nous verrons de belles maisons !

— Elles ne sont pas pour nous, elles sont pour les toubabs.

— Après la grève, nous en aurons aussi.

— Moi, après la grève, je ferai comme les toubabesses, je prendrai la paye de mon mari !

— Et si vous êtes deux ?

— On prendra chacune la moitié, comme ça il

n'aura plus de quoi faire le galant auprès des autres femmes ! Nous avons aussi gagné la grève.

— Les hommes ont été gentils. Tu as vu comme le forgeron suait en portant Awa ?

— Bah ! pour une fois qu'il en avait une sur le dos. Nous les avons bien sur le ventre toutes les nuits, eux !

Ainsi défilèrent les derniers kilomètres. On passa devant l'île de Gorée, petit point noir au milieu de l'étendue verte de l'océan, on vit les vastes usines des cimenteries Lafarge, des restes d'un camp américain. Comme on entrait dans le premier faubourg, un cycliste arriva à la rencontre du groupe de tête. Essoufflé, il sauta à bas de sa machine.

— Il y a des soldats sur la route à l'entrée de la ville ! On dit que les femmes de Thiès ne passeront pas.

Il y eut un grand silence, plus de chants, plus de rires. Quelques femmes quittèrent la route et se réfugièrent derrière des murs, mais la colonne garda sa cohésion. Penda grimpa sur un talus.

— Les soldats ne nous mangeront pas. Ils ne peuvent même pas nous tuer, nous sommes trop nombreuses, n'ayez pas peur, nous sommes attendues à Dakar, avancez !

La longue masse colorée reprit sa marche.

Maïmouna qui marchait un peu en retrait de Penda, sentit soudain une main se poser sur son bras :

— Qui est-ce ?

— Moi.

— Toi, Samba ? Qu'y a-t-il ?

— Il y a les soldats...

— J'ai entendu.

Samba N'Doulougou ne savait trop ce qui l'avait poussé à venir retrouver cette femme, cette femme dont il avait profité une nuit. Etait-ce la pitié pour

l'infirme, pour la mère, pour l'enfant ? Il se souvenait
de la honte qu'il avait eue pendant des mois, lorsqu'il
la voyait travailler en plein soleil avec son ventre qui
grossissait. Il se souvenait de la façon dont il avait
modifié sa voix pour qu'elle ne le reconnût pas.

— Donne-moi l'enfant, dit-il, il me sera plus facile
d'éviter les soldats.

— Tu veux ton enfant ? dit l'aveugle.

— Les soldats vont être là...

— Et après ?... Pendant qu'une mère est grosse, le
père peut mourir, cela n'empêche pas l'enfant de
vivre car la mère est là. Celui-là aussi, c'est à moi de
le défendre. Va-t'en maintenant. Quand je serai à
N'Dakarou tu ne me verras plus. Moi je ne t'ai
jamais vu. Personne ne sait qui est le père de cet
enfant, tu peux dormir tranquille sur ton honneur. Va
rejoindre les hommes !

A cinq cents mètres de l'hippodrome on se trouva
face à face avec les chéchias rouges des tirailleurs.
Un sous-officier noir qui se trouvait près du capitaine
commandant le petit détachement, cria :

— Retournez à Thiès, les femmes, nous ne devons
pas vous laisser passer !

— On passera sur le corps de ta mère s'il le faut,
dit Penda.

Et déjà la poussée de la masse humaine faisait
reculer les soldats. De partout maintenant des renforts arrivaient mais ce n'était pas des uniformes. Des
crosses se levèrent auxquelles répondirent des bâtons
et des pierres. Les tirailleurs s'affolèrent, des coups
de feu claquèrent, deux corps tombèrent : Samba
N'Doulougou et Penda.

Mais que pouvaient quelques chéchias devant ce
grand fleuve qui roulait vers la mer ?

DAKAR

LE MEETING

LE retour de Daouda à Dakar, dès qu'il fut connu, provoqua un véritable attroupement sur la place de M'Both, devant la maison du syndicat. Tandis que les délégués se réunissaient pour entendre le compte rendu de la rencontre de Thiès et de la rupture des pourparlers, la foule était houleuse ; on savait déjà que la réunion s'était terminée par un échec, les visages étaient durs, les poings fermés.

D'ailleurs, depuis plusieurs jours, l'atmosphère s'était alourdie dans toute la ville ; à la suite de l'incendie du bidonville et de l'attaque contre les spahis, les autorités avaient considérablement augmenté le service d'ordre : policiers, marins, gendarmes, tirailleurs, patrouillaient inlassablement les rues. Entre les bas-quartiers indigènes et les avenues résidentielles ou commerçantes, on avait établi de véritables cordons de protection et, de part et d'autre, cette ségrégation créait un malaise.

Pour les grévistes et leurs familles, la vie devenait de plus en plus difficile, les corps s'affaiblissaient, les visages se creusaient, mais cette épreuve devenait pour certains plus significative que les épreuves d'initiation du temps de leur adolescence.

Alioune avait réussi à persuader bon nombre d'hommes que les vieilles coutumes féodales n'étaient plus de mise. On voyait maintenant des maris, des fils, des pères même, partir à la corvée d'eau et revenir le soir dans les concessions poussant des barriques ou portant des bouteilles. Enfin les hommes avaient trouvé une autre occupation qui, en même temps qu'elle leur donnait quelque chose à faire, permettait de supporter la pénurie de vivres et donc de prolonger la grève. Ils allaient à l'océan retrouver les pêcheurs, et les poissons pris au filet ou à la madragué remplaçaient sur les foyers la viande disparue et le riz chichement distribué.

La maison du syndicat était devenue le centre de toutes les activités. On avait ajouté des bancs et des chaises, par terre des peaux de mouton, des couvertures, des nattes aidaient à transformer les pièces en dortoirs et comme l'électricité avait été coupée, on travaillait le soir avec des lampes dont les mèches trempaient dans l'huile de palme, la graisse de poisson ou le beurre de karité.

Cependant, Alioune et ses camarades se heurtaient à d'autres difficultés, à d'autres dangers. Une campagne de démoralisation des grévistes et surtout de leurs femmes avait été entreprise par les « guides spirituels », les imans et les prêtres des différentes sectes. Après les prières il y avait un sermon dont le thème était toujours le même : « Nous ne sommes pas capables de créer le moindre objet utile, pas même une aiguille, et nous voulons nous heurter aux toubabs qui nous ont tout apporté ? C'est de la démence ! Vous feriez mieux de remercier Dieu de nous avoir apporté les toubabs qui adoucissent notre vie par leurs inventions et leurs bienfaits. »

Les imans, furieux de la résistance des ouvriers à leurs injonctions, se déchaînaient contre les délégués, les chargeant de tous les péchés : l'athéisme, l'alcoolisme, la prostitution, la mortalité infantile ; ils prédisaient même que ces mécréants amèneraient la fin du monde...

Mais il y avait plus grave.

Alioune était allé tenter une démarche d'entraide auprès de N'Gaye, secrétaire des métallos et cégétiste. Il avait été mal reçu :

— Vous n'êtes pas de la C.G.T. Moi, je n'ai rien à foutre des gars du D.N. Vous voulez votre personnalité, vous l'avez. Nous, on ne fait pas de politique !

— Il y a quelque chose que tu ne comprends pas...

— Laisse-moi finir, Alioune, vous ne voulez pas recevoir de directives ? Eh bien, nous, nous ne marchons pas avec les diviseurs. Votre syndicat est autonome, qu'il le reste ! Mais ne venez pas pleurer après !

Alioune savait que N'Gaye n'avait qu'un geste à faire pour que les autres fédérations se joignent aux cheminots, mais il savait aussi qu'il ne ferait pas ce geste sans poser ses conditions.

La veille du jour où fut annoncée la prochaine arrivée des « marcheuses », comme on appelait maintenant les femmes de Thiès tout le long de la ligne, ce fut N'Gaye qui vint trouver Alioune au siège du comité de grève.

— Alors, dit-il, il paraît que les femmes seront là demain ou après-demain. Et cette médiation ?

— Tu sais bien, N'Gaye, que nous ne voulons pas de médiation. Le patron d'un côté, nous de l'autre, c'est tout. Pour le meeting même on pourra accepter « tes » médiateurs, mais il faut dabord voir les autres fédérations.

— C'est ça ! Tu veux mettre tout le monde dans le bain pour en profiter tout seul ! Eh bien, ce n'est pas comme ça que ça se passe ! Les maçons, les gars du charbonnage, les employés de la Shell, les fonctionnaires, tous sont d'accord pour un meeting présidé par le Gouverneur Général, le député et le Sérigne N'Dakarou. Maintenant, à vous de décider.

Alioune se sentit joué, N'Gaye avait bien combiné son affaire.

— Bon, dit-il, alors discutons avec les autres corporations demain soir et on préparera le meeting pour le jour après.

— Pourquoi attendre ?

— Pour rien, N'Gaye, pour rien, seulement ici nous avons un plan de travail, et je dois le suivre avec les camarades du comité.

— Entendu, demain soir.

Lorsque Alioune rejoignit ses camarades, il était encore sous le coup de la colère. S'il avait gagné du temps, c'était dans l'espoir de voir arriver Bakayoko qui, lui, trouverait peut-être un moyen de sortir du piège.

— Je voudrais le faire plonger dans du plomb fondu ! dit-il en entrant dans le petit bureau. Nous ne pouvons plus faire marche arrière, il a l'air d'avoir tout le monde avec lui !

— C'est la volonté de Dieu, dit Arona.

— Ah, fous-moi la paix avec ta volonté de Dieu !

**
*

La maison et sa courette étaient déjà noyées d'ombre lorsque Bakayoko arriva. Les délégués dormaient à même le sol, on voyait rougeover une cigarette dans un coin que n'éclairait pas la petite lampe. Bakayoko s'assit sur un lit de camp à côté d'Alioune qui enlevait ses chaussures de tennis. Il écouta le récit des entrevues avec Gaye sans interrompre Alioune.

— Nous sommes roulés, dit-il, lorsque celui-ci eut terminé, roulés comme de la farine dans les mains d'une cuisinière.

— C'est de ma faute, dit Alioune, jusqu'ici j'ai bien suivi les instructions de Thiès, je savais qu'un jour ou l'autre, on reprendrait, à nos conditions, mais je ne savais pas que j'allais cautionner la présence du Gouverneur et du député.

— Tu as fait ce que tu as pu. Ce qui a fait notre force pendant ces derniers mois, c'est que nous menions les événements. Maintenant, on dirait que ce sont les événements qui nous mènent. Que veux-tu, nous ne sommes pas assez riches, nous ne pouvons distribuer ni décorations ni villas, mais il nous reste notre foi en l'avenir. Ceci n'est qu'une étape et nous aurons nos revendications. Pour le moment, il faut dormir, toi et moi n'avons pas fermé l'œil depuis deux nuits.

Une silhouette courbée en deux passa près d'eux. C'était Deune qui, selon son habitude, ramassait des mégots.

— Ne vous fatiguez pas à pleurer, dit-il, si ça rate cette fois-ci, on recommencera.

Etendu à côté de Bakayoko dont il entendait la respiration régulière, Alioune ne dormait pas, il songeait à une scène pénible et déconcertante qui avait eu lieu le matin.

Le jeune Daouda était venu trouver ses camarades au bureau du comité. Il avait l'air gêné et, sans salutations préalables, il annonça :

— Je vous annonce que je quitte le D.N. A partir d'aujourd'hui, ne comptez plus sur moi.

D'abord, on avait cru à une blague. Beaugosse était souvent facétieux.

— Petit plaisantin, dit Deune en lui donnant une tape dans le dos.

— Non, je ne plaisante pas, je pars, et je vais travailler comme magasinier à l'outillage du port.

— Pourquoi t'en vas-tu ? demanda Idrissa, tu arrives de Thiès où tu as participé à la rencontre avec la direction, tu as parlé devant les camarades... Nous avons encore besoin de toi. Il n'y en a pas tant que ça, parmi nous, qui savent lire et écrire ! Je ne te comprends pas...

— Il n'y a rien à comprendre, je pars, c'est tout. J'ai bien le droit de disposer de moi, non ?

Deune s'approcha du jeune homme :

— Ce n'est pas bien ce que tu fais, petit, tu jettes des doutes dans nos esprits, nous ne sommes pas aussi intelligents que toi. As-tu dit la vérité sur ce qui s'est passé à Thiès ?

— J'ai dit la vérité, vous m'aviez chargé d'une mission, je l'ai accomplie honnêtement. Je pars pour des raisons personnelles.

— Tu nous trahis ! voilà ce que tu fais.

La grosse voix de Deune s'était levée, il criait presque :

— Nous étions fiers de toi, fiers de pouvoir dire : « Voyez ce petit, il est cultivé, instruit, et pourtant il préfère lutter à côté de notre misère », et maintenant, tu nous quittes. Ce n'est pas facile d'avoir une place au port, tu as dû voir des toubabs...

— Tu exagères, Deune, dit Alioune.

— Ce que j'ai à dire, je le dirai ! J'avais donné ma confiance à Daouda. J'avais voté pour qu'il soit notre délégué à Thiès. Et maintenant, il nous abandonne ! Vous vous souvenez de ce type que les camarades ont jugé à Bamako ? Vous les avez approuvés. Qu'il rende sa carte !

Sans un mot, Beaugosse prit son portefeuille dans la poche de son veston de toile, en tira une carte grise qu'il déposa sur la table, puis il sortit en silence.

— Je ne sais pas si j'ai le droit de faire ça, mais je le fais, dit Deune et, prenant la carte, il la déchira en deux d'un coup sec.

Tout en cherchant le sommeil qui le fuyait, Alioune réfléchissait à cette scène qui l'avait troublé. Il s'aperçut soudain que Bakayoko venait de s'asseoir sur le bord du lit de camp et allumait sa pipe.

— Tu ne dors pas, Alioune ?

— Non, je pensais à des choses difficiles. Tu as rencontré Beaugosse à Thiès ?

— Oui, il ne m'aime pas. Je ne l'aime pas non plus. Dis-moi, qui est le délégué des maçons ?

— Il s'appelle Seydou, il a leur confiance et il parle bien, répondit Alioune sèchement. — Il était choqué de la façon dont Bakayoko avait parlé de Daouda car il était au courant de l'histoire du garçon et de N'Deye Touti. Il s'allongea de nouveau sur le dos et, comme s'il se parlait à lui-même, il ajouta

— Vois-tu, ce qu'il y a de difficile avec toi, c'est que si tu comprends très bien les problèmes, tu ne comprends pas les hommes, ou, si tu les comprends, tu ne le montres pas. Et toi, tu leur demandes de te comprendre à demi mot sinon tu te mets en colère ; alors la peur les habite, la peur d'être critiqués. Quand tu n'es pas là, personne n'ose plus rien faire, et tout retombe sur toi... Je dois te dire que j'ai envoyé un rapport à ton sujet à Lahbib. Tu étais déjà en route quand il est parti mais comme ça, tu ne seras pas surpris s'il t'en parle.

— Tu as bien fait, dit Bakayoko.

Il tapota le fourneau de sa pipe sur le pied de fer du lit et, après un silence, ajouta :

— Je voudrais que tu comprennes aussi quelque chose. Quand je suis sur la plate-forme de mon Diesel, je fais corps avec toute la rame, qu'il s'agisse de voyageurs ou de marchandises. Je ressens tout ce qui se passe au long du convoi, dans les gares, je vois les gens. Mais dès que la machine est en route, j'oublie tout. Mon rôle n'est plus que de conduire cette machine à l'endroit où elle doit aller. Je ne sais plus si c'est mon cœur qui bat au rythme du moteur ou le moteur au rythme de mon cœur. Pour moi c'est ainsi qu'il en est de cette grève, nous devons faire corps avec elle...

Une voix qui venait de l'autre bout du bureau l'interrompit :

— C'est très intéressant ce que vous dites, mais c'est fatigant. Demain, la journée sera dure.

Le silence se fit dans la petite pièce où montaient des odeurs d'hommes.

*
**

Le lendemain, lorsqu'il fut annoncé que les femmes de Thiès arriveraient au début de l'après-midi, la ville entra en effervescence. Tout ce qui pouvait être utilisé comme récipients pour recevoir de l'eau que les hommes avaient été chercher dans des fûts, fut rempli car on pensait que les marcheuses auraient soif. Dans les maisons et dans les cours, on s'affairait à balayer, à préparer des logements. Chez Ramatoulaye, la cour centrale avait été transformée en une vaste cuisine ; par marmites entières on cuisait des poissons. Le couteau en main, les ménagères vidaient, écaillaient, lavaient.

— Il me semble que j'ai des poissons qui nagent en moi, dit Mame Sofi. Poissons le matin, poissons le soir, si ça continue, un arbre à poissons va me pousser dans le ventre !

— Ne te plains pas, dit Bineta, sans eux nous serions mortes et les enfants avec nous. Et puis les femmes de Thiès doivent avoir faim. Il paraît que c'est une nommée Penda qui les conduit...

— Ah, je la connais, la Penda, c'est une fille de joie, elle est venue ici une fois voir Badiane. On ne devrait pas laisser une femme comme ça mener les autres, celles qui sont honnêtes...

— Oh, Mame Sofi, avec ta langue, tu es pire que la gale !

Mais Mame Sofi avait déjà trouvé une autre occasion d'exercer sa combativité. N'Deye Touti venait d'apparaître dans la cour un petit paquet de linge mouillé sur le bras.

— Regardez ça ! Regardez ça ! cria la première épouse de Deune.

— Qu'est-ce qu'il y a ? demandèrent les ménagères en se retournant.

— Ce qu'il y a ? Vous ne voyez pas ? Personne n'a d'eau pour boire et voilà que notre « Mad'mizelle » lave ses dessous impudiques ! C'est immoral de se promener comme ça, c'est bon pour les toubabesses !

— Tante Mame Sofi, laisse-moi en paix ! j'avais du linge sale, je l'ai lavé, c'est tout.

Des voisines accouraient. Voir Mame Sofi entamer une dispute était un bon spectacle dont on était sevré depuis longtemps. Mais Ramatoulaye intervint :

— Taisez-vous, dit-elle, toi, N'Deye Touti, va préparer le lait de « Grève » et toi, Mame Sofi, tu ferais mieux de te dépêcher, vos compagnes sont prêtes et un homme vient de passer pour annoncer que les femmes de Thiès entraient dans la ville.

C'était maintenant le milieu du jour et le soleil faisait généreusement son travail. De toutes les rues et ruelles, des avenues, la foule tournant le dos aux grands immeubles blancs des quartiers européens, se dirigeait vers la Médina. L'avenue Gambetta ressemblait à un long fleuve noir. Des cheminots distribuaient des tracts invitant les manifestants à cesser le travail toute la journée pour assister au meeting. Parfois des policiers essayaient de les saisir, mais la foule s'ouvrait pour les laisser passer et se refermait ensuite avec des grands rires au nez des poursuivants.

Les « marcheuses » arrivèrent par le faubourg de Hann et le pont qui est à l'entrée de la ville. Pour leur laisser la voie libre, on forma une double haie que les grévistes du service d'ordre maintenaient à grand-peine. On entendait le bruit de cette foule presque sur les quais lointains : piétinements des sandales, martèlement des talons, grelots des bicyclettes, grincements des essieux de charrettes, cris, appels, chants, plaintes des éclopés, bégaiements des mendiants, coups de sifflets des policiers, un dôme bruyant semblait couvrir la cité tout entière.

— Elles vont passer, ne poussez pas, vous les verrez !

— C'est vrai qu'elles ont marché sans boire et sans manger ?

— Les pauvres, c'est mieux que des hommes !

— Il paraît qu'elles viennent voir le député pour arranger la grève.

— Moi je trouve que la grève est une affaire d'hommes.

— Tu as raison, frère, ça, c'est de la politique. Ce sont sûrement des femmes communistes.

— Pourtant, frère, elles soutiennent leurs maris.

— A quoi ça les mènera ? Comme dit le Sérigne N'Dakarou, nous ne savons pas fabriquer une aiguille ! Regarde, femme, il y a des soldats partout. Ça va chauffer tout à l'heure au meeting. Je sais ce que je dis, je suis fonctionnaire.

— Si tu dis vrai, brave homme, je vais m'en aller avant qu'on tire sur moi !

Ainsi allaient les bavardages tandis que la foule attendait. Peu après le pont, à hauteur du passage à niveau, se tenait le comité de réception dont faisaient partie les deux inséparables, Mame Sofi et Bineta. Il y avait aussi Deune, Arona, Idrissa qui semblait loucher davantage et Bakayoko reconnaissable à son maka. Accrochée à son bras, une vieille, très vieille femme s'agitait et bavardait. On l'appelait la grand-mère Fatou Wade, nul ne savait plus son âge, pas même elle, mais on la rencontrait partout.

— Vois, dit-elle, ce pagne est plus vieux que moi,

je le tiens de ma mère qui le tenait de sa grand-mère.
C'était un pagne à l'ancienne mode, oleu à pois
blancs, de l'époque où l'on teignait chez soi à
l'indigo. Il faut bien les recevoir, ces femmes : du
temps de ma grand-mère, quand on voulait honorer
quelqu'un qui arrivait, on étendait sur son passage
des tissus précieux !

A ce moment, venant de l'avenue El-Hadj-Malick-
Sy que devait emprunter le cortège, on entendit un cri
mille fois répété :

— Elles arrivent ! Elles arrivent !

Les cheminots du service d'ordre auxquels s'étaient
joints des maçons et des ouvriers du port et qui se
tenaient par les mains, durent tendre le dos et s'arc-
bouter sur leurs jambes pour contenir la poussée. Les
salves des applaudissements crépitèrent.

En tête des « marcheuses » venait Mariame Sonko
dont Maïmouna, l'aveugle, tenait le bras, la grosse
Awa, la Séni, Aby la rieuse qui tendait ses jeunes
seins fermes comme des mangues vertes. Boubacar et
l'escorte des cyclistes les encadraient.

Comme elles arrivaient au passage à niveau, la
grand-mère Fatou Wade se précipita à leur rencontre.
Elle secoua son pagne au-dessus de sa tête et l'étala
sur la chaussée, devant les pieds de Mariame Sonko.
Interdite, celle-ci s'arrêta.

— Non, non, cria la vieille femme, avancez, avancez, marchez dessus ! C'est ainsi que dans les temps
très anciens on recevait les vainqueurs qui rentraient
au village !

Avec de grands cris d'enthousiasme, son exemple
fut suivi et bientôt l'asphalte fut jonché d'autres
pagnes, de mouchoirs de tête, de camisoles et même
de bouts de chiffons. Les marcheuses avancèrent sur
ce tapis multicolore qui donnait à leur arrivée un air
de fête.

Tandis que le comité de grève dirigeait les femmes

vers la concession N'Diayène où les attendaient l'eau
et la nourriture, Bakayoko s'approcha de Mariame
Sonko et de Boubacar. Tout de suite, il connut les
détails de la mort de Penda et de Samba N'Doulougou.

— Tiens, lui dit un des hommes qui poussait une
bicyclette à guidon relevé, voilà le vélo de Samba,
nous le gardons comme souvenir. Je ne peux pas
monter dessus, je ne sais pas.

Bakayoko ne répondit pas. Ces morts l'oppres-
saient. Il eut peur de perdre confiance. « Penda
aussi... », murmura-t-il, et, d'un seul coup, peut-être
pour la première fois de sa vie, le découragement
s'abattit sur lui tel un épervier qui plonge sur sa
proie. Tous les livres lus, tous les enseignements
glanés çà et là, tous les efforts d'une pensée mise au
service d'une volonté bien dressée, tout cela devenait-
il vain devant des cadavres ?

Une main lui frappa l'épaule et une voix joyeuse
claironna à son oreille :

— Homme, on les aura nos revendications !

— Homme, on les aura ! répondit-il, mais tout en
marchant le long du cortège, il baissait la tête.

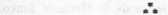

Jamais l'hippodrome de Dakar n'avait connu un
tel concours de peuple. Aux grévistes, s'étaient joints
les dockers, les pêcheurs de N'Gor, de Yoff et de
Kambaréne, les ouvriers et les employés de toutes les
grandes entreprises. Les *tambassimbés* (1), les tur-
bans, les casques blancs ou kaki, les bonnets carrés,
les fez, les chéchias, les mouchoirs de tête aux couleurs vives, aux coins empesés qui les faisaient res-
sembler à des oreilles dressées, formaient au-dessus

_____

(1) Écharpes teintées à l'indigo.

de la foule une sorte de mosaïque mouvante d'où émergeaient des parapluies et des ombrelles noirs, violets ou blancs.

Devant les portes, soldats, gendarmes, miliciens, policiers, montaient la garde et il y avait un imposant service d'ordre au pied des tribunes. Tout ce monde était en grande tenue et l'on voyait luire sous les chéchias de bonnes faces rondes de bébés noirs bien nourris.

Les premières délégations arrivèrent. C'étaient les invités de l'administration, conduits par le Sérigne N'Dakarou. Le pontife était suivi de son protégé, El Hadji Mabigué, toutes médailles dehors et qui, de son ombrelle, protégeait son maître. Celui-ci avançait avec la lenteur et la dignité propres à son rang, saluant au passage ses fidèles. Un gradé de la police les conduisit dans la tribune d'honneur, à l'ombre.

Il y eut ensuite un grand remous dans la foule et des gens se précipitèrent vers le grand portail central. C'étaient les femmes de Thiès qui faisaient leur entrée. Elles étaient lavées, restaurées, désaltérées. La route leur avait été une bonne école. Elles avançaient dans un ordre impeccable, par rangs de dix, sans escorte masculine cette fois. Au-dessus de leurs têtes elles portaient des banderoles et des calicots où l'on pouvait lire : « LES BALLES NAZIES N'ONT PAS FAIT DE DIFFERENCE », « NOUS VOULONS LES ALLOCATIONS FAMILIALES ». Les hommes suivaient, conduits par leurs délégués. Eux aussi avaient des pancartes : « A TRAVAIL EGAL, SALAIRE EGAL », « RETRAITE POUR NOS VIEUX JOURS », « NOUS VOULONS DES LOGEMENTS ». On remarquait leurs visages fatigués, leurs membres amaigris.

Bakayoko et Alioune se tenaient près d'une cabane du pari mutuel.

— Regarde ton protégé, dit Alioune.

A quelques pas, sous un arbre, venaient d'arriver N'Gaye accompagné d'Edouard, l'inspecteur du travail, du commissaire de la Médina et du jeune Pierre. Près d'eux, et comme eux vêtu à l'européenne, Daouda dit Beaugosse

— Tiens, voilà notre tribun, dit Edouard en montrant Bakayoko.

— Il paraît qu'il doit parler ? demanda Pierre.

— J'espère que non, dit N'Gaye.

Bakayoko leur tourna le dos.

— Ne t'inquiète pas pour Daouda, dit-il, il nous reviendra. Je sais de quoi il s'agit.

Ils furent interrompus par l'arrivée de la grand-mère Fatou Wade.

— Je te cherchais, fils, dit-elle à Bakayoko, pour te demander quelque chose : As-tu encore ta mère ?

— Non, grand-mère. Elle a été assassinée par les gendarmes quand je n'étais pas à la maison.

Bakayoko, tout en parlant, regardait la vieille femme. Elle lui rappelait Niakoro, et il se souvint des paroles de Bakary. Un regret lui serra le cœur.

— Dorénavant, je serai ta mère, dit la vieille en lui prenant la main qu'elle lui caressa un moment. Mon mari est mort à la première guerre, à la seconde mon aîné. Et maintenant ils m'ont pris mon fils. Tiens, voilà tout ce qui me reste d'eux.

Elle dénoua un coin de son pagne et en tira trois médailles : une croix de guerre, une médaille. des grands blessés, une médaille coloniale.

— Aucun boutiquier n'en veut et je n'ai plus rien à manger. Je me demande pourquoi les toubabs donnent ces choses ? Pour moi, elles sont signe de mort. Si tu restes à N'Dakarou, viens habiter chez moi, il y aura toujours une natte pour toi.

Et tout heureuse d'avoir retrouvé un enfant, la

grand-mère Fatou Wade s'en fut en gonflant ses joues
et en plissant les lèvres comme le faisait Niakoro.

— Alioune, dit Bakayoko, si jamais tout à l'heure
on veut m'empêcher de parler, va trouver les camarades et surtout les femmes, et dis-leur de faire un
boucan de tous les diables !

N'Deye Touti, elle aussi, avait gagné le champ de
course. Elle était anxieuse et de mauvaise humeur.
Devant le portail d'entrée, elle avait rencontré Mame
Sofi qui lui avait dit avec un sourire ironique : « Qui
cherches-tu, Bakayoko ou Beaugosse ? Ils sont tous
les deux là-dedans ! Si tu veux te rendre utile, viens
nous retrouver après la réunion, tu tiendras un pagne
avec Arame pour récolter de l'argent... »

Bakayoko. Elle ne cessait de penser à lui. Elle
avait essayé de le rejoindre à N'Diayène, mais il ne
s'occupait que de ces femmes de Thiès, de cette
aveugle. Pourtant, à un moment, il avait posé la main
sur son cou et avait murmuré : « Tu as des yeux
pareils à deux lunes dans la nuit. » Elle s'était déga-
gée, pensant qu'il allait la suivre, mais il n'avait pas
bougé.

— Où vas-tu, N'Deye Touti ?

Elle sursauta, espérant que c'était lui, c'était
Daouda.

— Je cherchais une place, dit-elle.

— Viens près de nous. Monsieur Edouard, c'est la
petite dont je vous ai parlé. Viens que je te présente à
des amis, ils pourront s'occuper de toi.

Le commissaire de la Médina s'approcha :

— Mademoiselle, oublions l'incident de l'autre
jour. Vous êtes une jeune personne sensée, et moi, je
ne suis pas toujours en service.

— Pour ma part, dit Edouard, j'ai été voir votre
directrice. Votre renvoi n'est pas encore officiel. Evi-
demment elle n'a pas été très contente quand vous
l'avez traitée de « colonialiste attardée », mais ça

s'arrangera. Je m'occuperai de vous, comme je l'ai dit
à Daouda. Je suis heureux que vous l'ayez choisi,
c'est un brave garçon et il a un bel avenir devant lui.
Bon, maintenant il est temps que nous prenions nos
places. Vous venez avec nous, mademoiselle.

Tandis qu'ils gagnaient la tribune divisée en trois
parties : l'une pour les personnalités, l'autre pour les
Européens, la troisième pour les diverses délégations,
des coups de sifflet stridents se firent entendre en
direction du grand portail. Dans un envol de burnous
rouge et blanc, au grand trot de leurs chevaux
noirs, un peloton de « Gardes Rouges », l'étoile d'or
sur la haute chéchia, apparut précédant les voitures
officielles.

De la première descendirent le Gouverneur général et le député-maire de la ville ; de la seconde
d'autres personnalités officielles. Les autorités gra-
virent rapidement les escaliers et s'installèrent aux
premiers rangs des tribunes devant un étalage de
micros.

Les trois premiers discours furent brefs. Ce fut le
Sérigne N'Dakarou qui parla le premier en sa qualité
de guide spirituel d'une bonne partie de la communauté. Il reprit le thème de ses sermons, mit en garde
ses fidèles contre les mauvaises influences venues de
« l'étranger » et fit l'éloge du Gouverneur et du
député qui, malgré leurs lourdes charges, avaient tenu
à honorer cette réunion de leur présence. Pour donner plus de poids à ses paroles, il termina en lisant
les deux premiers versets du Coran d'une voix
forte.

Le Gouverneur qui parla ensuite fut paternel. Il
raconta comment il avait passé trente ans de sa vie à
s'intéresser et à résoudre les problèmes coloniaux. Il
se reprit vite et dit « problèmes africains ». Cette
grève le préoccupait beaucoup car elle témoignait
d'une regrettable incompréhension, mais il promit

d'étudier les revendications avec soin. « Vous pouvez constater, dit-il, que depuis mon entrée en fonction beaucoup de choses ont changé en bien pour vous. D'autres changeront encore et toujours à votre avantage. Mais pour que ces progrès soient profitables à tous et visibles par tous, il faut du temps et de la patience. Les ouvriers du chemin de fer peuvent reprendre le travail dès demain matin. Contrairement à certains bruits propagés par des gens malintentionnés, aucune sanction ne sera prise contre les grévistes et je promets à tous que leurs demandes seront étudiées et satisfaites dans la mesure du possible, dans un temps très court. » Il termina en rappelant que les liens qui unissaient l'Afrique à la métropole avaient été baptisés par le sang versé en commun.

Il fut écouté avec respect et longuement applaudi. Une bonne moitié de l'assistance n'avait rien compris à ce qu'il disait. N'Gaye lui succéda devant les micros. Il avait été chargé de parler plus spécialement aux ouvriers. D'abord il rappela ses propres activités syndicales, puis il expliqua comment les autres fédérations avaient pris une attitude d'attente à l'égard de la grève parce qu'il s'agissait d'une « grève politique » et qu'il fallait éviter tout essai de « séparationisme » au sein de la classe ouvrière.

Comme il terminait, Alioune descendit rapidement les marches de la tribune et vint trouver Bakayoko.

— Jamais ils ne vont laisser parler un cheminot ! dit-il.

— Alors, fais comme je t'ai dit. Que tout le monde hurle jusqu'à ce qu'on n'entende plus les haut-parleurs. On verra bien.

C'était maintenant le tour du député-maire. Il fut beaucoup plus long ; en fait, il parla une heure. Posément il installa sur son nez court des lunettes à grosse monture d'écaille. Quand il ouvrit la bouche pour parler, on vit briller deux dents aurifiées au milieu de son visage tout rond et luisant de chaleur. Il avait des cheveux grisonnants et coupés presque ras. Il parlait français en détachant bien ses mots

— Je vous salue, gens paisibles, dit-il, et vous remercie de m'écouter. Lorsqu'un enfant monte en haut d'un arbre, il ne prévient personne, mais s'il tombe il crie et tout le monde accourt. Il en est de même pour cette grève. Quand les employés et les cheminots du Dakar-Niger l'ont décidée, ils l'ont fait sans prévenir les personnes les plus qualifiées pour les aider, sans penser aux conséquences de leur acte. Et maintenant, vous voyez le résultat. Il n'y a plus d'eau et plus rien à manger dans *nos* maisons, les boutiquiers ne veulent plus *nous* faire crédit. Cette grève est l'œuvre de quelques brebis galeuses conseillées par des éléments étrangers, car une telle manière d'agir n'est conforme ni à *nos* mœurs, ni à *nos* coutumes.

« Lorsqu'on a fait appel à moi pour dénouer cette crise, j'ai d'abord pensé à refuser, finalement j'ai accepté, car il est de mon devoir de vous venir en aide. J'ai proposé des arrêtés et même des lois dans ce sens, je sais que j'aurai satisfaction, mais il faut du temps. Si vous, les grévistes, cela ne vous intéresse pas, au moins n'empêchez pas les autres, car votre grève risque de faire arrêter, de faire reculer les progrès. La direction du chemin de fer a déjà donné son accord sur certaines des revendications, le reste est du ressort de l'Assemblée nationale à Paris.

Le député s'épongea le front et essuya ses lunettes.

— Pourquoi ne parle-t-il pas en oulof comme tout le monde ? demanda la vieille Fatou Wade qui était revenue s'accrocher au bras de Bakayoko. Je ne comprends rien à ce qu'il dit.

Le Bambara ne répondit pas. Les dents serrées, il regardait l'orateur et, soudain, il fit un geste à Deune,

Alioune, Idrissa et Boubacar qui étaient demeurés
près de lui. Les quatre hommes disparurent dans la
foule.

Le député achevait son discours :

— ... Il paraît que certains d'entre vous songe-
raient à déclencher une grève générale. Cela, je vous
l'interdis. Ce serait tout démolir d'un seul coup. Je
m'adresse aux responsables et je leur dis ceci : Vous
savez qu'à l'Assemblée nationale nous ne disposons
pas de tellement de voix et qu'il nous faut donc
manœuvrer. Nous voulons tous votre bien et les
toubabs aussi. Mais il ne faut pas commencer par les
heurter. J'ai pris sur moi de promettre que demain
tout le monde serait au travail et que l'on continue-
rait la discussion. Le reste me regarde. Une fois
encore, faites-moi confiance.

Son mouchoir à la main, le député regagnait sa
place après avoir fait face un instant aux applaudissements, mais il ne s'était pas encore assis que
Bakayoko était devant les micros. N'Gaye essaya de
s'interposer et lui saisit le bras :

— Tu ne vas tout de même pas parler après le
Gouverneur et le député !

Mais déjà dans la foule on entendait quelques cris
vite repris :

— *Baillika mou vahe, Baillika mou vahe* (1) !

Le Gouverneur, mal à l'aise, chuchota quelques
mots à l'oreille du député. Celui-ci se tourna vers
Bakayoko :

— Vous pouvez parler, mais ne soyez pas trop
long, jeune homme.

— Tu as entendu, dit N'Gaye, pas plus de dix
minutes !

— *Baillika mou vahe !* cria la foule de plus en
plus fort.

(1) Laissez-le parler !

D'un geste familier, Bakayoko rejeta son chapeau de paille sur son dos et saisit d'une main la tige de l'un des micros. Comme s'il était sur sa locomotive, il prit un départ lent :

— Je vous remercie tous de m'avoir donné la parole, dit-il en oulof. Il était anormal que tout le monde puisse parler sauf les grévistes. Je vais donc parler en leur nom. Depuis plus de quatre mois nous sommes en grève et nous savons pourquoi. Cela nous fait vivre une vie dure, sans eau, sans feu, sans nourriture. C'est un destin cruel pour un homme, davantage pour une femme, plus encore pour un enfant et pourtant nous le supportons. Il n'y a plus d'eau dans la Médina. Qui parmi ceux qui ont parlé avant moi vous a dit pourquoi ? Personne ne peut mettre en doute les paroles de ces personnes, mais que vous ont-elles dit, à qui ont-elles parlé dans une langue que la plupart d'entre vous ne comprennent pas ? Le grand Sérigne N'Dakarou vous a parlé de Dieu. Ne sait-il donc pas que ceux qui ont faim et soif désertent le chemin qui mène aux mosquées ? On nous a dit que les Gouverneurs nous avaient apporté de nombreux et grands changements. Il est vrai que je suis jeune, mais je n'en ai pas vu beaucoup et je demande aux vieux ouvriers de dire ceux qu'ils ont vus ! Ce n'est pas avec des projets que nous allons nourrir nos familles ! Enfin, on vient de nous promettre qu'il n'y aurait pas de sanctions contre nous. Mais pour ceux qui ont tué des femmes et des enfants, quelles seront les sanctions ?

Bakayoko répéta les dernières phrases en bambara en toucouleur et en français. Aucune crainte ne l'habitait. Ce n'était plus la foule qu'il voyait devant lui mais deux rails luisants qui traçaient un chemin vers l'avenir. Sa voix se fit plus âpre.

— Il paraît que cette grève est le fait de brebis galeuses menées par des étrangers ? Il y a donc beaucoup de brebis galeuses dans ce pays et vous qui nous connaissez tous, dites-nous où sont les étrangers ? Il paraît aussi que nous ne pouvons rien créer, mais il faut croire que l'on a pourtant besoin de nous puisque depuis que nous avons arrêté plus rien ne roule. Il paraît que nos revendications seront satisfaites, mais lesquelles ? Nous avons demandé la retraite, les allocations, l'augmentation des salaires, un cadre d'auxiliaires, le droit d'avoir notre propre syndicat. Pas un de ceux qui ont parlé avant moi n'a prononcé un seul de ces mots. Ils sont pourtant fort simples. Notre député nous a dit qu'il était là pour *nous* venir en aide. Demandez-lui pourquoi il vote des lois sociales dans un pays qui se trouve loin du nôtre, et pourquoi il ne peut faire appliquer ces lois dans son propre pays ? Demandez-lui comment il vit, combien il gagne ? Mais peut-être trouvez-vous ces questions gênantes et peut-être désirez-vous que je me taise ?

— Non, non ! Continue ! crièrent des voix dans la foule.

Le Gouverneur et les membres des délégations européennes qui n'avaient guère compris ce que disait Bakayoko ne bougeaient pas. Par contre N'Gaye et le député commençaient à s'agiter sur leur siège.

— Puisque vous voulez que je continue, j'ai encore à vous dire ceci : Lors de nos discussions on nous a dit que nos revendications étaient irrecevables parce que nos femmes et nos mères sont en réalité des concubines. Lorsqu'il s'est agi d'aller se faire tuer à la guerre, a-t-on demandé aux patriotes s'ils étaient des enfants légitimes ou illégitimes ? Demandez aussi la réponse à cette question à votre député ! Et maintenant avant de m'en aller puisque je ne peux pas parler longtemps, il me reste une commission à faire · Monsieur le Gouverneur, Monsieur le député, vous voyez là devant vous la grand-mère Fatou Wade. Elle a perdu son mari lors de la première guerre et son fils aîné lors de la seconde. On lui a donné ces médailles dont elle ignore la valeur et on vient de mettre son benjamin en prison pour fait de grève. Elle n'a plus rien. Monsieur le Gouverneur, Monsieur le député, reprenez ces médailles en échange de son fils et de son riz quotidien. »

Une fois encore il reprit ses paroles en bambara, en toucouleur et en français et, cette fois, il y eut dans les tribunes des sourcils qui se froncèrent et des visages qui se durcirent. Bakayoko qui, tout en parlant, avait ouvert sa main pour montrer les décorations, ferma son poing.

— Mère, dit-il en oulof, j'ai fait la commission. Et maintenant vous, maçons, menuisiers, ajusteurs, pêcheurs, dockers, fonctionnaires, agents de police, miliciens, employés du secteur public et du secteur privé, comprenez que cette grève est aussi la vôtre, comme l'ont déjà compris ceux du Dahomey, de la Côte d'Ivoire, de la Guinée et de France. Il dépend de vous, travailleurs de Dakar, que nos femmes et nos enfants connaissent des jours meilleurs. Nous avons un rocher qui se dresse sur notre route, tous ensemble nous pouvons le déplacer. En tout cas, les cheminots ne reprendront le travail que lorsque satisfaction leur sera donnée !

Bakayoko dévala rapidement les marches de la tribune, il avait envie d'être seul. Autour de lui il entendit des cris qui peu à peu s'amplifiaient : « Nous, les maçons, nous sommes pour la grève !... Nous les ouvriers du port, nous sommes pour la grève !... Nous, les métallos... Nous les... » Puis le chant des femmes de Thiès s'éleva :

Une lueur monte à l'horizon...

En chemin, Bakayoko se heurta à Alioune. Il lui prit les deux mains :

— Pardonne-moi, frère, dit-il, si j'ai dit ces choses, mais après ce que nous avions entendu il n'était plus d'honnêteté possible. Nous aurons le front commun. Il le fallait, il le fallait !

Devant les portails, des femmes de Dakar tendaient des pagnes. Parmi elles se trouvait N'Deye Touti.

— Pour les grévistes.

— Pour aider les femmes de Thiès à rentrer chez elles.

— Pour les enfants.

Et dans les pagnes tendus tombaient pièces et piécettes, quelques billets même.

Le lendemain, la grève générale était déclenchée. Elle dura dix jours, le temps qu'il fallut pour que diverses pressions finissent par amener la direction de la Régie à reprendre les pourparlers avec les délégués ouvriers.

Lorsque les femmes de Thiès prirent le chemin du retour, les camionneurs mirent des véhicules à leur disposition et comme les pêcheurs leur avaient donné une journée de pêche, elles repartirent avec un camion plein de poissons.

Maïmouna l'aveugle demeura dans la concession N' Diayène. Elle avait encore du lait et nourrissait le petit « Grève ». « J'arrose un arbre pour demain », disait-elle. Elle devait passer là le reste de ses jours. Le soir elle aimait à s'entourer d'enfants, elle leur chantait ses complaintes et leur racontait l'histoire de Penda et du drôle de petit bonhomme qui étaient morts sur la route.

elles.

— Pour les enfants...

AU BORD DE LA MER...

S UR la plage au sable fin, entre deux longues
pirogues de pêche posées sur des rondins, Bakayoko
et N'Deye Touti reposaient. La jeune fille était assise,
les jambes allongées, le dos appuyé au bois dur,
l'homme, étendu sur le ventre, le visage dans les
paumes, suivit du regard une bande de gamins qui
piégeaient des oiseaux de mer. L'un des enfants, un
petit malingre, poursuivait un crabe ; lorsqu'il l'eut
atteint, il l'écrasa d'un coup de talon. Bakayoko sourit. N'Deye Touti ne voyait de lui que son crâne et
son oreille gauche.

— Tu restes encore quelques jours ? demanda-
t-elle.

Il ne répondit pas, son attention venait d'être attirée par un oiseau aux ailes grises qui avançait à
petits pas précis vers l'un des pièges. Il y eut un cri
qui ressemblait à un grincement de poulie, un battement de plumes, l'oiseau était pris par une patte. Les
jeunes chasseurs se précipitèrent, poussant des clameurs de victoire.

— Ils sont heureux, dit Bakayoko en se tournant
sur le dos, les mains sous la nuque.

N'Deye Touti regarda attentivement le visage de
l'homme, le front dégagé, les cheveux coupés ras et
cette cicatrice qui lui donnait un air si viril. Depuis

des jours, elle se réjouissait de cette intimité. Parfois,
comme elle le faisait à l'école, elle se prenait à
compter sur ses doigts : « Je couche, je ne couche
pas, je couche ? » Elle savait qu'à N'Diayène, on
considérait avec indulgence ce que l'on regardait
comme le début d'une liaison. Heureuse de l'avoir à
côté d'elle, pour elle seule, elle demanda cependant,
de cette petite voix douce qu'aiment à prendre les
femmes jalouses :

— Et Penda ? Tu ne me parles jamais d'elle...

— Penda, c'était Penda, dit Bakayoko en s'allon-
geant à nouveau sur le ventre.

Dans cette position, la mer avait l'air d'être tendue
à la verticale et, sur ce drap bleu, l'île de Gorée
semblait pendre comme une petite boule noire.

Voyant qu'elle n'obtiendrait pas d'autre réponse, la
jeune fille demanda :

— Si tu pars, quand reviendras-tu ?

— Je ne sais pas, j'attends ce bateau dont on m'a
parlé.

— Un bateau jusqu'à Bamako ?

— Non, je débarquerai à Kayes, avec des
pêcheurs, je peux aller jusqu'à Bapoulaba... — du
bout du doigt, il dessina un itinéraire sur le
sable. — De là je plongerai dans les chutes du
Félou...

— Cela ne me dit pas quand tu reviendras.

— Je ne le sais pas moi-même.

*
* *

Ils rentrèrent à la concession à la nuit tombée.
Bien qu'il n'ait fait l'objet d'aucune mesure,
Bakayoko préférait ne plus trop attirer l'attention sur
lui. Les étoiles commençaient de s'allumer. Deux
hommes les précédaient dont ils entendaient la
conversation :

— Tu te rends compte, cette salope ? Elle me dit
de venir, je fais le mur, elle avait filé avec son civil.
Je lui casserai la gueule à celui-là !

— Bah, il n'y a que les sous qui comptent ! Moi je
m'en fous, ce soir, j'ai mon coup à crédit. Avec cette
grève, elles vont toutes y passer...

— Parle pas de ces garces ! Et demain, de bonne
heure, de garde à la gare.

— Ils nous les cassent tous tant qu'ils sont avec
leur grève !

C'étaient des marins. N'Deye Touti ralentit le pas
pour leur laisser prendre de l'avance et resta un
moment silencieuse, puis :

— Pourquoi ne me parles-tu pas de Penda ?

— Elle est morte, tu sais ?

— Je sais. Tu la connaissais bien ?

— Je la connaissais. Pourquoi me le demandes-
tu ?

— C'était une putain.

— Qui te l'a dit ?

— Toutes les femmes de la concession le savent.
Elles disent qu'il n'y avait que le chemin de fer qui
ne lui était pas passé dessus. Je me demande comment ?...

N'Deye Touti n'acheva pas sa phrase et Bakayoko
ne répondit pas tout de suite.

— Tu n'arrives peut-être pas à la cheville de
Penda, dit-il enfin. Je sais ce qu'elle valait. C'était
une vraie amie et elle a donné sa vie. Il y a plusieurs
façons de se prostituer, tu sais. Il y a ceux qui le font
sous la contrainte Alioune, Deune, Idrissa, moi-
même, nous prostituons notre travail à des gens que
nous ne respectons pas. Il y a aussi ceux qui se
prostituent moralement, les Mabigué, les N'Gaye, les
Daouda. Et toi-même ?

Il s'arrêta pour allumer sa pipe.

— Laisse-moi le faire, dit N'Deye Touti — mais

à la première bouffée, elle toussa et cracha. — C'est dégoûtant, c'est infect.

De nouveau ils avançaient en silence. A leur gauche courait un long mur blanc, à leur droite, un champ de goyaviers.

— Tu veux que je te dise quelque chose ? demanda la jeune fille... Je voudrais devenir ta seconde femme.

— Quoi ?

Bakayoko s'arrêta net, comme s'il avait reçu un coup sur la tête.

— Je me suis posé des tas de questions à ce sujet, je me suis dit que si tu refusais, ce serait parce que, après t'être déclaré publiquement contre la polygamie, il te serait difficile de te déjuger. Je sais encore que tu es vraiment contre. Moi aussi je l'étais, c'était une de nos coutumes que je ne pouvais comprendre, que je détestais même. Et puis il arrive que l'on se mette à aimer ce que l'on croyait détester... Au moins puis-je me dire que, comme je suis née mulsulmane, ma religion m'y autorise. Tu m'as dit un jour que ces vieilles coutumes féodales ne pourraient disparaître que dans une Afrique indépendante et rénovée. En attendant ces temps meilleurs, je veux être ta seconde épouse. Je connais une « évoluée » qui l'a fait. Pourquoi pas moi ?... Et je ne serai pas jalouse d'Assitan.

N'Deye Touti s'arrêta, un peu essoufflée, elle avait parlé vite, en français. Bakayoko n'avait pas préparé de réponse, au fur et à mesure que la jeune fille parlait, des pensées, des images étaient nées en lui, vite disparues. Dans sa vie de perpétuel voyageur, d'un bout de la ligne à l'autre, il avait souvent rencontré des femmes. Il allait vers elles, comme on va vers une goutte d'eau froide et n'attachait guère d'importance à l'acte sexuel. Pour le reste, il y avait Assitan, cela suffisait.

Il s'était arrêté. N'Deye Touti lui fit face et s'approcha. Malgré l'ombre il vit que ses yeux brillaient et il sentit sur sa poitrine le souffle chaud de la jeune fille. d'un geste familier, presque amical, il prit sa tête entre ses paumes qu'il pressa doucement. N'Deye Touti leva son visage et ferma les yeux.

— Tu es d'accord ? demanda-t-elle.

— Non.

*
* *

Ils firent le reste du chemin en silence passant devant les rangées de paillotes et de huttes d'où filtraient des lueurs jaunes ou blanches. Comme ils arrivaient dans la cour de N'Diayène, ils se heurtèrent à Alioune qui attendait.

— Ah, voilà notre grand chef, dit Bakayoko en riant.

— Ne plaisante pas ! Les nouvelles ne sont pas bonnes ! A Thiès Doudou est mort. Mort naturelle d'après ce que me dit Lahbib, un mauvais coup de fièvre. A Bamako, « ils » ont arrêté Konaté et l'ont conduit au camp où sont le vieux Fa Keïta et les autres. Autre chose, ton bateau est arrivé, il repart demain matin à l'aube. Il vaut mieux que tu t'embarques de nuit. Seulement...

— Seulement quoi ?

— Il faudrait quelqu'un pour l'enterrement de Doudou.

— Moi ? Rien à faire, je ne vais pas à Thiès ! Doudou est mort d'une maladie du travail, s'il y avait un corps médical qui s'occupait des travailleurs... Tu es responsable, désigne quelqu'un. Moi, je pars. Il n'y a personne au Soudan.

— Je me demande parfois, dit Alioune, si tu ne forces pas un peu...

N'Deye Touti intervint :

— Il n'a pas de cœur, dit-elle, il pousserait les autres à devenir inhumains !

La jeune fille entra en courant dans la maison tandis que Bakayoko s'attardait à faire ses adieux aux femmes rassemblées dans la cour et à les remercier pour leur hospitalité.

— Nous n'avons rien fait, dit Ramatoulaye, et même, par les temps que nous vivons et avec un homme comme toi, nous étions gênées de faire si peu, tu n'as pas à nous remercier.

Il posa la main sur l'épaule de l'aveugle qui allaitait « Grève ».

— Maïmouna, que la paix soit avec toi.

— La paix soit avec toi, homme, et avec les tiens.

En quelques enjambées, Bakayoko gagna la pièce centrale pour prendre son bagage. Sur le lit et par terre, à même des nattes, dormaient des enfants nus. N'Deye Touti l'attendait. Elle tenait d'une main son chapeau de paille et son bâton, de l'autre son baluchon. Une bougie posée sur une jarre éclairait faiblement la pièce. La lueur venant d'en bas dessinait des ombres sur le visage de la jeune fille. « On dirait le masque de bronze d'une déesse iféenne », pensa Bakayoko, et il lui sembla que N'Deye Touti avait étudié sa pose. Les paupières de la jeune fille battirent, sa lèvre inférieure tremblait. Enfin une larme perla au coin d'un de ses yeux, s'arrêta un instant au bord du menton et vint s'écraser sur sa poitrine.

Une femme qui pleurait était pour Bakayoko un spectacle qui lui était étranger et auquel il était étranger. Il prit ses affaires, mit son maka dont il assujettit la jugulaire :

— Je voudrais...

Il n'acheva pas sa phrase et sortit précipitamment. En passant le porche il dit encore :

— Ramatoulaye, que la paix soit dans cette maison...

Puis il disparut dans la nuit.

N'Deye Touti était demeurée sur le pas de la porte espérant encore un geste. Lorsque l'ombre eut avalé l'homme, elle murmura rageusement : « Le salaud ! le salaud ! », et cette fois elle n'essaya plus de contrôler ses larmes.

Le passage de Bakayoko dans sa vie devait avoir pour la jeune fille des conséquences qu'elle ne soupçonnait pas elle-même au moment de cette dernière entrevue. Comme la terre se durcit sous le soleil de la saison sèche, le cœur lui aussi devient dur sous les rayons du malheur. Pendant des jours elle demeura indifférente à ce qui se passait autour d'elle, ses beaux yeux que la moindre émotion faisait autrefois agrandir et briller, allaient d'un objet à l'autre, d'un visage à l'autre, comme si le monde extérieur n'existait plus pour eux, tournés qu'ils étaient vers des visions intérieures dans lesquelles elle se complaisait avec un morne acharnement.

Elle eut un accès de fièvre qui dura plusieurs jours. Lorsque la fièvre fut passée et malgré sa faiblesse elle fut prise d'une sorte de maladie du travail. Rien ne la rebutait, elle lavait, soignait les enfants, faisait de longues courses à la recherche d'une poignée de riz. Parfois elle restait des heures entières penchée sur un livre de géographie. De carte en carte elle apprenait son pays mais souvent encore un visage d'homme apparaissait au milieu des taches multicolores.

Un jour qu'elle traînait dans la cour chaussée de vieilles espadrilles et coiffée d'un casque qui avait perdu ses rebords, Mame Sofi l'interpella :

— Hé, qu'est-ce que tu cherches, Mad'mizelle ?

— Tante, je regarde s'il y a encore de l'eau.

— Tu ne vas pas me dire que tu vas aller au puits comme les hommes ?

— Pourquoi pas ?

Sous le regard amusé des femmes qui ne lui épargnèrent ni plaisanteries ni quolibets, elle partit poussant devant elle une barrique.

Lorsqu'elle revint plusieurs heures plus tard, elle était méconnaissable. Les traits tirés, les vêtements collés au corps par la sueur, elle avait perdu ses espadrilles et son casque. Ramatoulaye alla à sa rencontre pour l'aider.

— Non, tante, je suis arrivée jusqu'ici, je finirai le chemin ! et s'arc-boutant des pieds dans le sable, elle poussa le gros fût jusque dans la cour.

— Je recommencerai demain, dit-elle.

— Je viendrai avec toi, murmura l'aveugle.

Ainsi, jour après jour, accompagnée de Maïmouna et de la petite Anta, elle poussa sa barrique, la remplit au puits et la ramena à la maison. On l'appelait toujours « Mad'mizelle », mais on mettait dans le mot de l'admiration et de l'affection. Un matin que l'on cherchait du papier pour allumer le feu, elle alla prendre ses cahiers, sauf un qu'elle enfermait soigneusement et sur lequel, la nuit tombée, seule sous la lueur d'une bougie, elle écrivait un poème qui était un peu comme le chant de mort de sa jeunesse.

*
**

Après avoir quitté le bateau à Saint-Louis le jour même où des grévistes avaient déboulonné trois cents mètres de rails, Bakayoko prit la brousse. Il n'était pour rien dans ce sabotage, mais, étant donné sa réputation, il ne voulait prendre aucun risque. On mit à sa disposition des pirogues qui se relayaient et sur lesquelles il remonta d'abord le Sénégal puis le Bakoy. A la hauteur de Katı, il abandonna les pa-

gayeurs et de sentiers en chemins, s'enfonça vers le
Soudan.

C'était l'heure de la pause. Il planta son bâton en
terre et le coiffa de son chapeau puis, ayant enlevé
son boubou, il s'allongea à l'ombre d'un baobab. Il
tira un papier de sa poche. C'était une lettre de
Lahbib qui lui avait été remise à la descente du
bateau. Il voulut la relire.

« Frère de lait,

« Je pense que tu as dû avoir par Alioune la
nouvelle de la mort de Doudou. Il y a eu beaucoup
de monde à son enterrement. Je pensais bien que tu
ne serais pas là. Tu voulais savoir ce qui est arrivé à
Aziz, le Syrien ? Les gardes sont venus et l'ont
expulsé. Son père était malade, sa femme pleurait. Ce
n'était pas un beau spectacle. J'avais un peu honte, et
toi ?

« Le retour des marcheuses a été bien accueilli,
mais les hommes ont du mal à les dompter. Moi-
même au début, elles venaient m'assaillir comme des
lionnes, elles voulaient tout commander ! Enfin, tout
est rentré dans l'ordre, les enfants ne sont pas encore
revenus et tous les jours elles vont au lac. Mais à
l'avenir il faudra compter avec elles.

« La mort de Samba N'Doulougou m'a énormé-
ment peiné. Celle de Penda aussi. C'était une brave
fille. Je sais que tu la connaissais mieux que moi.
J'ignore ce qu'on pourra faire pour elle, ce sera à toi
de décider.

« Et maintenant, rentre. Bakary m'a dit l'autre jour
que tu n'avais pas de cœur. Parfois, je pense comme
lui. Peut-être faut-il des hommes comme toi. Et puis
c'est difficile de combattre sans avoir la haine de son
ennemi. Comme j'ai du temps pour lire, essaye de
m'apporter des livres, des romans pas trop sensibles
mais pas trop durs, et surtout des livres qui parlent
de la vie des hommes des autres pays.

« Ta famille aussi a bien besoin de toi, alors rentre vite.

« *Sidiame dome n'deye* (1) !

« Lahbib. »

Bakayoko, étendu sous son arbre, se sentit seul. L'image de Penda lui apparut. Il aurait pu prendre Penda comme deuxième épouse. Il se demandait quelle était exactement la nature des liens qui l'avaient uni à cette femme. Peut-être avait-elle été, comme lui, une voyageuse qui allait de gare en gare ? Une chose était sûre, ce qu'il lui avait donné venait du meilleur de lui-même.

Un bruit léger dans un buisson le fit sursauter. Il se leva et prit son bâton. Debout, il vit à quelques mètres de là un épervier qui venait de s'abattre sur un rat.

— Con, tu m'as fait peur ! dit-il en riant.

Il se retourna et vit qu'en se dressant il avait fait tomber son tabac que le vent, sifflant à ras du sol, éparpillait dans les herbes.

— Si je ne fume pas, je vais crever ! dit-il encore. Puis il ajouta : — Je dois bientôt être arrivé, non ?

L'oiseau seul lui répondit en battant des ailes pour emporter sa proie dans le ciel matinal.

BAMAKO

BAMAKO

LE CAMP

Il était impossible de s'approcher du camp sans être vu, situé qu'il était au milieu d'une plaine nue, et dominé par ses quatre miradors où jour et nuit veillaient des sentinelles. Derrière la double haie des barbelés, devant l'unique porte, des supplétifs montaient la garde. Ils étaient tous originaires d'Afrique centrale et ne parlaient aucune des trois langues soudanaises, le bambara, le peuhl ou le sonrhaï.

Au centre de l'enceinte il y avait trois bâtiments, le logement du « gendarme », le casernement des gardes et la prison des détenus de droit commun. Ceux-là, on ne les voyait guère. Ils partaient dès l'aube encadrés par des miliciens pour aller travailler aux routes et ne rentraient qu'à la nuit tombée. Parfois il en était qui ne rentraient pas du tout.

A l'écart de ce groupe central, elle aussi entourée de barbelés, se dressait une bâtisse trapue au toit en terrasse surmonté d'une sorte de guérite de torchis recouverte de branchages où veillait un supplétif.

C'est là qu'on avait mené Fa Keïta. Avant d'ouvrir la porte de tôle, on lui avait délié les mains, puis on l'avait poussé à l'intérieur et il était tombé dans le noir comme on tombe dans un trou. Ce qui l'avait frappé tout de suite, c'était l'odeur une senteur fade avec des relents d'ammoniaque qui faisaient mal aux narines.

Il voulut avancer d'un pas, se heurta à un récipient métallique et s'étala dans un grand bruit de ferraille et de liquide répandu. Il se releva en tâtonnant et sentit que son pagne était trempé.

— Qu'est-ce que c'est que cette eau qui sent si mauvais ? demanda-t-il d'une voix douce.

— Eh, l'homme, tu n'y vois donc pas ? dit une voix.

— Dieu m'est témoin que je ne vois rien, pourtant je ne suis pas aveugle.

— Tu as renversé le seau à merde, dit une autre voix, la salle à manger des mouches. Tu as donc un caillou à la place du nez ?

Fa Keïta ne répondit pas à la plaisanterie, la honte s'était emparée de lui. Pendant ses jours de retraite, il s'était purifié l'âme mais aussi le corps, il s'était senti léger, innocent tel l'enfant qui vient de naître et voici que maintenant il était souillé, pollué comme une eau sale. Rapidement il récita une prière :

— *Lai* (1) !

Une sorte de bêlement l'interrompit :

— Vous, vous en... enten... dez... ce nou... nou... veau croyant qui... qui nous... nous... nous vient... du... ciel... et qui... qui... qui nous marche su... su... sur... les pieds !

— Si je vous ai piétinés, je vous demande pardon, dit Fa Keïta.

Il comprenait qu'il y avait plusieurs hommes dans la pièce et que ceux-ci, habitués aux ténèbres que perçait seule une maigre lueur venue de deux petites meurtrières, le voyaient alors que lui-même ne pouvait même pas distinguer leurs silhouettes.

— Je cherche une place, acheva-t-il.

— Il y en a seulement près des *bô* (2) que tu as

(1) Exclamation.
(2) Excrément en bambara.

renversés, reste où tu es, homme, dit une nouvelle voix.

Il se sentit frôlé par une forme humaine et entendit le bruit fait par un jet liquide qui venait frapper un objet métallique ; ses pieds furent éclaboussés d'urine, puis l'homme qui venait de se soulager, lâcha un vent.

— Au moins... si... si... si on ne, ne... mange pas... on peut... peut pé... pé... péter et les tou... tou... babous n'en sa... savent rien. Chez... chez nous, c'est plus ·po... poli· de ro... ro... roter, reprit la voix bégayante.

Fa Keïta était indigné. Il avait vu et entendu bien des choses dans sa longue vie, mais jamais n'avait rencontré les marques d'un tel manque d'éducation en présence d'un homme âgé. « Ce sont des gens de mauvais aloi, Dieu, tends-moi la main, j'implore ta protection et ta miséricorde ! Qu'ai-je fait pour mériter un tel châtiment ? » Des larmes coulèrent sur ses joues. Il essaya de faire un nouveau pas et se heurta à une jambe.

— Homme, on t'a déjà dit de rester en place. Si tu nous piétines encore, tu vas voir !

Fa Keïta fit appel à tout son courage :

— Je suis Fa Keïta, le Vieux, dit-il d'une voix ferme. Je suis de la « Fumée de la savane ». Nous sommes tous en grève et moi aussi. J'ignore pourquoi les toubabous sont venus me prendre pendant mes jours de retraite, mais je suis ici et je suis fatigué.

— Pourquoi ne l'as-tu pas dit tout de suite ? répondit une des voix.

Des ombres l'entourèrent. On lui toucha les mains en signe de respect et d'amitié.

— Nous sommes tous des grévistes ici, des Soudanais, reprit la voix, moi je suis de San.

— Je l'avais reconnu à ton accent, dit Fa Keïta.

— Moi... je... je suis de Ny... Ny...

— Il est de Nyamina. Dis-nous, le Vieux, est-ce vrai qu' « ils » ont repris le travail ?

— Hommes, personne n'est revenu aux ateliers.

— On ne dit rien de nous ?

— Je n'ai rien entendu, sinon qu'il y a des grévistes en prison et qu'on les traite durement.

— Vous entendez ? Dehors on sait que nous sommes maltraités, dit l'homme de San. Je vous le disais, Bakayoko sait tout. C'est un vrai fils de Bambara !

— Et, les toubabs, que font-ils ?

— Rien, on n'en parle pas.

— Bakayoko est-il revenu à Bamako ?

— Non, il est encore *au couchant* (1). Peut-être va-t-il voir le chef de la « Fumée de la savane ».

Fa Keïta était un peu rassuré, il commençait même à distinguer les silhouettes de ses compagnons. Il leur donna le peu d'informations qu'il avait, leur raconta l'histoire de Diara le contrôleur et du jugement. Les réactions furent vives :

— Fils de chien ! Oser faire cela pendant que nous crevons de faim et de soif, enterrés vivants ! Tiémoko aurait dû le faire lapider sur la place !

L'un des prisonniers vint prendre le vieil homme par la main :

— Viens près de nous, c'est plus propre. Assieds-toi ici, tu pourras t'appuyer contre le mur.

Vers le milieu du jour, des gardes apportèrent le repas : un baquet scié en deux qui contenait une sorte de pâte noirâtre, un autre récipient pour l'eau. Puis les gardes refermèrent la porte en se bouchant le nez.

Ainsi passèrent plusieurs jours. Fa Keïta se mêlait peu aux conversations de ses compagnons qui roulaient d'ailleurs toujours sur les mêmes sujets : la

(1) Le Sénégal se trouve *au couchant* du Soudan.

grève, la nourriture, les poux. Il avait repris sa méditation, il avait même essayé de faire ses prières rituelles, mais l'homme de San avait remarqué :

— Homme, c'est trop sale ici pour que tu puisses poser ton front à terre ; Dieu peut attendre que tu sois dans un endroit plus propre.

— Depuis combien de temps suis-je ici ? demanda Fa Keïta comme s'il se parlait à lui-même.

— Tu n'as qu'à compter quand les gardes arrivent avec le baquet, c'est un jour. Pour toi cela en fait dix, pour nous beaucoup plus.

Le silence reprit troublé seulement par quelques gémissements de dormeurs et le va-et-vient des ongles sur les peaux.

*
* *

Un matin la porte s'ouvrit toute grande laissant entrer une lumière brutale et faisant sortir une grande bouffée d'odeur nauséabonde qui fit reculer les gardes. C'était la « promenade » organisée par le « gendarme », autrement dit Bernadini, ancien sergent-chef de la coloniale et présentement gardien-chef du cantonnement pénitencier des grévistes du D.N. Retraité, il ne dépendait plus de l'autorité militaire mais directement de l'administration policière coloniale, et les hommes qu'il avait sous ses ordres étaient des supplétifs, non des réguliers. C'était presque un spécimen d'une race disparue, mais on l'avait gardé, comme ça, pensant qu'un jour on pourrait avoir besoin de lui... Il était pupille de l'Assistance publique, Corse et il haïssait les « macaques ».

Debout en plein soleil, la tête protégée par un casque cônique à l'ancienne mode, il tapotait ses mollets nus du bout de sa cravache en attendant le défilé des prisonniers.

Ceux-ci apparurent en rangs devant lui. Ils ressemblaient à des criquets dont ils avaient la maigreur, les

jambes sans chair et la démarche saccadée. Le soleil
leur brûlait les yeux et, lorsqu'ils fermaient les paupières, ils ne pouvaient se débarrasser d'une tache
ronde et noire qui dansait au milieu d'un nuage
rouge.

L'homme de San se pencha vers Fa Keïta en
murmurant :

— Celui-là, c'est le plus grand des *bilakoros* (1).

— *Macou* (2) ! cria le chef des supplétifs.

— Silence ! reprit Bernadini. Qui a parlé ? Personne, bien sûr ! Mais j'ai fait le camp de Fodor en
Mauritanie, et je vous jure que ceux qui me passent
sous la main ils s'en souviennent !

Il s'approcha du bègue qui semblait marmonner
quelque chose et lui cingla le visage.

— C'est toi qui parles ? Si tu ouvres encore la
bouche, je te fous mon pied là ! — Du bout de sa
cravache il toucha la verge de l'homme qui avait
ouvert son pantalon pour se gratter. — Ça te fera
jouir, macaque ! Allez, chef, en route !

La promenade commença, les hommes tournaient
en rond l'un derrière l'autre. Ils étaient une quarantaine. A chaque passage ils laissaient derrière eux,
dans le sable, une petite ornière ronde, comme en
font les chevaux de cirque autour de la piste. Tout en
marchant ils ne cessaient de se gratter jusqu'à s'arracher des lambeaux de peau, tant les rayons du soleil
avivaient leurs démangeaisons.

Au centre du cercle ainsi dessiné, il y avait un
trou, une fosse de la taille d'un homme avec, aux
quatre coins, des piquets de bois d'une douzaine de
centimètres de hauteur sur lesquels reposaient une
plaque de tôle percée de trous. Bernadini s'était
éloigné avec deux gardes. Salifou, l'homme de San,

(1) Impur, n'ayant pas subi l'épreuve de la circoncision.
(2) *Macou* : silence!

qui s'était arrangé pour se placer devant Fa Keïta,
tourna légèrement la tête :

— Si tu veux parler, Vieux, serre les dents et
n'écarte pas tes lèvres, comme ça, ils ne te verront
pas.

— Homme, qu'est-ce que c'est que ce trou ?

— Vieux, c'est pour ceux qui sont fatigués et ne
peuvent plus marcher. Dire que c'est moi qui l'ai
creusé ! Après, le gendarme m'a mis dedans. Quand
j'en suis sorti, je pissais le sang !

— *Thié* (1), s'exclama Fa Keïta.

— *Thié*, c'est comme ça avec ce *bilakoro* !
Aujourd'hui il est content, il paraît qu'il a pris un
nouveau.

— Sais-tu qui est-ce ?

— *Macou !* hurla le chef des supplétifs en se préci-
pitant vers les deux hommes, le nerf de bœuf levé
au-dessus de leurs têtes.

La ronde silencieuse continua sur le sable brûlant.

Peu après Bernadini revint au milieu du cercle, ses
aides poussaient un homme devant eux. C'était
Konaté, le secrétaire de la section de Bamako. Il
avait les mains liées derrière le dos.

— Voilà tes administrés, secrétaire de mes fesses !
Ils sont mignons, hein ? Moi, je satisfais toutes leurs
revendications, même celles qu'ils ne demandent pas !
Et je donne des acomptes ! Tiens, tu en veux un ?

Son poing vint frapper le nez de Konaté.

— Essaie d'organiser une réunion et tu verras le
beau service d'ordre que je te donnerai ! Tu te crois
fort, tu n'es qu'un imbécile, comme eux ! Quant à
votre Bakayoko, on l'aura lui aussi ou je ne
m'appelle pas Bernadini, et il viendra compléter ma
collection de singes !

(1) Homme en bambara.

Konaté n'écoutait pas le gardien-chef, il regardait les hommes qui défilaient autour de lui et, lorsqu'il aperçut le vieux Fa Keïta, son cœur se serra.

— Alors, secrétaire, cette grève ?... Tu vois les hommes ont tout ce qu'il leur faut, l'air pur pour la promenade, la nourriture, tandis que chez eux on bouffe des cafards et des charognards.

— Tu n'as pas le droit... dit Konaté, mais il ne put achever, la cravache s'était abattue sur son visage.

— Quoi, tu tutoies un Blanc ! sale bougnoul ! Le droit, ici, je le prends, et toi, tu obéis, macaque !

Konaté se rua en avant mais les gardes furent plus rapides et le ceinturèrent.

— Chef, cria Bernadini, fous-le dans la tombe !

Comme Konaté se débattait, les supplétifs ramassèrent des cordes et lui lièrent les jambes après lui avoir arraché ses vêtements puis ils le couchèrent au bord de la fosse.

Bernadini s'approcha :

— Alors, tu voulais épater les copains, secrétaire. Tu vois qui est le maître, maintenant ? J'en ai vissé de plus durs, tu sais !

Il s'accroupit et posa la main sur la plaque de tôle mais la retira vivement, le métal était brûlant.

— Vas-y chef, arrose, dit-il en se relevant.

Sur le ventre de l'homme allongé au fond du trou la lumière ne passait pas et les orifices percés dans la tôle dessinaient des rangées de boutons d'un blanc jaunâtre.

Le supplétif fit couler d'une gourde un mince filet d'eau ; au contact du métal surchauffé une légère vapeur blanche monta dans l'air puis des gouttes ruisselèrent le long des ondulations de la tôle et commencèrent à tomber, une à une sur la peau de Konaté. L'homme lutta longtemps contre ces morsures brûlantes qui avec une implacable régularité venaient le meurtrir.

— Tu es courageux, mon petit secrétaire, dit Bernadini, tu tiens plus longtemps que les autres. On va voir jusqu'où tu iras. C'est un truc que j'ai appris des Fritz, ça vous mate. Chef, encore de l'eau.

A la dernière goutte, Konaté commença à gémir, les lèvres serrées. Les autres prisonniers continuaient leur ronde. Fa Keïta, lui, semblait se désintéresser de la scène, son regard était fixé vers l'Est, au-delà des barbelés, au-delà de la savane et des grands arbres qui épaulaient le ciel, loin à l'horizon ; ses yeux allaient à la rencontre de la seule chose qui méritait vraiment la souffrance : la foi en Dieu. Cette dégradation qui frappait des êtres humains lui était insupportable. Certes, il ne partageait pas l'enthousiasme des « jeunes » qui les avait amenés là, mais il commençait à se demander si ces « jeunes » n'avaient pas raison contre sa sagesse. Il marcha encore deux tours puis il prit la décision à laquelle il réfléchissait depuis un moment : puisqu'il ne pouvait pas prier dans la pestilence de la prison, il profiterait de cette occasion qui lui était offerte : à pas lents, il quitta les rangs et se dirigea vers l'enceinte du camp ; il s'arrêta, ramassa une poignée de sable pour les ablutions et se redressa en ceignant son pagne. Les paumes ouvertes, tournées vers la Kaaba, il commença à psalmodier :

— *Allahou Ackabarou...*

— Quoi ! hurla Bernadini, qu'est-ce que c'est que cette histoire ?... Non, laissez-le, ordonna-t-il aux supplétifs qui, déjà, avaient empoigné le vieillard, puis en s'adressant à Fa Keïta : — Tu peux y aller.

Le vieil homme avança de quelques pas en direction de la barrière.

— Alors, tu la fais cette prière ou merde ?

— Comme Fa Keïta se baissait avant de s'agenouiller, le pied du gardien-chef vint le frapper aux reins et l'envoya la tête en avant dans le double réseau des barbelés. Il y entra jusqu'aux hanches ; de ses épaules, de son dos, de ses flancs, des gouttes de sang perlèrent.

Les prisonniers s'étaient arrêtés comme si leurs pieds s'étaient subitement enlisés dans le sable.

— Faites-les avancer ! ordonna Bernadini aux gardes.

Il regarda Fa Keïta qui, les mains ensanglantées, se dégageait tant bien que mal des dizaines de pointes qui avaient pénétré sa chair d'où coulaient maintenant de minces filets rouges.

— Tu ne recommences pas, hein ? demanda Bernadini.

Fa Keïta ne comprit pas la question. « Jusqu'où Dieu veut-il m'éprouver ? » pensa-t-il. De nouveau il leva les paumes, de nouveau il se courba en avant et de nouveau le coup de pied du gardien-chef l'envoya la tête la première dans les fils aux pointes acérées. Plus lentement cette fois, il se dégagea, mais, tandis qu'il reculait de quelques pas, pas un son ne sortit de ses lèvres, puis il s'agenouilla les bras en avant, le front reposant sur le sable.

Sur cette nuque courbée, Bernadini mit son pied chaussé de sandales, tel un chasseur de fauves qui pose pour une photographie.

— Regardez comme il prie bien, c'est un vrai saint, celui-là !

Puis soudain il parut se désintéresser de l'homme agenouillé devant lui, de ceux qui continuaient à tourner en rond et de celui qui, au fond de son trou, criait maintenant à chaque goutte qui venait brûler sa peau.

— Y en a marre, je les ai assez vus ! Ramenez-les chez eux, dit-il au chef des supplétifs et, sa badine sous le bras, comme il l'avait vu faire à des officiers anglais, il se dirigea à pas lents vers la cour centrale.

De retour au cachot, les prisonniers retrouvèrent difficilement leurs places, ils avaient perdu dans ces quelques heures de soleil, l'habitude des ténèbres. Fa Keïta se laissa choir le long du mur. L'homme de San qui, en passant près de la fosse, avait ramassé le caftan du supplicié, dit :

— Ils vont ramener Konaté, il faut lui faire une place.

Fa Keïta soupira :

— Dieu sait que je n'étais pas pour cette grève car je n'aime pas la violence sous quelque forme que ce soit, mais si Dieu est juste, comment peut-il accepter qu'on humilie ainsi des hommes ? Pendant toute ma vie et celle de mes parents, nous n'avons fait tort à personne de la plus petite chose qui soit, et voilà comment on nous traite ! Si cette grève doit continuer et si nous devons rester ici, il faut faire quelque chose, je ne sais pas quoi, mais il faut faire quelque chose pour qu'on nous respecte.

— Attendons Konaté, dit l'homme de San, il est du comité, peut-être saura-t-il, lui ?

— Je me ferais tu... tu... tuer pour u...ne noix... une pe... petite noix de ko... ko... kola ! dit le bègue.

*
* *

Au moment même où les détenus regagnaient leur cachot, la maison du syndicat à Bamako connaissait une animation qu'elle avait perdue depuis bien des jours. Entouré d'une petite foule, Tiémoko, un télégramme à la main, se balançait sur ses pieds sans trop savoir quelle contenance prendre.

— Alors, demanda quelqu'un, tu le lis, ce papier ? Ou tu veux savourer tout seul la nouvelle ? On dit que la grève est finie. Est-ce vrai ?

— Je crois que la grève est finie, mais laissez-moi aller chez Bakayoko, je crois qu'il est rentré et il faut qu'il m'explique des choses car je ne comprends pas tout ce qui est écrit là. En attendant, gardez le secret !

En quelques minutes, Tiémoko atteignit la maison de Bakayoko. Celui-ci était dans la pièce centrale, la petite Ad'jibid'ji assise à côté de lui. Tiémoko lui tendit le télégramme :

— Tiens, lis, je ne comprends pas tout ce qu'il veut dire.

Bakayoko lut à haute voix :

« Conditions acceptées. Grève terminée. Reprise demain. Train direct Bamako-Thiès. Mettre roulant disposition comité Thiès. Lahbib. »

— La grève est finie, dit Bakayoko après un moment de silence.

— Oui, mais que veut dire « Train direct et roulant disposition » ?

— Ça veut dire que demain tu te rendras à Thiès avec une machine et tu recevras des instructions de ceux du Comité. Moi, j'irai à Koulikoro. Maintenant, allons au syndicat. Ad'jibid'ji, dis à ta mère que je suis parti, tu pourras venir aussi, après.

Il y avait maintenant deux jours que Bakayoko était revenu de Dakar. Pendant ces quarante-huit heures il était demeuré chez lui entre son épouse et sa fille adoptive. Le soir du premier jour, il avait demandé à sa femme : « Assitan, voudrais-tu apprendre la langue des toubabs ? » Etonnée, elle avait simplement répondu : « Si tu le veux. » Cette barrière qu'il y avait entre eux était bien difficile à abattre. Cela venait de loin, depuis le premier jour de leur union forcée. Il avait fallu des mois à Bakayoko pour se résoudre à accomplir son devoir conjugal. Elevée selon les anciennes coutumes, Assitan était toute réserve et vivait en marge de la vie de son mari, une vie de labeur, de silence et de résignation. Bakayoko avait-il eu quelques remords de ses infidélités ? Nul n'aurait pu le savoir tant étaient secrètes les pensées de cet homme. Peut-être le spectacle de la détresse morale autant que matérielle qu'il avait eu sous les yeux au cours de ses tournées pendant toute la durée de la grève l'avait-il mûri ?

Au matin de ce jour, levé de bonne heure, il avait vu Assitan prendre son gros sac de voyageur et se diriger vers le fleuve pour le laver.

— Femme, avait-il dit, tu n'as rien mangé, tu es trop faible pour faire ce travail. Attends la reprise, tu retrouveras tes forces.

Assitan n'avait pas répondu, elle s'était assise pour recoudre des grosses pièces d'étoffe qui servaient de bretelle, mais au fond de son cœur elle avait senti la chaleur de la joie.

Sur la place de la gare comme à la maison du syndicat, on se bousculait, les gens riaient, se serraient les mains à grandes empoignades, s'embrassaient à grandes accolades. Tiémoko et Bakayoko eurent de la peine à se frayer un passage jusqu'à la salle de réunion. Ce dernier réussit enfin à monter sur l'estrade.

— La nouvelle est confirmée, dit-il, la grève est terminée. Tiémoko, tu vas aller à Thiès. Il faut préparer un convoi.

— Mais ça fait vingt heures de machine ! dit Tiémoko.

— Et alors ? Tu l'as déjà fait, non ? Moi, je n'irai pas, ce n'est pas pour le plaisir de gifler un toubabou que je changerai les plans. Si Lahbib avait besoin de moi, il l'aurait dit. Et maintenant, nous allons attendre le retour des prisonniers car, s'ils ne rentrent pas, il n'y aura pas de reprise.

Mais les détenus furent relâchés dans l'après-midi et leur retour qui confirmait, mieux que toutes les nouvelles, la fin de la grève, fut accueilli avec de grands transports de joie. Fa Keïta revint directement à sa maison tandis que les autres se rendaient au syndicat pour y être fêtés. Le vieil homme ne dit rien à ses épouses de ce qui s'était passé au camp mais il leur fit quitter le deuil. Lui-même s'enferma pour faire une longue et minutieuse toilette de purification et enfiler son meilleur boubou. Après quoi, il se rendit dans la pièce centrale où il s'assit, les jambes croisées, son chapelet à la main droite, les femmes et les enfants derrière lui. Seule la flamme vacillante d'une lampe dont la mèche était nouée dans du beurre de karité, éclairait la pièce.

Un à un des hommes entrèrent. Fa Keïta leur avait demandé de lui rendre visite à la tombée du jour, avant de se séparer pour rentrer chez eux. Il y avait là plusieurs détenus du cachot, dont l'homme de San, le bègue et Konaté. Il y avait aussi Bakayoko et Tiémoko. Celui-ci était intimidé, il se souvenait de ses démêlés avec le vieillard au début de la grève, lorsqu'il pliait sous le poids de ses responsabilités nouvelles. Bakayoko avait mis sa pipe dans sa poche car il ne fumait jamais en présence du Vieux.

Les hommes s'assirent.

— Je suis très honoré de votre visite, dit Fa Keïta. Je n'ai pas de kola à vous offrir, mais je me considère comme endetté.

— Nous ne sommes pas venus pour cela, dit Salifou, nous savons que la vie est dure et nous garderons la dette pour des jours meilleurs.

— Tu es bien un homme de San, tu connais l'hospitalité. Mais ce n'est pas pour cela que je vous ai demandé de me faire visite avant de retourner dans vos familles et à votre travail. C'est parce que j'avais quelque chose à vous dire. Avant de nous séparer tout à l'heure j'ai entendu des paroles qui ne m'ont pas semblé bonnes. Si je me trompe, vous pouvez m'interrompre. — Le vieil homme se tut un instant et fit jouer son chapelet entre ses doigts maigres : — Tuer quelqu'un est la portée de tout le monde. Quand j'étais là-bas, il m'est arrivé de souhaiter la mort du « gendarme », il m'est même arrivé bien pire ; je doutais de l'existence de Dieu et quand ces pensées coulaient en moi je pleurais de honte. Toi, Bakayoko, on m'a dit que tu avais été giflé et, certes, c'est un grand affront que d'être l'objet d'un tel geste. J'ignore ce que tu as fait lorsque tu es allé au *Couchant*, mais je sais que cela a contribué à la joie d'aujourd'hui dans un grand nombre de familles. Dans les rues, des gens crient, rient et sautent de bonheur et pourtant vous n'êtes pas contents.

Bakayoko regarda Ad'jibid'ji qui, couchée en chien de fusil, sur une natte, semblait dormir, mais il savait que la fillette ne perdait pas un mot de ce que disait le vieil homme.

— Tout à l'heure, poursuivit Fa Keïta, j'ai entendu Konaté et Tiémoko qui parlaient de tuer le « gendarme ». Mais s'il faut le tuer, il faudra aussi tuer les Noirs qui lui obéissaient et les Blancs à qui il obéissait et où cela finira-t-il ? Si l'on tue un homme comme celui-ci, il y en a un autre pour prendre sa place. Ce n'est pas là ce qui est important. Mais faire qu'un homme n'ose pas vous gifler parce que de votre bouche sort la vérité, faire que vous ne puissiez plus être arrêté parce que vous demandez à vivre, faire que tout cela cesse ici ou ailleurs, voilà quelle doit être votre occupation, voilà ce que vous devez expliquer aux autres afin que vous n'ayez plus à plier devant quelqu'un, mais aussi que personne n'ait à plier devant vous. C'est pour vous dire cela que je vous ai demandé de venir car il ne faut pas que la haine vous habite.

Les hommes se levèrent, la tête basse comme des conspirateurs dont on vient de déjouer les plans.

Soudain on entendit la voix claire d'Ad'jibid'ji qui s'était assise sur sa natte :

— Grand-père, j'ai trouvé ce qui lave l'eau. C'est l'esprit, car l'eau est claire, mais l'esprit est plus limpide encore.

— Vous avez entendu notre soungoutou ! dit le vieillard en reprenant son chapelet. Vous pouvez partir maintenant. Moi, je dois trop à mon Seigneur, il ne me restera pas assez de temps pour le remercier. Hommes, passez la nuit en paix.

— Toi aussi, en paix, dirent-ils en se dirigeant vers la porte.

Bakayoko les accompagna, songeur. Il avait déjà entendu cette phrase « que la haine ne vous habite pas », c'était Lahbib qui l'avait dite. Mais comment se dresser sans haine contre l'injustice ? Il faut haïr pour mieux combattre. Soudain il se retourna :

— Ad'jibid'ji, appela-t-il.

— *Owo*, petit père, je suis là.

— Où est ta mère ? Va la chercher. Il y a un grand bara ce soir sur la place, je vous emmène toutes les deux.

THIES

EPILOGUE

LA ville de Thiès avait toujours son visage triste
des jours de grève, on pouvait errer longtemps dans
les rues sans rencontrer personne. Les enfants étaient
encore pour la plupart dans les villages de la brousse.
Quant aux femmes, depuis leur retour triomphal de
Dakar, elles avaient organisé leur vie en une sorte de
communauté. Le matin elles partaient de bonne
heure pour s'installer au bord du lac à quelques
kilomètres de la ville. La marche ne leur faisait plus
peur. Là elles s'installaient, lavaient, raccommodaient
les quelques effets qui leur restaient, à elles ou à
leurs maris, cuisinaient les maigres rations, bavardaient, épiloguaient sans fin sur les épisodes de la
fameuse « marche ». Le soir venu, elles regagnaient
la maison paternelle ou le toit conjugal.

A la permanence du syndicat, seuls les six
membres du comité de grève avaient appris la nouvelle. On connaissait le détail de la rencontre avec la
Régie, on savait que le directeur avait signé avec les
délégués. Lahbib voulait éviter toute manifestation
non préparée par crainte de troubles dans cette ville
qui avait été le centre même de la grève et où les
esprits étaient encore surchauffés.

Il ne réussit pas à garder le secret bien longtemps.
Pendant la nuit les nouvelles filtrèrent et dès l'aube la

maison du syndicat était envahie tandis que sur la
place, dans les rues avoisinantes et devant la gare, la
foule s'amassait. On se questionnait, on exigeait des
confirmations car il y avait beaucoup de sceptiques.
Ceux qui avaient la radio péroraient, donnaient des
détails vrais ou faux, on s'échauffait, on s'exaltait,
quelqu'un affirma même que désormais un délégué
siégerait au conseil d'administration du D.N. Peu à
peu les blessures, les meurtrissures, les affres de la
faim et de la soif s'éloignaient et allaient se perdre
dans les forêts de l'oubli.

Sur un coin de table, Lahbib écrivait. Comme il
l'avait fait depuis les premières heures de la grève, il
consignait sur un cahier d'écolier les principaux
événements de la journée. Autour de lui, Balla et
Boubacar s'animaient.

— Ce soir, il y aura meeting sur la place. Comme
ça tout le monde saura qu'on a gagné, dit le forgeron.

— Oui, mais il faut préparer la place, dit Balla,
car il y aura un de ces mondes !

Deux jeunes qui écoutaient la conversation intervin-
rent :

— On va y aller, on prendra des volontaires en
route.

— D'accord, allez-y.

Lahbib passa le bout de son index sur ses moustaches. Malgré la victoire, il était soucieux, il pensait
au lendemain, jour fixé pour la reprise du travail et
aux consignes qu'il avait encore à donner. Depuis
que Doudou était mort emporté en vingt-quatre
heures par une mauvaise fièvre, la veille même
du départ des femmes, il était devenu le responsable n° 1. Son regard vint se poser sur la bicyclette de
Samba N'Doulougou qui pendait, accrochée à un
mur, les pneus à plat, la selle de guingois. L'un des
marcheurs l'avait ramenée là, en souvenir du drôle de

petit bonhomme qui les avait si souvent amusés. Puis
ce fut le visage de Penda qui passa devant ses yeux.
Penda, la fille facile, Penda la meneuse au pagne
ceinturé. Laquelle de ces deux images resterait dans
son esprit ? Il ne le savait pas encore. « Bakayoko
doit connaître la nouvelle maintenant, pensa-t-il, il
vaut mieux qu'il ne revienne pas ici, nous nous occu-
perons de Dejean... » Il se leva :

— Tout le monde est là ? dit-il, puis, apercevant
Bakary, il ajouta : — Tu peux rester, l'ancien, tu n'es
pas de trop.

Bakary ferma la porte et prit un siège. C'était
la première fois qu'il participait à une réunion du
comité. Il était heureux et s'efforça de réprimer une
quinte de toux pour ne pas gêner ses camarades.

— Il s'agit de Dejean et d'Isnard, dit Lahbib,
Dejean est peut-être déjà parti pour Dakar où il
demandera à être remplacé, quant à Isnard, comme
condition non officielle de l'accord, nous avons
obtenu son rappel. Mais il faut que tout se passe
dans l'ordre.

*
* *

Devant la grille du dépôt, moins nombreux, moins
exubérants que la foule qui envahissait les rues et les
places, les ouvriers se préparaient à la reprise. On se
regroupait par professions, par équipes. Il y avait
encore bien des manquants, ceux qui n'étaient pas
revenus des villages de brousse, mais déjà l'atmosphère habituelle, le cadre familier, se reformaient : la
cohorte des mendiants, plus clairsemée, attendait
l'heure de la soupe, les mouches et la poussière
étaient aussi au rendez-vous. Les grandes portes de
fer étaient encore fermées et devant elles étaient pos-
tés deux tirailleurs auxquels personne ne faisait attention.

— Où est donc Sounkaré, le gardien ? Il n'ouvre pas ? demanda un vieil ouvrier.

A ce moment apparut Lahbib suivi de Balla et de Boubacar. Les soldats ouvrirent le portail et les travailleurs entrèrent dans la cour. Trois minutes plus tard, la sirène qui était restée silencieuse pendant près de six mois, fit entendre son long cri familier.

Dans la salle des machines, les mécaniciens découvrirent, au fond de la fosse où l'huile noire avait séché, le cadavre de Sounkaré. Plus exactement ce que les rats avaient laissé de lui. Une délégation fut chargée d'emporter ses restes. Mais son oraison funèbre fut rapide car il n'était pas aimé.

Pas plus le matin que l'après-midi, les ouvriers ne travaillèrent vraiment. Ils s'affairaient autour des établis, de la forge, devant les tours ; les mécaniciens comptaient leurs clés et leurs pinces, au tirage on essayait les attelles des wagons, dans les cabines les aiguilleurs jouaient avec les leviers, dans les bureaux les employés manipulaient sans hâte quelques papiers épars. Tout le monde était à son poste, mais personne ne travaillait. Vers la fin de la matinée, Isnard vint faire une tournée et commença à circuler de section en section, mais il ne rencontra que visages fermés et dos tournés. Affolé, il quitta le dépôt et se précipita au bureau de la direction. Il y trouva Edouard et le jeune Pierre qui, déjà au courant, regardèrent le contremaître comme on regarde un condamné. Tous trois se rendirent chez Dejean. Le directeur tenta une dernière démarche, il décrocha son téléphone demanda le dépôt et fit appeler Lahbib :

— Alors, c'est ça, votre syndicat ? On me dit que les ouvriers n'ont pas repris ! Il faut travailler maintenant et dur ! Vous ne croyez tout de même pas qu'on va vous payer pour ne rien faire !

— Monsieur le directeur, vous connaissez les conditions. Nous savons que vous allez partir mais il faut qu'Isnard s'en aille aussi. Tant qu'il sera là, les ouvriers feront la grève sur le tas.

Et Lahbib raccrocha.

C'est à ce moment-là qu'un coup de sifflet qui semblait fondre de l'horizon sur la ville, déchira le silence. Conduit à une allure folle par Tiémoko, le Dakar-Niger entra en gare et vint s'arrêter à l'embranchement de la voie Soudan-Saint-Louis d'où les aiguilleurs avaient eu juste le temps de dégager le train de Kaolack. C'était une rame mixte qui avait ramassé tout le long de la route marchandises et voyageurs. En même temps que Tiémoko sautait à bas de la machine, les wagons déchargèrent des grappes humaines qui se mêlèrent à la foule déjà rassemblée sur les quais, dans les salles d'attente et sur les terre-pleins de la gare. La cohue était indescriptible. Des filous en profitèrent, on entendit une femme hurler : « On m'a volé mon panier. » A vingt minutes du convoi suivaient deux autres trains de marchandises, un troisième arriva de Rufisque où il était resté longtemps bloqué. A pleine vapeur, les chauffeurs actionnèrent leurs sifflets en signe d'allégresse. On ne s'entendait plus. Les ouvriers du dépôt, alertés par le vacarme, se joignirent à la foule. Il fallut deux sections de miliciens aidés de quelques roulants pour dégager les voies et les portes des wagons de marchandises.

Enfin arrivèrent les femmes qui avaient, elles aussi, entendu les hurlements des machines et se demandaient ce que cela signifiait. Instinctivement elles avaient repris l'ordre du cortège de la marche sur Dakar. Leur colonne compacte fendit la foule qui couvrait l'esplanade ; en tête venaient Mariame Sonko, Awa, la Séni et Aby la rieuse. Devant le perron elles trouvèrent Lahbib et Boubacar qui, tant bien que mal, essayaient de mettre un peu d'ordre dans la cohue.

— Qu'y a-t-il, les hommes ? demanda Mariame Sonko. La grève n'est pas finie ? — Et son ton voulait dire : « Si on a encore besoin de nous... »

— Si, Mariame, la grève est finie, mais il faut que le directeur et Isnard quittent la ville. Pour le directeur, c'est fait, j'ai vu passer sa voiture et sa famille est déjà à Dakar, mais Isnard n'est pas parti malgré l'ordre qu'il reçu.

Les femmes se regardèrent :

— Allons au « Vatican », dit l'une d'elles. Nous le délogerons, ce rat aux oreilles rouges !

— Allons-y, dit la Séni. Quand on enterre un mort et qu'on voit encore son orteil, il faut jeter une poignée de sable.

— Allons-y, dit Aby en riant, jetons du sable !

— N'entrez pas au « Vatican », restez en dehors des villas, dit Lahbib, il y a des soldats. Allez chercher les tam-tams et chantez, puis, se tournant vers Bakary et Boubacar : — Allez avec elles et empêchez-les de faire des bêtises.

— Tu crois qu'elles nous écouteront ?

— Oui, l'Ancien, dis-leur que tu parles au nom du syndicat.

La longue procession des pagnes et des camisoles reprit en sens inverse le chemin qui l'avait menée à la gare. Les femmes avaient entonné leur « chant » qui les avait conduites de Thiès à Dakar, et une bonne partie de la foule les suivit.

En arrivant devant les maisons du « Vatican », Boubacar et Bakary qui marchaient en tête, se heurtèrent à un cordon de tirailleurs alignés le long du trottoir où aboutissaient les allées qui menaient aux habitations des employés blancs du D.N.

— N'ayez pas de crainte, hommes, dit le gradé indigène qui commandait la première section, nous avons ordre de ne pas tirer. D'ailleurs, même autrement nous ne tirerons pas car la dignité que vous revendiquez, c'est aussi la nôtre. Mais s'il vous plaît, n'avancez plus.

*
* *

Toutes les maisons du « Vatican » étaient fermées, barricadées, presque en état de siège. Les sifflets des locomotives et maintenant le chant et le battement lancinant des tam-tams mettaient les nerfs à dure épreuve.

Dans la villa des Isnard, verrous poussés à bloc, rideaux tirés, on veillait. Sur la table de la salle à manger, deux Mausers, un revolver à barillet et une boîte de cartouches ouverte acueillaient la lumière de la suspension. Isnard lui-même était assis face à la porte, un browning de fort calibre enfoncé dans la ceinture de son pantalon. Il était à bout de ressources : les cheveux en désordre sur le front, il respirait avec peine. Edouard et Pierrot dans des fauteuils proches attendaient, ils ne savaient trop quoi, gênés d'avoir à assister à la fin de ce drame. Durant toute la soirée, Isnard avait téléphoné à droite et à gauche à ses amis, aux « anciens de la colo », à Dakar même. De partout était venue la même réponse : « Que voulez-vous, c'est trop tard ! Je ne vois pas ce que je pourrais faire maintenant. Pensez d'abord à votre sécurité, on verra après. Vous auriez dû nous prévenir avant. Mon cher, si vous avez votre ordre de rappel, obéissez, croyez-moi, dans votre intérêt. »

C'était fini. Il savait qu'il allait partir, mais il ne pouvait pas se résoudre à bouger. Une larme coula sur sa peau tannée.

— Les salauds, les salauds... murmura-t-il, après tout ce que j'ai fait pour eux...

Pierrot se demanda s'il pensait aux ouvriers du dépôt ou aux actionnaires de la Régie.

Edouard intervint ·

— Ecoute, je comprends que c'est dur, mais on ne

peut pas faire autrement. Moi-même je n'y croyais
pas et pourtant c'est arrivé. Dejean est déjà parti. La
ligne est bloquée. Il y a Bakayoko à Koulikoro.
Alioune à Dakar, Lahbib ici... La voiture est prête.
vous n'avez qu'à passer par-derrière. On s'occupera
de vos meubles.

— Mais. Bon Dieu ! Isnard éclata. Qu'est-ce qui se
passe, qu'on laisse ces sauvages, ces enfants décider ?
Ils ne savent même pas ce qui est bon pour eux !
C'est à peine s'ils peuvent manier un marteau et on
les prend pour des ouvriers ! Tu verras, si ça continue, dans pas longtemps il n'y aura plus d'Européens
en Afrique ! Mais le premier de ces imbéciles qui
entre ici. je le descends !

— Allons, allons, dit Edouard, ne t'énerve pas, il
est temps de partir...

Depuis un moment Béatrice allait et venait d'une
pièce à l'autre comme une panthère en cage. En
entendant les derniers mots de l'inspecteur du travail,
elle se précipita sur lui :

— C'est ça, toi aussi, tu nous lâches ! Tu es bien
pressé de nous voir partir, jetés en pâture aux Nègres.
Ils ont gagné. et comme ça vous fait mal au ventre,
vous vous payez sur nous ! Ce dépôt, c'est nous qui
l'avons fait. Qu'il pleuve ou qu'il vente. même s'il
faisait du 45 à l'ombre, Isnard était au boulot. Et les
gars le connaissaient, ils l'aimaient bien. Parfaitement. ils l'aimaient bien, même les boys !

Comme une folle elle se rua vers la cuisine et
revint en traînant par le poignet la bonne qui se
dégagea en roulant des yeux effarés.

— Tiens, dis-leur, toi, dis-leur que tu nous aimais
bien. dis-leur que tu aimais bien Monsieur. Mais dis-
le, nom de Dieu, dis-le !

Soudain elle s'arrêta, passa la main sur son front
en sueur et lâchant la femme qui tremblait de peur,
courut à la table de la salle à manger, saisit une des

carabines et se précipita vers la porte qu'elle ouvrit toute grande. Avant qu'aucun des hommes ait pu intervenir, elle était dans le jardin.

On entendit claquer deux coups de feu que suivit une brève rafale. Un tirailleur porta la main à sa cuisse. Béatrice boula comme un lapin arrêté en pleine course et demeura étendue sur le gravier de l'allée.

Les trois hommes sortirent, ramassèrent le corps inerte et le rapportèrent dans la villa dont ils verrouillèrent la porte.

*
* *

Au bruit des détonations, un grand silence s'était abattu sur la foule, comme si elles avaient mis fin brutalement à une longue, très longue histoire dont chacun se demandait quel serait le dénouement. Même le tam-tam s'était tu.

— Qu'est-ce qui se passe ? demanda une voix de femme.

— C'est un toubab ou une toubabesse qui a été tué, dit Aby la rieuse.

— La pauvre ! dit une voix.

Comme la foule s'écoulait lentement dans la nuit maintenant tout à fait tombée, Lahbib entendit quelqu'un chanter à ses côtés. C'était la *Légende de Goumba*, la vieille complainte de Maïmouna l'aveugle :

Pendant des soleils et des soleils,
Le combat dura.
Goumba, sans haine, transperçait ses ennemis.
Il était tout de sang couvert.
Mais heureux est celui qui combat sans haine.

Marseille, octobre 1957-février 1959.

TABLE DES MATIERES

Achevé d'imprimer sur les presses de

BUSSIÈRE
GROUPE CPI

*à Saint-Amand-Montrond (Cher)
en juillet 2001*

POCKET - 12, avenue d'Italie - 75627 Paris Cedex 13
Tél. : 01-44-16-05-00

— N° d'imp. 13817. —
Dépôt légal : 3ᵉ trimestre 1971.

Imprimé en France